Guillaume Musso
Das Atelier in Paris

W0058983

GUILLAUME MUSSO

DAS ATELIER IN PARIS

Roman

Aus dem Französischen
von Eliane Hagedorn und Bettina Runge
(Kollektiv Druck-Reif)

penDo

Mehr über unsere Autoren und Bücher:
www.pendo.de

Von Guillaume Musso liegen außerdem vor:
Nachricht von dir
Sieben Jahre später
Ein Engel im Winter
Vielleicht morgen
Eine himmlische Begegnung
Nacht im Central Park
Wirst du da sein?
Weil ich dich liebe
Vierundzwanzig Stunden
Das Mädchen aus Brooklyn
Das Atelier in Paris

ISBN 978-3-86612-446-2
© XO Éditions 2017
Titel der französischen Originalausgabe:
» Un appartement à Paris «, XO Éditions, Paris 2017
© der deutschsprachigen Ausgabe:
Pendo Verlag in der Piper Verlag GmbH, München 2018
Satz: Kösel Media GmbH, Krugzell
Gesetzt aus der Scala
Druck und Bindung: CPI books GmbH, Leck
Printed in Germany

Für Ingrid

und Nathan

Mitten im Winter erfuhr ich endlich,
daß in mir ein unvergänglicher,
unbesiegbarer Sommer ist.

Albert Camus, *Hochzeit des Lichts,*
Heimkehr nach Tipasa

Der kleine Junge

London, an einem späten Samstagmorgen.

Du weißt es noch nicht, doch in weniger als drei Minuten wirst du mit einer der härtesten Belastungsproben deines Lebens konfrontiert werden. Eine Belastungsprobe, die du nicht hast kommen sehen, die dich aber so schmerzhaft treffen wird wie das Einbrennen eines Brandzeichens.

Vorerst aber schlenderst du noch unbekümmert durch das Einkaufszentrum, das angelegt ist wie ein antikes Atrium. Nach zehn Regentagen hat der Himmel wieder eine wunderschöne tiefblaue Färbung angenommen. Die Sonnenstrahlen, die das Glasdach des Kaufhauses zum Schimmern bringen, haben dich in gute Laune versetzt. Um den Frühlingsanfang zu feiern, hast du dir selbst sogar dieses rote Kleid mit den weißen Tupfen geschenkt, das dich seit zwei Wochen lockt. Du fühlst dich leicht, regelrecht beschwingt. Der Tag verspricht, amüsant zu werden: zunächst ein Mittagessen mit Jul', deiner besten Freundin, eine Maniküresitzung mit den Mädels und höchstwahrscheinlich eine Ausstellung in Chelsea, dann am Abend das Konzert von PJ Harvey in Brixton.

Eine ruhige Fahrt durch die sanften Flussläufe deines Lebens.

Doch plötzlich siehst du ihn.

Es ist ein kleiner blonder Junge in einer Jeanslatzhose und einem marineblauen Mäntelchen. Vielleicht zwei Jahre oder ein wenig älter. Große helle, lachende Augen, die hinter Brillengläsern leuchten. Ein rundliches Kindergesicht, zarte Züge, eingerahmt von leuchtenden weizenblonden Locken. Du beobachtest ihn schon seit einer Weile, zunächst aus gebührendem Abstand, doch du näherst dich langsam, mehr und mehr fasziniert von seinem Gesicht. Unberührt und strahlend, weder von Leid noch von Angst gezeichnet. Auf diesem Gesichtchen siehst du nur ein Spektrum an Möglichkeiten. Lebensfreude, Glück in Reinkultur.

Jetzt schaut er dich an. Ein verschmitztes, argloses Lächeln erhellt seine Züge. Stolz zeigt er dir das kleine Metallflugzeug, das er mit seinen Patschhändchen über seinem Kopf kreisen lässt.

»Brmmmmm...«

Während du sein Lächeln erwiderst, erfasst dich eine seltsame Emotion. Das langsam wirkende Gift eines unergründlichen Gefühls infiziert dein ganzes Wesen mit einer unerklärlichen Traurigkeit.

Der Kleine hat seine Arme ausgebreitet und trippelt um den Steinbrunnen herum, der Wasserfontänen unter die Glaskuppel sprüht. Einen kurzen Augenblick glaubst du, er käme auf dich zugelaufen, um sich in deine Arme zu werfen, aber...

»Papa, Papa! Schau, ich bin ein Flieger!«

Du hebst die Augen, und dein Blick begegnet dem jenes Mannes, der das Kind im Flug auffängt. Eine eisige Klinge durchbohrt dich, und dein Herz krampft sich zusammen.

Du kennst diesen Mann. Vor fünf Jahren hattet ihr eine Liebesbeziehung, die ein gutes Jahr gedauert hat. Seinetwegen hast du Paris verlassen, bist nach Manhattan gezogen und hast dir einen neuen Job gesucht. Sechs Monate lang habt ihr sogar vergeblich versucht, ein Kind zu bekommen. Dann ist der Mann zu seiner Ex-Frau zurückgekehrt, mit der er bereits ein Kind hatte. Du hast alles in deiner Macht Stehende getan, um ihn zu halten, aber es war nicht genug. Diese Zeit war äußerst schmerzhaft für dich, und jetzt, da du glaubtest, dieses Kapitel abgeschlossen zu haben, begegnest du ihm wieder, und es bricht dir schier das Herz.

Nun verstehst du deine eigene Verwirrung besser. Du sagst dir, dieses Kind hätte eures sein können, nein, *müssen*.

Der Mann hat dich sofort wiedererkannt und weicht deinem Blick nicht aus. Seine bekümmerte Miene zeigt, dass er genauso überrascht ist wie du, verlegen, irgendwie beschämt. Du glaubst, er wird mit dir sprechen, doch wie ein Tier in Bedrängnis greift er schützend nach der Hand seines Sprösslings und macht auf dem Absatz kehrt.

»Komm, Joseph, wir gehen.«

Vater und Sohn entfernen sich, und du traust deinen Ohren nicht. »Joseph« war einer der Vornamen, die ihr für euer zukünftiges Kind ausgesucht hattet. Dein Blick verschleiert sich. Du fühlst dich betrogen. Eine schwere, lähmende Müdigkeit überwältigt dich, du bist wie vor den Kopf gestoßen und glaubst, ersticken zu müssen.

Unter Aufbietung all deiner Kräfte erreichst du den Ausgang des Einkaufszentrums. In deinen Ohren rauscht es, du bewegst dich wie ein Roboter, deine Gliedmaßen sind tonnenschwer. Auf der Höhe des St. James' Park gelingt es dir, den Arm zu heben, um ein Taxi anzuhalten, doch du zitterst während der ganzen Fahrt, versuchst, gegen die dich bedrängenden Gedanken anzukämpfen, und fragst dich, was dir gerade widerfährt.

Nachdem du die Tür zu deiner Wohnung von innen abgeschlossen hast, lässt du dir sofort ein Bad einlaufen. In deinem Schlafzimmer machst du kein Licht. Ohne dich auszukleiden, fällst du auf dein Bett. Völlig apathisch. In deinem Kopf ziehen die Bilder von dem Jungen mit dem Flugzeug vorbei, und bald verwandelt sich die ganze Verzweiflung, die dich beim Anblick deines ehemaligen Geliebten ergriffen hat, in ein schreckliches Gefühl totaler Leere. Ein Mangel, der dir den Atem nimmt. Du weinst natürlich, sagst dir aber, dass die Tränen eine reinigende Wirkung haben und die Krise von selbst vorübergehen wird. Nur dass der Schmerz sich tiefer gräbt, anschwillt, dich erfasst, all deine Deiche bricht und Jahre der Unzufriedenheit, des Grolls und enttäuschter Hoffnungen freisetzt. Verletzungen wiederaufleben lässt, die du längst für geheilt hieltest.

Dann ergreift die kalte Hydra der Panik Besitz von deinem Körper. Du springst auf. Dein Herz rast. Du hast vor einigen Jahren schon mal eine ähnliche Phase durchlebt, und die Dinge nahmen kein gutes Ende. Doch auch diese Erinnerung kann das Rad des Unausweichlichen nicht aufhalten. Von unkontrollierbarem Zittern ergriffen, taumelst du ins Badezimmer.

Der Arzneischrank. Die Röhrchen mit den Schmerzmitteln. Du legst dich in die übervolle Badewanne, obwohl du nur zur Hälfte entkleidet bist. Das Wasser ist zu heiß oder zu kalt, du weißt es nicht einmal mehr, und es ist dir auch egal. Deine Brust scheint in einen Schraubstock gespannt zu sein. In deinem Bauch tut sich ein Abgrund auf. Vor deinen Augen ein pechschwarzer Horizont, für immer versperrt durch deinen Kummer.

Dir war gar nicht bewusst, dass es so weit mit dir gekommen ist. In den letzten Jahren warst du zugegebenermaßen ein wenig verloren, und seit Langem weißt du, dass das Leben eine zerbrechliche Angelegenheit ist. Aber du hast nicht damit gerechnet, heute den Boden unter den Füßen zu verlieren und so rasch aus dem Gleichgewicht zu geraten. Vor allem wusstest du nicht, welche Massen an Schlamm dich durchströmen. Diese Schwärze, dieses Gift, dieses Elend. Dieses Gefühl stetiger Einsamkeit, das plötzlich in dir erwacht ist und dich in Panik versetzt.

Die Medikamentenröhrchen treiben an der Wasseroberfläche wie Schiffe bei Windstille. Du öffnest sie und schluckst sämtliche Kapseln. Doch das reicht nicht. Du musst die Dinge zu Ende führen. Und so nimmst du die Klinge aus dem kleinen Rasierer, der auf dem Badewannenrand liegt, und ziehst sie über deinen Unterarm.

Du hast dich immer tapfer geschlagen, aber heute bist du nicht mehr dazu in der Lage, denn dein Feind, der dich besser kennt als du dich selbst, lässt nicht mehr von dir ab. Als die Klinge deine Haut berührt, denkst du mit einer gewissen Ironie an dieses euphorische Glücksgefühl, das dich erfüllte, als heute Morgen die Sonne durch dein Fenster schien.

Dann dieser sonderbare und beruhigende Moment, als du begreifst, dass die Würfel gefallen sind, dass deine Reise ohne Rückkehr bereits begonnen hat. Wie hypnotisiert betrachtest du dein Blut, das namenlos schöne Arabesken ins Wasser zeichnet. Während du spürst, wie das Leben aus dir entweicht, sagst du dir, dass nun wenigstens der Schmerz aufhören wird, und in diesem Augenblick ist das von unschätzbarem Wert.

Während dich der Teufel davonträgt, hast du noch einmal das Bild von dem kleinen Jungen vor dir. Du siehst ihn an einem Strand am Meer. Ein Ort, vielleicht in Griechenland oder Süditalien. Du bist ganz nahe bei ihm. So nah, dass du sogar seinen Geruch nach Sand, nach Getreide wahrnimmst, beruhigend wie die leichte Brise eines Sommerabends.

Als er den Kopf in deine Richtung hebt, siehst du gerührt sein hübsches Gesicht, seine Stupsnase, seine weißen Kinderzähne, die sein Lächeln unwiderstehlich machen. Und jetzt breitet er die Arme aus und kreist um dich herum.

»Schau, Mama, ich bin ein Flieger!«

Mitten im Winter

Dienstag, 20. Dezember

1. Das Paris-Syndrom

Paris is always a good idea.

Audrey Hepburn, *in dem Film Sabrina*

1.

Roissy-Charles-de-Gaulle, Ankunftsbereich.

In gewisser Weise eine Definition der Hölle auf Erden.

Vor der Passkontrolle drängten sich Hunderte von Reisenden in einer Warteschlange, die sich ausdehnte und wand wie eine dickbäuchige Boa. Gaspard Coutances hob den Kopf zu den Plexiglaskabinen zwanzig Meter vor ihm. Nur in zwei davon saßen unglückselige Polizisten, die den schier endlosen Passagierstrom zu kontrollieren hatten. Gaspard stieß gereizt einen Seufzer aus. Jedes Mal, wenn er diesen Airport betrat, fragte er sich, wie die verantwortlichen Politiker die verheerenden Auswirkungen eines so negativen Frankreich-Bilds ignorieren konnten.

Er schluckte seinen Ärger hinunter. Zu allem Überfluss herrschte hier eine Bruthitze. Die Luft war feucht, drückend, durchtränkt von ekelhaftem Schweißgeruch.

19

Er stand neben einem Jugendlichen im Bikerlook und einer Gruppe von Asiaten. Die Anspannung war deutlich spürbar: Nach einem zehn- bis fünfzehnstündigen Flug mussten die Jetlag-Geschädigten empört feststellen, dass sie noch nicht am Ende ihres Leidenswegs angelangt waren.

Das Martyrium hatte kurz nach der Landung begonnen. Seine Maschine, aus Seattle kommend, war pünktlich gewesen und kurz vor neun Uhr morgens gelandet, doch sie hatten über zwanzig Minuten warten müssen, bis die Gangway an die Tür herangeschoben wurde und sie das Flugzeug verlassen konnten. Es folgte ein längerer Marsch durch die altmodischen Gänge. Eine Art Schnitzeljagd an komplizierten Wegweisern vorbei und über defekte Rolltreppen, gefolgt vom Überlebenskampf in einem überfüllten Pendelbus, um dann schließlich, in einen finsteren Raum eingepfercht, warten zu müssen. Willkommen in Frankreich!

Den Gurt seiner Reisetasche über der Schulter, lief Gaspard der Schweiß über die Stirn. Er hatte den Eindruck, schon mindestens drei Kilometer zurückgelegt zu haben, seitdem er das Flugzeug verlassen hatte. Deprimiert fragte er sich, was er hier zu suchen hatte. Warum bürdete er sich jedes Jahr einen Monat der Gefangenschaft in Paris auf, um ein neues Theaterstück zu schreiben? Er stieß ein nervöses Lachen aus. Die Antwort war einfach und klang wie ein Slogan: *Kreatives Schreiben in feindlicher Umgebung.* Jedes Jahr um dieselbe Zeit mietete ihm Karen, seine Agentin, ein Haus oder eine Wohnung, damit er in Ruhe arbeiten konnte. Gaspard hasste Paris so sehr – vor allem zur Weihnachtszeit –, dass er problemlos rund um die Uhr in seinen vier Wänden bleiben wollte. Resultat: Das Stück schrieb sich von ganz allein – oder fast. Auf alle Fälle war sein Text jedes Mal Ende Januar fertig.

Die Schlange vor dem Schalter löste sich mit trostloser Langsamkeit auf. Das Warten wurde zur unerträglichen Prüfung. Übererregte Kinder rannten schreiend zwischen den Zollschranken herum, ein älteres Paar stützte sich gegenseitig, ein Baby erbrach einen Schwall Milch in die Halsbeuge der Mutter.

Verdammte Weihnachtsferien wetterte Gaspard und atmete tief die verbrauchte Luft ein. Als er den Verdruss auf den Gesichtern seiner Leidensgenossen sah, erinnerte er sich an einen Artikel zum Thema »Paris-Syndrom«, den er in einem Magazin gelesen hatte: Jedes Jahr wurden mehrere Dutzend japanischer und chinesischer Touristen ins Krankenhaus eingeliefert oder in ihre Heimat überführt, weil sie unter schweren psychischen Störungen litten, die sich bei ihrem ersten Besuch in der französischen Hauptstadt eingestellt hatten. Kaum in Frankreich eingetroffen, klagten diese Urlauber über sonderbare Symptome – Wahnvorstellungen, Depressionen, Halluzinationen, Paranoia. Mit der Zeit fanden die Psychiater eine Erklärung: Die Beschwerden der Touristen resultierten aus der Diskrepanz ihrer überhöhten Erwartungen an die *Ville lumière*, der Stadt der Lichter, mit der Realität. Sie hatten geglaubt, »Die fabelhafte Welt der Amélie« zu entdecken, wie sie in Filmen und der Werbung angepriesen wird, und waren stattdessen mit einer harten und feindseligen Stadt konfrontiert worden. Ihr idealisiertes Paris-Bild – das der romantischen Cafés, der Bouquinisten am Seine-Ufer, der Maler am Montmartre und der Intellektuellen des Quartier Latin – traf auf die harte Realität: Dreck, Taschendiebe, allgemeine Unsicherheit, die allgegenwärtige Luftverschmutzung, ein hässliches Stadtbild, veraltete öffentliche Verkehrsmittel.

Um sich abzulenken, zog Gaspard mehrere gefaltete Blätter aus seiner Tasche. Die Beschreibung und Fotos von seinem »Luxusgefängnis« im 6. Arrondissement, das seine Agentin ihm gemietet hatte. Das ehemalige Atelier des Malers Sean Lorenz. Die Aufnahmen waren ansprechend – ein weiter offener Raum, lichtdurchflutet, entspannend, perfekt für den Schreibmarathon, der ihn erwartete. Normalerweise misstraute er solchen Fotos, doch Karen hatte die Wohnung selbst besichtigt und ihm versichert, sie würde ihm sicherlich gefallen. *Mehr sogar*, hatte sie auf geheimnisvolle Weise hinzugefügt.

Wenn er nur schon dort wäre.

Er musste sich noch eine gute Viertelstunde gedulden, bis einer der Beamten der Grenzpolizei sich bereitfand, einen Blick in seinen Pass zu werfen. Der ausgesprochen unfreundliche Typ ließ sich weder zu einem *Bonjour* noch zu einem *Merci* herab und antwortete auch nicht auf sein *Bonne journée*, als er ihm die Papiere zurückgab.

Erneutes Rätselraten vor den Hinweisschildern. Gaspard schlug die falsche Richtung ein, machte dann kehrt. Kaskaden von Rolltreppen. Eine Reihe von automatischen Türen, die sich jedes Mal mit Verzögerung öffneten. Er hastete an den Laufbändern vorbei. Zum Glück hatte er nur Handgepäck dabei.

Jetzt würde er der Hölle bald entkommen. Unter Einsatz der Ellenbogen kämpfte er sich durch das außergewöhnliche Gedränge in der Ankunftshalle, rempelte dabei ein sich küssendes Paar an, stieg über am Boden schlafende Passagiere hinweg. Die Drehtür mit dem Schild »Sortie – Taxis« darüber kündigte das Ende seines Martyriums an. Nur noch wenige Meter, und er wäre von diesem Albtraum befreit. Er würde ein Taxi nehmen, seine Kopfhörer aufsetzen und sich mental entfernen, indem er dem Piano von Brad Mehldau und dem Bass von Larry Grenadier lauschte. Dann, noch an diesem Nachmittag, würde er anfangen zu schreiben und …

Der Regen kühlte seinen Enthusiasmus ab. Sintflutartige Wolkenbrüche ergossen sich auf den Asphalt. Tiefschwarzer Himmel. Tristesse und aufgeheizte Luft. Kein Taxi weit und breit. Stattdessen Wagen der Bereitschaftspolizei und desorientierte Touristen.

»Was ist los?«, fragte er einen Kofferträger, der seelenruhig neben einem Aschenbecher stand und seinen Glimmstängel paffte.

»Haben Sie denn noch nicht davon gehört? Wieder mal Streik, Monsieur.«

2.

Zur selben Zeit, genauer gesagt um 9:47 Uhr, stieg
Madeline Greene an der Gare du Nord aus dem Eurostar,
der sie aus London hierhergebracht hatte.

Ihre ersten Schritte auf französischem Boden waren
zögerlich, denn sie hatte Probleme, sich zurechtzufinden. Ihre Beine waren schwer und zitterten. Zur Müdigkeit gesellten sich Schwindelgefühl, schmerzhafte
Übelkeit und Sodbrennen. Obwohl der Arzt sie vor den
Nebenwirkungen der Behandlung gewarnt hatte, war
ihr nicht klar gewesen, dass sie über Weihnachten in so
schlechter Verfassung sein würde.

Der Koffer, den sie hinter sich herzog, schien Tonnen
zu wiegen. Der Lärm der Laufrollen auf dem Beton
dröhnte in ihrem Kopf, zerriss gleichsam ihr Gehirn
und intensivierte ihre Migräne, die sie quälte, seit sie
wach geworden war.

Madeline blieb stehen, um den Reißverschluss ihres
mit Lammfell gefütterten Lederblousons ganz hochzuziehen. Sie war schweißgebadet und zitterte trotzdem
vor Kälte. Da sie kaum atmen konnte, glaubte sie einen
Augenblick, ohnmächtig zu werden, fing sich aber am
Ende des Bahnsteigs wieder, so als würde das geschäf-
tige Treiben sie stimulieren.

Trotz seines wenig schmeichelhaften Rufs war die
Gare du Nord, der Pariser Nordbahnhof, ein Ort, der
Madeline schon immer fasziniert hatte. Sie empfand

diesen Bahnhof nicht als gefährlich, sondern eher als eine Art Bienenstock – in ständiger Bewegung. Tausende von Leben, von Schicksalen, die sich kreuzten. Ein reißender Strom, eine Brandungswelle, die man bezwingen musste, um nicht zu ertrinken.

Vor allem aber wirkte der Bahnhof auf sie wie eine Bühne mit unzähligen Schauspielern: Touristen, Pendler, Geschäftsleute, Asoziale, Polizisten auf Streife, Schwarzhändler, Dealer, Angestellte aus den Cafés und Läden ringsumher … Während sie diese Miniaturwelt unter der großen Glaskuppel sah, fühlte sich Madeline an die Schneekugeln erinnert, die ihr die Großmutter von jeder ihrer Reisen mitbrachte. Eine gigantische Glaskugel ohne Schnee, die von dem in ihr brodelnden Leben Risse bekam.

Draußen auf dem Vorplatz wurde sie von heftigen Böen empfangen. Das Wetter war noch mieser als in London: dichter Regen, trüber Himmel, feuchte, stickige Luft. Wie Takumi ihr prophezeit hatte, blockierten Dutzende Taxen den Zugang zum Bahnhof. Weder Busse noch Privatwagen konnten Reisende aufnehmen; sie blieben ihrem Schicksal überlassen. Vor einer Fernsehkamera erregten sich die Menschen: Streikende und Fahrgäste spielten die ewig gleichen Szenen für die Zeitungen und Nachrichtensender.

Madeline machte rasch einen Bogen um die *Gruppe*. *Warum hab ich nicht daran gedacht, einen Regenschirm mitzunehmen*, verfluchte sie sich, während sie auf den Boulevard de Magenta zusteuerte. Da sie zu nahe am

Bürgersteigrand ging, wurde sie von einem vorbeifahrenden Wagen nass gespritzt. Wütend lief sie die Rue Saint-Vincent-de-Paul hinunter bis zum Eingang der Pfarrei. Dort, am Steuer eines Lieferwagens, der in zweiter Reihe parkte, wartete Takumi wie verabredet. Sein bunter Lieferwagen war mit einer fröhlichen Beschriftung versehen, die in krassem Gegensatz zur Umgebung stand: »Le Jardin Extraordinaire – Fleuriste – 3 bis, Rue Delambre – 75014 Paris«. Madeline winkte, als sie ihn sah, und kletterte erfreut in den Wagen.

»Salut, Madeline, willkommen in Paris!«, begrüßte der Blumenhändler sie und reichte ihr ein Handtuch.

»Hello, mein Lieber, ich freue mich, dich zu sehen!«

Während sie sich ihre Haare trocknete, betrachtete sie den jungen Asiaten. Takumi hatte kurzes Haar, trug eine Cordsamtjacke und dazu einen Seidenschal. Eine karierte Flanellkappe thronte auf seinem runden Kopf, unter der zwei kleine abstehende Ohren herausschauten, die an winzige Mäuse erinnerten. Der spärliche Schnurrbart über seiner Oberlippe erinnerte eher an einen pubertären Knaben als an Thomas Magnum. Sie fand, er war überhaupt nicht gealtert, seit sie nach London umgezogen war und ihm ihren hübschen Pariser Blumenladen überlassen hatte, in dem er zuvor ein paar Jahre angestellt gewesen war.

»Toll, dass du mich abgeholt hast, danke«, sagte Madeline und legte ihren Sicherheitsgurt an.

»Gern geschehen, heute wärst du anders nicht vom Fleck gekommen.«

Der junge Blumenhändler legte einen anderen Gang ein und bog in die Rue Abbeville ab.

»Wie du siehst, hat sich, seitdem du gegangen bist, in diesem Land nichts verändert«, erklärte er und deutete auf eine Gruppe von Demonstranten. »Es wird sogar mit jedem Tag ein bisschen schlimmer …«

Die Scheibenwischer des alten Renaults hatten Mühe, die Sturzbäche an Regen, die sich über die Windschutzscheibe ergossen, zu bewältigen.

Trotz des Unwohlseins, das sie erneut überkam, bemühte sich Madeline, das Gespräch in Gang zu halten.

»Und, wie geht's dir so? Gönnst du dir nicht einen kleinen Weihnachtsurlaub?«

»Nicht vor Ende nächster Woche. Wir feiern Silvester mit der Familie von Marjolaine. Ihre Eltern besitzen eine Brennerei im Département Calvados.«

»Wenn du den Alkohol immer noch so schlecht verträgst, kann man sich ja auf einiges gefasst machen!«

Das Gesicht des Floristen lief purpurrot an. *Noch immer so empfindlich, der kleine Takumi*, dachte Madeline amüsiert, während sie die verschwommene Stadtlandschaft an sich vorbeiziehen sah. Der Lieferwagen erreichte den Boulevard Haussmann und bog nach fünfhundert Metern in die Rue Tronchet ein. Trotz des Wolkenbruchs, trotz der angespannten sozialen Lage war Madeline glücklich, hier zu sein.

Sie hatte gern in Manhattan gelebt, aber nicht jene vermeintliche Energie wahrgenommen, die von manchen ihrer Freundinnen so gepriesen wurde. Um ehrlich zu sein, hatte New York sie nur erschöpft. Ihre Lieblingsstadt würde immer Paris bleiben, weil es der Ort war, an den sie zurückkehrte, um ihre Wunden zu heilen. Sie hatte hier vier Jahre lang gelebt. Nicht unbedingt die schönsten Jahre ihres Lebens, doch auf jeden Fall die wichtigsten: die der seelischen Heilung, der Festigung, des Neubeginns.

Bis 2009 hatte sie in England bei der Mordkommission von Manchester gearbeitet. Und dort war sie an einem schrecklichen Fall, dessen Ermittlungen sie geleitet hatte – die Affäre Alice Dixon* – gescheitert und gezwungen gewesen, den Polizeidienst zu quittieren. Diese Niederlage hatte ihr alles genommen: ihren Beruf, die Achtung ihrer Kollegen, ihr Selbstvertrauen. In Paris hatte sie dann einen kleinen Blumenladen aufgemacht und sich ein neues Leben im Viertel Montparnasse aufgebaut, weit entfernt von den Ermittlungen in Mordfällen oder Kindesentführungen. Doch dieses ruhige Dasein hatte eine radikale Wendung genommen, als eine Begegnung sie auf eine unerwartete Spur brachte und sie in der Lage war, die Ermittlungen fortzuführen. Schließlich hatte der Fall Alice Dixon in New York ein glückliches Ende gefunden. Die Umstände dieses Erfolgs hatten es ihr ermöglicht, in der Verwaltung des WITSEC, des Zeugenschutzprogramms, zu arbeiten.

---

* siehe Musso »Nachricht von dir«, Pendo Verlag 2012

Sie hatte ihren Blumenladen Takumi überlassen und war nach New York aufgebrochen. Ein Jahr später war das NYPD, die New Yorker Polizei, an sie herangetreten, um ihr einen Vertrag als Beraterin in der Abteilung für ungelöste Fälle anzubieten. Madeline sollte alte Ermittlungen, die ohne Ergebnis geblieben waren, wiederaufnehmen. Eine Arbeit, die in einer Fernsehserie oder einem Krimi von Harlan Coben aufregend gewesen wäre, sich in der Realität aber nur als ein unendlich langweiliger Schreibtischjob herausstellte. Innerhalb von vier Jahren hatte Madeline nicht an einem einzigen Einsatz mehr teilgenommen. Und nicht in einem einzigen Fall eine Wiederaufnahme des Verfahrens erreicht. Ihrer Abteilung fehlte es an den nötigen finanziellen Mitteln, und sie hatte gegen eine Bürokratie zu kämpfen, derer sich die französische Verwaltung geschämt hätte. Für den Antrag auf eine DNA-Untersuchung mussten Berge von Formularen ausgefüllt werden, und jede Anfrage zur Vernehmung ehemaliger Zeugen oder zur Akteneinsicht stieß meist auf eine eindeutige Absage des FBI, das für die interessantesten Ermittlungen zuständig war.

Ohne das geringste Bedauern hatte sie diesen Job gekündigt, um nach England zurückzukehren. Sie nahm es sich sogar fast übel, so lange mit der Entscheidung gewartet zu haben. Und seitdem Jonathan Lempereur – der Mann, den sie geliebt hatte und dem sie nach Manhattan gefolgt war – wieder zu seiner Frau zurückgekehrt war, hatte wirklich nichts mehr sie in den USA zurückgehalten.

»Marjolaine und ich erwarten im Frühjahr ein Baby«, vertraute ihr der Blumenhändler unvermittelt an.

Diese Eröffnung riss Madeline aus ihren Gedanken.

»Wie ... wie schön für euch«, erwiderte sie und versuchte, einen Anflug von Freude in ihre Stimme zu legen.

Aber ihre Reaktion klang derart falsch, dass Takumi schnell das Thema wechselte.

»Du hast mir immer noch nicht gesagt, was dich nach Paris führt, Madeline?«

»Dieses und jenes«, erwiderte sie ausweichend.

»Wenn du Heiligabend mit uns verbringen möchtest, bist du herzlich eingeladen.«

»Das ist sehr nett, aber sei mir nicht böse, ich muss einfach allein sein.«

»Wie du willst.«

Erneutes Schweigen. Lastend. Madeline bemühte sich gar nicht erst, das Gespräch wieder in Gang zu bringen. Die Stirn an die Fensterscheibe gedrückt, versuchte sie, sich zurechtzufinden, jeden Ort mit einer Erinnerung ihres Pariser Lebens zu verknüpfen. Die Place de la Madeleine ließ sie an eine Ausstellung mit Werken von Raoul Dufy denken; die Rue Royale an das Bistrot mit dem köstlichsten Kalbsfrikassee; der Pont Alexandre III an einen Unfall, den sie an einem Regentag mit ihrem Motorrad gehabt hatte ...

»Hast du berufliche Pläne?«, insistierte Takumi.

»Natürlich«, log sie.

»Und hast du Jonathan unlängst gesehen?«

Kümmer dich um deinen eigenen Kram!

»Gut, bist du jetzt fertig mit deinem Verhör? *Ich* bin hier schließlich der Bulle.«

»Eben nicht; wenn ich es recht verstanden habe, bist du nicht mehr ...«

Sie seufzte. Der junge Tollpatsch ging ihr langsam echt auf die Nerven.

»Okay, ich werde ehrlich sein«, sagte sie. »Ich will, dass du mit deiner Fragerei aufhörst. Du warst mein Lehrling, und ich habe dir mein Geschäft vermacht. Das gibt dir aber nicht das Recht, mich mit Fragen nach meinem Leben zu bedrängen!«

Während der Lieferwagen die Esplanade des Invalides überquerte, sah Takumi Madeline von der Seite an. Sie war so geblieben, wie er sie gekannt hatte – ihr barscher Charakter, ihre grobe Lederjacke, ihre blonden Strähnen und der Bubikopf, der ein wenig *old fashioned* war.

Noch immer wütend, kurbelte Madeline das Seitenfenster runter und zündete sich eine Zigarette an.

»Rauchst du etwa noch?«, fragte der Florist mit mahnendem Unterton. »Wie unvernünftig.«

»Halt die Klappe«, gab sie zurück und blies, um ihn zu provozieren, eine Rauchwolke in seine Richtung.

»Nein! Nicht in meinem Wagen! Ich will nicht, dass es hier drinnen nach Tabak stinkt!«

Als der Lieferwagen an einer roten Ampel hielt, nutzte sie die Gelegenheit, um nach ihrem Koffer zu greifen und die Beifahrertür zu öffnen.

»Aber, Madeline, was machst du denn?«

»Ich muss mir in meinem Alter keine billigen Moralpredigten mehr anhören. Ich gehe zu Fuß weiter.«

»Nein, warte, du ...«

Sie warf die Tür zu und entfernte sich mit weit ausholenden Schritten.

Es regnete immer noch heftig.

3.

»Der Streik?«, rief Gaspard. »Welcher Streik?«

Schicksalsergeben zuckte der Kofferträger mit den Schultern und machte eine vage Geste.

»Ach, wie immer, Sie kennen das ja ...«

Um sich gegen die Regenböen zu schützen, beschattete Gaspard die Augen mit der Hand. Er hatte natürlich nicht daran gedacht, einen Regenschirm mitzunehmen.

»Das heißt also, es fahren keine Taxen?«

»Nada. Sie können versuchen, den RER-B zu nehmen, aber da geht nur jeder dritte Zug.«

Na toll, lieber sterben.

»Und die Busse?«

»Keine Ahnung«, erwiderte der Angestellte und zog ein letztes Mal an seiner Zigarette.

Wütend kehrte Gaspard ins Gebäude zurück. In einem Zeitungsshop blätterte er in der aktuellen Ausgabe von *Le Parisien.* Der Titel sagte alles: »Le grand blocage«.

Taxifahrer, Eisenbahner, Angestellte der Pariser Verkehrsbetriebe, Fluglotsen, Stewardessen und Flugbegleiter, Fernfahrer, Dockarbeiter, Postboten, Müllmänner: Sie alle hatten sich zusammengetan und drohten der Regierung, das Land lahmzulegen, um die Politiker zu zwingen, einen bestimmten Gesetzestext zurückzunehmen. Der Zeitungsartikel präzisierte, man könne sich auf andere Streiks gefasst machen, und auch eine Blockade der Raffinerien sei nicht auszuschließen, sodass dem Land in den nächsten Tagen das Benzin ausgehe. Um alles noch zu verschlimmern, führte die Seine – nach einer starken Luftverschmutzung Anfang des Monats – historisches Hochwasser. Es gab überall in und um Paris Überschwemmungen, was den Verkehr zusätzlich erschwerte.

Gaspard rieb sich die Augenlider. *Immer dasselbe, wenn ich einen Fuß in dieses Land setze ...* Der Albtraum dauerte an, aber nach und nach siegte die Mattigkeit über den Zorn.

Was tun? Hätte er ein Handy gehabt, hätte er Karen anrufen können, damit sie eine Lösung für ihn fände. Aber Gaspard hatte nie ein Mobiltelefon haben wollen. Ebenso wie er auch keinen Computer, kein Tablet, keine E-Mail-Adresse hatte und auch nie das Internet benutzte.

Also machte er sich auf die Suche nach einer Telefonzelle in der Ankunftshalle, doch sie schienen alle verschwunden zu sein.

Die Busse blieben seine letzte Hoffnung. Er trat nach

draußen und suchte vergebens nach einem Angestellten, um sich zu erkundigen, brauchte eine gute Viertelstunde, bis er das System der Air-France-Busse verstanden hatte, und sah zwei davon völlig überfüllt davonfahren.

Nach einer halben Stunde Wartezeit – der Regen war noch heftiger geworden – konnte er schließlich in eines der Fahrzeuge steigen. Kein Sitzplatz, nein, das wäre zu schön gewesen, doch er war wenigstens im richtigen Bus, demjenigen, der zur Gare Montparnasse fuhr.

Dicht gedrängt wie Heringe und triefend nass, mussten die Fahrgäste den Kelch bis zur bitteren Neige leeren. Seine Reisetasche fest an sich gepresst, dachte Gaspard an Dostojewskis Definition des Menschen: »Der Mensch ist ein Wesen, das sich an alles gewöhnt.« Und so ließ er sich auf die Füße treten und schubsen, sich ins Gesicht husten und teilte diesen Brutkasten und die bakterienverseuchte Metallstange mit schwitzenden Fremden …

Erneut war er versucht, alles aufzugeben und Frankreich zu verlassen, dann aber tröstete er sich damit, dass sein Martyrium ja nicht länger als einen Monat dauern würde. Wenn es ihm gelänge, das Stück in weniger als fünf Wochen fertigzustellen, würde er das Winterende und den Frühlingsanfang in Griechenland verbringen, wo er auf Sifnos ein Segelboot im Hafen liegen hatte. Das würde sechs Monate Schiffsreise zwischen den Kykladen-Inseln bedeuten, ein Leben im Einklang mit den Elementen und einer Explosion der Gefühle und der Farben: das blendende Weiß der Sonne, das Kobaltblau des Himmels, die türkisgrünen Tiefen der Ägäis. In Griechenland fühlte sich Gaspard eins mit der Landschaft, den Pflanzen und den Düften. Nachdem er sich an der Meeresluft berauscht hatte, würde er eintauchen in die Baumheide, sich an den Gerüchen von Thymian, Salbei, Olivenöl und gegrilltem Tintenfisch laben. Ein Glück, das etwa bis Mitte Juni andauerte. Wenn dann die Touristen die Inseln zu überschwemmen drohten, flüchtete er nach Amerika in sein Chalet in Montana.

Dort veränderte sich der Lebensstil: ein Zurück zur Natur – in ihrer wildesten und rauesten Form. Seine Tage waren bestimmt von Angelpartien, endlosen Spaziergängen durch die Birkenwälder, an See- und Flussufern entlang. Ein einsames, aber intensives Leben, weit entfernt vom Krebsgeschwür der Städte und ihren gestressten Einwohnern.

Meter für Meter schob sich der Bus über die Autobahn A3. Durch die beschlagenen Fenster konnte Gaspard bisweilen vage die Schilder der nordöstlichen Vororte erkennen: Aulnay-sous-Bois, Drancy, Livry-Gargan, Bobigny, Bondy …

Er brauchte dieses einsame Eintauchen in die Natur, um sich zu entgiften, sich reinzuwaschen von den Auswüchsen der Zivilisation. Denn seit Langem schon stand Gaspard Coutances auf Kriegsfuß mit dem Treiben und dem Chaos einer Welt, die ihrem Untergang entgegenging. Einer Welt, die an allen Ecken und Enden ins Wanken geriet und die er nicht mehr verstand. Als guter Misanthrop fühlte er sich den Bären, Raubvögeln und Schlangen näher als seinen sogenannten Mitmenschen. Und er war stolz darauf, mit einer Welt gebrochen zu haben, für die er nur Hass empfand. Stolz darauf, einen Großteil der Zeit außerhalb der Gesellschaft und ihrer Regeln leben zu können. Deshalb hatte er seit fünfundzwanzig Jahren keinen Fernseher mehr eingeschaltet, wusste so gut wie nichts vom Internet und fuhr einen Dodge aus den späten 1970er-Jahren.

Sein Einsiedlerleben resultierte aus einer entschiedenen, aber nicht radikalen Askese. Er erlaubte sich bisweilen, wenn sich die Gelegenheit bot, einen Verstoß gegen seine eigenen Grundsätze. So kam es vor, dass er seine Berge oder sein Versteck in Griechenland verließ, um ein Konzert von Keith Jarrett in Juan-les-Pins, eine Brueghel-Retrospektive in Rotterdam oder eine *Tosca*-Aufführung in der Arena von Verona zu besuchen. Und dann gab es besagten Schreib-Monat in Paris. Nachdem er sein Theaterstück während eines Jahres im Kopf hatte reifen lassen, setzte er sich täglich für etwa sechzehn Stunden an seinen Schreibtisch. Jedes Mal glaubte er, es könnte ihm an Ideen und Inspiration mangeln, doch jedes Mal kam ein mysteriöser Prozess in Gang. Worte, Situationen, Dialoge ergaben sich wie von selbst und bildeten ein kohärentes Ganzes.

Seine Stücke wurden heute in fast zwanzig Sprachen übersetzt und auf der ganzen Welt aufgeführt. Allein im letzten Jahr wurden an die fünfzehn Inszenierungen in Europa und den Vereinigten Staaten gespielt; eines seiner letzten Stücke, *Ghost Town*, sogar an der *Schau-*

bühne, dem mythischen Berliner Theater, und für einen Tony Award nominiert. Seine Geschichten gefielen vor allem den intellektuellen Kritikern, die seine Arbeit ein wenig überinterpretierten und irgendwie vielleicht auch überschätzten.

Gaspard wohnte nie den Aufführungen seiner Stücke bei und gab auch keine Interviews. Anfangs hatte Karen sich Sorgen gemacht, weil er nicht in den Medien präsent war, diese Reserviertheit dann aber genutzt, um das »Mysterium Gaspard Coutances« zu erschaffen. Je weniger er sich blicken ließ, desto mehr lobte ihn die Presse. Man verglich ihn mit Kundera, Pinter, Schopenhauer, Kierkegaard. Gaspard fühlte sich alles andere als geschmeichelt durch diese Komplimente, hatte er doch immer gedacht, sein Erfolg rühre von einem Missverständnis her.

Hinter Bagnolet schlich der Bus eine Ewigkeit über den Périphérique, bevor er über den Quai de Bercy den Bahnhof Gare de Lyon erreichte. Dort angekommen, legte er einen endlos langen Stopp ein, um die Hälfte der Fahrgäste aussteigen zu lassen, bevor er weiter in Richtung Westen fuhr.

Gaspards Theaterstücke resultierten alle aus derselben Grundhaltung – der Absurdität und Tragik des Lebens, der Einsamkeit der conditio humana. Sie zeigten seine Aversion gegen den Wahnsinn seiner Epoche und waren bar jeder Illusion, jeder Form von Optimismus oder Happy End. Doch wenn seine Arbeiten auch von Verzweiflung und Grausamkeit geprägt waren, wiesen sie doch eine gewisse Komik auf. Gewiss, es war nicht *Die große Sause* oder *Ein Käfig voller Narren*, aber es waren dynamische Stücke voller Leben. Wie Karen sagte, ließen sie den Zuschauer glauben, er sei frei, und den Kritiker, er sei intelligent. Das erklärte vielleicht die Begeisterung des Publikums und auch die der gefragtesten Schauspieler, die sich darum rissen, seine Rollen verkörpern zu dürfen.

Eben hatten sie die Seine überquert. Auf dem Boulevard Arago erinnerte die triste und zerrupfte Weihnachtsdeko Gaspard daran, wie sehr er diese Zeit hasste und was aus diesem Fest geworden war: ein kommerzielles und banales Event. Schließlich hielt der Bus an der Place Denfert-Rochereau, direkt vor dem Eingang zu den Katakomben. Um den mächtigen Lion de Belfort herum schwenkte eine kleine Gruppe von Demonstranten ihre Fahnen in den Farben der CGT, FO und FSU, den drei wichtigsten französischen Gewerkschaften. Der Fahrer ließ das Seitenfenster herunter, um mit einem Polizisten zu sprechen, der den Verkehr regelte. Gaspard lauschte angestrengt und verstand, dass die Avenue du Maine sowie alle Straßen zur Tour Montparnasse gesperrt waren.

Die Bustüren öffneten sich quietschend.

»Endstation, alle aussteigen!«, verkündete der Fahrer in belustigtem Tonfall, obwohl er seine Passagiere einem traurigen Schicksal überließ.

Draußen tobte das Gewitter immer heftiger.

4.

Wegen des Streiks und der Blockade der Anlagen zur Abfallaufbereitung versank Paris im Müll. Berge von Unrat türmten sich vor den Restaurants, Gebäudeeingängen und Geschäften. Verärgert, hin- und hergerissen zwischen Abscheu und Wut, machten manche Touristen sogar Selfies vor den überquellenden Abfallcontainern.

Im peitschenden Regen lief Madeline die Rue de Grenelle entlang und zog ihren Rollenkoffer, der alle hundert Meter ein Kilo mehr zu wiegen schien, hinter sich her. Tapfer und unverzagt hatte sie beschlossen, sich nicht unterkriegen zu lassen. Um sich Mut zu machen, stellte sie sich ihr Programm für die nächsten Tage vor. Spaziergänge auf der Île Saint-Louis, ein Musical im Châtelet, ein Theaterstück im Édouard-VI, die Hergé-Ausstellung im Grand Palais, *Manchester by the Sea* im Kino und bisweilen ein Restaurantbesuch, auch wenn sie allein war ... Es war wichtig für sie, dass ihr Aufenthalt gut verlief. Sie war hierhergereist, in der Hoffnung, sich zu erholen und wieder zu sich zu kommen, und davon überzeugt, dass die Stadt magische Fähigkeiten besaß.

Sie setzte ihren Weg fort und zwang sich, nicht an den medizinischen Eingriff zu denken, der ihr in den nächsten Tagen bevorstand. Jenseits der Rue de Bourgogne hörte es schlagartig auf zu regnen. Auf der Höhe der Rue du Cherche-Midi wagte sich sogar ein schüchterner Sonnenstrahl hervor und zauberte ein Lächeln auf ihre Lippen. Sie suchte in ihrem Smartphone nach der Bestätigungsmail des Vermietungsportals, bei dem sie die Wohnung gebucht hatte.

»Eine Wohnung in Paris«: Diese Anfrage hatte sie einen Monat zuvor in die Suchmaschine eingegeben, um ein Quartier in Paris zu finden. Nach einigen Dutzend Mausklicks und einer halben Stunde intensiven Suchens war sie auf die Site eines Maklerbüros gestoßen, das auf Mietwohnungen mit außergewöhnlichem Flair spezialisiert war. Der Preis überstieg bei Weitem ihr Budget, aber sie hatte sich sofort in das Haus verliebt, sodass sie sich nicht vorstellen mochte, anderswo zu wohnen. Aus Angst, jemand könnte ihr die Wohnung vor der Nase wegschnappen, hatte Madeline ihre Kreditkarte gezückt, um definitiv zu buchen.

In der Bestätigungsmail waren die Adresse des Hauses sowie die verschiedenen Zugangscodes vermerkt. Gemäß den Angaben befand sich das Gebäude in der Allée Jeanne-Hébuterne, einer Sackgasse, deren Zugang mit einem Eisentor gesichert war. Als sie vor dem Gitter mit der abgeblätterten Farbe stand, sah sie auf das Display ihres Handys und tippte dann den Code ein.

Nachdem sie das Tor hinter sich geschlossen hatte, fühlte sich Madeline in ein Refugium außerhalb der Zeit versetzt. Das üppige Grün der Pflanzen – Geißblatt, Bambus, Jasmin, Magnolien, Orangenblumen, japanische Lavendelheide, Schmetterlingsflieder – verlieh dem Ort eine idyllische, ländliche Note, die meilenweit von der Hektik der Hauptstadt entfernt schien. Als sie weiter über die gepflasterte Gasse lief, entdeckte sie eine Gruppe von vier einstöckigen Häuschen, deren Fassaden von Efeu und Passionsblumen überwuchert und von Gemüsebeeten umgeben waren.

Das letzte Haus war jenes, das sie gemietet hatte. Es hatte nichts mit den anderen gemein. Von außen betrachtet, war es ein Kubus aus Stahlbeton mit einem schachbrettartig angeordneten Fries aus roten und schwarzen Ziegelsteinen. Madeline tippte erneut einen Code ein, um die große Tür zu öffnen, über der eine Inschrift aus Gusseisen prangte:

Cursum Perficio

Als sie den Flur betrat, geschah etwas Sonderbares: Sie empfand eine Begeisterung, fast schon wie Liebe auf den ersten Blick, die sie mitten ins Herz traf. Woher kam es, dass sie sich hier sofort zu Hause fühlte? Dieser Eindruck von undefinierbarer Harmonie? Lag es an der Raumaufteilung oder an dem ockerfarbenen Schimmer des natürlichen Lichts? Oder an dem Gegensatz zu dem Chaos, das draußen herrschte?

Madeline war seit jeher empfänglich für Interieurs. Lange Zeit war das sogar Bestandteil ihres Berufs gewesen: die Orte zum Sprechen zu bringen. Doch die Orte, mit denen sie damals zu tun gehabt hatte, besaßen die Besonderheit, dass es sich um Tatorte handelte ...

Sie stellte ihren Koffer in einer Ecke des Eingangs ab und nahm sich Zeit, alle Zimmer anzuschauen. *Cursum Perficio*[*] war ein perfekt restauriertes Atelierhaus aus den 1920er-Jahren, bestehend aus drei Etagen rund um einen bepflanzten Innenhof.

Im Erdgeschoss öffnete sich eine Küche auf ein Esszimmer und einen großen, spärlich möblierten Salon. Über eine Treppe aus unbehandeltem Holz gelangte man hinab auf die Gartenebene mit zwei Schlafzimmern, die auf einen von Kletterpflanzen umwucherten Brunnen hinausführten. Der erste Stock bestand aus einem großen Atelier, einem Schlafzimmer und dem Bad.

Wie verzaubert verweilte Madeline mehrere Minuten im Atelier und betrachtete beeindruckt die bis zu vier Meter hohen Fenster, die den Blick in den Himmel und auf die Baumkronen ermöglichten. In der Beschreibung auf der Website hatte sie gelesen, dass das Haus früher dem Maler Sean Lorenz gehört hatte. Tatsächlich erweckte das Atelier den Eindruck, als hätte der Künstler es eben erst Hals über Kopf verlassen – mit dem Boden voller kräftiger Farbflecken, den Staffeleien und Rahmen in allen Größen, der leeren Leinwand in den Gestellen. Und überall Farbtöpfe, Bürsten, Pinsel, Spraydosen.

Es fiel ihr schwer, das Atelier zu verlassen. Es war berauschend, sich in der Privatsphäre eines Künstlers

---

[*] »Hier endet mein Weg.«

zu bewegen. Zurück im Salon, öffnete sie die große Glastür, die auf die Terrasse führte. Gerührt beobachtete sie zwei Rotkehlchen, die in anmutigen Pirouetten um ein Futterhäuschen kreisten. Hier befand man sich eigentlich auf dem Land und nicht in Paris. Jetzt wusste sie, was sie tun würde: ein Bad nehmen und sich mit einer Tasse Tee und einem guten Buch auf der Terrasse niederlassen!

In diesem Haus hatte sie sofort ihr Lächeln wiedergefunden. Sie hatte recht gehabt, ihrem Instinkt zu folgen und hierherzukommen. Paris war wirklich die Stadt, in der alles möglich war.

5.

Die schwere Tasche über der Schulter und die Jacke schützend über den Kopf haltend, sprang Gaspard über die Pfützen und verfluchte den sturzbachartigen Regen. Von Denfert Rochereau aus rannte er bis zur Metrostation Edgar Quinet. Als er schließlich in die Rue Delambre bog, befand er sich endlich auf bekanntem Terrain. Zwei Jahre zuvor hatte Karen ihm eine große Wohnung am Square Delambre gemietet. Er konnte sich gut an die Straße erinnern: die kleine Schule, das Hotel *Lenox* sowie die Restaurants, in denen er bisweilen zum Essen gewesen war: das *Sushi Gozen* und das *Bistrot du Dôme*.

Auf Höhe des Boulevard Montparnasse hörte es plötzlich auf zu regnen. Gaspard nutzte die Gelegenheit, um seine Jacke wieder anzuziehen und seine Brille zu trocknen. Ein rauer und diffuser Lärm schlug ihm entgegen. Knallkörper, Tröten, Pfeifen, Sirenen, regierungsfeindliche Slogans. Ein großer, dicht gedrängter Demonstrationszug, angefeuert von einer Lautsprecheranlage, hatte sich um einen Heißluftballon geschart und wartete darauf, sich auf der Rue de Rennes in Bewegung setzen zu können. Gaspard erkannte die fluoreszierenden gelben und roten Westen der Gewerkschaft CGT.

Gaspard tauchte in das Meer von Transparenten und Fahnen ein, um es zu durchqueren. Erleichtert, sich in ruhigeren Gefilden zu befinden, lehnte er sich an einen Laternenpfahl und atmete tief durch. Schweißgebadet zog er den Zettel, den Karen ihm geschickt hatte, aus der Tasche und las noch einmal die Adresse des Hauses und den Zugangscode. Als er seinen Weg fortsetzte, zauberten schüchterne Sonnenstrahlen einen freundlichen Schimmer auf die Bürgersteige.

An der Kreuzung Rue du Cherche-Midi besserte die Auslage eines Weingeschäfts seine Laune sofort. »Le Rouge et le Noir«. Bevor er eintrat, vergewisserte er sich, dass kein Kunde im Laden war. Da er genau wusste, was er wollte, hielt sich das Gespräch mit dem Eigentümer in Grenzen. Bereits zehn Minuten später brach er, beladen mit einer Kiste erlesenster Weine, auf: Gevrey-Chambertin, Chambolle-Musigny, Saint-Estèphe, Margaux, Saint-Julien.

Der Alkohol …

Als er sein Spiegelbild in den Schaufenstern sah,

musste er kurz an die schreckliche Szene am Anfang des Films *Leaving Las Vegas* denken, als der Protagonist, verkörpert von Nicolas Cage, in einem *Liquor Store* anhält, um einen Caddie mit Dutzenden Flaschen Alkohol zu füllen. Ein Vorspiel zum Abstieg in die Hölle des Selbstmords.

Nun, Gaspard war noch nicht ganz so weit, doch der Alkohol war ein fester Bestandteil seines Alltags. Wenn er auch die meiste Zeit allein trank, genehmigte er sich trotzdem gelegentlich in irgendwelchen Spelunken von Columbia Falls, Whitefish oder Sifnos einen ordentlichen Rausch. Heftige Besäufnisse mit frustrierten Typen, die keine Ahnung von Brueghel, Schopenhauer, Milan Kundera oder Harold Pinter hatten.

Alkohol war das einfachste Hilfsmittel, um die Bruchstellen seines Lebens abzudichten und die Tragik zu verringern. Ein Verbündeter, der ihm half, seiner Existenz einige Fragmente der Sorglosigkeit abzuringen. Mal Freund, mal Feind, diente er ihm als Schutzschild, der die Gefühle auf Distanz hielt, als Kettenhemd, das ihn gegen die Ängste schützte, und als bestes Schlafmittel. Er erinnerte sich an den Satz von Hemingway: *Ein intelligenter Mann ist manchmal gezwungen, sich zu betrinken, um Zeit mit Narren zu verbringen.* Genau das war es. Der Alkohol löste im Grunde kein Problem, doch er bot die Möglichkeit, die Mittelmäßigkeit zu ertragen, die nach seinem Empfinden die Menschheit infiziert hatte.

Gaspard war hellsichtig, er wusste, es war nicht auszuschließen, dass der Alkohol am Ende gewinnen würde. Er hatte sogar eine sehr präzise Vorstellung von der Art und Weise, wie sich das abspielen könnte: Es würde ein Tag kommen, an dem ihm das Leben so unerträglich wäre, dass er es nicht mehr nüchtern in Angriff nehmen konnte. Das Bild seines eigenen Leichnams, der in seinen alkoholisierten Abgründen untergegangen war, ging ihm durch den Kopf. Eine albtraumartige Vision, die er eilig verscheuchte, als er ein leuchtend blau gestrichenes Tor erreichte.

Die Weinkiste unter einen Arm geklemmt, tippte Gaspard die vier Zahlen des Codes ein, der den Zugang zur Allée Jeanne-Hébuterne schützte. Sobald er in die kleine Sackgasse trat, entspannte sich etwas in seinem Inneren. Einen langen Augenblick blieb er stehen und betrachtete ungläubig die Pflanzenvielfalt dieses geradezu ländlich wirkenden, baumbestandenen Durchgangs. Hier schien die Zeit langsamer als anderswo zu verstreichen, als würde er sich in einer anderen Welt befinden. Zwei Katzen aalten sich in der Sonne. Vögel zwitscherten in den Zweigen der Kirschbäume. Das Chaos draußen schien mit einem Mal sehr weit entfernt, und es war kaum vorstellbar, dass er sich nur wenige Hundert Meter von der scheußlichen Tour Montparnasse befand.

Gaspard machte ein paar Schritte auf der gepflasterten Gasse. Weiter vorn, halb verborgen hinter Büschen, erahnte man kleine Steinhäuser, deren Fassaden hinter Efeu und wildem Wein verschwanden. Am Ende des

Weges erhob sich schließlich eine gewagte Konstruktion aus geometrischen Formen. Ein Kubus aus Stahlbeton, eingerahmt von einem Fries aus schachbrettartig angeordneten, roten und schwarzen Ziegelsteinen, durch dessen Fassade sich ein breiter Glasstreifen zog. Über der Tür eine schmiedeeiserne Inschrift: *Cursum Perficio*, der Name des letzten Hauses von Marilyn Monroe. Gaspard folgte Karens Instruktionen, gab einen weiteren Code ein, woraufhin sich die Stahltür mit einem leichten Klicken öffnete.

Neugierig trat Gaspard direkt in den Salon. Er sah nicht so aus wie auf den Fotos. Er war viel beeindruckender. Auf geniale Art war das Haus um einen rechteckigen Innenhof mit einer L-förmigen Terrasse angeordnet.

Verdammt ... murmelte er, tief beeindruckt von der Eleganz des Hauses. Die Anspannung, die sich in den letzten Stunden aufgestaut hatte, fiel von ihm ab. Es war, als befände er sich hier in einer anderen Dimension, einem Ort, der zugleich vertraut und tröstlich wirkte. Funktionell, gastlich, puristisch. Er versuchte einen Moment lang, den Ursprung dieses Gefühls zu ergründen, doch weder Architektur noch die Harmonie der Proportionen waren eine Grammatik, deren Regeln er kannte.

Normalerweise war Gaspard nicht so sehr empfänglich für Interieurs, sondern eher für Landschaften: für das Spiegelbild verschneiter Berge auf der Oberfläche der Seen, für das bläuliche Weiß der Gletscher, für die berauschende Weite der Tannenwälder. Er glaubte nicht an diesen Humbug rund um Feng Shui und den vermeintlichen Einfluss des Mobiliars auf den Energiekreislauf in einem Raum. Fest jedoch stand, dass er hier »gute Schwingungen« wahrnahm, zumindest die Gewissheit, dass er sich hier wohlfühlen würde und voller Elan arbeiten könnte.

Er öffnete die Glastür, trat auf die Terrasse, stützte sich auf die Balustrade und erfreute sich am Gesang der Vögel und dieser ländlich anmutenden Atmosphäre. Ein leichter Wind wehte, aber die Luft war mild, und die Sonne schien ihm ins Gesicht. Und zum ersten Mal seit langer Zeit lächelte Gaspard. Um seine Ankunft zu zelebrieren, würde er eine Flasche von diesem Gevrey-Chambertin öffnen und sich ein Glas gönnen, das er genüsslich …

Ein Geräusch riss ihn aus seinem Glücksgefühl. Da war jemand im Haus. Vielleicht die Putzfrau oder der Hausmeister. Er kehrte in den Salon zurück, um sich zu vergewissern.

Und plötzlich stand ihm eine Frau gegenüber. Nackt bis auf ein Badetuch, das sie sich um die Brüste geschlungen hatte und das bis zu ihren Oberschenkeln reichte.

»Wer sind Sie? Und was machen Sie hier bei mir?«, fragte er.

»Genau diese Frage wollte ich Ihnen auch gerade stellen«, erwiderte sie.

2. Die Theorie von den 21 Gramm

Ein Teil dessen, was uns an Künstlern fasziniert,
ist ihre Andersartigkeit, die Verweigerung
jeglichen Konformismus', der Stinkefinger,
den sie der Gesellschaft zeigen.

Jesse Kellerman, *The Genius*

1.

»Ehrlich gesagt, verstehe ich nicht ganz, was Sie mir vorwerfen, Mademoiselle Greene.«

Die silbergraue Mähne stolz in den Nacken geworfen, erweckte Bernard Benedick den Eindruck, als halte er Wache vor dem großen monochromen Gemälde, das in seiner Galerie an der Rue Faubourg-Saint-Honoré ausgestellt war. Da er in der letzten Zeit abgenommen hatte, versank er förmlich in seinem Hemd mit dem Mao-Kragen und der grünen Jägerjacke. Das Gestell der großen Le-Corbusier-Brille betonte die obere Hälfte seines Gesichts, die runden Augen funkelten lebhaft hinter den Gläsern.

»Die Anzeige auf der Website ist irreführend«, wiederholte Madeline mit erhobener Stimme. »Es war keine Rede davon, dass es sich um eine Mietgemeinschaft handelt.«

Der Galerist schüttelte den Kopf.

»Das Haus von Sean Lorenz wird auch nicht als solche angeboten«, versicherte er.

»Sehen Sie doch selbst«, erregte sich Madeline und reichte ihm zwei ausgedruckte Blätter – ihren eigenen Vertrag und den, den ihr Gaspard Coutances gezeigt hatte, als sie ihm vor einer Stunde beim Verlassen des Badezimmers plötzlich gegenüberstand.

Benedick griff nach den Papieren und überflog sie, schien allerdings auch nichts zu begreifen.

»Anscheinend liegt da tatsächlich ein Irrtum vor!«, gab er schließlich zu und rückte seine Brille zurecht. »Wahrscheinlich handelt es sich um einen Fehler bei der Onlinebuchung, aber, ehrlich gesagt, verstehe ich nicht viel davon. Nadia, eine unserer Praktikantinnen, hat die Annonce ins Netz gestellt. Ich kann versuchen, sie zu erreichen, doch sie ist heute Morgen nach Chicago in Urlaub gefahren und ...«

»Ich habe schon eine Mail an die Kontaktadresse geschickt, aber das löst das Problem nicht«, unterbrach Madeline ihn. »Der Mann, der im Moment in dem Haus ist, kommt aus den USA und hat nicht die Absicht, zurückzufahren.«

Die Miene des Galeristen verfinsterte sich.

»Ich hätte das Haus nicht vermieten dürfen. Lorenz macht mir das Leben sogar noch aus dem Grab heraus schwer!«, brummte er, offensichtlich wütend auf sich selbst.

Dann seufzte er gereizt.

»Wissen Sie, was?«, entschied er schließlich, »ich gebe Ihnen das Geld zurück.«

»Ich will kein Geld. Ich will das, was abgemacht war: *Allein* in dem Haus wohnen!«

Von der irrationalen Überzeugung getrieben, dass sie in ebendiesem Haus wohnen *müsse*, betonte sie jedes Wort mit besonderem Nachdruck.

»Na gut, dann zahle ich eben diesen Monsieur Coutances aus. Sollen wir ihn anrufen?«

»Sie werden es nicht glauben, aber er hat kein Handy.«

»Schön, dann übermitteln Sie ihm mein Angebot.«

»Ich habe ihn nur fünf Minuten getroffen, und er scheint nicht gerade umgänglich.«

»Das Gleiche könnte man von Ihnen behaupten«, entgegnete Benedick und reichte ihr eine Visitenkarte. »Rufen Sie mich an, wenn Sie mit ihm gesprochen haben. Und wenn Sie sich in der Galerie ein wenig umsehen wollen, habe ich Zeit, ihm ein paar Zeilen zu schreiben, um mich zu entschuldigen und ihm eine Entschädigung anzubieten.«

Madeline schob die Karte in die Tasche ihrer Jeans und wandte sich ab, ohne sich zu bedanken, denn sie hatte größte Zweifel daran, dass die Zeilen des Galeristen etwas bei diesem Coutances ausrichten könnten, der ganz offensichtlich ein aggressiver, halsstarriger Griesgram war.

Es war Mittagszeit, und da keine Besucher in der Galerie waren, warf Madeline einen Blick auf die Bilder. Anscheinend war Benedick auf urbane und zeitgenössische Kunst spezialisiert. Im ersten Raum hingen nur großformatige Gemälde, die alle mit der Bildunterschrift *Ohne Titel* versehen waren. Monochrome Flächen, einfarbige Felder, von Schnitten durchzogen und mit rostigen Nägeln gespickt. Der zweite Raum hingegen war von leuchtenden Farben und Energie erfüllt. Die Werke, die hier präsentiert wurden, waren eine Mischung aus Graffiti und asiatischer Kalligrafie. Auch wenn sie Madeline nicht sonderlich ansprachen, betrachtete sie sie mit Interesse.

Meist konnte sie mit solchen Bildern nicht viel anfangen. Ehrlich gesagt war sie nicht besonders empfänglich für zeitgenössische Kunst. Wie alle Welt hatte auch sie Artikel über den Erfolg der Star-Künstler gelesen oder Reportagen gesehen – über Damien Hirst und seinen mit Diamanten besetzten menschlichen Schädel oder seine in Formaldehyd eingelegten Tierkörper, über Jeff Koons und seine Hummer, die während der Ausstellung im Schloss von Versailles eine heftige Kontroverse ausgelöst hatten, über die provokante Streetart von Bansky und den Sextoy-Weihnachtsbaum von Paul McCarthy, der auf der Place Vendôme zerstört worden war –, aber sie hatte keinen Zugang zu dieser Welt gefunden. Mit zweifelnder Miene betrat sie dennoch den letzten Raum, in dem verschiedene Kunstwerke präsentiert wurden. So ein Quatsch, dachte sie, blieb trotzdem vor einer Reihe von aufblasbaren Skulpturen in Phallusform und grellen Farben und vor aus rosa Kunstharz gegossenen Porno-Mangas stehen. Weiter ging es mit zwei großen Skeletten, die in einer Kamasutra-Position erstarrt waren, riesigen Skulpturen aus Legosteinen und einem Fantasiegebilde aus weißem Marmor, das den Kopf und Oberkörper von Kate Moss mit dem Körper eines Löwen vereinte. Am Ende des Raums war eine Waffensammlung zu sehen – Gewehre, Flinten, Armbrüste –, hergestellt aus Recyclingprodukten wie Sardinenbüchsen, defekten Glühbirnen, Küchenutensilien aus Metall oder Holz, die mit Klebeband oder Bindfaden zusammengehalten wurden.

»Gefällt es Ihnen?«

Madeline zuckte zusammen und drehte sich um. In ihre Betrachtung vertieft, hatte sie Bernard Benedick nicht kommen hören.

»Ich verstehe nichts davon, aber auf den ersten Blick ist das nicht mein Ding.«

»Und was ist dann ›Ihr Ding‹?«, fragte der Galerist belustigt und reichte ihr einen Umschlag, den sie ebenfalls in die Tasche ihrer Jeans schob.

»Matisse, Brancusi, Nicolas de Staël, Giacometti ...«

»Ich stimme Ihnen zu, diese Werke haben nicht dieselbe Genialität«, erklärte er lächelnd und deutete dabei auf den bunten Wald von erigierten Penissen. »Aber Sie werden lachen, das verkauft sich im Moment am besten.«

Madeline sah ihn zweifelnd an.

»Haben Sie auch Arbeiten von Sean Lorenz?«

Die bislang joviale Miene des Galeristen verschloss sich.

»Nein, leider nicht. Lorenz hat nur wenig gemalt. Man findet seine Werke heute kaum noch, und wenn, dann sind sie unbezahlbar.«

»Wann genau ist er gestorben?«

»Vor einem Jahr. Er ist nur neunundvierzig Jahre alt geworden.«

»Etwas früh, um diese Welt zu verlassen.«

Benedick pflichtete ihr bei.

»Sean war schon immer kränklich. Er hatte seit Langem Herzprobleme und bereits mehrere Bypässe.«

»Waren Sie der Einzige, der seine Werke verkauft hat?«

»Ich war der Erste, der ihn ausgestellt hat, aber vor allem waren wir Freunde, auch wenn wir uns oft gestritten haben.«

»In welchem Stil malte Lorenz?«

»Keinem bestimmten. Lorenz ist eben Lorenz.«

»Na ja, aber so ungefähr.«

Benedick kam regelrecht in Fahrt.

»Sean kann man nicht zuordnen. Er gehörte keiner Schule an und war nicht an einen Stil gebunden. Wenn man ihn mit dem Film vergleichen will, fiele mir als Erstes Stanley Kubrick ein: ein Künstler, der ganz unterschiedliche Meisterwerke erschaffen hat.«

Madeline nickte. Eigentlich hätte sie gehen und sich um die Sache mit ihrem unerwünschten Mitbewohner kümmern müssen. Doch irgendetwas hielt sie hier zurück. Nachdem sie das Haus des Malers gesehen hatte, wollte sie mehr über ihn erfahren.

»Gehört Lorenz' Atelier jetzt Ihnen?«

»Sagen wir, ich versuche, es vor seinen Gläubigern zu retten. Ich bin sein Erbe und sein Testamentsvollstrecker.«

»Seine Gläubiger? Sie haben doch gerade gesagt, dass seine Bilder unbezahlbar sind.«

»Das stimmt auch, aber seine Scheidung ist ihn teuer zu stehen gekommen. Und er hat seit Jahren nicht mehr gemalt.«

»Warum?«

»Wegen seiner Krankheit und persönlicher Probleme.«

»Welche Probleme?«

»Sind Sie von der Polizei?«, fragte Benedick gereizt.

»Ganz genau«, antwortete Madeline lächelnd.

»Tatsächlich?«

»Ich war früher Polizistin … bei der Kripo Manchester und dann in New York.«

»In welchen Fällen haben Sie ermittelt?«

Sie zuckte mit den Schultern.

»Mord, Entführungen …«

Benedick kniff die Augen leicht zusammen, so als hätte er plötzlich eine Idee. Er sah auf seine Uhr und deutete dann auf das italienische Restaurant auf der anderen Straßenseite, das mit seiner schwarzen Fassade und den vergoldeten Zierleisten an das Segel eines Piratenschiffs erinnerte.

»Mögen Sie Saltimbocca?«, fragte er. »Ich habe in einer Stunde einen Termin, aber wenn Sie mehr über Sean erfahren wollen, lade ich Sie zum Mittagessen ein.«

2.

Eine leichte Brise strich durch die Äste der alten Linde, die in der Mitte des Innenhofs stand. Gaspard Coutances saß an dem Tisch auf der Terrasse und trank einen Schluck Wein. Der Gevrey-Chambertin war köstlich: ausgeglichen, intensiv, rund und weich im Mund mit dem fruchtigen Aroma von Kirsche und schwarzer Johannisbeere.

Doch der Genuss wurde durch das unklare Mietverhältnis getrübt. *Verdammt,* dachte er, *kommt gar nicht infrage, dass ich mich von diesem Mädchen rausdrängen lasse!* Er wollte sein Theaterstück hier schreiben. Dabei ging es nicht einmal ums Prinzip, sondern es war eine Notwendigkeit. Nachdem er sich auf Anhieb in das Haus verliebt hatte und noch dazu im Recht war, würde er auf keinen Fall die Waffen strecken. Doch diese Madeline Greene schien hartnäckig. Sie hatte darauf bestanden, ihm ihr Handy zu leihen, damit er seine Agentin anrufen konnte. Auch wenn Karen nicht wirklich die Verantwortung für diese Situation trug, hatte sie sich doch ausgiebig entschuldigt und zehn Minuten später zurückgerufen, um ihm zu sagen, sie habe eine Suite im Bristol reserviert, bis die Sache geklärt sei. Aber Gaspard hatte rundweg abgelehnt und sein Ultimatum gestellt: dieses Haus oder gar keines. Entweder fände Karen eine Lösung, oder ihre Zusammenarbeit wäre aufgekündigt. Im Allgemeinen machten solche Drohungen Karen zur erbitterten Kriegerin. Doch diesmal befürchtete er, dass sie nicht ausreichten.

Ein weiterer Schluck Burgunder. Vogelgezwitscher. Milde Luft. Wintersonne, die das Herz erwärmte. Gaspard konnte sich ein Lächeln nicht verkneifen, denn die Situation hatte auch etwas Komisches. Ein Mann und eine Frau, die aufgrund eines Systemfehlers über Weihnachten dasselbe Haus gemietet hatten. Ein guter Anfang für ein Theaterstück. Nicht so etwas Intellektuelles, Zynisches, wie er es für gewöhnlich schrieb, sondern etwas Heiteres. Wie die Stücke, die Barillet und Gredy in den 1960er- und 1970er-Jahren verfasst und die seinem Vater so gut gefallen hatten. Sie hatten das *Théâtre Antoine* und *Les Bouffes-Parisiens* berühmt gemacht.

Sein Vater ...

Schon wieder. Jedes Mal, wenn Gaspard nach Paris kam, tauchten Kindheitserinnerungen auf, und die Glut, die er erloschen glaubte, wurde neu entfacht. Um sich nicht daran zu verbrennen, vertrieb Gaspard die Bilder, ehe sie zu schmerzlich wurden. Mit der Zeit hatte er gelernt, dass es besser war, solche Reminiszenzen auf Distanz zu halten. Eine Frage des Überlebens.

Er schenkte sich Wein nach und ging mit seinem

Glas durch das Wohnzimmer. Zunächst erregte eine Langspielplattensammlung seine Aufmerksamkeit. In einem Eichenregal standen sorgfältig sortiert Hunderte von Jazzplatten. Er legte Paul Bley auf, von dem er noch nie gehört hatte, und lauschte andächtig den kristallklaren Klängen des Klaviers, während er die Bilder an den Wänden betrachtete.

Es gab weder Zeichnungen noch Gemälde, sondern nur Schwarz-Weiß-Fotos der Familie. Ein Mann, eine Frau, ein kleiner Junge. Der Mann war Sean Lorenz. Er erkannte ihn, weil er im letzten Dezember in einem Nachruf in *Le Monde* sein Porträt gesehen hatte – aufgenommen von der englischen Künstlerin Jane Brown. Jetzt hatte er das Original in Großaufnahme vor sich, das eine hochgewachsene, imposante Gestalt mit ausgemergelten, scharfen Zügen und rätselhaftem Blick zeigte, der zwischen Unruhe und Entschlossenheit schwankte. Lorenz' Frau war nur auf zwei Fotos zu sehen. Ihre Posen erinnerten an die von Stephanie Seymour oder Christy Turlington, die vor fünfundzwanzig Jahren die Titelseiten der Modemagazine zierten. Eine Schönheit der 1990er-Jahre – schlank, sinnlich und strahlend. Dünn, ohne mager zu sein. Glanzvoll, ohne unerreichbar zu scheinen. Aber die meisten Aufnahmen zeigten Lorenz mit seinem Sohn. Der Maler war vielleicht ein strenger Mann, doch wenn er mit seinem Sohn zusammen war – ein hübscher Blondschopf mit funkelnden Augen –, veränderte sich sein Ausdruck, ganz so, als würde sich die Lebensfreude des Jungen auf den Vater übertragen. Die beiden letzten Bilder der Familienserie waren eher fröhlich. Sie zeigten Lorenz, der mit fünf- oder sechsjährigen Kindern, unter denen sich auch sein Sohn befand, malte. Offenbar waren sie in einer Schule oder einem Malkurs für die Jüngsten aufgenommen worden.

In dem Bücherregal entdeckte er eine Monografie über Lorenz' Werk. Fast fünfhundert luxuriös gebundene Seiten, die mehr als drei Kilo wogen. Gaspard stellte sein Glas auf dem Couchtisch ab und setzte sich aufs Sofa, um das Buch durchzublättern. Ehrlicherweise musste er zugeben, dass ihm Lorenz' Bilder unbekannt waren. In der Malerei war sein Geschmack eher auf die flämische Schule und das Goldene Zeitalter der Niederlande ausgerichtet: Van Eyck, Bosch, Rubens, Vermeer, Rembrandt ... Er überflog die von einem gewissen Bernard Benedick verfasste Einleitung, die eine eingehende Analyse von Lorenz' Werk und den Zugang zu bisher unveröffentlichten Archiven versprach. Auf Anhieb gefiel Gaspar der lockere Ton, den Benedick anschlug, um einen groben Überblick über die Biografie des Malers zu geben.

Sean Lorenz war Mitte der 1960er-Jahre in New York geboren worden, als Sohn der Haushälterin Elena Lorenz und eines Arztes aus der Upper East Side, der ihn nie anerkannt hatte. Als Einzelkind hatte er seine Jugend mit seiner Mutter in den Polo Grounds Towers, einem Sozialwohnungskomplex im Norden von Harlem, verbracht. Obgleich sie ein sehr einfaches Leben führten, hatte sich seine Mutter aufgerieben, um ihren Sohn auf eine protestantische Privatschule schicken zu können. Doch der junge Sean hatte dieses Opfer nicht zu würdigen gewusst. Nachdem er mehrmals von der Schule verwiesen worden war, rutschte er nach und nach in die Kriminalität ab. Als Jugendlicher hatte er dann zwischen zwei Diebstählen angefangen zu malen oder, besser gesagt, gemeinsam mit einem Kollektiv von Graffitikünstlern namens *The Artificers* Bilder auf die Wände der Subway von Manhattan zu sprühen.

Gaspard betrachtete die Fotos aus dieser Zeit, die in der Monografie abgebildet waren. Sie zeigten Sean im Alter von zwanzig oder fünfundzwanzig Jahren – jugendliche Erscheinung, doch ein bereits gezeichnetes Gesicht – in einem schwarzen, zu großen Mantel, einem farbverschmierten T-Shirt, einer Rapperkappe und abgetretenen Converse-Turnschuhen. Auf den meisten Aufnahmen war er, mit seinen Sprühdosen bewaffnet, in Begleitung zweier »Komplizen« zu sehen: einem zierlichen Typ hispanischen Ursprungs mit femininen Zügen und einem korpulenten Mädchen, eher maskulin, mit einer Squaw-Feder auf dem Kopf: die berüchtigten *The Artificers*, die Wagen, Wände und Palisaden mit ihren wütenden Graffiti besprühten. Die unscharfen, grobkörnigen Fotos waren auf Brachland, in Lagerschuppen oder Subway-Stationen aufgenommen worden. Fotos, die das wilde, schmutzige, gewalttätige und stimulierende New York verkörperten, das Gaspard als Student kennengelernt hatte.

60

3.

»In den 1980er-Jahren erlebten die Graffiti in New York einen Boom«, erklärte Bernard Benedick, während er die Spaghetti um seine Gabel wickelte. »Um Besitz von der Stadt zu ergreifen, beschmierten Jugendliche wie Sean alles, was ihnen unter die Finger kam – die Eisenjalousien der Geschäfte, Briefkästen, Müllkippen und natürlich Subway-Wagen.«

Madeline, die dem Galeristen gegenübersaß, lauschte aufmerksam.

Benedick legte sein Besteck zur Seite, zog sein Smartphone aus der Jackentasche und suchte die Datei mit Fotos von Sean Lorenz.

»Sehen Sie hier«, sagte er und reichte Madeline das Handy.

Diese wischte mit dem Finger über das Display, um die alten, digitalisierten Aufnahmen betrachten zu können.

»Lorz74 ... was bedeutet das?«, fragte sie und deutete auf das Kürzel, das auf vielen Graffiti zu sehen war.

»Das war Seans Pseudonym. Es ist typisch für die Sprayer, ihrem Namen die Nummer ihrer Straße hinzuzufügen.«

»Und wer sind die beiden anderen, die bei Lorenz stehen?«

»Jugendliche aus seinem Viertel, mit denen er damals ständig zusammen war. Ihre Gruppe nannte sich *The*

Artificers. Der kleine Latino signierte mit dem Pseudonym *NightShift*, aber er verschwand schnell von der Bildfläche. Anders das Mädchen. Sie ist eine sehr begabte Künstlerin, die unter dem Namen *LadyBird* bekannt war. Eine der wenigen Frauen der Graffiti-Szene.«

Madeline betrachtete die vielen Fotos, die auf Benedicks Handy gespeichert waren. Das New York der 1980er- und 1990er-Jahre hatte wenig mit der Stadt zu tun, die sie kannte. Es erinnerte vielmehr an eine raue Dschungelszene, beherrscht von Gangs und Crack-Junkies. Die Graffiti mit ihren leuchtenden Farben, die an ein Feuerwerk erinnerten, bildeten einen Gegenpol zu dieser Misere. Die meisten von Lorenz' *Pieces* bestanden aus riesigen, farbigen Buchstaben, die so rund waren wie Heliumballons und sich in schönster Wildstyle-Tradition miteinander verwoben und verschlangen. Madeline dachte an die Arbeitersiedlung von Manchester, in der sie aufgewachsen war. Dieses Labyrinth, dieses chaotische Gewirr von Pfeilen und Ausrufezeichen weckte bei ihr gemischte Gefühle. Sie verabscheute zwar die anarchistische und aufrührerische Seite dieser Gebilde, musste aber dennoch zugeben, dass den kraftvollen Bildern das Verdienst zukam, den Kampf gegen die graue Tristesse des Betons aufzunehmen.

»Zusammenfassend kann man sagen«, fuhr der Galerist fort, »dass Lorenz Anfang der Neunzigerjahre ein kleiner Gauner war, der mit seiner Bande herumzog und sich mit Heroin zudröhnte. Aber er war auch ein recht begabter Sprayer mit einer guten Technik, der in der Lage schien, interessante Pieces zu machen.«

»... aber nichts Überdurchschnittliches«, mutmaßte Madeline.

»Im Sommer 1992 änderte sich das.«

»Was ist passiert?«

»Damals ist Sean Lorenz in der Grand Central Station einer achtzehnjährigen Französin begegnet, in die er sich unsterblich verliebte. Sie hieß Pénélope Kurkowski. Ihre Mutter war Korsin, der Vater Pole. Sie arbeitete als Au-pair-Mädchen in New York, ging aber trotzdem zu Castings, um Mannequin zu werden.«

Der Galerist machte eine Pause und schenkte sich Mineralwasser nach.

»Um Pénélopes Aufmerksamkeit zu erregen, malte Sean ihr Porträt auf sämtliche New Yorker Subway-Wagen. Zwei Monate lang schuf er eine beeindruckende Zahl von *Pieces* seiner Angebeteten.«

Er griff nach seinem Handy, um weitere Fotos zu suchen, und erklärte: »Lorenz war nicht der erste Graffiti-Künstler, der einer Frau durch seine Bilder eine Liebeserklärung machte – Cornbread und JonOne haben das schon vor ihm getan –, aber er ist der Einzige, der es auf diese Art gemacht hat.«

Nachdem er gefunden hatte, was er suchte, schob er das iPhone zu Madeline hinüber.

Sie beugte sich über das Display. Was sie entdeckte, verschlug ihr die Sprache. Die Gemälde waren eine Ode

an die weibliche Schönheit, die Wollust und die Sinnlichkeit. Die ersten Porträts waren zwar eher brav und
fast romantisch, die folgenden jedoch schon sehr viel
gewagter. Sie zeigten Pénélope als eine Art Lianen-Frau,
deren Abbild sich in vielerlei Gestalt, mal als Luft-, mal
als Wasserwesen, von einem Wagen zum nächsten
rankte. Ihr Gesicht war umrahmt von Blättern, Rosen-
und Lilienblüten, und das Haar schwebte und wogte,
verwob sich zu Arabesken, die ebenso elegant wie
bedrohlich wirkten.

4.

Das Buch auf seinem Schoß aufgeschlagen, betrachtete
Gaspard Coutance aufmerksam die Fotos der Subway-
Wagen, die Sean Lorenz im Juli und August 1992 bemalt
hatte. Die Graffiti waren faszinierend. So etwas hatte er
noch nie gesehen. Oder doch, denn sie erinnerten ihn
an »La femme-fleur« von Picasso und bestimmte Plakate von Alfons Mucha, aber eher in einer Underground-
Pornofilm-Version. Wer war dieses Mädchen, dessen
Körper loderte, als wäre er mit Blattgold überzogen? Die
Bildunterschrift erklärte, dass es sich um die Ehefrau
von Lorenz handelte. Jene Pénélope, die er schon auf
den schwarz-weißen Familienfotos gesehen hatte. Eine
eigenartige Frau, die zwar ansprechend, aber auch
gefährlich wirkte. Ein Wesen mit unendlich langen Beinen, alabasterweißer Haut und rostroten Haaren.

Fasziniert blätterte Gaspard die Seiten um und entdeckte stets neue Graffiti von verwirrender Erotik. Auf manchen Aufnahmen wirkten Pénélopes Haare wie eine Unzahl von Schlangen, die über ihre Schultern fielen und sich um ihre Brüste schlängelten, ihre Hüften und ihre Scham liebkosten. Ihr Gesicht, von einem psychedelischen Lichthof, einem Goldregen umgeben, war lustverzerrt. Ihr Körper tanzte, verrenkte, entzündete sich ...

5.

»Mit diesem Paukenschlag sprengte Lorenz die Grenzen«, erklärte Benedick. »Er befreite sich von den strikten Regeln der Graffiti und wechselte in eine andere Dimension, die seine Arbeit in die Kontinuität eines Klimt oder Modigliani einreihte.«

Fasziniert betrachtete Madeline noch einmal die bemalten Subway-Wagen.

»Und all diese Werke sind heute verschwunden?«

Der Galerist lächelte halb belustigt, halb resigniert.

»Ja, sie haben nur einen Sommer lang existiert. Die Vergänglichkeit ist das Wesen der urbanen Kunst. Genau das macht auch ihre Faszination aus.«

»Wer hat die Fotos gemacht?«

»Besagte *LadyBird*. Sie kümmerte sich um die Archive der *Artificer*.«

»War ein solches Unterfangen für Lorenz nicht gefährlich?«

Benedick nickte.

»Anfang der 1990er-Jahre begann in New York die erste Phase der Nulltoleranz-Politik. Die Ordnungskräfte verfügten über ein Arsenal von sehr abschreckenden Gesetzen, und die MTA, das staatliche Verkehrsunternehmen, leitete eine wahre Treibjagd auf die Sprayer ein. Die Gerichte ahndeten Vergehen mit harten Strafen. Doch durch das Risiko, das er in Kauf nahm, bewies Sean Pénélope seine Liebe.«

»Und wie ging er konkret vor?«

»Sean war clever. Er hat mir erzählt, dass er Uniformen besaß, um sich in die Überwachungsteams der Subway einzuschmuggeln und auf diese Art in die Zug-Depots zu gelangen.«

Madelines Blick war noch immer auf das Display des iPhones gerichtet. Sie dachte an Pénélope. Was mochte sie empfunden haben, als sie ihr strahlendes und schamloses Bildnis überall in Manhattan entdeckte? Hatte sie sich geschmeichelt, verletzt oder gedemütigt gefühlt?

»Und hat Lorenz sein Ziel erreicht?«, fragte sie.

»Sie wollen wissen, ob Pénélope in seinem Bett gelandet ist?«

»Ich hätte es nicht so formuliert, aber … ja.«

Mit einer Handbewegung bestellte Benedick zwei Espressi und erklärte dann: »Zuerst ignorierte Pénélope Sean völlig, aber auf Dauer ist es schwierig, jemanden zu übersehen, der einen derart vergöttert. Nach einigen Tagen hat sie sich von ihm betören lassen. Und in diesem Sommer hatten sie eine leidenschaftliche Liebesbeziehung. Im Oktober ist Pénélope dann nach Frankreich zurückgekehrt.«

»Also eine Ferienliaison?«

Der Galerist schüttelte den Kopf.

»Da irren Sie sich. Sean war diesem Mädchen verfallen. Und zwar derart, dass er ihr im Dezember nach Paris folgte, wo sie in der Rue des Martyrs eine kleine Zweizimmerwohnung bezogen. Sean malte weiter. Nicht mehr auf Metro-Wagen, sondern auf die Bretterzäune des Brachlands um die Place Stalingrad und in den Vororten des Departement Seine-Saint-Denis.«

Madeline warf erneut einen Blick auf die Fotos, die Graffiti aus dieser Zeit zeigten. Sie hatten noch immer dieselben leuchtenden und explosiven Farben. Eine Vitalität, die an die südamerikanischen *Murales* erinnerte.

»Zu dieser Zeit, also im Jahr 1993, habe ich Sean kennengelernt«, verriet Benedick, dessen Blick in die Ferne gerichtet war. »Er malte in einem kleinen Atelier im *Hôpital éphémère.*«

»Im *Hôpital éphémère?*«

»Das war ein besetztes Areal im achtzehnten Arrondissement auf dem Gelände des ehemaligen Krankenhauses Bretonneau. Dort haben Anfang der 1990er-Jahre viele Künstler gearbeitet. Maler, aber natürlich auch Bildhauer, Rockgruppen und andere Musiker.«

Bei dieser Erinnerung belebte sich das Gesicht des Galeristen.

»Ich bin kein Künstler und habe auch kein spezielles Talent, aber ich habe einen guten Riecher. Als ich Sean traf, habe ich sofort gesehen, dass er hundertmal besser war als die anderen Graffiti-Künstler. Ich habe ihm angeboten, ihn in meiner Galerie auszustellen. Und ich habe ihm Dinge gesagt, die damals richtig für ihn waren.«

»Was, zum Beispiel?«

»Ich habe ihm geraten, Schluss mit den Graffiti und Sprühdosen zu machen und mit Öl auf Leinwand zu malen. Ich habe ihm gesagt, er hätte ein geniales Gespür für Formen, für Farben, Komposition und Bewegungen. Die Gabe, sich in das Werk von Pollock oder De Kooning einzureihen.«

Als Benedick von seinem ehemaligen Schützling sprach, brach seine Stimme, und die Augen wurden feucht. Madeline dachte an eine frühere Freundin, die auch Jahre später noch immer in Schluchzen ausbrach, wenn sie von dem Typen erzählte, der sie schäbig im Stich gelassen hatte.

Sie trank ihren Ristretto in einem Zug aus und fragte:

»Hat sich Lorenz auf Anhieb in Frankreich wohlgefühlt?«

»Sean war ein eigenartiger Typ. Eher ein Einzelgänger, anders als die anderen Sprayer. Er verabscheute die Hip-Hop-Kultur und hörte nur Jazz und zeitgenössische Musik. Natürlich fehlte ihm New York, aber er war sehr verliebt in Pénélope. Obwohl ihre Beziehung recht chaotisch war, inspirierte sie ihn. Im Zeitraum von 1993 bis 2000 hat Sean mehr als zwanzig Porträts von seiner Frau geschaffen. Die ›21 Pénélopes‹ bleiben in der Kunstgeschichte die größte Liebeserklärung, die man einer Frau je gemacht hat.«

»Warum einundzwanzig?«, wollte Madeline wissen.

»Wegen der Theorie der einundzwanzig Gramm. Sie wissen schon, das angebliche Gewicht der Seele ...«

»Hatte Lorenz sofort Erfolg?«

»Ganz und gar nicht! Sechs Jahre lang hat er so gut wie kein Bild verkauft! Trotzdem malte er von früh bis spät, und von Zeit zu Zeit vernichtete er sein gesamtes Werk, weil es ihn nicht zufriedenstellte. Es war mein Job, ihn bekannt zu machen und den Sammlern seine Arbeit zu erklären. Am Anfang war das nicht einfach, denn seine Bilder ähnelten keiner bekannten Strömung. Ich habe ein Jahrzehnt gebraucht, um mein Ziel zu erreichen, aber meine Hartnäckigkeit hat sich ausgezahlt. Anfang der 2000er-Jahre wurden seine Werke bereits bei der Vernissage komplett verkauft. Und dann, 2007 ...«

6.

2007, *Alphabet City*, ein Bild von Sean Lorenz aus dem Jahr 1998 wurde bei einer von Artcurial organisierten Versteigerung für 25 000 Euro verkauft. Diese Versteigerung markierte in Frankreich eine entscheidende Wendung in der Street Art und ihrer institutionellen Anerkennung. Von einem Tag auf den anderen wurde Sean Lorenz in den Auktionshäusern zu einem Star. Seine bunten Gemälde aus den 1990er-Jahren erzielten Rekordpreise.

Doch in künstlerischer Hinsicht hatte der Maler bereits ein anderes Stadium erreicht. Die Power und Spontaneität der Graffiti waren durchdachten Werken gewichen, deren Komposition Monate, oft sogar Jahre dauerte und den Künstler seiner Arbeit gegenüber immer anspruchsvoller machten. War Lorenz mit einem Bild nicht zufrieden, verbrannte er es auf der Stelle. So entstanden zwischen 1999 und 2013 mehr als zweitausend Gemälde, die er fast alle vernichtete. Nur etwa vierzig Bilder hielten seinem kritischen Auge stand. Darunter *Sep1em1er*, ein Gemälde, der Tragödie des World Trade Center gewidmet, das für sieben Millionen Dollar von einem Sammler ersteigert wurde, der es anschließend dem New Yorker 9/11-Memorial Museum vermachte.«

Gaspard hob den Blick von dem Text und blätterte weiter, um die Abbildungen der Werke aus dieser Periode zu betrachten. Lorenz hatte seinen Stil verändert. Graffiti und Buchstaben waren verschwunden, jetzt standen farbige Blöcke im Vordergrund, monochrome Felder, die mit dem Messer oder dem Spachtel aufgetragen worden waren und zwischen figürlicher und abstrakter Darstellung schwankten. Die Farbgebung war vielleicht weniger intensiv – hier gab es mehr Pastell und herbstliche Töne, Sandfarben, Ocker, Braun, pudriges Rosé –, aber sie war auch wesentlich subtiler. Gaspard war begeistert von den Werken dieser Periode. Mineralisch und perlmuttartig, erinnerten sie an Felsen, Erde, Sand, Glas oder an braune Blutspuren auf einem Leichentuch.

Lorenz' Bildern schien Leben innezuwohnen. Sie waren eine physische Erfahrung, gingen einem unter die Haut und berührten das Herz. Sie brachten einen aus dem Gleichgewicht, hypnotisierten und weckten gegensätzliche Gefühle – Nostalgie, Freude, Frieden, Zorn.

Die letzten abgebildeten Gemälde waren monochrome Gemälde aus dem Jahr 2010. Hier stand die Materie im Vordergrund. Dicke Farbschichten und Reliefs, die mit dem Licht spielten. Aber immer noch prachtvolle Werke.

Als er das Buch zuklappte, fragte sich Gaspard, wie ihm ein solcher Künstler so lange hatte entgehen können.

7.

»Wie war Lorenz' Verhältnis zum Geld?«, erkundigte sich Madeline.

Benedick tauchte ein Stück Zucker in seinen Kaffee.

»Für Sean war das Geld ein Gradmesser der Freiheit«, erklärte er. »Bei Pénélope war das etwas anderes, sie konnte nie genug bekommen. Als Seans Gemälde in den 2000er-Jahren Höchstpreise erzielten, wollte sie ihren Mann dazu bringen, einen Teil seiner Werke dem New Yorker Galeristen Fabian Zakarian anzuvertrauen. Dann riet sie ihm, etwa zwanzig seiner neuen Bilder direkt online zu verkaufen, statt über meine Galerie zu gehen. Das hat Sean zwar Millionen eingebracht, aber unsere Beziehung zerstört.«

»Wie kann es sein, dass ein Gemälde urplötzlich eines Morgens ein paar Millionen Dollar wert ist?«, fragte Madeline.

Benedick seufzte.

»Das ist eine gute Frage, die nur schwer zu beantworten ist, denn der Kunstmarkt unterliegt keinen rationalen Gesetzen. Der Preis der Werke resultiert aus einer komplexen Strategie, an der mehrere Personen beteiligt sind: die Künstler und Galeristen natürlich, aber auch die Sammler, Kritiker, Museumskonservatoren ...«

»Ich nehme mal an, Seans Verrat hat Sie sehr getroffen?«

Der Galerist verzog das Gesicht, gab sich aber fatalistisch: »So ist das Leben, Künstler sind eben wie Kinder – oft undankbar.« Dann schwieg er kurz, ehe er fortfuhr: »Die Welt der Kunstgalerien ist mit einem Becken voller Haifische zu vergleichen, vor allem, wenn man wie ich nicht zum innersten Zirkel gehört.«

»Aber Sie sind trotzdem in Kontakt geblieben?«

»Natürlich. Sean und ich, das ist eine alte Geschichte. Zwanzig Jahre lang stritten und versöhnten wir uns.

Wir haben immer miteinander gesprochen, sowohl nach dem Zwischenfall mit Zakarian, als auch nach dem Drama.«

»Welches Drama?«

Benedick stieß einen tiefen Seufzer aus.

»Sean und Pénélope hatten sich immer ein Kind gewünscht, aber es klappte nicht. Pénélope hatte über Jahre eine Fehlgeburt nach der anderen. Ich dachte schon, sie hätten aufgegeben, als plötzlich das Wunder geschah: Im Oktober 2011 brachte sie den kleinen Julian zur Welt. Und da fingen die Schwierigkeiten an.«

»Schwierigkeiten?«

»Bei der Geburt seines Sohnes war Sean der glücklichste Mensch der Welt. Er wiederholte ständig, der Kontakt mit ihm sei eine unglaubliche Bereicherung und durch Julian sähe er die Welt mit anderen Augen. Er hätte bestimmte Werte und den Geschmack an den einfachen Dingen wiederentdeckt. Ich denke, Sie verstehen: das Gerede später Väter.«

Madeline ging nicht weiter darauf ein, und Benedick fuhr fort: »Das Problem war, dass er sich künstlerisch in einer Sackgasse befand. Er behauptete, keine kreativen Impulse mehr zu bekommen und der heuchlerischen Kunstwelt überdrüssig zu sein. Drei Jahre lang kümmerte er sich ausschließlich um seinen Sohn. Stellen Sie sich das bitte mal vor! Sean Lorenz gibt das Fläschchen und fährt mit dem Kinderwagen spazieren oder spielt in Krippen den Clown. Seine künstlerische Arbeit beschränkte sich darauf, mit dem kleinen Julian durch Paris zu streifen und Mosaike zu legen, weil ihm das Spaß machte. Welch ein Unsinn!«

»Wenn er keine Inspiration mehr hatte …«, warf Madeline ein.

»Inspiration, was für ein Quatsch!«, erregte sich der Galerist. »Himmel noch mal, Sie haben doch die Fotos von seinen Arbeiten gesehen. Sean war ein Genie! Ein Genie braucht keine Inspiration. Man hört nicht auf zu malen, wenn man Sean Lorenz heißt. Ganz einfach, weil man kein Recht dazu hat.«

»Anscheinend doch«, erwiderte Madeline.

Benedick bedachte sie mit einem vernichtenden Blick, doch sie fuhr fort: »Lorenz hat also bis zu seinem Tod keinen Pinsel mehr angerührt?«

Bernard Benedick schüttelte den Kopf und nahm seine große Brille ab, um sich die Augen zu reiben. Er atmete keuchend, als wäre er mehrere Stockwerke hinaufgestiegen.

»Vor zwei Jahren, im Dezember 2014, ist Julian unter dramatischen Umständen ums Leben gekommen. Ab diesem Moment hat Sean nicht nur mit dem Malen aufgehört, sondern er ist völlig abgerutscht.«

»Dramatische Umstände?«

Der Blick des Galeristen wanderte kurz zum Fenster, als suche er das Licht.

»Sean war stets eine Mischung aus Stärken und Schwächen«, erklärte er, ohne auf ihre Frage zu antworten. »Nach Julians Tod ist er seinen alten Dämonen verfallen – Drogen, Alkohol, Medikamente. Ich habe ihm geholfen, so gut ich konnte, aber er wollte sich nicht retten lassen.«

»Und Pénélope?«

»Ihre Beziehung war schon lange angeschlagen. Sie hat das Drama genutzt, um die Scheidung einzureichen, und schnell ein neues Leben begonnen. Und was Sean dann getan hat, hat das Verhältnis nicht gerade verbessert.«

Der Galerist machte eine Pause, so als wolle er die Spannung steigern. Madeline hatte plötzlich das unangenehme Gefühl, manipuliert zu werden, doch ihre Neugier siegte.

»Was hat Lorenz getan?«

»Im Februar 2015 ist es mir gelungen, ein Projekt zu verwirklichen, an dem ich schon lange gearbeitet hatte. Eine hochkarätige Ausstellung mit Seans Arbeiten zum Thema ›21 Pénélopes‹. Zum ersten Mal sollten die einundzwanzig Porträts an einem Ort zu sehen sein. Bekannte Sammler hatten uns ihre Gemälde geliehen. Aber am Vorabend der Vernissage ist Sean gewaltsam in meine Galerie eingedrungen und hat gewissenhaft jedes einzelne Bild mit dem Bunsenbrenner zerstört.«

Benedicks Züge entgleisten, als würde er die Szene noch einmal durchleben.

»Warum hat er das getan?«

»Ich nehme an, eine Art Katharsis. Der Wunsch, Pénélope symbolisch zu töten, weil er ihr die Schuld an Julians Tod gab. Doch welche Gründe auch immer im

Spiel gewesen sein mögen, ich werde ihm diese Tat nie verzeihen. Sean hatte nicht das Recht, die Gemälde zu zerstören, weil sie zum Erbe der Malerei gehörten. Und außerdem hat er mich damit ruiniert und meine Galerie in Gefahr gebracht. Seit zwei Jahren liege ich mit mehreren Versicherungsgesellschaften im Clinch. Es wurden strafrechtliche Ermittlungen eingeleitet. Ich habe versucht, meinen Ruf zu retten, aber in der Kunstwelt kann man niemanden täuschen, und meine Glaubwürdigkeit wurde infrage gestellt …«

»Ich habe nicht richtig verstanden«, unterbrach ihn Madeline, »wem gehörten diese ›21 Pénélopes‹?«

»Der größte Teil Sean, Pénélope und mir. Aber drei gehörten bekannten Kunstsammlern: einem Russen, einem Chinesen und einem Amerikaner. Um sie von einer Klage abzuhalten, versprach Sean, ihnen andere Werke zu geben, außergewöhnliche Stücke, wie er behauptete. Aber natürlich kamen die nicht.«

»Logischerweise, da er nicht mehr malte.«

»Ja, auch ich hatte sie abgeschrieben, zumal Sean in den letzten Monaten seines Lebens körperlich nicht mehr in der Lage war zu malen.«

Benedicks Augen wurden feucht.

»Sein letztes Jahr war ein wahrer Leidensweg. Er hatte zwei Operationen am offenen Herzen, die er jedes Mal nur knapp überlebte. Aber am Tag vor seinem Tod rief er mich an. Er war nach New York geflogen, um einen Kardiologen aufzusuchen. Und da erzählte er mir, er hätte wieder angefangen zu malen, und drei

Bilder wären fast fertiggestellt. Sie befänden sich in Paris, und ich würde sie bald sehen.«

»Vielleicht stimmte das ja.«

»Sean Lorenz hatte alle Fehler dieser Welt, aber er war kein Lügner. Nach seinem Tod habe ich die Bilder überall gesucht, in jedem Winkel des Hauses, auf dem Speicher, im Keller. Aber ich habe nichts gefunden.«

»Sie sagten, Sie wären sein Testamentsvollstrecker und Erbe.«

»Das ist richtig, aber Seans Erbe ist dahingeschmolzen, als Pénélope noch das Sagen hatte. Außer dem Haus in der Rue du Cherche-Midi, das Sie kennen und das mit einer Hypothek belastet ist, blieb ihm nichts mehr.«

»Hat er Ihnen etwas hinterlassen?«

»Wenn man so will«, meinte Benedick und zog einen kleinen Gegenstand aus der Tasche.

Es war eine Werbestreichholzschachtel, die er Madeline reichte.

»*Le Grand Café*, was ist denn das?«

»Eine Brasserie am Boulevard Montparnasse, in der Sean Stammgast war.«

Madeline drehte die Schachtel um und entdeckte die Worte »Es ist höchste Zeit, die Sterne wieder zu entzünden.«

»Das ist ohne jeden Zweifel Seans Handschrift«, versicherte der Galerist.

»Wissen Sie, worauf sich diese Anspielung bezieht?«

»Keine Ahnung. Ich habe mir gedacht, es könnte

eine Nachricht sein, aber so viel ich auch gegrübelt habe, ich verstehe sie nicht.«

»War diese Schachtel wirklich Ihnen zugedacht?«

»Sie war auf alle Fälle das Einzige, das ich im Safe seines Hauses gefunden habe.«

Bernard Benedick legte zwei Geldscheine auf den Tisch, erhob sich, zog seine Jacke an und band den Schal um.

Madeline war sitzen geblieben. Sie betrachtete noch immer schweigend die Streichholzschachtel und schien damit beschäftigt, die Geschichte zu verarbeiten, die ihr der Galerist berichtet hatte. Nach kurzem Überlegen erhob sie sich ebenfalls und fragte: »Warum erzählen Sie mir das eigentlich alles?«

Benedick knöpfte seine Jacke zu und antwortete wie selbstverständlich: »Damit Sie mir helfen, die verschwundenen Bilder zu finden, deshalb.«

»Und warum gerade ich?«

»Sie sind doch Polizistin, oder? Außerdem habe ich es Ihnen ja schon erklärt – ich verlasse mich immer auf meinen Instinkt. Und irgendetwas sagt mir, wenn es diese Bilder gibt – und davon bin ich überzeugt –, sind Sie diejenige, die sie finden kann.«

3. Die Schönheit der Stricke

Wenn ich mich in Worten ausdrücken könnte,
dann brauchte ich nicht zu malen.

Edward Hopper

1.

Nachdem sie den Kreisverkehr verlassen hatte, gab Madeline Gas und hätte an der nächsten Kreuzung beinahe eine Ampel, die Rot anzeigte, übersehen.

Nach ihrem Mittagessen mit dem Galeristen hatte sie an der Avenue Franklin-Roosevelt einen Motorroller gemietet. Sie wollte ihren Nachmittag nicht damit vergeuden, sich mit dem starrköpfigen Amerikaner um das Atelier von Lorenz zu streiten. Sie stellte den Roller in der Nähe der Champs-Élysées ab und bummelte zwischen den Ständen des Weihnachtsmarktes hindurch. Doch ihr Spaziergang dauerte nur eine Viertelstunde, da die Holzhütten zu beiden Seiten der angeblich »schönsten Straße der Welt« sie deprimierten. Pommes frites, Schnickschnack made in China und der ekelhafte Geruch nach Würstchen und *Churros*. Das Ganze ähnelte eher einem Volksfest als der weißen Weihnacht, die sie aus den Märchen ihrer Kindheit kannte.

Enttäuscht hatte sie sich entfernt, zunächst Richtung Schaufenster des Kaufhauses BHV, dann zur Place des Vosges mit seinem Park und seinen Arkaden. Doch auch hier fand sie nicht das, was sie suchte – einen Hauch Magie, einen Anflug von Zauber, etwas vom Geist der alten Weihnachtsgeschichten. Zum ersten Mal fühlte sie sich in Paris nicht wohl.

Sie stieg wieder auf ihre Vespa, um den Touristengruppen mit ihrem ermüdenden Geplapper und ihren Selfie-Sticks, die einem das Auge auszustechen drohten, zu entkommen. In ihrem Geist tanzten noch immer die Farben und Arabesken von Lorenz' Bildern. Plötzlich wurde ihr bewusst, dass es ihr einziger Wunsch war, die Reise mit dem Maler fortzusetzen. Sich von den Wogen des Lichts davontragen zu lassen, sich in den Farbnuancen zu verlieren, von dem strahlenden Schimmer blenden zu lassen. Und Bernard Benedick hatte ihr gesagt: »Es gibt nur einen einzigen Ort in Paris, an dem Sie die Bilder von Sean Lorenz sehen können.« Also nahm Madeline entschlossen Kurs auf den Bois de Boulogne.

Da ihr die Örtlichkeiten nicht vertraut waren, stellte sie ihren Motorroller in der Nähe des Jardin d'Acclimatation ab und lief zu Fuß über die Avenue Mahatma-Gandhi. Die Sonne hatte jetzt endgültig die Wolken vertrieben. Goldfarbener Staub wirbelte durch die feuchte Luft. In der Nähe des Parks waren weder Gewerkschafter noch wütende Demonstranten zu sehen. Es gab nur Kinderwagen, Kindermädchen, das Geschrei der Kleinen und der Maroniverkäufer in einer ruhigen Ecke.

Plötzlich tauchte hinter den blattlosen Zweigen eine Art riesiges Glasschiff – Le Vaisseau de Verre – auf. Die Fondation Vuitton mit ihrer »Glaswolke«, zeichnete sich vor dem blauen Himmel ab. Je nach individueller Interpretation stellte das Gebäude eine Kristallmuschel, einen abdriftenden Eisberg oder ein Hightech-Schiff mit perlmuttfarbenen Segeln dar.

Madeline kaufte ihr Ticket und betrat das Museum. Die große Halle mit ihren Fenstern, die auf die grüne Natur führten, war hell und luftig. Sie fühlte sich auf der Stelle wohl in diesem riesigen Glaskokon und lief eine Weile durch das Atrium, um die Harmonie der Rundungen und die Anmut des Gebäudes zu genießen. Die Platten des Glasdachs malten eigenartig wogende und bewegte Schatten auf den Boden.

Madeline stieg die Treppe hinauf und lief durch ein opalisierendes, mit Lichtkuppeln durchsetztes Labyrinth, von dem verschiedene Gänge abzweigten. Die Werke der Ausstellung waren mit denen der ständigen Sammlung vermischt. Auf den ersten zwei Stockwerken konnte man Meisterwerke der Sammlung Schtschukin bewundern – eindrucksvolle Gemälde von Cézanne, Matisse und Gauguin, die der russische Sammler damals unter Missachtung der zeitgenössischen Kritiken mutig zusammengetragen hatte.

Die letzte Etage mit ihren Metallträgern und Bohlen aus Lärchenholz mündete in zwei Terrassen, die einen unvermuteten Blick auf La Defense, den Bois de Boulogne und den Eiffelturm boten. Und hier waren auch die Gemälde von Lorenz ausgestellt, zusammen mit einer Bronzestatue von Giacometti, drei abstrakten Bildern von Gerhard Richter und zwei monochromen Arbeiten von Ellsworth Kelly.

2.

Auf dem rissigen Leder des Lounge Chairs ausgestreckt, die Füße auf einer Ottomane, die Augen geschlossen, lauschte Gaspard einem Vortrag von Sean Lorenz, aufgenommen auf einem alten Kassettenrekorder, den er zwischen den Langspielplatten im Regal entdeckt hatte.

Das Interview hatte Lorenz vor sieben Jahren Jacques Chancel anlässlich einer Retrospektive seines Werks in der Fondation Maeght in Saint-Paul-de-Vence gegeben. Das Gespräch war faszinierend und einmalig, da Lorenz als zurückgezogen lebender und wenig gesprächiger Künstler nur selten sein Werk kommentierte. Nachdem er fast alle Interpretationen seiner künstlerischen Entwicklung abgelehnt hatte, erklärte Lorenz: »Meine Malerei ist spontan und enthält keine Botschaft. Sie versucht, etwas Flüchtiges und zugleich Dauerhaftes zu erfassen.« Einige seiner Antworten ließen auch seinen Überdruss erahnen, seine Zweifel, den Eindruck »vielleicht am Ende eines kreativen Zyklus angelangt zu sein«, wie er ohne Umschweife zugab.

Gaspard verschlang seine Worte förmlich. Selbst wenn Lorenz nicht den Schlüssel zu seiner Malerei liefern wollte, kam ihm doch das Verdienst zu, ehrlich zu sein. Seine Stimme klang mal einschmeichelnd und betörend, dann wieder beunruhigend, und sie spiegelte die Dualität und Mehrdeutigkeit von Lorenz' Kunst wider.

Plötzlich zerriss ein dumpfer Lärm die Ruhe des Spätnachmittags. Gaspard erschrak und sprang auf, um auf die Terrasse zu stürzen. Die »Musik«, die anscheinend aus einem der Nachbarhäuser kam, beschallte die gesamte Gasse. Der Sound war brutal, markerschütternd und von heftigem Gebrüll begleitet, das den Gesang darstellen sollte. *Wie kann man bloß solch einen Mist hören?*, schimpfte er und fühlte sich plötzlich von großem Unbehagen erfüllt. Unmöglich, auch nur einen Moment Ruhe zu finden, der Kampf war von vornherein verloren. Die Welt war voller Nervensägen, Quälgeister jeglicher Art und Quertreiber. Die Störenfriede, Querulanten und Randalierer beherrschten alles. Es gab zu viele von ihnen, und sie vermehrten sich zu rasch. Sie trugen den endgültigen Sieg davon.

Wütend rannte Gaspard aus dem Haus und suchte in der Gasse den Ursprung des aufdringlichen Lärms: ein kleines heruntergekommenes Haus ganz in der Nähe, das idyllisch von Weinlaub überwuchert war. Um sich bemerkbar zu machen, zog Gaspard an der Kette der verrosteten Glocke, die an einem Quadersteinpfeiler befestigt war. Da er keine Antwort bekam, kletterte er über das Tor, lief durch den Vorgarten, stieg die Stufen hinauf und trommelte an die Tür.

Als sie sich öffnete, traute Gaspard seinen Augen nicht. Er hatte damit gerechnet, einem Jugendlichen im Iron-Maiden-T-Shirt und mit einem Joint in der Hand gegenüberzustehen. Doch stattdessen hatte er eine junge Frau mit feinen Zügen vor sich, die eine dunkle Bluse mit Bubikragen, Tweed-Shorts und bordeauxrote Schnürschuhe trug.

»Sind Sie verrückt!«, rief er und tippte sich mit dem Zeigefinger an den Kopf.

Überrascht wich sie einen Schritt zurück und sah ihn verwundert an.

»Ihre Musik!«, brüllte er. »Glauben Sie, Sie wären allein auf der Welt?«

»Ja, stimmt denn das nicht?«

Als Gaspard begriff, dass sie sich über ihn lustig machte, drückte sie auf eine Taste der Fernbedienung, die sie in der Hand hielt.

Und endlich kehrte Ruhe ein.

»Ich habe mir eine kleine Pause bei der Korrektur meiner Doktorarbeit gegönnt. Und da ich dachte, alle wären im Urlaub, habe ich etwas aufgedreht«, gestand sie entschuldigend.

»Sie machen eine Pause und hören Hardrock?«

»Technisch gesehen ist das kein Hardrock, sondern Black Metal«, erwiderte sie.

»Und was ist der Unterschied?«

84

»Also, das ist ganz einfach, der ...«

»Wissen Sie, was? Das ist mir scheißegal«, unterbrach Gaspard sie und wandte sich ab. »Wenn es Ihnen Spaß macht, schädigen Sie Ihr Trommelfell weiter, aber kaufen Sie sich Kopfhörer, um ihre Umwelt nicht zu malträtieren.«

Die junge Frau brach in Gelächter aus.

»Sie sind derart unhöflich, dass es schon fast witzig ist.«

Gaspard senkte den Blick. Für eine Sekunde verunsicherte ihn die Bemerkung. Dann musterte er sein Gegenüber von Kopf bis Fuß: braver Haarknoten und eher klassische Kleidung, aber auch ein Nasen-Piercing und ein prächtiges Tattoo, das sich vom Ohr bis unter ihre Bluse zog.

Ganz unrecht hat sie nicht ...

»Gut«, lenkte er ein, »vielleicht war ich etwas zu heftig, aber ehrlich, diese Musik ...«

Sie lächelte erneut und streckte ihm die Hand entgegen.

»Pauline Delatour«, stellte sie sich vor.

»Gaspard Coutances.«

»Wohnen Sie in dem Haus von Sean Lorenz?«

»Ja, ich habe es für einen Monat gemietet.«

Ein Windstoß knallte einen Fensterladen zu. Pauline trat fröstelnd von einem Fuß auf den anderen.

»Lieber Nachbar, mir ist wirklich kalt, aber ich würde Ihnen gern einen Kaffee anbieten«, schlug sie vor und rieb sich die Arme.

Gaspard nahm die Einladung mit einem Nicken an und folgte ihr ins Haus.

3.

Madeline starrte reglos auf die beiden Bilder und schien sich ihrer Faszination nicht entziehen zu können. Das erste, ein großes Gemälde mit dem Titel *CityOnFire* aus dem Jahr 1997, das typisch für Lorenz' Street-Art-Periode war, zeigte ein glühendes Inferno, das die Leinwand zu verschlingen schien, ein Feuerwerk in Gelb- bis Karmesinrottönen. Das zweite mit dem Titel *Motherhood* war neueren Datums. Sehr privat und nüchtern zeigte es auf einer blassblauen, fast weißen Fläche eine weich geschwungene Linie, die den Bauch einer schwangeren Frau stilisierte. Die denkbar schlichteste Darstellung der Mutterschaft. Ein kleines Schild an der Wand erklärte, es handele sich um das letzte Bild, das von Lorenz bekannt sei, entstanden kurz vor der Geburt seines Sohnes. Hier war es nicht die Farbe, sondern das Licht, das den Betrachter überraschte.

Einer inneren Stimme gehorchend, trat Madeline näher. Das Licht zog sie an. Die Materie, die Textur und Dichte, die tausend Nuancen hypnotisierten sie. Das Bild war lebendig. Innerhalb weniger Sekunden changierte die Oberfläche von Weiß zu Blau und dann zu Rosa. Das Bild war voller nicht greifbarer Emotionen und wirkte bald beruhigend, bald beunruhigend.

Dieser Zwiespalt faszinierte Madeline. Wie konnte ein Gemälde eine solche Wirkung haben? Sie wollte ein paar Schritte zurücktreten, doch ihre Beine gehorchten dem Befehl ihres Gehirns nicht. Als willige Gefangene konnte sie sich dem Licht, das dieses Bild erfüllte, nicht entziehen, denn sie wollte den angenehmen Schwindel genießen. In dem Raum bleiben, der sie durchdrang und ihr ungeahnte Dinge enthüllte.

Einige waren schön, andere eher nicht.

4.

Man betrat das Haus von Pauline Delatour durch die Küche. Auf den ersten Blick war diese gemütlich und im Landhausstil eingerichtet: Arbeitsplatte aus massivem Holz, Steingutfliesen, karierte Vorhänge. Auf dem Regal emaillierte Werbeschilder, eine verbeulte Kaffeemühle, Keramikschalen und alte Kupfertöpfe.

»Nett ist es bei Ihnen, aber auch etwas verwirrend. Man fühlt sich hier Jean Ferrat näher als Ihrem Black Metal«, neckte er sie.

Pauline stellte lächelnd eine Espressokanne auf den Gasherd und zwei Tassen auf den Tisch.

»Ehrlich gesagt gehört das Haus nicht mir, sondern einem italienischen Geschäftsmann, einem Kunstsammler, der es von seiner Familie geerbt hat. Lorenz hat ihn mir vorgestellt. Er kommt nie her. Aber da er es nicht verkaufen will, braucht er jemanden, der darauf aufpasst und es instand hält. Das dauert sicher nicht ewig, aber im Moment wäre es dumm, die Gelegenheit nicht zu nutzen.«

Gaspard griff nach der Tasse, die sie ihm reichte.

»Wenn ich Sie recht verstehe, haben Sie es Lorenz zu verdanken, dass Sie hier wohnen.«

Pauline lehnte an der Wand und blies vorsichtig auf ihren Kaffee.

»Ja, er hat den Italiener davon überzeugt, mir zu vertrauen.«

»Wie haben Sie ihn kennengelernt?«

»Sean? Das war drei oder vier Jahre vor seinem Tod. In meinen ersten Studienjahren habe ich an der Kunstakademie Modell gestanden, um mir etwas dazuzuverdienen. Eines Tages hat Sean eine Master Class unterrichtet. Dort habe ich ihn getroffen, und wir sind Freunde geworden.«

Neugierig musterte Gaspard die Flaschen, die in dem Metallregal lagen.

»Solchen Fusel dürfen Sie nicht trinken!«, erklärte er und verzog angewidert das Gesicht. »Nächstes Mal bringe ich Ihnen eine Flasche *richtigen* Wein mit.«

»Sehr gern. Ich brauche Stoff, um meine Doktorarbeit fertigzustellen«, meinte sie lächelnd und deutete auf die Arbeitsplatte, auf der neben Stapeln von Büchern ein Laptop stand.

»Über welches Thema schreiben Sie?«

»*Die Kinbaku-Praktiken im Japan der Edo-Zeit: militärische und erotische Verwendung*«, erklärte sie.

»*Kinbaku?* Was ist das?«

Pauline stellte ihre Tasse ins Spülbecken und sah ihren neuen Nachbarn geheimnisvoll an.

»Kommen Sie mit, ich zeige es Ihnen.«

5.

Über dem Glasdach entflammten sich die Ahornbäume, die wegen der Pinien wie ein chinesisches Schattenspiel wirkten.

Den Blick in die Ferne gerichtet, betrachtete Madeline die Sonne, die hinter dem Musikpavillon des Jardin d'Acclimatation versank, ohne sie wirklich wahrzunehmen. Es war fast siebzehn Uhr. Nach der Besichtigung hatte sie an einem Tisch im *Le Franck* Platz genommen – dem Restaurant der Fondation, das hinter einer luftigen Abtrennung im Atrium lag. In kleinen Schlucken trank sie den schwarzen Tee, den sie bestellt hatte. Seit einer Weile war sie ganz von einer Idee, einer Frage beherrscht: Und wenn nun das, was Bernard Benedick ihr erzählt hatte, stimmte? Wenn die Bilder von Lorenz wirklich verschwunden waren? Unbekannte Gemälde, die noch niemand gesehen hatte. Ein Schauer lief ihr über den Rücken. Sie wollte sich nicht von dem Galeristen benutzen lassen, aber falls es diese Bilder wirklich gab, würde sie sie gern wiederfinden.

Sie spürte, wie Adrenalin ihren Körper durchströmte. Der Auftakt zur Jagd. Ein ehemals vertrautes Gefühl, das sie mit Freuden wiederentdeckte. Eine Empfindung, die sich sicher nicht sehr von dem Drang unterschied, den Lorenz gespürt haben musste, als er in den 1990er-Jahren seine Graffiti in der Subway malte. Die Vorliebe für gefährliche Situationen, der Rausch der Angst, der Wille, um jeden Preis weiterzumachen.

Sie öffnete den Internet-Browser in ihrem Smartphone. Der Wikipedia-Eintrag über Lorenz begann auf die übliche Weise:

> **Sean Paul Lorenz**, zu Beginn seiner Laufbahn auch als **Lorz74** bekannt, ist ein Sprayer und Maler, geboren in New York am 8. November 1966 und gestorben ebendort am 23. Dezember 2015. Die letzten zwanzig Jahre seines Lebens wohnte und arbeitete er in Paris. [...]

Es folgte ein weiterer Absatz, aus dem sie nicht mehr erfuhr, als Benedick ihr bereits erzählt hatte. Erst am Ende fand Madeline die Information, die sie suchte:

Der Fall Julian Lorenz

Das Verbrechen
Am 12. Dezember, als Sean Lorenz sich anlässlich einer Retrospektive seines Œuvres im MoMA in New York befand, wurden seine Frau Pénélope und sein Sohn Julian auf einer Straße in der Upper East Side entführt. Einige Stunden später erhielt der Maler eine Lösegeldforderung von mehreren Millionen Dollar,

begleitet von einem abgeschnittenen Finger seines Kindes. Obwohl das Geld gezahlt wurde, kam nur Pénélope frei, während der Kleine vor den Augen seiner Mutter ermordet wurde.

Der Schuldige
Die Ermittlungen führten schnell auf die Spur des Erpressers, weil [...]

6.

Pauline Delatours Wohnzimmer, durch dessen gesamte Länge sich ein Olivenholzbalken zog, erinnerte an ein modernes und sparsam eingerichtetes Loft. An den Wänden des großen Raums hingen Fotografien, die gefesselte Frauen in extremen Positionen zeigten. Umwickelte, angeleinte Körper, die in der Luft schwebten. Von einer Vielzahl komplizierter Knoten umschlungenes und zusammengepresstes Fleisch. Vor Lust oder Schmerz verzerrte Gesichter.

»Ursprünglich ist Kinbaku eine alte kriegerische Kunst in Japan«, erklärte Pauline. »Sie wurde entwickelt, um hochrangige Gefangene zu fesseln. Doch im Laufe der Jahre ist daraus eine raffinierte erotische Praktik geworden.«

Gaspard betrachtete die Aufnahmen zunächst widerstrebend. Der Zusammenhang zwischen Unterwerfung und Dominanz hatte ihm stets Unbehagen bereitet.

»Wissen Sie, was der berühmte Fotograf Araki gesagt hat? ›Die Stricke müssen auf der Haut der Frauen sein wie Liebkosungen‹.«

Nach und nach verflog Gaspards Unbehagen. Letztlich fand er die Fotos unglaublich schön, denn unerklärlicherweise hatten sie nichts Vulgäres oder Gewalttätiges.

»Kinbaku ist eine sehr anspruchsvolle Kunst«, fuhr Pauline fort. »Es ist eine Leistung, die nichts mit Bondage und SM gemein hat. Ich gebe im zwanzigsten Arrondissement Kinbaku-Kurse, Sie sollten mal vorbeikommen. Dann zeige ich es Ihnen. Es ist wesentlich wirkungsvoller, um etwas über sich selbst zu erfahren, als eine Sitzung beim Psychiater.«

»Begeisterte sich Sean Lorenz für solche Praktiken?«

Pauline lachte traurig.

»Sean hat in den 1980er- und 1990er-Jahren im New Yorker Dschungel gelebt, also konnten ihn solche Spielchen nicht beeindrucken.«

»Standen Sie ihm nahe?«

»Wir waren, wie schon gesagt, befreundet. Er erklärte, er hätte Vertrauen zu mir. Zumindest genug, um mich sehr oft zu bitten, auf seinen Sohn aufzupassen.«

Pauline hockte sich auf die Sprosse einer großen Holzleiter, die an der Wand lehnte.

»Eigentlich mag ich Kinder nicht besonders«, gestand sie. »Aber der kleine Julian war ganz anders, wirklich ein toller Junge. Reizend, clever, intelligent.«

Gaspard bemerkte, dass ihr milchiger Teint noch eine Nuance blasser wurde.

»Sie sprechen in der Vergangenheitsform von ihm?«

»Julian wurde ermordet. Wussten Sie das nicht?«

Gaspard war schockiert. Er zog sich einen Holzhocker heran, setzte sich und beugte sich zu Pauline vor.

»Der Junge, den man überall auf den Fotos im Haus sieht ... ist tot?«

Pauline ließ ihn nicht aus den Augen und bemühte sich, der Versuchung zu widerstehen, an ihren granatrot lackierten Nägeln zu kauen.

»Eine schreckliche Geschichte. Julian ist entführt und vor den Augen seiner Mutter erstochen worden.«

»Aber ... von wem?«

Pauline seufzte.

»Von einer alten Freundin von Sean, die im Gefängnis gesessen hatte. Eine Malerin chilenischer Abstammung, die unter dem Namen *LadyBird* bekannt war. Sie wollte sich rächen.«

»Warum?«

»Ehrlich gesagt, weiß ich das nicht so genau«, erklärte Pauline und erhob sich. »Ihr Motiv war nicht klar.«

Gefolgt von Gaspard, kehrte Pauline in die Küche zurück.

»Sean war nach dem Tod seines Sohnes nicht mehr derselbe Mann«, fuhr sie fort. »Nicht nur, dass er nicht mehr malte, nein, er wurde förmlich vom Kummer verzehrt. Ich habe ihm geholfen, so gut ich konnte, bin für ihn einkaufen gegangen, habe ihm Essen bestellt und Diane Raphaël angerufen, wenn er Medikamente brauchte.«

»Wer ist das? Eine Ärztin?«

Sie nickte.

»Eine Psychiaterin, die ihn lange behandelt hat.«

»Und seine Frau?«

Pauline seufzte erneut.

»Pénélope hat so schnell wie möglich das sinkende Schiff verlassen, aber das ist eine andere Geschichte.«

Um nicht allzu aufdringlich zu erscheinen, verkniff sich Gaspard weitere Fragen. Er vermutete, dass Paulines Erklärung zahlreiche Auslassungen enthielt, aber er verabscheute neugierige Menschen zu sehr, um sich mit ihnen gemein zu machen. Dennoch gestattete er sich eine weniger persönliche Frage.

»Und Lorenz hat bis zu seinem Tod kein einziges Bild mehr gemalt?«

»Nicht, dass ich wüsste. Zunächst, weil er große gesundheitliche Probleme hatte. Außerdem erweckte er den Eindruck, dass die Malerei ihn nicht mehr interessierte. Nichts interessierte ihn mehr. Selbst in der Malstunde, die er weiterhin einmal pro Woche in Julians Vorschule gab, hat er keinen Pinsel mehr angerührt.«

Nach einer kurzen Pause fügte sie, als sei ihr gerade noch etwas eingefallen, hinzu: »Einige Tage vor seinem Tod ist allerdings etwas Seltsames passiert.«

Mit einer Kopfbewegung deutete sie auf das Haus des Malers.

»Sean hat mehrere Nächte lang bis zum frühen Morgen Musik gehört.«

»Und wieso ist das seltsam?«

94

»Eben weil Sean nur beim Malen Musik hörte. Und was mich vor allem gewundert hat, das war nicht so sehr, dass er wieder arbeitete, sondern dass er es nachts tat. Sean war vom Licht besessen. Ich habe ihn immer nur tagsüber malen sehen.«

»Welche Art Musik war das?«

Pauline lächelte.

»Sachen, die Ihnen vermutlich gefallen würden. Auf alle Fälle kein Black Metal. Eher die *Fünfte* von Beethoven, und andere Stücke, die ich nicht kannte und die er immer wieder hörte.«

Sie zog ihr Handy aus der Tasche und schwenkte es vor Gaspards Nase hin und her.

»Und da ich neugierig bin, habe ich die Shazam-App angewandt.«

Gaspard ließ sich nicht anmerken, dass er nicht die geringste Ahnung hatte, was das bedeutete.

Pauline fand die Hinweise, die sie suchte.

»*Catalogue d'oiseaux* von Olivier Messiaen und die *Zweite Symphonie* von Gustav Mahler.«

»Woher wollen Sie wissen, dass er wirklich gemalt hat? Vielleicht hat er einfach nur Musik gehört.«

»Genau das wollte ich herausfinden. Also lief ich mitten in der Nacht durch die kleine Gasse zu seinem Haus und kletterte dort die Feuerleiter zum Glasdach seines Ateliers hinauf. Ich weiß, das erinnert an das Verhalten eines Stalkers, aber ich stehe zu meiner Neugier. Wenn Sean wirklich ein neues Bild malte, wollte ich es als Erste sehen.«

Ein kaum wahrnehmbares Lächeln erhellte Gaspards Gesicht, als er sich Pauline bei ihrer nächtlichen Akrobatik vorstellte. Lorenz' Malerei besaß wirklich eine außergewöhnliche Anziehungskraft.

»Oben angekommen, drückte ich mir die Nase an der Scheibe platt. Und obgleich im Atelier kein Licht brannte, saß Sean vor seiner Staffelei.«

»Er malte im Dunkeln?«

»Ich weiß, das scheint unsinnig, aber ich hatte den Eindruck, dass von dem Gemälde ein eigenes Licht ausging. Ein klarer, durchdringender Schein, der sein Gesicht erhellte.«

»Und was war es?«

»Ich habe nur einen flüchtigen Blick erhaschen können. Plötzlich knarrte die Leiter, und Sean wandte sich um. Ich bekam es mit der Angst zu tun und machte mich schnell aus dem Staub. Als ich zurück nach Hause lief, habe ich mich geschämt.«

Gaspard betrachtete die eigenartige junge Frau, die zugleich provokant, intellektuell, vernichtend und der Underground-Kultur zugetan war. Eine Frau, die wahrscheinlich den meisten Männern gefiel. Ganz so, wie sie sicher auch Lorenz gefallen hatte. Plötzlich kam ihm eine Frage in den Sinn.

»Hat Sean Lorenz Sie nie wieder als Modell engagiert?«

Paulines Augen glänzten, als sie antwortete: »Er hat etwas viel Besseres gemacht.«

Sie knöpfte ihre Bluse auf, und ihre Tätowierung

wurde, zwar nicht in ihrer Gesamtheit, aber in ihrer ganzen Schönheit sichtbar. Ihre Haut war zu einer menschlichen Leinwand geworden: Eine Garbe von bunten Blumenarabesken in leuchtenden Farben zog sich von ihrem Hals bis zum Oberschenkelansatz.

»Man sagt oft, die Bilder von Lorenz besäßen Leben, aber das ist ein sprachlicher Missbrauch. Das einzige Werk lebendiger Kunst, das Lorenz je erschaffen hat, bin ich.«

4. Zwei Fremde im Haus

Oh, man kann optimistisch sein
und dennoch völlig ohne Hoffnung.

Francis Bacon

1.

Es war schon dunkel, als Madeline die Haustür öffnete. Sie hatte die unvermeidliche Konfrontation mit Gaspard Coutances so lange wie möglich hinausgeschoben und insgeheim sogar gehofft, der Autor wäre von seinem Vertrag zurückgetreten. Doch als sie ihre Lederjacke an der Garderobe aufhängte, sah sie, dass sich der ungehobelte Kerl in der Küche zu schaffen machte.

Als sie durchs Wohnzimmer zu ihm ging, fiel ihr Blick auf eine Reihe von Fotos in hellen Holzrahmen. Da sie jetzt wusste, dass der kleine Julian tot war, schienen ihr die Aufnahmen, die sie bei ihrer Ankunft so gerührt hatten, deprimierend. Genauso wie das gesamte Haus an diesem Abend kalt, bedrückend und von Trauer erfüllt wirkte. Nun, als sie feststellen musste, dass der Zauber verflogen war, fasste Madeline einen radikalen Entschluss.

98

Sie betrat die Küche und wurde von Coutances mit einem Knurren begrüßt. In seiner abgewetzten Cordjeans, dem Holzfällerhemd, den ausgetretenen Turnschuhen und mit seinem sprießenden Bart hatte er etwas von einem Waldschrat, das so gar nicht zu seinem Image als intellektueller Theaterautor passen wollte. Er stand hinter der Küchentheke und schnitt konzentriert und mit sicherer Hand Zwiebeln, während aus einem alten Kofferradio Kammermusik ertönte. Vor ihm lagen neben einer Papiertüte mehrere Zutaten, die er offenbar am Nachmittag eingekauft hatte – Olivenöl, Jakobsmuscheln, Hühnerbrühwürfel, ein kleiner Trüffel ...

»Was kochen Sie da?«

»Kritharaki, das sind kleine griechische Nudeln, die man zubereitet wie ein Risotto. Essen Sie mit mir zu Abend?«

»Nein danke!«

»Ich wette, Sie sind Veganerin. Sie stehen sicher auf Quinoa, Algen, Sprossen und solches Zeug ...«

»Ganz und gar nicht«, unterbrach sie ihn kurz angebunden. »Ich wollte Ihnen bezüglich des Hauses noch sagen, dass ich es Ihnen überlasse. Ich werde woanders wohnen. Der Eigentümer hat mir vorgeschlagen, mich zu entschädigen, und ich nehme sein Angebot an.«

Er sah sie überrascht an.

»Aber ich bitte Sie, mir zwei Tage Zeit zu lassen, um mich zu organisieren. So lange schlafe ich oben. Wir teilen uns die Küche, und Sie können den Rest des Hauses nutzen.«

»Ein guter Vorschlag«, stimmte Gaspard zu.

Er schob die klein geschnittenen Zwiebeln mit dem Messerrücken in die Pfanne.

»Was hat zu diesem Meinungsumschwung geführt?«

Sie zögerte und konfrontierte ihn dann mit der Wahrheit.

»Ich fühle mich außerstande, vier Wochen an einem Ort zu verbringen, der von einem verstorbenen Kind heimgesucht wird.«

»Sie meinen den kleinen Julian?«

Madeline nickte. In der folgenden Viertelstunde erzählten beide in einem angeregten Gespräch, was sie über das Leben, das faszinierende Werk und die letzten verschwundenen Bilder von Sean Lorenz in Erfahrung gebracht hatten.

Nachdem sie das angebotene Glas Wein abgelehnt hatte, öffnete Madeline den Kühlschrank und nahm das Plastiktäschchen heraus, das sie einige Stunden zuvor hineingelegt hatte. Dann erklärte sie, müde zu sein, und ging nach oben.

2.

Die Holztreppe führte direkt zu dem Atelier mit Glasdach. Hinter dem schönsten Raum des Hauses lag ein kleines Schlafzimmer mit einem eigenen Bad. Madeline packte ihre Sachen aus, entdeckte in einem Schrank saubere Bettwäsche und richtete das Bett her. Anschließend wusch sie sich die Hände und setzte sich an den kleinen Schreibtisch aus gekalktem Holz, der dem Fenster abgewandt stand. Nachdem sie ihren Pullover und die Bluse ausgezogen hatte, nahm sie aus dem Täschchen eine Ampulle und eine Spritze, deren Plastikverpackung sie entfernte. Sie steckte die Nadel darauf und drückte vorsichtig den Kolben hoch, um die Luftblase zu entfernen – eine Technik, die ihr inzwischen vertraut war. Dann reinigte sie mit einem Alkoholtupfer den Bereich ihres Bauchs, in den sie spritzen wollte. Obwohl die Heizung auf vollen Touren lief, zitterte sie am ganzen Körper. Ihre Knochen schmerzten, und sie hatte Gänsehaut. Sie atmete tief durch und schob die Kanüle in die Haut – sie musste ins Fettgewebe treffen, nicht zu nah an Muskel oder Rippe. Eine echte Qual, verdammt noch mal! Während ihrer Arbeit als Polizistin hatte sie jede Menge gefährliche Situationen durchlebt: eine Knarre an der Schläfe, eine Kugel, die in spürbarer Nähe an ihrem Hals vorbeizischte, Konfrontationen mit dem schlimmsten Abschaum von Manchester. Damals war es ihr jedes Mal gelungen, ihre Angst zu bezähmen, und jetzt hatte sie Schiss vor einer kleinen Nadel!

Madeline schloss die Augen und atmete tief durch. Tupfer aufdrücken und Nadel herausziehen, weiterer Tupfer, um die Blutung zu stoppen.

Sie legte sich zitternd ins Bett. Wie heute Morgen am Bahnhof fühlte sie sich dem Tod nah. Übelkeit plagte sie, und ihr Magen krampfte sich zusammen, sie bekam keine Luft mehr, und eine quälende Migräne schien ihren Schädel zu sprengen. Zähneklappernd zog sie die Decke höher. Vor ihren geschlossenen Augen tauchte erneut das Bild des kleinen Julian auf, die blutigen Farben, die Stadt in Flammen. Dann, ein Gegensatz, das harmonische Gemälde der Mutterschaft. Nach und nach verflog ihr Unwohlsein. Ihr Körper schien abzuschwellen. Da sie keinen Schlaf fand, stand sie auf und erfrischte ihr Gesicht mit Wasser. Sie hatte Hunger. Der köstliche Duft des Trüffelrisotto stieg bis ins Atelier hinauf. Also überwand sie ihren Stolz und ging hinunter zu Gaspard in die Küche.

»Also, Coutances, gilt Ihre Einladung zum Essen noch immer? Sie werden schon sehen, ob ich eine Quinoafresserin bin ...«

3.

Entgegen aller Erwartungen verlief das Essen heiter und angenehm. Vor zwei Jahren hatte Madeline im Barrymore Theatre eine Aufführung von *Ghost Town* gesehen. Das Stück von Gaspard Coutances mit Jeff Daniels und Rachel Weisz in den Hauptrollen war zwei Monate auf dem Spielplan geblieben, hatte aber bei ihr gemischte Erinnerungen hinterlassen – ausgezeichnete Dialoge, jedoch eine zynische Weltsicht, die ihr unangenehm gewesen war.

Glücklicherweise war Coutances nicht so sarkastisch und spöttisch, wie seine Stücke es hätten vermuten lassen. Ehrlich gesagt war er eine Art Zwitterwesen, ein menschenverachtender und pessimistischer Gentleman, der allerdings einen Abend lang ein angenehmer Unterhalter sein konnte. Fast automatisch drehte sich ihr Gespräch hauptsächlich um Sean Lorenz. Sie teilten die gleiche neue Bewunderung für seine Malerei und diskutierten lange über die Informationen und Anekdoten, die sie beide am Nachmittag in Erfahrung gebracht hatten. Mit Appetit verspeisten sie das Risotto bis zum letzten Bissen und leerten eine Flasche Saint-Julien.

Nach dem Essen setzten sie ihr Gespräch im Salon fort. Gaspard legte eine alte Langspielplatte von Oscar Peterson auf, machte Feuer im Kamin und entdeckte schließlich eine Flasche zwanzig Jahre alten *Pappy-van-Winkle*-Whisky. Madeline zog ihre Stiefeletten aus, legte die Füße aufs Sofa, ein Plaid um ihre Schultern, und zog schließlich eine selbst gedrehte Zigarette aus der Tasche, die nicht nur Tabak enthielt. Die Kombination von Whisky und Gras machte sie träge und entspannte die Atmosphäre. Bis das Gespräch persönlich wurde.

»Haben Sie Kinder, Coutances?«

Die Antwort kam wie aus der Pistole geschossen.

»Gott sei Dank nicht! Und ich werde auch nie welche bekommen.«

»Warum?«

»Ich möchte niemandem das Chaos der Welt, in der wir leben müssen, aufbürden.«

Madeline nahm einen Zug aus ihrer Zigarette.

»Übertreiben Sie da nicht ein bisschen?«

»Ich finde nicht.«

»Sicher, manches ist nicht in Ordnung, da gebe ich Ihnen recht, aber ...«

»Manches ist nicht in Ordnung? Aber machen Sie doch mal die Augen auf, verdammt. Unser Planet läuft aus dem Ruder, und die Zukunft wird schrecklich – noch gewalttätiger, unerträglicher und grauenvoller. Man muss schon ein verdammter Egoist sein, um das irgendjemandem zuzumuten.«

Madeline wollte ihm antworten, doch Gaspard war in Fahrt gekommen. Eine Viertelstunde lang legte er – mit besessenem Blick und alkoholgeschwängertem Atem – seine zutiefst pessimistische Sicht auf die Zukunft der Menschheit dar und beschrieb eine apokalyptische Gesellschaft, die der Technologie, dem Konsumrausch und der Mittelmäßigkeit verfallen war. Ein parasitäres System, das durch die systematische Zerstörung der Natur in eine Sackgasse geraten war, die zwangsläufig im Nichts endete.

Madeline wartete, bis sie sicher war, dass seine Tirade beendet war, und stellte dann fest: »Sie verachten also nicht nur die Idioten, sondern die gesamte Menschheit.«

Gaspard versuchte nicht, das zu leugnen.

»Sie kennen doch das Shakespeare-Zitat: ›Das wildeste Tier kennt doch des Mitleids Regung.‹ Der Mensch aber kennt kein Mitleid. Der Mensch ist das schlimmste aller Raubtiere. Er ist Abschaum, der sich unter dem Deckmantel der Zivilisation daran labt, andere zu beherrschen und zu entwürdigen. Eine größenwahnsinnige, selbstmörderische Spezies, die ihresgleichen hasst, weil sie sich selbst verabscheut.«

»Aber Sie sind natürlich anders, Coutances, oder?«

»Nein, ganz im Gegenteil, wenn es Ihnen Freude macht, dürfen Sie mich durchaus in die Beschreibung einschließen«, erwiderte er und trank seinen Whisky aus.

Madeline drückte den Rest ihres Joints in Ermangelung eines Aschenbechers in ein Schälchen.

»Sie müssen wirklich sehr unglücklich sein, um solche Gedanken zu haben.«

Als sie sich erhob, um Wasser aus dem Kühlschrank zu holen, fegte er ihre Bemerkung mit einer Handbewegung beiseite.

»Ich bin nur hellsichtig, und die Prognosen der wissenschaftlichen Forschungen sind noch pessimistischer als ich. Das irdische Ökosystem ist unabwendbar zum Untergang verurteilt. Wir sind an einem Punkt angelangt, an dem es kein Zurück mehr gibt, wir ...«

Sie provozierte ihn.

»Aber warum jagen Sie sich dann nicht auf der Stelle eine Kugel in den Kopf?«

»Darum geht es hier nicht«, verteidigte er sich. »Sie haben mich gefragt, warum ich keine Kinder will. Und ich habe Ihnen geantwortet, weil ich nicht möchte, dass sie in Chaos und Schrecken aufwachsen.«

Anklagend reckte er einen vor Zorn zitternden Zeigefinger in ihre Richtung.

»Ich würde nie einem Kind diese grausame Welt aufzwingen. Wenn Sie eine andere Entscheidung treffen, dann ist das Ihre Sache, aber verlangen Sie nicht von mir, sie gutzuheißen.«

»Es ist mir ziemlich egal, was Sie gutheißen«, meinte Madeline und nahm wieder Platz, »aber dennoch frage ich mich, warum Sie nichts tun, um die Dinge zu ändern. Setzen Sie sich für Ihre Überzeugungen ein, schließen Sie sich einer Bewegung an, kämpfen Sie in …«

Er verzog angewidert das Gesicht.

»Ein kollektiver Kampf? Das ist nichts für mich. Ich verabscheue die politischen Parteien, Gewerkschaften und Protestbewegungen. Ich halte mich da an Georges Brassens – ›wo mehr als vier zusammenhocken, wird's ein Deppenhaufen‹. Und außerdem ist der Kampf schon verloren, auch wenn die Leute zu feige sind, sich das einzugestehen.«

»Wissen Sie, was Ihnen fehlt? Die Verpflichtung, einen richtigen *Kampf* zu führen. Und wenn man ein Kind hat, muss man kämpfen. Für die Zukunft, die immer existiert hat und auch immer existieren wird.«

Er bedachte sie mit einem seltsamen Blick.

»Aber haben Sie denn Kinder, Madeline?«

»Das kommt vielleicht eines Tages.«

»Wohl zu Ihrer persönlichen Befriedigung, was?«, spottete er. »Damit Sie sich ›erfüllt‹ und ›wunschlos glücklich‹ fühlen? Um dem Beispiel Ihrer Freundinnen zu folgen? Um den vorwurfsvollen Fragen von Papa und Mama zu entgehen?«

Gekränkt sprang Madeline auf und kippte ihm ein Glas eiskaltes Wasser ins Gesicht. Nach kurzem Zögern flog auch noch die Plastikflasche hinterher.

»Sie sind wirklich zu blöd!«, rief sie und lief zur Treppe.

Sie rannte die Stufen hinauf und schlug die Tür ihres Zimmers hinter sich zu.

Allein zurückgeblieben, stieß Gaspard einen tiefen Seufzer aus. Es war natürlich nicht das erste Mal, dass er unter Alkoholeinfluss Unsinn erzählte, aber noch nie hatte er es so schnell bereut.

Verärgert schenkte er sich Whisky nach, schaltete das Licht aus und streckte sich mit einem deprimierten Knurren auf dem Lounge Chair aus.

In seinem benebelten Kopf ließ er noch einmal den Film des Streits vor sich abspulen, dachte über seine Argumente und die von Madeline nach. Er hatte sich vielleicht am Ende ungeschickt verhalten, aber er war ehrlich gewesen. Er bedauerte die Grobheit seiner Ausführungen, nicht aber ihren Inhalt. Ihm fiel ein, dass es einen ganz offensichtlichen Faktor gab, den er nicht erwähnt hatte: Wenn sich Menschen Kinder wünschten, dann fühlten sie sich auch in der Lage, sie zu beschützen.

Und das wäre er selbst nie.

Es machte ihm Angst.

Der besessene Maler

Mittwoch, 21. Dezember

5. Das Schicksal an der Gurgel packen

Das Leben gibt nie etwas her!

Jaques Brel, Orly

1.

Ohrenrauschen, Herzrasen, wirre Träume.

Das Geräusch der ins Schloss fallenden Tür riss Gaspard aus seinem unruhigen Schlaf. Er brauchte eine Weile, um zu sich zu kommen. Zunächst war ihm nicht klar, wo er sich befand, dann wurde ihm die traurige Realität bewusst. Er war zusammengerollt in dem alten Eames-Sessel von Sean Lorenz eingeschlafen. Sein schweißfeuchtes T-Shirt klebte an dem Leder. Mühsam richtete er sich auf und rieb sich Augen, Nacken und Rippen. Ein grässlicher Kater: Kopfschmerzen, schlechter Geschmack im Mund, Übelkeit, steife Gelenke. Das übliche Szenario, nach dem er sich jedes Mal schwor, nie wieder einen Tropfen Alkohol anzurühren. Doch er wusste, dass dieser Entschluss nicht von Dauer wäre und er bereits am Mittag erneut Lust auf ein Gläschen Wein hätte.

Er warf zunächst einen Blick auf die Uhr – acht – dann durchs Fenster nach draußen – bedeckter Himmel, aber kein Regen. Er vermutete, dass Madeline gerade gegangen war, und schämte sich ein wenig, sich in diesem Zustand ihrem Blick preisgegeben zu haben. Er schleppte sich ins Bad, blieb eine Viertelstunde unter der Dusche und trank währenddessen mindestens einen halben Liter Wasser direkt aus dem Brausekopf. Dann schlang er ein Handtuch um die Hüften, trat aus der Kabine und massierte sich die Schläfen.

Die stechenden Kopfschmerzen wurden schlimmer und hämmerten gegen seine Schädeldecke. Er brauchte sofort Tabletten. Er durchwühlte seine Reisetasche, ohne etwas Geeignetes zu finden. Nach kurzem Zögern stieg er die Treppe hinauf in das Stockwerk, das Madeline bewohnte, entdeckte ihren Kulturbeutel und fand darin, was er suchte. Glücklicherweise waren einige Menschen organisiert – zum Wohle der anderen.

Nachdem er zwei Ibuprofen geschluckt hatte, zog er in seinem Zimmer die Kleidung vom Vortag an und lief dann auf der Suche nach Kaffee in die Küche. Er fand zwar eine Kaffeemaschine, aber nichts, was er hätte hineintun können. Vergeblich öffnete er alle Schränke, keine Dose Kaffee erwartete ihn. Also machte er sich schließlich einen Becher Hühnerbrühe, die er auf der Terrasse trank. Zunächst tat ihm die frische Luft gut, doch schon bald trat er den Rückzug in den geheizten Salon an. Dort nahm er erneut die Plattensammlung in Augenschein, um die Werke zu finden, von denen Pauline am Vortag gesprochen hatte. Jene, die Sean in den Tagen vor seinem Tod gehört hatte.

Die erste LP, die ihm unter die Finger kam, war ein *Must-have* jeder klassischen Plattensammlung: Beethovens *Fünfte Symphonie*, dirigiert von Carlos Kleiber. Auf der Rückseite der Hülle erinnerte ein Musikwissenschaftler daran, dass der Komponist sein Leben lang »das Schicksal an der Gurgel gepackt« hatte. Die *Fünfte* war ganz auf die Konfrontation des Menschen mit seinem Schicksal ausgerichtet. »So pocht das Schicksal an die Pforte«, sagte Beethoven, um die vier Noten zu charakterisieren, die die Symphonie eröffnen.

Die zweite Aufnahme, eine Doppel-LP der Deutschen Grammophon, stammte aus den 1980er-Jahren – die *Symphonie Nr. 2* von Gustav Mahler, dirigiert von Leonard Bernstein mit den Gaststars Barbara Hendricks und Christa Ludwig. Gaspard kannte die »Auferstehungssymphonie« des österreichischen Komponisten nicht wirklich. Der Lektüre des Booklets entnahm er, dass es sich um ein religiöses Werk handelte, das Mahler komponiert hatte, nachdem er zum Christentum übergetreten war. Es rühmte das ewige Leben und die Auferstehung des Leibes. Der Text endete mit einem Zitat von Leonard Bernstein: »Mahlers Musik spricht unsere Ungewissheit bezüglich des Sterbens aufrichtig an. Diese Musik ist zu wahrhaftig, sie sagt Dinge, die furchtbar anzuhören sind.«

Dinge, die furchtbar anzuhören sind …

Gaspard kratzte sich am Kopf. Warum hatte sich

Lorenz, ein großer Fan von Jazz und minimalistischer Musik, am Ende seines Lebens für zwei monumentale Symphonien begeistert?

Er goss den Rest der lauwarmen Brühe ins Spülbecken und setzte sich mit seinem Spiralheft und einem Stift an den Tisch im Salon, um über sein Theaterstück nachzudenken. Doch es gelang ihm nicht, sich zu konzentrieren. Er hatte eine seltsame Nacht hinter sich, in der er durch seine Träume geschwebt und getrieben war – inmitten psychedelischer Landschaften, die auf den gefesselten Körper seiner hübschen Nachbarin tätowiert waren. Eine Vision, die zwar nichts Gewalttätiges hatte, aber dennoch verstörend war.

Knapp zwanzig Minuten lang gelang es ihm, sich einzureden, er würde arbeiten können, doch die Illusion dauerte nicht an. Er hatte noch immer den Eindruck, das große Porträt von Lorenz würde ihn ansehen, ansprechen und über ihn richten.

Nach einer Weile hielt Gaspard es nicht mehr aus, erhob sich und trat wieder zu der Wand mit den Fotos. Und plötzlich begriff er, dass ihn nicht die Aufnahme des Malers störte, sondern die des Kindes.

Das Kind, das jetzt tot war ... und doch so voller Lebensfreude und Vitalität.

Verdammt! Diese Madeline Greene hatte ihn mit ihrem Unbehagen angesteckt!

Er ließ sich auf das Sofa fallen und seufzte. Aus der Whiskyflasche, die vor ihm auf dem Couchtisch stand, blinzelte ihm die bernsteinfarbene Flüssigkeit zu, doch er widerstand der Versuchung. Eine Weile betrachtete er eine Polaroidaufnahme, die den kleinen Julian zeigte, der sich stolz an der Stange eines alten Holzpferdes festhielt. Neben dem Karussell sah man Lorenz, den wohlwollenden Blick auf seinen Sprössling gerichtet. Gaspard zog seine Brieftasche aus der Jeans. In einem der Innenfächer fand er eine alte, verblichene Farbfotografie, die er seit Jahren aufbewahrte. Darauf war er im Alter von ungefähr drei Jahren auf einem der Pferde des Karussells Garnier im Jardin du Luxembourg zu sehen. Sie stammte aus dem Jahr 1977. Fast vierzig Jahre lagen zwischen den beiden Bildern, aber es war dasselbe Karussell, derselbe Glanz in den Augen der Kinder und derselbe Stolz im Blick der Väter.

2.

Madeline stellte ihren Motorroller an der Ecke Boulevard Montparnasse und Rue de Sèvres ab. Obwohl es noch nicht einmal neun Uhr war, war die Luft feucht und schwül. Als sie Schal und Handschuhe ablegte, bemerkte sie, dass sie geschwitzt hatte.

Und dabei ist eigentlich Winter ...

Doch heute Morgen belastete sie etwas anderes noch mehr als die Klimaerwärmung – nämlich der Zustand des Viertels, das nicht wiederzuerkennen war. Bei der Demonstration am Vorabend war alles verwüstet worden: die Wartehäuschen der Bushaltestellen, die Schaufenster, die Verkehrsschilder. Bürgersteige und Straßen waren von Glassplittern übersät, Pflastersteine und Asphaltstücke herausgerissen. Ein wahres Kriegsszenario, völlig surreal, das sie sich in Paris nie hätte vorstellen können. Und überall wütende Graffiti – *Nieder mit den Bullen/Ich denke, also zerstöre ich/In Schutt und Asche wird alles möglich/Nieder mit dem Kapital/Sieg dem Chaos/Wir scheißen auf eure Gesetze.*

Fassungslos beobachtete sie das Verhalten der Passanten. Einige schienen verblüfft, andere gleichgültig, wieder andere lächelten und machten Selfies. Sogar die Fassade der Blindenanstalt für Jugendliche war beschädigt und mit Parolen beschmiert worden. Angesichts dieser Zerstörungswut hätte sie am liebsten geweint. In diesem Land geschah etwas, das sie nicht mehr verstand.

Als sie das Labor erreichte, in dem sie einen Termin hatte, entdeckte Madeline, dass auch dort die Scheiben zersplittert waren. Ein Arbeiter war dabei, eine Holzpalette zu entfernen, die als Geschoss gedient hatte, um die Scheiben einzuschlagen. Als sie zögerte und schon umkehren wollte, deutete der Mann auf ein handgeschriebenes Schild, das besagte, das Labor sei trotz der Zwischenfälle geöffnet.

Sie betrat die Eingangshalle und stellte sich am Empfang vor. Sie war zu früh dran, musste aber nicht warten. Die Sache war in wenigen Minuten geregelt: die Spritze, das Teströhrchen, das sich rot färbte, ein Pflaster in der Armbeuge. Dann schickte man sie mit dem

Aufzug in den zweiten Stock, wo sich die Abteilung Radiologie und Bilddiagnose befand.

Während der Ultraschalluntersuchung musste sie an das heftige Gespräch denken, das sie am Vorabend mit Coutances geführt hatte. Wenn auch die Feststellungen des Autors richtig waren, waren doch seine Resignation und sein Nihilismus falsch. Denn es würde immer Menschen geben, die Widerstand leisteten und für soziale Gerechtigkeit kämpften statt die angekündigten Katastrophen einfach hinzunehmen. Und zu jenen würde auch ihr Kind gehören.

Na ja, das war vielleicht etwas voreilig, weil sie noch nicht einmal schwanger war.

Doch vier Monate zuvor, im Urlaub in Spanien, hatte sie den entscheidenden Schritt getan und sich in Madrid in eine Fruchtbarkeitsklinik begeben. Sie war fast vierzig Jahre alt und keine ernsthafte Beziehung in Sicht. Und ihr Körper alterte unaufhaltsam, obwohl die Auswirkungen schlimmer hätten sein können. Vor allem aber hatte ihr Herz nicht mehr die Kraft zu lieben.

Wenn sie irgendwann ein Kind wollte, gab es nur eine Möglichkeit. Also hatte sie einen Fragebogen ausgefüllt, mit einem Arzt gesprochen und sich Untersuchungen im Hinblick auf eine In-vitro-Fertilisation unterzogen. Konkret bedeutete das, dass man ihr Eizellen entnehmen würde, um sie mit dem Sperma eines anonymen Spenders zu befruchten. Das war zwar nicht wirklich ihr Traum, doch sie hatte sich mit aller Kraft und aller denkbaren Begeisterung an dieses Projekt geklammert. Um ein Kind zu bekommen, musste sie einen langen Leidensweg zurücklegen. Zunächst eine belastende Hormonbehandlung – jeden Abend musste sie sich Follikel stimulierende Hormone in den Bauch spritzen. Alle zwei Tage wurden eine Blutuntersuchung und eine Ultraschalluntersuchung vorgenommen, um Anzahl und Größe der Follikel zu überprüfen. Die Ergebnisse musste sie selbst telefonisch der spanischen Klinik durchgeben.

Diese Behandlung erschöpfte sie. Ihr Bauch war aufgebläht, ihre Brüste spannten, die Beine waren schwer, Migräne und Gereiztheit an der Tagesordnung.

Im Raum herrschte Dämmerlicht. Während der Arzt die Ultraschallsonde über ihren Bauch bewegte, schloss Madeline die Augen. Sie war überzeugt davon, die richtige Entscheidung getroffen zu haben. Sie würde ein Kind bekommen, um sich im Leben zu stabilisieren. In ihrem Beruf hatte sie viel zu lange mit Toten zu tun gehabt, die einen in die Tiefe zogen. Dann hatte sie aus Liebe zu einem Mann alles gegeben. Die Liebe der Männer hingegen ist wankelmütig, unbeständig und launisch. Um sich Mut zu machen, erinnerte sie sich an die Abschiedsworte eines für sie wichtigen Mannes. Danny Doyle, ihre erste Jugendliebe, der zu einem der Paten der Unterwelt von Manchester geworden war und sich völlig anders entwickelt hatte als sie selbst. Danny Doyle, der in ihrem Beruf als Polizistin ihr Gegner gewesen war, sie aber aus der Ferne stets geschützt hatte.

Ich weiß, dass Du von Angst beherrscht bist. Ich weiß, dass Deine Nächte unruhig sind, heimgesucht von Phantomen, Leichen und Dämonen. Ich kenne Deine Entschlossenheit, aber auch Deine dunkle Seite. Die hattest Du schon als Jugendliche, und Deine Arbeit hat sie noch verstärkt. Du gehst am Leben vorbei, Maddie. Du musst Dich aus dieser Spirale befreien, bevor Du in einen Abgrund stürzt, aus dem es kein Zurück gibt.

Ich will nicht, dass Du ein solches Dasein fristest. Ich will nicht, dass Du denselben Weg einschlägst wie ich, den, der in die Finsternis führt, in Gewalt, Leid, Obsession und Tod . . .

Das Leben wiederholt sich nicht. Eine verpasste Chance ist eine verpasste Chance. Das Leben gibt nie etwas her. Das Leben ist wie eine Dampfwalze, ein Despot, der sein Königreich mit eiserner Hand und seinem verlängerten Arm, der Zeit, regiert. Und am Ende gewinnt immer die Zeit. Die Zeit ist der größte Exterminator der Geschichte. Und kein Bulle wird sie jemals hinter Schloss und Riegel bringen.

3.

Gaspard erhob sich vom Sofa. Ein Handy – vermutlich von Madeline vergessen – vibrierte auf der Küchentheke. Da er es stets abgelehnt hatte, ein solches Gerät zu besitzen, betrachtete er es eine Weile misstrauisch, beschloss dann aber, das Gespräch anzunehmen. Es war Madeline. Als er ihr gerade antworten wollte, unterbrach er die Verbindung, weil er versehentlich das Display an der falschen Stelle berührt hatte.

Er fluchte und schob das iPhone in seine Tasche.

Dann seufzte er. Die Migräne war zwar abgeklungen, aber er war noch immer benebelt. Ausflüchte nutzten nichts mehr – er brauchte Kaffee! Und zwar nicht nur eine Tasse.

Also griff er nach einem der Grand Cru, die er am Vortag gekauft hatte, und verließ das Haus, um sich zu seiner Nachbarin zu begeben.

Diesmal öffnete Pauline Delatour beim ersten Klingeln. Wieder war sie so leicht bekleidet wie im Frühling: Sie trug eine ausgefranste Shorts aus Jeansstoff und ein khakifarbenes Hemd über einem T-Shirt.

»Einen Pinot noir gegen einen doppelten Espresso?«, schlug er vor und streckte ihr die Flasche entgegen.

Sie lächelte und bat ihn mit einer Handbewegung hinein.

4.

Nach ihrer Untersuchung hatte sich Madeline in den beruhigenden Komfort des *Caravella* geflüchtet, jenes italienischen Restaurants, in dem sie mit Bernard Benedick gewesen war. Zur Blutabnahme musste sie nüchtern erscheinen, also hatte sie seit dem Vorabend nichts mehr gegessen, und allmählich wurde ihr schwindelig. Sie bestellte einen Milchkaffee und *Biscotti*, doch als sie die Fruchtbarkeitsklinik anrufen wollte, stellte sie fest, dass sie ihr Handy in der Rue du Cherche-Midi vergessen hatte.

Das hat mir gerade noch gefehlt!, schimpfte sie innerlich und schlug mit der Faust auf den Tisch.

»Gibt es ein Problem?«, fragte der Kellner, der ihr das Frühstück brachte.

Sie erkannte Grégory, den jungen Besitzer, den ihr der Galerist am Vortag vorgestellt hatte.

»Ich habe mein Handy vergessen und einen wichtigen Anruf zu tätigen.«

»Soll ich Ihnen meines leihen?«, bot er an und zog ein Etui in den Farben des AC-Mailand aus der Tasche.

»Danke, das ist wirklich sehr nett!«

Sie rief die Klinik in Madrid an, um mit Louisa zu sprechen. Im Verwaltungsdienst der Klinik hatte sie sich mit dieser Krankenschwester, deren Bruder Polizist war, angefreundet. Sie kannte ihre Dienstzeiten und rief sie oft direkt auf ihrem Handy an, um zu vermeiden, dass ganz Kastilien über die Größe ihrer Eizellen informiert wurde. Louisa notierte die Ergebnisse und übermittelte sie dem Arzt, der sie auswertete und gegebenenfalls die Hormondosis veränderte. Klar, mit einem Hausarzt war das nicht zu vergleichen. Es handelte sich eher um ein globalisiertes, technisiertes Gesundheitssystem, ein bisschen *low cost* und ein bisschen traurig. Aber wenn sie ein Kind haben wollte, musste sie das alles auf sich nehmen, und dazu war sie auch bereit.

Madeline nutzte Grégorys Handy, um ihre eigene Nummer zu wählen. Glücklicherweise antwortete Coutances.

»Gaspard, wo sind Sie? Können Sie mir mein Telefon bringen?«

Der Autor murmelte etwas Unverständliches, dann war die Verbindung unterbrochen. Da sie spürte, dass ein weiterer Anruf nichts bringen würde, entschloss sie sich zu einer SMS:

Könnten Sie mir mein Handy bringen? Wenn es Ihnen passt, treffen wir uns mittags im *Le Grand Café* in der Rue Delambre. Vielen Dank. Maddie.

Da ihr Kaffee inzwischen kalt geworden war, bestellte sie einen neuen, den sie in einem Zug austrank. Sie hatte schlecht geschlafen. Lorenz' betörende Bilder hatten ihre Träume bevölkert, und sie war die ganze Nacht über durch Horizonte in leuchtenden Farben, sinnliche Wälder aus lebendigen Lianen, über schwindelerregende Felsen und von glühendem Wind gepeitschte Städte gereist. Beim Aufwachen war sie außerstande gewesen, zu sagen, ob diese wirre Fantasiereise ein Traum oder ein Albtraum gewesen war. Doch sie begann zu begreifen, dass in ebendieser Ambivalenz der Schlüssel zu Lorenz' Werk lag.

Sie sah, wie Bernard Benedick auf der anderen Straßenseite die Metalljalousie seiner Galerie öffnete. Sie klopfte an die Scheibe des Cafés, um ihn auf sich aufmerksam zu machen. Wie sie gehofft hatte, dauerte es nicht lange, bis er zu ihr kam.

»Ich war mir sicher, dass ich Sie wiedersehen würde!«, sagte er triumphierend und nahm neben ihr Platz. »Man kann sich Lorenz' Gemälden einfach nicht entziehen, nicht wahr?«

Madeline antwortete mit einem Vorwurf.

»Sie haben mir nicht gesagt, dass sein Sohn ermordet worden ist.«

»Stimmt«, erklärte er mit tonloser Stimme, »aber es fällt mir sehr schwer, darüber zu sprechen. Julian war mein Patenkind. Dieses Drama hat uns alle zerstört.«

»Was ist genau passiert?«

»Das stand doch alles in den Zeitungen«, murmelte er leise.

»Ja, und was in den Zeitungen steht, ist nur selten die Wahrheit.«

Benedick reagierte mit einem Nicken.

»Um die Dinge wirklich zu verstehen«, erwiderte er seufzend, »muss man zurückgehen. Sehr weit zurück ...«

Er hob den Arm, um sich ebenfalls einen Kaffee zu bestellen.

»Ich habe Ihnen ja schon erklärt, dass ich, sobald ich Sean kennengelernt hatte, alle meine Beziehungen genutzt habe, um ihn und seine Arbeit bekannt zu machen. Sean war ehrgeizig und auf Kontakte erpicht. Ich habe ihn mehreren, sehr unterschiedlichen Personen in London, Berlin und Hongkong vorgestellt ... Es gab nur einen Ort, an den er nie wieder zurückkehren wollte, nämlich New York.«

»Das verstehe ich nicht.«

»Jedes Mal, wenn ich ihm vorschlug, sich mit Sammlern in Manhattan zu treffen, lehnte er ab«, erklärte Benedick. »So verwunderlich das auch scheinen mag, aber von 1992 bis zu jenem schicksalhaften Jahr 2014 ist Sean nie in seine Heimatstadt zurückgekehrt.«

»Hatte er dort noch Familie?«

»Nur seine Mutter, aber die holte er Ende der 1990er-Jahre nach Paris. Sie war damals schon sehr krank und ist kurz darauf gestorben.«

Benedick tauchte ein Crostini in seinen Kaffee.

»Da ich ihn bedrängte, konnte Sean nach einer Weile nicht mehr umhin, mir einen Teil der Wahrheit anzuvertrauen.«

»Hatte es mit Ereignissen vor seiner Abreise zu tun?«, erkundigte sich Madeline.

Der Galerist nickte.

»Im Herbst 1992, nach seinem ›Liebessommer‹ mit Pénélope, blieb er allein in New York zurück. Er war deprimiert und hatte nur noch das Ziel vor Augen, ihr nach Paris zu folgen. Das Problem war, dass er keinen Cent in der Tasche hatte. Um an das Geld für ein Flugticket zu kommen, begann er, zusammen mit *LadyBird* kleine Straftaten zu begehen.«

»Die einzige Frau bei *The Artificers*.« Madeline erinnerte sich.

»Ihr richtiger Name ist Beatriz Muñoz. Sie war die

Tochter chilenischer Einwanderer, die in einer Fabrik in der North Bronx schufteten. Eine seltsame Frau – verschlossen, scheu, fast autistisch und noch dazu mit dem Körper eines Ringers. Es war eindeutig, dass sie unsterblich in Sean verliebt war und sich für ihn sogar aus dem Fenster gestürzt hätte.«

»Glauben Sie, dass er diesen Umstand ausgenutzt hat?«

»Ehrlich gesagt, weiß ich es nicht. Sean war ein Genie, und, wie sooft in einem solchen Fall, eine Nervensäge und schwierig im Umgang, aber er war kein Schwein. Er war impulsiv, cholerisch, besessen, nie jedoch verhielt er sich überheblich oder abwertend gegenüber Schwächeren. Ich denke, dass er sie nicht abgewiesen hat, um sie nicht zu kränken.«

»Aber durch Pénélope ist alles durcheinandergeraten?«

»Mit Sicherheit. Muñoz muss verzweifelt gewesen sein, als sie erfuhr, dass Sean nach Frankreich gehen wollte. Dennoch half sie ihm, das Geld für das Ticket durch Überfälle auf kleine Lebensmittelgeschäfte zusammenzukratzen …«

Die Polizistin in Madeline gewann die Oberhand.

»Und das bezeichnen Sie als ›kleine Straftaten‹? Für mich sind das bewaffnete Überfälle.«

»Ach, hören Sie auf! Ihre Waffen waren Wasserpistolen und dazu *Mario*- und *Luigi*-Masken!«

Doch Madeline gab nicht nach.

»Spielzeugwaffen hin oder her, ein Überfall bleibt ein

Überfall, und ich weiß aus Erfahrung, dass so etwas selten gut ausgeht.«

»Zu behaupten, dass es nicht gut ausgegangen ist, wäre untertrieben«, gab Benedick zu. »Eines Abends in Chinatown wollte sich ein Lebensmittelhändler nicht ausrauben lassen. Er hat seine Knarre gezogen und das Feuer eröffnet. Sean konnte mit der Beute fliehen, aber Beatriz bekam eine Kugel in den Rücken und brach im Laden zusammen.«

Madeline lehnte sich zurück, und der Galerist fuhr resigniert fort: »Als die Polizei die Chilenin festnahm, stellte man fest, dass bereits eine ausführliche Akte über sie vorlag.«

»Die Aufzeichnungen der Überwachungskameras bei den vorhergehenden Überfällen«, mutmaßte die ehemalige Ermittlerin.

»Genau, es war das vierte Geschäft innerhalb eines Monats, das sie sich vorgenommen hatten. Ihre bärtigen Klempnermasken waren auf sämtlichen Aufzeichnungen gut zu erkennen. Dummerweise war Beatriz Muñoz schon mehrmals wegen ihrer Graffiti festgenommen worden, und sie war vorbestraft – für die Polizei und den Staatsanwalt ein gefundenes Fressen. Sie haben sich nicht zurückgehalten. So funktioniert die amerikanische Justiz: hart gegenüber den Schwachen, weich gegenüber den Starken.«

»Und sie hat während des Verhörs Sean nicht verraten?«

Benedick lachte nervös.

»Am Tag, nachdem Beatriz verhaftet worden war, saß er im Flugzeug auf dem Weg zu seiner Pénélope. Seans Meinung nach war die Sache einfach: Er hatte nicht den Eindruck, Beatriz etwas zu schulden, weil er sie um nichts gebeten hatte. Sie hat ihn gedeckt, weil sie es selbst so wollte.«

»Er hatte also keinen Kontakt mehr zu seinen Jugendfreunden?«

»Absolut nicht.«

»Und Sie glauben, dass er deshalb nie mehr nach New York zurückkehren wollte?«

»Das scheint doch offensichtlich, oder? Er spürte unbewusst, dass diese Stadt eine Gefahr für ihn darstellte. Und er hatte recht. Als Beatriz Muñoz 2004 aus dem Gefängnis entlassen wurde, war sie gebrochen. Sowohl körperlich als auch seelisch. Sie nahm verschiedene kleine Jobs an und versuchte, wieder zu malen, aber sie hatte keine Verbindungen und auch keinen Galeristen an ihrer Seite. Um ehrlich zu sein, habe ich, ohne Sean etwas davon zu erzählen, über ein Sozialzentrum in Harlem einige ihrer Bilder gekauft. Wenn Sie wollen, kann ich sie Ihnen zeigen. Das, was sie nach ihrer Haftstrafe gemalt hat, erinnerte an Zombies – ohne Leben, erschreckend.«

»Wusste sie, was aus Sean geworden war?«

Benedick zuckte mit den Schultern.

»Das ist kaum anders vorstellbar. Heute reicht es ja, einen Namen in eine Suchmaschine einzugeben, um fast alles über das Leben der Person zu erfahren. Beatriz kannte Seans ›Glamourseite‹. Der erfolgreiche Maler und Millionär, verheiratet mit einem Mannequin und Vater eines reizenden kleinen Jungen. Dieses Bild muss sie verrückt gemacht haben.«

»Was genau ist geschehen?«

»2013 nahm das MoMA Kontakt zu Sean auf. Sie wollten im Jahr darauf die erste große Retrospektive seiner Arbeit in den USA organisieren. Auch wenn Sean keine Lust hatte, nach New York zurückzukehren – ein Angebot des MoMA lehnt man nicht einfach so ab. Also flog er im Dezember 2014 mit seiner Frau und seinem Sohn nach New York, um die Ausstellung zu eröffnen und einige Interviews zu geben. Er wollte eine Woche bleiben, aber dann nahm das Drama seinen Lauf.«

5.

Pauline Delatour war derart bemüht, Sinnlichkeit in ihre Gesten zu legen, dass man sie fast als wandelndes Schauspiel hätte bezeichnen können – die Art, wie sie eine Haarsträhne hinters Ohr schob, die Beine übereinanderschlug, sich einen Tropfen Kaffee von den Lippen leckte. Dennoch hatte sie nichts Provokantes oder Aufreizendes an sich. Ohne je die Grenze des guten Geschmacks zu überschreiten, verstand sie es, durch ihre lebensbejahende Art und ihre triumphierende Jugend Verlangen zu wecken. Gaspard war gern auf ihr Spielchen eingegangen, hatte aber nach zwei Tassen Kaffee das Gespräch wieder auf das Einzige gebracht, das ihn wirklich interessierte: Sean Lorenz. Und nachdem Pauline ihm erklärt hatte, sie habe die Familie Lorenz im Winter 2014 als Babysitter nach New York begleitet, fiel es ihm schwer, seine Neugier zu zügeln.

»Ich habe das Drama direkt miterlebt und jetzt, zwei Jahre später, noch immer Albträume«, erklärte sie. »Ich kümmerte mich damals fast täglich um Julian. Sean war von morgens bis abends mit seiner Retrospektive beschäftigt, und Pénélope machte sich ein schönes Leben – Shopping, Maniküre, Sauna …«

»Wo haben sie gewohnt?«

»In einer Suite im *Bridge Club*, ein schickes Hotel in TriBeCa.«

Pauline öffnete das Küchenfenster, hockte sich auf das Sims und zündete sich eine Zigarette an.

»An dem Tag, als es passierte, wollte Pénélope bei *Dean und Deluca* einkaufen gehen und anschließend im *ABC Kitchen*, einem Restaurant in der Nähe des Union Square, zu Mittag essen. Eigentlich sollte sie ihren Sohn mitnehmen, um ihm Kleidung zu kaufen, aber in letzter Minute fragte sie mich, ob ich auf Julian aufpassen könnte.«

Pauline nahm einen Zug aus ihrer Zigarette. Innerhalb kürzester Zeit war ihre Lebensfreude einer Nervosität gewichen, die sie nicht zu verbergen suchte.

»Normalerweise war es mein freier Tag. Da ich schon etwas vorhatte, habe ich abgelehnt. Sie meinte, das sei nicht weiter schlimm, dann würde sie Julian eben mitnehmen. Aber in Wirklichkeit war sie nicht in Green-wich Village oder am Union Square, sondern in der Upper Westside bei ihrem Liebhaber, in einem Hotel in der Amsterdam Avenue.«

»Und wer war ihr Liebhaber?«

»Philippe Careya, ein Immobilienmakler aus Nizza, der seine Geschäfte an der Cote d'Azur und in Miami machte. Ein etwas grobschlächtiger Typ, der damals in der Schule Pénélopes erster Freund gewesen war.«

»Was trieb er in New York?«

»Pénélope hatte ihn überredet, ihr zu folgen. Sie fühlte sich damals von Sean nicht genug beachtet.«

»Wusste Lorenz, dass seine Frau ihn betrog?«

Pauline seufzte.

»Ehrlich gesagt, habe ich keine Ahnung. Ihre Beziehung war ein wenig so, wie Jacques Brel sie in *La Chanson des vieux amants* beschreibt, verstehen Sie? Eine Beziehung, die Konflikte und Zündstoff braucht, um zu funktionieren. Ich habe nie verstanden, was sie eigentlich miteinander verband, wer das Sagen hatte, wer wen beherrschte, wer wessen Gefangener war ...«

»Hat das gemeinsame Kind sie nicht ruhiger gemacht?«

»Ein Kind kittet nur selten eine Beziehung.«

»Und hat Sean seine Frau auch betrogen?«

»Das weiß ich nicht.«

Gaspard präzisierte seine Frage: »Hat er seine Frau mit Ihnen betrogen?«

Pauline verwies ihn in seine Grenzen.

»Der Typ, der die Babysitterin verführt, das gehört doch wohl eher in einen schlechten Pornofilm …«

Kurzes Schweigen, und dann plötzlich gestand Pauline offen ein: »Ehrlich gesagt, habe ich es durchaus versucht, blieb aber erfolglos.«

Gaspard erhob sich und schenkte sich mit Erlaubnis seiner Gastgeberin Kaffee nach.

»Was ist also an besagtem Tag in New York passiert?«

»Als Pénélope am frühen Abend noch nicht zurückgekommen war und sich auch nicht gemeldet hatte, begann Sean, sich zu beunruhigen, aber er hat nicht gleich die Polizei eingeschaltet. Er konnte seine Frau aus dem einfachen Grund nicht erreichen, weil sie ihr Handy im Hotel vergessen hatte. Je später es wurde, desto mehr wuchs allerdings die Sorge. Gegen elf Uhr abends hat Sean dann den Sicherheitsdienst des Hotels angerufen, der sofort das NYPD informierte. Dort wurde die Sache sehr ernst genommen, weil ein Kind verschwunden und Sean eine bekannte Persönlichkeit war. Noch in der Nacht wurde eine Personenbeschreibung an alle Polizeistreifen durchgegeben, und man begann mit der Auswertung der Aufnahmen der Überwachungskameras in der Gegend, in der sich Pénélope hätte aufhalten sollen. Natürlich hat das nichts ergeben.«

Pauline, die bleich geworden war, drückte die Zigarette auf ihrer Untertasse aus.

»Um sieben Uhr morgens gab ein Bote ein Päckchen im Hotel ab. Es enthielt den kleinen Finger eines Kindes und eine blutbefleckte Lösegeldforderung. Das war ungeheuerlich. Das FBI wurde eingeschaltet. Sie haben die Suche ausgeweitet, einen Entführungsalarm ausgelöst und die Spurensicherung einbezogen. Schließlich haben sie eine Überwachungskamera in der Amsterdam Avenue gefunden, die die Entführung von Pénélope und ihrem Sohn aufgenommen hatte.«

Pauline rieb sich seufzend die Augen.

»Ich habe damals die Bilder gesehen, diesmal kein Porno-, sondern ein Horrorfilm. Man sah, wie eine Art Monster mit unglaublicher Kraft Pénélope und ihren Sohn in einen verbeulten Lieferwagen stieß.«

»Was heißt das, eine Art Monster?«

»Eine bucklige Apachin mit breiten Schultern und muskulösen Armen.«

Gaspard sah sie zweifelnd an, doch Pauline fuhr fort: »Die Fingerabdrücke auf dem Päckchen waren registriert. Es waren die von Beatriz Muñoz, einer ehemaligen Straffälligen, auch bekannt unter dem Namen *Lady-Bird*, mit der Sean in seiner Jugend befreundet gewesen war.«

Die Erwähnung der »Vogelfrau« erinnerte Gaspard an die Fotos, die er am Vortag in der Monografie des Malers gesehen hatte. Die der jungen *Artificers*, die Anfang der 1990er-Jahre Subway-Wagen besprühten: Sean in seiner zu großen Jacke, der arrogante Latino *NightShift* mit den Segelohren, und *LadyBird*, die Indianerin mit dem Federband um den Kopf, die trotz ihres Namens so gar nichts Leichtes, Luftiges hatte.

»Nach dem Eingreifen des FBI ging alles sehr schnell. Noch vor Mittag hatten sie das Versteck – ein Lagerschuppen auf einem ehemaligen Industriegelände in Queens – ausgemacht, in dem Beatriz Muñoz ihre Opfer gefangen hielt. Doch als sie den Schuppen stürmten, war es schon zu spät, Julian war bereits tot.«

6.

»Und was hatte diese Lösegeldforderung zu bedeuten?«

Benedick kniff die Augen leicht zusammen.

»Sie meinen die Summe von vier Millionen und neunhundertzwanzigtausend Dollar?«

»Ja.«

»Das ist der Preis für ihr Leid – die Anzahl von Tagen, die Beatriz Muñoz im Gefängnis verbracht hat, multipliziert mit Tausend. Elf Jahre und neun Monate in der Hölle: viertausend und zweihundertneunzig Tage. So gesehen, erscheint die Summe fast lächerlich.«

»Ich nehme an, Lorenz hat versucht, das Geld zusammenzubekommen?«

»Natürlich, aber im Grunde wollte Muñoz gar nicht das Geld.«

»Was wollte sie dann? Rache?«

»Ja, jene Art ›wild wachsende Gerechtigkeit‹, von der Francis Bacon spricht. Sie wollte Seans Leben zerstören, ihm dasselbe grauenvolle Leid zufügen, das sie selbst durchgemacht hatte.«

»Dennoch hat sie Lorenz' Frau verschont?«

»Das war knapp. Als die Männer vom FBI Pénélope gefunden haben, war sie mit Stacheldraht an einen Stuhl gefesselt. Die Narben sieht man heute noch. Aber das Schlimmste ist, dass Beatriz Julian vor den Augen seiner Mutter erstochen hat.«

Madeline gefror das Blut in den Adern. Sie dachte an den Satz ihres Freundes Danny Doyle: *Der Weg, der in die Finsternis führt, in Gewalt, Leid, Obsession und Tod.* Wohin sie auch ging, was sie auch tat, stets gelangte sie wieder an diesen Kreuzweg, bevölkert von einem Leichenzug.

»Sitzt Beatriz Muñoz heute im Gefängnis?«

»Nein, es ist ihr gelungen, aus dem Versteck zu entkommen, bevor es gestürmt wurde. Sie hat sich in Harlem an der 125th Street vor einen Zug geworfen – es war ein Bahnhof, in dem sie und Sean früher viel gesprüht hatten.«

Benedick stieß traurig einen Seufzer aus.

Madeline suchte in ihrem Blouson ein Medikament gegen Sodbrennen.

»Eine Frage stelle ich mir seit gestern«, sagte sie, als sie die Tablette geschluckt hatte. »Sean Lorenz hat sich vor einem Jahr, zum Zeitpunkt seines Todes, in New York aufgehalten, nicht wahr?«

»Das stimmt. Er ist mitten auf der Straße an einem Herzinfarkt gestorben.«

»Was wollte er dort? Warum ist er in diese mit düsteren Erinnerungen belastete Stadt zurückgekehrt?«

»Er hatte einen Termin bei einem Kardiologen. Das zumindest hat er mir am Telefon erklärt, und ich habe gute Gründe, anzunehmen, dass es die Wahrheit ist.«

»Warum?«

Benedick öffnete ein Lederköfferchen, das auf dem Stuhl neben ihm lag.

»Da ich wusste, dass Sie wiederkommen würden, habe ich das mitgebracht«, erklärte er und reichte ihr ein braunes Notizbuch.

Madeline betrachtete es aufmerksam. Es war ein kleiner Taschenkalender der Marke Smythson mit einem Einband aus geprägtem Leder.

»Ich war in Paris, als ich von Seans Tod erfuhr. Also stieg ich in den nächsten Flieger nach New York, um die Überführung der Leiche zu veranlassen. Ich habe seine Sachen aus dem Hotel abgeholt. Es gab nur einen kleinen Koffer mit ein paar Kleidungsstücken und dieses Büchlein.«

Madeline blätterte es durch. Eines war sicher: Lorenz' Termine in dem Jahr vor seinem Tod beschränkten sich auf Arztbesuche. Für den Tag seines Todes, den 23. Dezember 2015, hatte er notiert: *10:00 Termin bei Dr. Stockhausen.*

»Woran genau litt er?«

»Er hatte wiederholt Herzinfarkte. Es wurden mehrere Stents gesetzt und Bypässe gelegt.«

»Kann ich das Notizbuch behalten?«

Benedick zögerte, nickte dann aber.

»Glauben Sie, dass es diese drei letzten Bilder wirklich gibt?«

»Ich bin mir ganz sicher«, antwortete der Galerist und sah sie durchdringend an. »Und ebenso sicher bin ich, dass Sie sie finden werden.«

Madeline gab sich zurückhaltend.

»Dazu müssen Sie mir sagen, wo genau ich suchen soll. Wen könnte ich dazu befragen?«

Benedick dachte eine Weile nach.

»Suchen Sie Diane Raphaël auf. Sie ist eine sehr kompetente und nette Psychiaterin. Einer der wenigen Menschen, die Sean respektierte. Sie sind sich einige Monate nach seiner Ankunft in Frankreich begegnet, zu der Zeit, als er ein Atelier im *Hôpital éphémère* hatte. Damals leitete Diane eine kleine mobile Einheit, die Suchtkranken half. Sie interessierte sich für neue Kunstformen und war eine der Ersten, die seine Bilder gekauft hat. Für Sean war sie eine Art Schutzengel.«

Madeline merkte sich diese Informationen und erinnerte sich, dass Gaspard bereits am Vorabend ihren Namen erwähnt hatte.

»Wer sonst noch?«

»Vielleicht Jean-Michel Fayol, der Händler, bei dem er seine Farben kaufte. Er hat ein kleines Geschäft an den Quais. Sean suchte ihn häufig auf, wenn er malte.«

»Wohnt Pénélope Lorenz noch immer in Paris?«

Benedick begnügte sich mit einem Nicken.

»Können Sie mir ihre Adresse geben?«

Der Galerist zog einen Stift aus der Tasche und riss eine Seite aus dem Taschenkalender.

»Das kann ich, aber Sie werden nichts erreichen. Für Sean war die Begegnung mit Pénélope die größte Chance und zugleich das größte Unglück seines Lebens. Sie war der Funke, der sein Genie entzündete und kurz darauf den Brand entfachte, der sein Leben vernichtete.«

Er reichte Madeline den Zettel und fragte dann, den Blick in die Ferne gerichtet: »Was gibt es Traurigeres als eine verwandte Seele, die zur verdammten Seele wird?«

6. Eine Summe von Zerstörungen

Ein Bild war eine Summe
von Additionen. Bei mir ist ein Bild
eine Summe von Zerstörungen.

Pablo Picasso, *Interview von 1923*

1.

Der Boulevard Saint-Germain lag im blassen Sonnenlicht. Blattlose Platanen, Gebäude aus Quadersteinen, traditionsreiche Cafés, ruhige Luxusgeschäfte.

Madeline überholte ein Elektroauto und setzte den Blinker, um in die Rue Saint-Guillaume abzubiegen, wo sie nach etwa zwanzig Metern ihren Motorroller abstellte. Die Adresse, die ihr Bernard Benedick gegeben hatte, war ein schönen Wohnhaus, dessen mit Bossenwerk verzierte Fassade erst vor Kurzem renoviert worden war. Sie klingelte an einer großen Toreinfahrt mit einer Tür aus lackiertem Holz.

»Ja?«, fragte eine schneidende Stimme.

»Madame Lorenz?«

Keine Antwort. Madeline versuchte ihr Glück erneut:

»Guten Tag, Madame, ich bin Polizistin und ermittele im Fall der letzten Bilder Ihres Ex-Mannes, die verschwunden sind. Hätten Sie vielleicht ein paar Minuten Zeit für mich …?«

»Verschwinde, miese Reporterschlampe!«

Erstaunt über die Beleidigung, wich Madeline einen Schritt zurück. Ein weiterer Versuch war sinnlos. Wenn Pénélope Lorenz in einer solchen Stimmung war, würde sie nichts erreichen.

Also stieg sie, eine andere Idee im Kopf, wieder auf ihre Vespa und fuhr nach Montparnasse. In der Rue d'Odessa fand sie zwischen einem Sexshop und einer Crêperie das Internetcafé, an das sie sich erinnert hatte. Als sie die Tür öffnete, schwor sie sich, nicht zu gehen, bevor sie ihr Ziel erreicht hatte.

2.

Gaspard betrat das Restaurant ein wenig zu früh. *Le Grand Café* lag neben einem Fischgeschäft und war eine typische Brasserie mit einem etwas altmodischen, aber gemütlichen Interieur – Holzvertäfelung, Stühle aus Bugholz, kleine Bistrotische, große Spiegel an den Wänden, Bodenfliesen im Schachbrettmuster. Die Plastikweinreben, die unter der Decke eine Art Laube bildeten, verliehen dem Ganzen eine mediterrane Note.

Jetzt, um zwölf Uhr dreißig, war der Gastraum noch fast leer, begann sich aber langsam zu füllen. Gaspard bat um einen Tisch für zwei Personen, nahm, ehe er seine Jacke über die Stuhllehne hängte, das Handy aus der Tasche und legte es auf die Platte. Dann ging er zur Theke, bestellte ein Glas Quincy und fragte, ob er telefonieren dürfe. Der Barmann sah ihn halb verwundert, halb misstrauisch an und deutete auf das Mobiltelefon, das auf dem Tisch lag.

»Ist es kaputt?«

Gaspard wandte sich nicht einmal um.

»Nein, ich weiß nicht, wie es funktioniert. Kann ich Ihres benutzen?«

Der Mann nickte und reichte ihm ein altmodisches Telefon. Gaspard setzte seine Brille auf, um die Nummer zu entziffern, die ihm Pauline aufgeschrieben hatte.

Er hatte Glück, denn nach dem dritten Klingelton hob Diane Raphaël ab und entschuldigte sich sofort für die schlechte Verbindung. Die Psychiaterin war nicht in Paris, sondern im TGV Richtung Marseille, wo sie im Hôpital Sainte-Marguerite einen Patienten besuchen musste. Gaspard stellte sich vor und erklärte, Pauline Delatour habe ihm die Nummer gegeben. Diane Raphaël, die sich häufig in New York aufhielt, erwiderte, sie habe dort *Asylium* gesehen, eines seiner pessimistischsten Werke, das die Auswüchse der Psychoanalyse anprangerte. Mit diesem Stück hatte sich Gaspard unter Psychiatern nicht nur Freunde gemacht, doch Diane nahm es ihm nicht übel und versicherte, »viel gelacht« zu haben.

Da Gaspard nicht lügen konnte, spielte er mit offenen Karten. Er erklärte, er habe das Haus von Sean Lorenz gemietet und würde einer befreundeten Polizistin helfen, die nach dessen letzten drei Werken suche.

»Wenn es sie wirklich gibt, würde ich sie gern sehen.«

»Pauline hat mir erzählt, Sie hätten in seinem letzten Lebensjahr über Sean gewacht.«

»In den letzten zwanzig Jahren, wollten Sie sagen, denn so lange bin ich seine Freundin und Psychiaterin!«

»Ich dachte, das wäre unvereinbar?«

»Ich mag keine Dogmen. Ich habe versucht, ihm zu helfen, so gut ich konnte, aber wie es scheint, sind Genies mit einem Fluch belegt.«

»Wie meinen Sie das?«

»Das alte Prinzip der *schöpferischen Zerstörung*. Um ein Werk wie das seine zu erschaffen, war es vielleicht unvermeidbar, dass Sean sich selbst und andere zerstören musste.«

Trotz der schlechten Verbindung war Gaspard von Dianes Stimme betört, die melodisch, tief und herzlich klang.

»Pauline zufolge hat Lorenz nach dem Tod seines Sohnes jeglichen Halt verloren ...«

»Das ist ein offenes Geheimnis«, unterbrach ihn die Psychiaterin. »Sean ist sozusagen zusammen mit Julian gestorben. Nachdem er nichts mehr hatte, an das er sich klammern konnte, versuchte er nicht einmal mehr vorzutäuschen, er würde noch leben. Außerdem war er

körperlich am Ende. In seinen letzten beiden Lebens-
monaten musste er sich zwei schweren Operationen
unterziehen. Mehrmals hat man ihn in letzter Minute
wiederbelebt. Doch er ertrug seine Probleme wie eine
Buße.«

»Konnte ihm die Malerei nicht helfen?«

»Die Malerei kann nichts gegen den Tod eines Kindes
ausrichten.«

Gaspard schloss kurz die Augen, trank den letzten
Schluck Weißwein und gab dem Barmann mit einem
Handzeichen zu verstehen, ihm nachzuschenken.

»Nicht alle Eltern, die ein Kind verlieren, bringen
sich um«, bemerkte er.

»Da haben Sie recht«, räumte sie ein. »Jeder Mensch
reagiert auf seine eigene Art. Ich werde Ihnen nicht
Seans Krankenakte darlegen, aber bei ihm war alles
schlimmer. Er hatte immer eine ausgeprägte zyklo-
thyme Tendenz, die seine Kreativität beeinflusste.«

»War er bipolar?«

»Sagen wir, wie bei vielen Künstlern waren seine
Reaktionen und Launen übersteigert. In euphorischen
Zeiten war er unglaublich lebenshungrig, konnte aber
in schlechten Phasen sehr tief fallen.«

Gaspar öffnete den obersten Knopf seines Hemds.
Warum war es mitten im Dezember so unglaublich
warm?

»War Lorenz drogenabhängig?«

Zum ersten Mal reagierte Diane verärgert. »Sie stellen ja ziemlich viele Fragen, Monsieur Coutances.«

»Sie haben recht«, entschuldigte er sich.

Am anderen Ende der Leitung hörte er die Durchsage, dass der Zug bald in den Bahnhof von Marseille Saint-Charles einfahren würde.

»Sean wollte sich einfach nur betäuben und vergessen«, fuhr die Psychiaterin fort. »Sein Schmerz war ebenso groß wie die Liebe zu seinem Sohn, und er wollte weder gerettet noch zur Vernunft gebracht werden. Also waren alle Mittel gut – Schlaftabletten, Angstlöser und so weiter. Und die habe ich ihm verschrieben, weil ich wusste, dass er sie ohnehin schlucken würde. So konnte ich wenigstens ein Auge darauf haben, was er nahm.«

Die Verbindung wurde immer schlechter. Dennoch versuchte Gaspard, eine letzte Frage zu stellen.

»Glauben Sie an die mögliche Existenz versteckter Bilder?«

Doch die Antwort der Psychiaterin ging im Stimmengewirr des Bahnhofs unter.

Er legte auf und leerte sein Glas. Als er sich umwandte, sah er Madeline, die gerade das Restaurant betrat.

3.

»Möchten Sie einen Aperitif?«, fragte der Kellner, als er eine große Schiefertafel mit den Tagesgerichten brachte.

Madeline bestellte eine Flasche Mineralwasser und Gaspard sein drittes Glas Wein.

Dann schob er lächelnd das Handy zu Madeline, das sie im Haus vergessen hatte.

»Danke, dass Sie es mir gebracht haben«, sagte sie und steckte es ein.

Gaspard hielt es für richtig, Abbitte zu tun.

»Entschuldigen Sie wegen gestern Abend. Ich habe mich hinreißen lassen.«

»Schon gut, vergessen Sie's.«

»Ich wusste nicht, dass Sie versuchen, ein Kind zu bekommen.«

Madelines Gesicht färbte sich rot.

»Warum sagen Sie das?«

»Das habe ich ... daraus geschlossen«, stotterte er, als ihm seine Ungeschicklichkeit bewusst wurde. »Sie haben heute Morgen eine SMS von einer Klinik in Madrid bekommen, die den Erhalt Ihrer Ergebnisse bestätigte ...«

»Kümmern Sie sich um Ihren eigenen Kram, verdammt noch mal! Glauben Sie, ich hätte Lust, hier am Tisch mit Ihnen darüber zu reden?«

»Es tut mir leid, ich habe die SMS unfreiwillig gelesen.«

»Unfreiwillig?«, rief sie aufgebracht.

Bis ihre Getränke gebracht wurden und der Chef die Bestellungen aufnahm, wechselten sie weder ein Wort noch einen Blick. Dann nutzte Madeline die Gelegenheit, um die Werbestreichholzschachtel der Brasserie, die ihr Benedick gegeben hatte, aus der Tasche zu ziehen.

»Sean Lorenz war Stammgast hier bei Ihnen, nicht wahr?«

»Mehr als das, er war ein Freund des Hauses«, antwortete der Wirt mit unverhohlenem Stolz.

Er war ein kleiner, redseliger Mann mit kahl geschorenem Kopf, der einen zu großen Anzug und eine weiße Krawatte mit schwarzen Tupfen trug. Seine Mimik erinnerte an Louis de Funès.

»Jahrelang war Lorenz fast täglich zum Mittagessen bei uns.«

Plötzlich trübte sich sein strahlender Blick.

»Sicher, nach dem Tod seines Sohnes kam er nicht mehr so oft. Eines Abends, nachdem wir bereits geschlossen hatten, habe ich ihn sturzbetrunken auf einer Bank entdeckt. Ich habe ihn zu seinem Haus in die Rue du Cherche-Midi gebracht. Es hat mir wirklich wehgetan, ihn so zu sehen.«

Doch da er es nicht bei dieser schlechten Erinnerung belassen wollte, schnalzte er mit der Zunge und fügte eilig hinzu: »Aber in den letzten zwei, drei Monaten seines Lebens ging es ihm besser. Er war wieder öfter in unserem Restaurant ...«

»Glauben Sie, dass er damals erneut angefangen hat zu malen?«, unterbrach Gaspard ihn.

»Das ist sicher! Denn während des Essens zeichnete er wieder Skizzen in sein Buch. Ein untrüglicher Hinweis.«

»Wissen Sie, woran er gearbeitet hat?«

De Funès lächelte vielsagend.

»Da ich neugierig war, habe ich, wenn ich ihm das Essen servierte, einen Blick über seine Schulter geworfen. Er zeichnete Labyrinthe.«

»Labyrinthe?«

»Ja, solche, die an Kafka erinnern – ohne Ein- und Ausgang. Ein endloses Gewirr, bei dessen Anblick einem ganz schwindelig wurde.«

Madeline und Gaspard wechselten einen zweifelnden Blick, doch ihr Gegenüber hatte sich noch einen Trumpf aufgespart.

»Wenige Tage vor seinem Tod hat Monsieur Lorenz uns ein un-glaub-lich-es Geschenk gemacht: Er hat ein Mosaik gelegt.«

»Hier?«, fragte Gaspard erstaunt.

»Jawohl«, bestätigte der Wirt stolz. »Es ist eines der wenigen Mosaike von Sean Lorenz und noch dazu das größte. Kunstfreunde kommen hierher wie an einen Wallfahrtsort, um es zu sehen und zu fotografieren. Vor allem Asiaten.«

Ohne sich lange bitten zu lassen, führte er sie in den hinteren Teil des Gastraums, wo ein großes Mosaik an der Wand prangte.

»Monsieur Lorenz wollte Roald Dahls Kinderbuch *Das riesengroße Krokodil* illustrieren. Das war die Lieblingsgeschichte seines Sohnes, die er ihm fast jeden Abend vorlesen musste. Eine schöne Hommage, nicht wahr?«

Das Bild bestand aus Hunderten von kleinen glitzernden Rechtecken, die an die großen Pixel der Videospiele der 1980er-Jahre erinnerten. Madeline kniff leicht die Augen zusammen und erkannte die Protagonisten der Geschichte, die sie in ihrer Kindheit gehört hatte: ein Krokodil, ein Affe, ein Elefant und ein Zebra in der Savanne.

Auf seine Art war das Bild lustig und auch eindrucksvoll, selbst wenn es relativ belanglos blieb. Madeline fragte, ob sie ein Foto machen dürfe, und kehrte dann zusammen mit Gaspard an ihren Tisch zurück.

4.

»Die kleine Pauline scheint Ihnen ja gut zu gefallen.«

Wie am Vorabend tauschten sie die Neuigkeiten aus, die jeder erfahren hatte.

»Sie ist angenehm im Umgang und nicht widerborstig.«

»Sagen Sie das in Bezug auf mich?«

Gaspard wandte den Kopf ab, um Madelines Blick auszuweichen.

»Lassen Sie uns bitte über etwas anderes sprechen.«

Sie schlug eine Aufteilung der Aufgaben vor.

»Ich wollte eigentlich heute Nachmittag mit Jean-Michel Fayol sprechen, bei dem Sean seine Farben kaufte. Inzwischen könnten Sie bei Pénélope Lorenz vorbeigehen.«

Gaspard kratzte sich skeptisch am Kinn.

»Und warum sollte gerade ich mich in die Höhle des

Löwen begeben? Sie haben mir doch eben erklärt, wie Sie bei ihr abgeblitzt sind.«

»Bei Ihnen wird das anders laufen.«

»Wie kommen Sie darauf?«

»Zunächst, weil sie ein Mann sind. Außerdem hatte ich eine geniale Idee.«

Mit einem zufriedenen Lächeln erläuterte sie ihm den Plan, den sie entwickelt hatte, um Seans Frau näherkommen zu können.

In dem Internetcafé hatte sie eine E-Mail-Adresse auf Gaspards Namen eingerichtet und von dieser aus eine Mail an Pénélope geschickt, mit der Bitte, *Naked*, das Bild ihres Mannes, das sich noch immer in ihrem Besitz befand, ausleihen oder besser gesagt mieten zu dürfen.

»Verstehe ich nicht«, knurrte Gaspard. »Warum sollte ich das Bild mieten wollen. Das macht doch keinen Sinn.«

Madeline schob ihren Teller zur Seite und entfaltete die Fotokopie eines Artikels aus dem *Daily Telegraph*, in dem für das nächste Frühjahr die Aufführung von *Serment of Hippocrates* in London angekündigt wurde, ein Stück von Gaspard Coutances.

»Sie wollen das Bild als Dekor für ihr frühes Theaterstück mieten.«

»Das ist doch albern!«

Ohne sich beeindrucken zu lassen, fuhr Madeline fort:

»In meiner Mail habe ich ihr dafür zwanzigtausend Euro geboten. Benedick hat mir versichert, sie brauche

Geld und wolle das Bild irgendwann versteigern. Wenn es eine Gelegenheit gibt, das Gemälde vorher ins Gespräch zu bringen, dann wird Pénélope sie mit Sicherheit nutzen.«

Gaspard runzelte wütend die Stirn.

»Sie haben meine Identität missbraucht!«

»Die großen Prinzipien gelten wohl immer nur für die anderen, was? Ich verabscheue Menschen wie Sie!«

»Menschen wie mich? Was soll das bedeuten?«

»Ich weiß, was ich meine.«

»Da sind Sie aber die Einzige.«

Noch immer verärgert, zuckte er mit den Schultern.

»Lorenz' Frau wird ohnehin niemals solchen Unsinn glauben.«

»Da irren Sie sich. Stellen Sie sich vor, sie hat bereits geantwortet und erwartet Sie in einer halben Stunde.«

Gaspard öffnete den Mund, um zu protestieren, begnügte sich dann aber mit einem resignierten Seufzer. Madeline nutzte den Vorteil und erklärte: »Wenn ich bei Fayol fertig bin, treffe ich mich mit einer alten Freundin, die auf der Durchreise in Paris ist. Wenn Sie bei Pénélope waren, kommen Sie ins *Sémaphore*, damit wir uns besprechen können.«

»Was ist das *Sémaphore*?«

»Ein kleines Café an der Ecke Rue Jacob und Rue de Seine.«

Das Wetter war so warm, dass man die Fensterfronten des Restaurants geöffnet hatte. Weil Madeline rauchen wollte, tranken sie ihren Kaffee draußen. Made line drehte schweigend und nachdenklich ihre Zigarette, während Gaspard gedankenverloren den Armagnac trank, zu dem ihn der Wirt eingeladen hatte.

Auch wenn sie es nicht auszusprechen wagten, war es offensichtlich, dass sie jetzt ein ungewöhnliches Ermittlerteam bildeten.

Die magische Anziehungskraft von Lorenz' Bildern hatte sie infiziert und in ihren Bann gezogen. Alles, was irgendwie mit dem Maler zu tun hatte – die Aussage seiner Bilder, die dunklen Bereiche seines Lebens –, war für sie geheimnisvoll. Es war eine Art irrationales Versprechen, dass ihnen die Enthüllung von Lorenz' Geheimnissen auch den Schlüssel zu ihren eigenen liefern würde. Ohne es sich einzugestehen, klammerten sich Madeline und Gaspard an die verrückte Hoffnung, diese Geheimnisse würden ihnen eine Wahrheit offenbaren, denn bei der Suche nach den Bildern waren sie beide auch auf der Suche nach einem Teil ihrer eigenen Identität.

7. Die es verbrennt

Die Kunst ist wie ein Feuer,
sie entsteht aus dem, was sie verbrennt.

Jean-Luc Godard, *Histoires du cinéma*

1.

Das alte Stadthaus, in dem Pénélope Lorenz wohnte, war ebenso zeitlos und von nüchterner Eleganz wie das gesamte Nobelviertel rund um die Kirche Saint-Thomas-d'Aquin: helle, schmucklose Fassaden aus Quaderstein, Marmortreppen, beeindruckend hohe Decken, knarzende Landhausdielen.

Die Wohnung selbst stand jedoch in krassem Gegensatz zur Schmucklosigkeit der Außenfassade. Das Interieur war fast schon protzig. Als hätte eine Art Untergebener von Philippe Starck die Einrichtung überwacht, das Auge streng auf die Checkliste des schlechten Geschmacks gerichtet. Pinkfarbene Polstersessel mit Kissen aus Kunstfell rund um einen Tisch aus Plexiglas, ein überdimensionaler barocker Lüster, überall verteilt Nippes und kitschige Lampen.

Der Mann, der Gaspard nur widerwillig die Tür öffnete, stellte sich als Philippe Careya vor. Gaspard erinnerte sich, dass Pauline erzählt hatte, er sei Penelopes Liebhaber gewesen. Sie war also immer noch mit ihm zusammen. Der Baulöwe aus Nizza war ein kleiner dickbäuchiger Mann und so ganz anders, als der Theaterautor ihn sich vorgestellt hatte: Glatze, Vollbart, dunkle Schatten unter den Augen, das Oberhemd weit geöffnet über grauem Brusthaar und einem Haifischzahn, den er an einer Goldkette trug. Wirklich schwer zu verstehen, was die junge Frau auf dem Gipfel ihrer Schönheit an ihm gefunden hatte. Vielleicht war er damals anders gewesen. Vielleicht hatte er noch andere Vorzüge. Oder, noch wahrscheinlicher, die Anziehungskraft zwischen zwei Personen entzog sich stets jeder Rationalität.

Der glatzköpfige Mann hatte ihn in einen kleinen Salon mit Blick auf einen Innenhof geführt und sich dann wieder den Immobilienanzeigen auf seinem goldenen Macbook zugewandt. So wartete Gaspard gute zehn Minuten, bis die Dame des Hauses sich schließlich zu ihm gesellte. Als das ehemalige Mannequin den Raum betrat, hatte er Mühe, seine Überraschung zu verbergen.

Pénélope Lorenz war nicht wiederzuerkennen. Entstellt durch die kosmetische Chirurgie, war sie nur noch eine missgestaltete Karikatur der Frau, die sie einst gewesen war. Ihr maskenhaftes Gesicht schien im Begriff, zu zerfließen, dagegen wirkten ihre aufgespritzten Lippen, als würden sie jeden Moment explodieren. Ihre faltigen Lider und überhohen Wangenknochen verwandelten ihre Augen in schmale Schlitze. Das aufgedunsene, entstellte Gesicht stand in krassem Gegensatz zu ihrer überschlanken Figur, sah man einmal von ihren wie mit Helium aufgeblasenen Brüsten ab.

»Bonjour, Monsieur Coutances. Danke, dass Sie sich herbemüht haben«, begrüßte sie ihn kurzatmig mit näselnder Stimme und nahm ihm gegenüber Platz.

Ihr Blick war der eines gejagten Tiers, denn ihr war deutlich bewusst, wie ihr Äußeres auf die anderen wirkte.

Wie hatte es so weit kommen können? Wie war eine solche Veränderung möglich? Gaspard erinnerte sich an die Fotos des Topmodells aus der Zeit, als es noch das Cover der Magazine zierte. Stolz, schlank, athletisch, strahlend. Warum hatte sie sich dieses Übermaß an Lifting und Botox-Spritzen angetan? Welcher Chirurg hatte den Sonntagsmaler gespielt und ihr schönes Gesicht zerstört? Er suchte etwas in ihr, ein Relikt ihrer verlorenen Schönheit, und fand es in ihren Augen. Und so konzentrierte er sich auf ihre Iris, wassergrün, durchsetzt von goldbraunen Funken. Flugasche, die im Winter 1992 wohl das Herz von Sean entflammt hatte.

Gaspard grüßte zurück, beschloss aber, auf den mit Madeline geschmiedeten Plan zu verzichten. Da war nichts zu machen. Mit einer solchen Lüge würde er nicht argumentieren können. Zunächst aus moralischen Gründen, vor allem aber, weil er ein schlechter

Schauspieler war. So entschied er sich, nicht um den heißen Brei herumzureden.

»Ich will ehrlich sein, Madame Lorenz, ich bin nicht aus dem Grund hier, den Sie vermuten. Ich bin zwar Gaspard Coutances und habe ein Theaterstück geschrieben, das im Frühjahr in London zur Aufführung kommen wird, aber das Mietansinnen für Ihr Bild war lediglich die List einer Kollegin, die Sie kennenlernen wollte.«

»Welcher Kollegin?«

»Diejenige, die Sie heute Morgen zum Teufel gejagt haben.«

Die Stimmung war plötzlich angespannt. Gaspard spürte, dass Pénélope kurz davor war, Careya zu Hilfe zu rufen. Mit einer beschwichtigenden Geste versuchte er, sie davon abzuhalten.

»Gewähren Sie mir drei Minuten, um Ihnen die Situation darzulegen. Sollten Sie beschließen, nicht auf meine Fragen antworten zu wollen, mache ich mich kommentarlos auf den Weg, und Sie hören nie wieder von mir.«

Da sie keine Regung zeigte, fuhr er mutig fort: »Wir sind auf der Suche nach drei Bildern, die Sean Lorenz in den Wochen vor seinem Tod gemalt haben soll. Das heißt ...«

Pénélope schnitt ihm das Wort ab: »Vor seinem Tod hat Sean jahrelang keinen Pinsel mehr angerührt.«

»Wir haben jedoch allen Grund zu der Annahme, dass diese Bilder existieren.«

Sie zuckte mit den Schultern.

»Wenn das der Fall ist, sind sie nach unserer Scheidung entstanden, was wiederum bedeutet, dass ich keine Rechte an ihnen besitze. Inwiefern soll mich das also betreffen?«

Als ihm klar wurde, dass er die Verbitterung dieser Frau nicht durchbrechen konnte, beschloss er zu improvisieren: »Weil ich hier bin, um Ihnen einen Deal vorzuschlagen.«

»Was für einen Deal?«

»Wenn Sie auf meine Fragen antworten, und wir dank Ihrer Hilfe die Bilder finden, gehört eines Ihnen.«

»Zum Teufel mit Ihnen! Wenn Sie glauben, diese Bilder von Sean hätten mir nicht schon genügend Probleme bereitet ...«

Ihre Ablehnung hatte sich in Wut verwandelt. Sie erhob sich vom Sofa und steuerte auf den kleinen Kühlschrank zu, der in das Bücherregal integriert war wie die Minibars in den Hotels. Sie griff nach zwei winzigen Wodkaflaschen und leerte die erste in einem Zug. Gaspard musste an den Satz von Bukowski denken: »*Find what you love and let it kill you.*« Pénélopes Gift war der Wodka Grey Goose. Sie leerte das zweite Fläschchen in ein Kristallglas, das sie in Reichweite auf einen Beistelltisch stellte.

»Sean Lorenz würde ohne mich gar nicht existieren, wussten Sie das? *Ich* war es, die seine Kreativität entfesselt und die Ventile seines Talents geöffnet hat. Vor mir war er der kleine Graffitisprüher aus Harlem, der seine

Tage damit verbrachte, herumzulungern und Joints zu rauchen. Und in mehr als zehn Jahren, in all der Zeit, in der er nicht ein einziges Bild verkauft hat, war *ich* es, die für seinen Lebensunterhalt gesorgt hat. Dank meiner Schönheit, meiner Fotos, meiner Werbung, meiner Titelseiten bei den Magazinen konnte er der anerkannte Maler werden.«

Während er ihrem Monolog lauschte, musste Gaspard an die von Gloria Swanson verkörperte alte Schauspielerin in dem Film *Boulevard der Dämmerung* denken. Dieselbe Verherrlichung der Frau, die sie einst gewesen war, dieselbe erbärmliche Rechtfertigung.

»Über Jahre hinweg war ich das Feuer, das seine Kreationen speiste. Sein *Kryptonite Girl*. So nannte er mich, weil er überzeugt war, dass er ohne meine Präsenz an seiner Seite nichts Geniales malen konnte.«

»Da hatte er nicht unrecht«, gab Gaspard zu. »Die Porträts, die er von Ihnen gemalt hat, sind wirklich großartig.«

»Sie sprechen von den ›einundzwanzig Pénélopes‹, nicht wahr? Ich sage Ihnen eines: Anfangs fühlte ich mich geschmeichelt durch diese Bilder. Dann aber wurden sie immer belastender.«

»Warum?«

»Wegen des Blicks der anderen: der Ursprung unserer meisten Probleme. Ich sah genau, wie die Leute mich musterten, und vor allem glaubte ich, ihre Gedanken zu hören. Sie sagten sich, ich sei schön, aber nicht so faszinierend wie die Frau auf dem Bild. Wissen Sie, was das Geheimnis um die Bilder von Sean Lorenz ist, Monsieur Coutances?«

»Erklären Sie's mir.«

2.

»Es war außergewöhnlich, mit Sean Lorenz, dem Meister der Farbe, zusammenzuarbeiten.«

Als Bernard Benedick ihr von Jean-Michel Fayol erzählte, hatte sich Madeline – Gott weiß, warum – einen alten Herrn mit grauem Kittel und weißem Haar, längst im Pensionsalter, vorgestellt. In Wirklichkeit war der Mann, der sie in seinem Laden am Quai Voltaire empfing, ein junger, großer und breitschultriger Schwarzer mit Dreadlocks und Silberringen an allen Fingern, auf denen eine Art satanischer Zoo dargestellt war: Schlange, Spinne, mexikanischer Totenkopf, ein Ziegenkopf. Er trug abgenutzte Sneakers, enge Jeans und eine ärmellose Daunenweste über einem engen T-Shirt. Offen und freundlich hatte Fayol ihr gleich einen Kaffee und Kekse angeboten, die er auf die Theke aus Eichenholz stellte. Mit seinen Natursteinen, dem alten Deckengewölbe und den Holzbalken erinnerte das Geschäft an einen Laden aus dem Mittelalter. Der Eindruck wurde noch verstärkt durch die Regale aus poliertem Holz, die vom Boden bis zur Decke reichten und voller bunter Phiolen waren.

Begeistert von seinem Fachgebiet, schien Fayol bereit,

auf Madelines Fragen zu antworten, ohne zu wissen, wer sie eigentlich war.

»Ich habe mit vielen Künstlern zu tun«, fuhr er fort. »Die meisten sind egoistische, größenwahnsinnige Typen, die glauben, sie seien die Reinkarnation von Picasso oder Basquiat, nur weil sie eine Leinwand beschmieren und gierige Galeristen finden, die sie ausstellen, und ein Publikum haben, das diese Auswüchse feiert.«

Er nahm einen Schokobiskuit aus einer Metallschale.

»Trotz seines großen Erfolgs war Sean nicht so. Er war sogar eher bescheiden, und obwohl er besessen war von seiner Malerei, hielt ihn das nicht davon ab, sich für seine Mitmenschen zu interessieren.«

Er biss in den Keks und kaute lange darauf herum, wie um sich an seinen Erinnerungen zu laben.

»Als er beispielsweise erfuhr, dass ich nicht in der Lage war, das Altersheim meiner Mutter zu bezahlen, hat er mir einen Scheck ausgestellt, ohne jemals eine Rückzahlung zu verlangen.«

»Er war also mehr ein Freund als ein gewöhnlicher Kunde«, fasste Madeline zusammen.

Fayol starrte sie an, als hätte sie soeben behauptet, die Erde sei eine Scheibe.

»Wahre Künstler haben keine Freunde«, erklärte er. »Und genau aus diesem Grund sind sie Künstler geworden. Ich half Sean, so gut ich konnte, indem ich unter anderem die Farben, die er suchte, für ihn fand. Ich sorgte auch für die passenden Rahmen seiner Bilder.

Bei diesem Punkt war er äußerst pedantisch: Er wollte ausschließlich Schattenfugenrahmen aus hellem Nussbaumholz, das nur im Iran zu finden ist.«

»Warum sagten Sie, er sei ein Meister der Farbe gewesen?«

»Weil er es tatsächlich war! Und zwar von jeher. Während er in seiner Jugend Bretterzäune und Subway-Wagen besprüht hatte, durchlebte Sean Anfang der 2000er-Jahre eine radikale Wandlung. Er war begierig zu lernen und wurde ein wahrhafter Spezialist, wenn es um die Geschichte der Pigmente ging. Außerdem war er Purist. Es war schon amüsant, einen ehemaligen Sprayer kennenzulernen, der sich weigerte, synthetische Farben zu benutzen!«

Madeline wagte es, eine Frage zu stellen: »Was ist denn der grundlegende Unterschied zwischen der synthetischen Malerei und der mit natürlichen Pigmenten?«

Erneut ein schiefer Blick vom Rasta.

»Derselbe Unterschied wie zwischen vögeln und sich lieben, zwischen dem Klang eines MP3-Players und dem einer Langspielplatte, zwischen einem kalifornischen Wein und einem Burgunder ... Verstehen Sie?«

»Sie wollen damit sagen, dass die natürlichen Pigmente authentischer sind?«

»Sie ergeben tiefere, intensivere Farben, vor allem aber sind sie einzigartig, weil sie oft eine tausendjährige Geschichte haben.«

Fayol sprang von seinem Sessel auf und verschwand im hinteren Raum seines Ladens.

»Diese Pigmente gehören zu den weltweit seltensten und kostbarsten«, rief er begeistert und deutete auf kleine Glasflakons, die farbiges Pulver enthielten.

Die verschieden geformten, transparenten Phiolen bildeten eine beeindruckende Palette – von hellen und pastellfarbenen Nuancen bis hin zu dunklen Tönen.

Zunächst sah Madeline nicht den Unterschied zu den anderen Gläsern, doch sie hütete sich, ihre Verwunderung zum Ausdruck zu bringen. Jean-Michel Fayol griff nach einem der kleinen Gefäße und schwenkte es vor ihrer Nase.

»Hier, zum Beispiel, das Lapislazuli, auch bekannt unter dem Namen Ultramarin: das legendäre Blau, das Fra Angelico, Leonardo da Vinci und Michelangelo verwendeten. Dieses Pigment wurde aus einem aus Afghanistan importierten Felsgestein gewonnen und war während der Renaissance kostbarer als Gold.«

Madeline erinnerte sich, in dem Roman *Das Mädchen mit dem Perlenohrring* gelesen zu haben, dass Vermeer sich seiner bediente, um den Kopfschmuck des Mädchens auf seinem berühmten Bild zu malen.

Fayol stellte den Flakon an seinen Platz zurück und griff sogleich nach einem neuen Pigment: ein violettes Pulver mit intensivem Glanz.

»Tyrisches Purpur, die Farbe der Togen der römischen Kaiser. Um nur ein einziges Gramm zu gewinnen, musste das Sekret von zehntausend Purpurschnecken extrahiert werden. Sie können sich das Gemetzel vorstellen.«

Und in seinem Elan fuhr er fort: »Dieses indische Gelb wird durch die Destillation des Urins von Kühen gewonnen, die ausschließlich mit den Blättern von Mangobäumen gefüttert werden. Seine Herstellung ist heute natürlich verboten.«

Der Rasta schüttelte seine Dreadlocks und kam zu einem weiteren Farbton.

»Das Drachenblut ist seit der Antike bekannt. Der Legende nach entstand die Farbe aus einer Mischung aus dem Blut, das ein Drache und ein Elefant bei einem homerischen Kampf verloren hatten, der beide das Leben kostete.«

Fayol war nicht zu bremsen. Wie besessen von seinen Farben, setzte er den Vortrag für seine neue Schülerin fort: »Vielleicht meine bevorzugte Farbe!«, verkündete er und griff nach einem weiteren Flakon, das ein ocker-, leicht cognacfarbenes Pigment enthielt. »Auf jeden Fall ist es das romantischste Pigment.«

Madeline beugte sich vor, um die Worte auf dem Etikett zu entziffern: »*Mummy brown?*«

»Ja, das ägyptische Braun. Ein Pigment, das durch das Zermalen von Mumien hergestellt wurde, um das Harz auf den Binden zu gewinnen, die zum Einbalsamieren der Leichen verwendet worden waren. Man sollte besser nicht an die Anzahl der archäologischen Stätten denken, die ausgebeutet wurden, um dieses Pigment herzustellen. Übrigens ...«

Madeline unterbrach ihn, um auf den Grund ihres Besuchs zurückzukommen.

»Welche Art Pigmente suchte Sean Lorenz, als Sie ihm die letzten Male begegnet sind?«

3.

»Jedes Mal, wenn Sean jemanden malte, nahm er ihm etwas, das er ihm nie wieder zurückgeben würde«, erklärte Pénélope und trank einen weiteren Schluck Wodka.

Gaspard, der ihr gegenübersaß, zeigte zunächst keine Reaktion.

»Er entriss demjenigen seine Schönheit, um sie in seine Bilder einzuarbeiten. Erinnern Sie sich an die Geschichte von Oscar Wilde? *Das Bildnis des Dorian Gray?*«

»Das Porträt, das anstelle seines Modells alterte?«

»Genau, und bei Sean war es das Gegenteil. Seine Malerei war kannibalisch. Sie nährte sich am Leben des Modells und seiner Ausstrahlung. Um fortbestehen zu können, vernichtete sie die Porträtierten.«

Mit einem gewissen Zynismus legte Pénélope noch eine Weile ihre Gedanken dar. Gaspard hörte schon längst nicht mehr zu. Er dachte an das berühmte Zitat von Serge Gainsbourg: *Die Hässlichkeit hat der Schönheit voraus, dass sie mit der Zeit nicht vergeht.* Und erneut stellte sich ihm die Frage: Durch welche Verkettung der Umstände war diese Frau zu dem geworden, was sie heute war? Madeline hatte ihm erzählt, Sean sei der damals erst achtzehnjährigen Pénélope 1992 in Manhattan begegnet. Er rechnete kurz nach. Seine Gesprächspartnerin war also heute zweiundvierzig Jahre alt. Genauso alt wie er. In der Rue du Cherche-Midi gab es nur wenige Fotos von Pénélope, doch Gaspard erinnerte sich ganz speziell an eines – aus der Zeit von Julians Geburt. Darauf hatte er Pénélope strahlend schön gefunden. Die Verwüstungen der kosmetischen Chirurgie waren also neueren Datums.

»Nach einigen Jahren begriff Sean dann schließlich, dass sein Genie nicht von meiner Person abhängig war. Da bekam ich natürlich Angst, ihn zu verlieren. Meine eigene Karriere war verkümmert. Um meiner Schwermut zu entrinnen, habe ich mich in Alkohol und Drogen geflüchtet: Joints, Kokain, Heroin, Tabletten … Ein Weg, um Sean zu zwingen, sich um mich zu kümmern. Mindestens zehn Mal hat er mich in eine Entzugsklinik gebracht. Ich muss Ihnen sagen, dass Sean einen großen Fehler hatte. Besser gesagt eine Schwäche: Er war ein guter Typ.«

»Ich verstehe nicht, inwiefern das eine Schwäche sein soll.«

»Es ist aber eine, doch das ist ein anderes Thema. Kurz, er hatte niemals den Mut, mich fallen zu lassen. Weil er glaubte, auf ewig in meiner Schuld zu stehen. Sean war ein bisschen sonderbar. Oder, anders gesagt, er hatte seine eigene Logik.«

Gaspards Blick wanderte von Pénélopes Gesicht hinab zu ihrem Hals, an dessen rechter Seite er eine Narbe in

Form eines Sterns entdeckte. Dann unter dem linken Ohr ein ähnliches Wundmal. Und ein drittes am Brustansatz. Und mit einem Schlag wurde ihm klar: Diese Narben waren nicht die Spuren misslungener Schönheitsoperationen, sondern die von dem Stacheldraht, mit dem Pénélope während ihrer Entführung gefesselt gewesen war. Jetzt gab es also keinen Zweifel mehr für ihn. Erst nach dem Tod ihres Sohns war Pénélope in den Teufelskreis der Chirurgie geraten. Zunächst wahrscheinlich, um die Verletzungen durch die brutale Entführung beseitigen zu lassen, dann als eine Art Strafe. Sean war nicht der Einzige, der seinen Leidensweg gegangen war. Seine Frau hatte ihn auf dem Pfad der Selbstzerstörung begleitet. Sie wollte mit ihrer größten Sünde büßen: mit ihrer Schönheit.

»Hat die Geburt Ihres Sohnes nicht zu einer erneuten Annäherung geführt?«

»Dieses Kind war ein Wunder. Das Versprechen eines Neuanfangs. Zunächst wollte ich daran glauben. Doch es war eine Illusion.«

»Warum?«

»Weil für Sean nichts anderes mehr existierte. Weder die Malerei noch ich. Allein Julian zählte ...«

Bei der Erwähnung ihres Sohns schien Pénélope in eine Art Lethargie zu versinken. Gaspard versuchte, sie zurückzuhalten: »Wenn Sie mir eine letzte Frage erlauben ...«

»Gehen Sie.«

»Madame, nur eine ...«

»Verschwinden Sie!«, schrie sie, so als wäre sie gerade aus dem Schlaf hochgeschreckt.

»Wann haben Sie das letzte Mal mit Ihrem Mann gesprochen?«

Sie seufzte. Ihr Blick verlor sich erneut auf der Suche nach ihren Erinnerungen.

»Das letzte Mal, das war … am Tag seines Todes. Nur wenige Minuten vor dem Herzinfarkt. Sean war in New York. Er rief von einer Telefonzelle auf der Upper East Side an. Er redete wirres Zeug. Wegen des Zeitunterschieds hat er mich mitten in der Nacht geweckt.«

»Warum hat er sie angerufen?«

»Ich weiß nicht mehr.«

Tränen liefen ihr über das zerstörte Gesicht.

»Bitte, versuchen Sie, sich zu erinnern! Was hat er gesagt?«

»Lassen Sie mich!«, schrie sie.

Sie saß reglos auf ihrem weißen Sofa und löste sich von der Realität. Mit ausdruckslosem Blick und wie niedergestreckt.

Als ihm die Situation richtig bewusst wurde, hätte Gaspard vor Scham im Boden versinken können. Was hatte er hier zu suchen, und warum quälte er die Frau, deren Geschichte nicht die seine war? Welchen Sinn hatten seine Nachforschungen?

Er machte sich wortlos aus dem Staub.

Im Aufzug sagte er sich, dass Godard recht hatte: *Die Kunst ist wie ein Feuer; sie entsteht aus dem, was sie verbrennt.* Lorenz' unheilvolle Geschichte war gesäumt von

Toten, von Phantomen, von wandelnden Leichen. Von vernichteten und gebrandmarkten Leben; von Schicksalen, verbrannt im Feuer der Leidenschaft und des Schaffensprozesses.

Die Kunst ist ein Feuer, das aus *denjenigen* entsteht, die sie verbrennt.

4.

Jean-Michel musste nicht lange in seiner Erinnerung suchen.

»Nachdem ich ihn eine gute Weile nicht gesehen hatte, kam Sean wieder oft in meinen Laden. Das war in den beiden letzten Monaten seines Lebens, vor gut einem Jahr. Im November und Dezember 2015. Er war auf der Jagd.«

»Auf der Jagd wonach?«, fragte Madeline ein wenig verloren.

»Nach Farben natürlich.«

»Sie glauben also, dass er wieder angefangen hatte zu malen.«

Fayol stieß ein Lachen aus.

»Ja, natürlich! Und ich würde viel darum geben, zu wissen, was ihm zu der Zeit durch den Kopf ging.«

»Weshalb?«

»Zunächst, weil er vom Weiß besessen war.«

»Von der Farbe Weiß?«

Der Rasta nickte und wurde poetisch.

»Ja, die Farbe der Geister und der Phantome. Die des Urlichts und der Blendung. Der Reinheit des Schnees, der Unschuld, der Jungfräulichkeit. Die totale Farbe, die, für sich allein genommen, das Leben wie auch den Tod symbolisiert.«

»Welche Art von Weiß suchte er denn?«

»Anfangs war er sich nicht sicher, und seine Aufträge waren widersprüchlich: mal matt, mal schimmernd, mal glatt, mal rau; mal kreideähnlich, mal mit Metallglanz. Ich wusste nicht mehr, was ich bestellen sollte.«

»Stand er unter Drogen, oder war er klar im Kopf?«

Der Farbenhändler zog die Brauen hoch.

»Ich würde eher sagen, dass er ziemlich überdreht war. So als würde ihn etwas verstören.«

Inzwischen waren sie zur Theke zurückgekehrt. Regentropfen trommelten gegen die Fensterscheiben.

»Sean sprach die ganze Zeit von weißen mineralischen Pigmenten. Die haben aber den großen Nachteil, transparent zu werden, sobald sie mit einem Bindemittel in Berührung kommen. Es tat mir leid, ihm nicht helfen zu können. Schließlich habe ich ihm geraten, auf ein Gofun Shirayuki zurückzugreifen.«

»Ein japanisches Weiß?«, fragte Madeline vorsichtig.

»Ja, ein Muschelweiß, das aus Austernschalen gewonnen wird. Sean hat versucht, damit zu arbeiten, kam aber nach einer Weile zurück und erklärte mir, das sei nicht das, was er suche. Und er könne mit dieser Farbe nicht das ›darstellen‹, was er im Kopf habe. Dieser Ausdruck hat mich übrigens überrascht.«

»Warum?«

»Künstler wie Sean versuchen nicht, etwas zu *reprä-sentieren*, sie *präsentieren*. Ihr Ziel ist es nicht, *abzubil-den*, sondern lediglich *zu sein*, um eine Redewendung von Pierre Soulages zu benutzen. Trotzdem hatte ich hier den Eindruck, dass Sean etwas ganz Besonderes im Kopf hatte, etwas, das in der Realität ganz einfach nicht existierte.«

»Und er hat Ihnen nicht gesagt, was?«

Fayol schnitt eine Grimasse und zuckte dabei mit den Schultern. Madeline ließ nicht locker.

»Und haben Sie schließlich eine Farbe für ihn gefunden?«

»Natürlich«, antwortete Fayol mit einem breiten Lächeln. »Ich habe ihm ein Pigment auf der Basis eines untypischen Gipses gemischt, den man nur an einem einzigen Ort findet.«

»Und wo?«

Stolz blickte Fayol Madeline an.

»Sagt Ihnen White Sands etwas?«

Madeline dachte kurz nach und hatte schließlich ein Bild vor Augen: weiße Dünen, silbrig leuchtend, so weit das Auge reicht. Einer der schönsten Nationalparks der USA.

»Die Wüste von New Mexico?«

Der Rasta nickte.

»Dort, wo eine Militärbasis errichtet worden war, in der die Armee geheime Waffen und Technologien testet. An einer Stelle befindet sich auch so etwas wie ein

Steinbruch mit sehr seltenem Gipssand – ein wertvoller Rohstoff, aus dem ein resistentes Pigment gewonnen wird: eine Art Weißgrau mit rosafarbenem Schimmer.«

»Wenn sich dieses Gestein auf der Militärbasis befindet, wie hatten Sie dann Zugang dazu?«

»Das ist mein kleines Geheimnis.«

»Haben Sie eine Probe von dieser Farbe?«

Fayol griff in ein Regalfach und zog einen Flakon aus mundgeblasenem Glas heraus. Madeline betrachtete den Inhalt zunächst interessiert, dann mit einem Anflug von Enttäuschung. Die Pigmente ähnelten ganz einfachen Kreidespänen.

»Vermischt man das zum Malen mit Öl?«

»Mit Öl oder irgendeinem Bindemittel.«

Madeline nahm ihren Helm von der Theke und dankte Fayol für seine Hilfe.

Als der Rasta ihr schon die Tür öffnen wollte, hielt er inne, schien sich an etwas zu erinnern.

»Sean bat mich auch, phosphoreszierende Pigmente bester Qualität zu finden. Das wunderte mich, weil so etwas nicht zu ernsthafter Malerei passt.«

»Was ist das genau? Pigmente, die Licht speichern?«

»Ja, um es wieder abzugeben, indem sie im Dunkeln leuchten. Früher benutzten die Großindustriellen Radium, um diese Farben herzustellen, die auch im Cockpit von Flugzeugen Verwendung fanden.«

»Radioaktive Stoffe!«

Fayol nickte.

»Später benutzte man Zinksulfid, aber das blieb wenig wirksam und zerfiel sehr schnell.«

»Und heute?«

»Heute verwendet man die Kristalle von ungiftigem, nicht radioaktivem Strontiumaluminat.«

»Das also suchte Lorenz.«

»Ja, aber hier hat Sean wieder mal all meine Pigmente abgelehnt. Da ich nicht verstand, was er genau wollte, habe ich ihn an eine Schweizer Firma verwiesen, die eine Leuchtfarbe herstellt, wie sie in der Uhrmacherkunst für hochwertige Taucheruhren verwendet wird. Die waren auch sehr bemüht, aber ich weiß nicht, ob Sean mit ihnen ins Geschäft gekommen ist.«

Madeline notierte sich für alle Fälle den Namen der Firma und bedankte sich erneut bei dem Farbenhändler.

Als sie schließlich auf den Quai Voltaire trat, war es fast schon dunkel. Dichte, schwärzliche Wolken türmten sich über der Seine und dem Louvre auf. Staub wirbelte hoch wie beim Herannahen eines Trupps feindlicher Reiter.

Sie brach auf ihrer Vespa Richtung Pont Royal auf, um in Saint-Germain ihre Freundin zu treffen. Donnergrollen ließ sie zusammenfahren. An dem von Blitzen durchzuckten Himmel glaubte sie, das kantige Gesicht von Sean Lorenz zu erkennen. Ein verärgertes Gesicht, von dem ein weißes Licht herabrieselte.

Gaspard

Saint-Germain-des-Prés.

Zinkfarbener Himmel. Grafitgraue Gebäude. Die kantigen Umrisse von Platanen. Der Eindruck, mich im Nichts zu bewegen. Verschlungen zu werden von der Hektik, der allgemeinen Luftverschmutzung und dem dumpfen Lärm des Boulevards.

Das Bild von Pénélope Lorenz lässt mich nicht mehr los. Ihre zerstörte Schönheit, ihre raue Stimme, ihr verlorenes Aussehen führen mir meine eigene Willenlosigkeit, Mattigkeit und meinen Verfall vor Augen.

Ich bräuchte frische Luft, einen klaren Himmel, den Hauch eines erlösenden Windes, die Sonne meiner griechischen Insel oder den eisigen Wind der verschneiten Gipfel von Montana. Mangels guter Bergluft stürze ich mich in das erstbeste Bistrot auf meinem Weg, ein Café an der Ecke Boulevard Saint-Germain, Rue des Saints-Pères.

Ein Ort mit dem Flair des alten Paris, das den Ausländern gefällt und in Wirklichkeit schon seit Langem nicht mehr existiert – Kunstlederbänke, Neonröhren, Resopaltische, Ricard-Aschenbecher, eine alte Jukebox. Unter dem Glasdach verspeisen Touristen wie auch Studenten der nahe gelegenen Universitäten ihr Schinken-Sandwich oder ihren Croque-Monsieur. Ich bahne mir einen Weg zum Tresen. Ohne die geringste Zurückhaltung vorzutäuschen, bestelle ich zwei *Old Fashioned*, die ich in einem Zug leere, bevor ich das Lokal wieder verlasse.

Der Alkohol, den ich zum Mittagessen getrunken habe, hat meinen Geist bereits benebelt, und ich weiß, dass der Whisky diesen Zustand verlängern wird. Und ich will noch mehr. In der nächsten wirklich sehr noblen Brasserie genehmige ich mir zwei weitere Scotch. Dann kehre ich nach Saint-Germain zurück.

Es regnet. Um mich herum verschwimmt alles. Die Farben haben sich aufgelöst. Es bleiben nur noch graue Umrisse, die durch meine nassen Brillengläser noch undeutlicher werden. Ich schleppe mich bis zur Rue Bonaparte. Jeder Schritt kostet mich Kraft und Konzentration, als wäre ich ein Zirkuselefant, der auf einem Seil balancieren müsste. Ich habe das Gefühl, als hätte jemand den Ton lauter gedreht, um den Lärm der Stadt noch unerträglicher zu machen.

Herzrasen, Zittern, Harndrang. Stiche in der Brust. Ich schwanke, keuche. Regentropfen laufen mir den Nacken hinunter und vermengen sich mit dem Schweiß. Mein Oberkörper sticht, meine Arme jucken, ich möchte mir die Haut vom Leib reißen. Ich versuche nicht einmal, den Grund für meinen Zustand zu verstehen. Ich kenne die geheimen Ursachen. Ich weiß, dass mein Körper eine Höhle von Dämonen birgt, die nie lange überwintern. Ich weiß auch, dass die Lust auf Alkohol mich mit einer Macht gepackt hat, wie ich sie selten verspürt habe.

In der Rue de l'Abbaye entdecke ich ein Restaurant, also ein potenzielles neues Bistrot. Ein von Fliesen umrahmtes Schaufenster, kleine rotweiß karierte Vorhänge. Tropfnass und leicht torkelnd betrete ich das Lokal. Es wird gleich schließen, die Kellner stellen schon die Stühle auf die Tische und wischen den Boden. Ich frage, ob ich »noch einen Drink« haben könnte, doch nachdem sie mich von Kopf bis Fuß inspiziert haben, weigern sie sich, mich zu bedienen. Ich beschimpfe sie und wedele mit Scheinen in ihre Richtung, als könne man mit Geld alles kaufen. Sie nehmen mich für das, was ich bin, und setzen mich vor die Tür.

Während es immer stärker regnet, stelle ich fest, dass mich meine Schritte in die Rue de Furstenberg geführt haben. Noch so ein Klischee vom ewigen Paris. Ein kleiner Platz mit Paulownien und seiner fünfarmigen Laterne.

Ich kenne diesen Ort natürlich, war aber schon seit einer Ewigkeit nicht mehr hier. Unter der Wirkung des Alkohols verschwimmt meine Umgebung, dehnt sich aus, während mein Körper sich auf die doppelte Größe aufzublähen scheint. Ein schrilles Geräusch zerreißt mir das Trommelfell. Ich presse die Hände auf meine Schläfen. Stille. Dann plötzlich eine Stimme.

»Papa?«

Ich drehe mich um.

Wer ruft mich?

»Ich hab Angst, Papa.«

Nicht nach mir wird gerufen. Ich bin es, der spricht. Plötzlich bin ich wieder sechs Jahre alt. Ich sitze mit meinem Vater hier auf diesem Platz. Und natürlich kenne ich ihn, diesen Platz. Er ist so etwas wie »unser Zuhause«. Mein Vater trägt die gleiche Kleidung wie auf dem Foto, das in meiner Brieftasche steckt: helle Stoffhose, weißes Hemd, Baumwolljackett, Lackschuhe. In der Tasche meines Blousons sind mein kleines Majorette-Auto und mein vierfarbiger Kugelschreiber. Auf meinem Rücken mein Tornister mit einem handgeschriebenen Namen auf dem Plastiketikett.

Damals besuche ich die Grundschule in der Rue Saint-Benoît. Mein Vater holt mich jeden zweiten Tag ab. Heute ist Mittwochnachmittag, an dem ja kein Unterricht stattfindet. Wir verlassen das Kino in der Rue Christine, wo wir den Zeichentrickfilm *Der König und der Vogel* angeschaut haben. Ich bin traurig, aber nicht wegen des Films. Nach einer Weile kann ich meine Tränen nicht mehr zurückhalten. Mein Vater zieht sein Stofftaschentuch heraus, das er immer bei sich trägt. Er trocknet mir Augen und Nase und versichert mir, alles würde gut. Dass er eine Lösung finden wird. Eigentlich hält er seine Versprechen, doch ich spüre, dass die Situation heute schwieriger ist.

Der Regen bringt mich in die Realität zurück. Meine Brillengläser sind mit Tropfen bedeckt. Ich erkenne nichts mehr, und mein Trommelfell droht zu platzen.

Ich will nicht mehr daran denken. Warum habe ich den Fehler begangen, hierher zurückzukommen? Wie habe ich derart unvorsichtig sein können? Leichtfertigkeit? Lethargie? Das unbewusste Bedürfnis nach einer Konfrontation? Aber mit wem?

Mit dir selbst, du Idiot.

»Ich hab Angst, Papa!«, wiederhole ich.

Keine Sorge, mein Großer. Wir werden nie lange getrennt sein, das verspreche ich dir.

An diesen vermeintlichen Schwur habe ich schon damals nicht geglaubt. Und die Zukunft hat mir recht gegeben.

In diesem Moment schluchze ich herzzerreißend. Die gleichen Tränen wie in meiner Kindheit.

Ich torkele. Ich würde mich gern hinsetzen, doch die Bänke, die früher hier standen, gibt es nicht mehr. Ein Zeichen der Zeit: Sie toleriert keine Müdigkeit und bietet Hilfsbedürftigen keinen Schutz. Ich schließe die Augen mit dem Gefühl, sie nie mehr zu öffnen. Einen Moment lang glaube ich, das Bewusstsein zu verlieren, doch ich bleibe stehen, mitten im Regen. Die Zeit ist aufgehoben.

Wie lange mag es gedauert haben, bis ich die Augen wieder öffne? Fünf Minuten, zehn Minuten, eine halbe Stunde? Als ich erneut auftauche, regnet es nicht mehr. Ich schlottere vor Kälte. Ich trockne meine Brillengläser, und für einen Augenblick glaube ich sogar, die Krise wäre vorbei und das Wasser des Himmels hätte mich gereinigt. Fast entschlossen, diese Episode zu vergessen, mache ich mich wieder auf den Weg, stoße auf die Rue Jacob und laufe weiter über die Rue de Seine.

Plötzlich bleibe ich aber wie erstarrt stehen. Im Schaufenster einer Galerie entdecke ich mein Spiegelbild. Und mir wird klar: So kann mein Leben nicht weitergehen. Es ist nicht mal so, dass ich auf das Nichts zusteuere. Sondern es ist so, dass der einzige Ort, an den ich gehen will, »irgendwo außerhalb der Welt« liegt.

Mein Spiegelbild, plump und schlaff. Unerträglich. Ich spüre, wie ich ins Wanken gerate, getragen von dem Wunsch, dass alles aufhört. Jetzt.

Ich balle die Fäuste, ich bin außer mir. Die Hiebe treffen mit voller Wucht in die Glasscheibe. Rechter Schlag, linker Haken, Uppercut. Ich tobe mich aus. Die Passanten bekommen Angst und wenden sich ab. Rechter Schlag, linker Haken, Uppercut. Glasscherben. Blutige Fäuste. Flackerndes Herz. Bebender Körper. Ich schlage blindlings drauflos, bis ich das Gleichgewicht verliere. Ich breche auf dem Bürgersteig zusammen.

Und ein Gesicht, eingerahmt von blonden Haaren, beugt sich über mich.

Madeline.

8. Die Lüge und die Wahrheit

Kunst ist eine Lüge, die uns
die Wahrheit begreifen lehrt.

Pablo Picasso, *Interview von 1923*

1.

»Sie schulden mir eine Erklärung!«

»Ich schulde Ihnen gar nichts!«

Die Dämmerung war hereingebrochen. Auf dem Vorplatz des Hôpital Pompidou warteten Madeline und Gaspard auf das Taxi, das sie gerade bestellt hatten. Zwei dunkle nervöse Gestalten vor dem Krankenhaus, das an einen gläsernen Luxusdampfer erinnerte, der am Seine-Ufer festgemacht hatte. Gaspards Gesichtsausdruck war ernst und sein Kopf schwer. Die eine Hand war verbunden, die andere lag in einer Schlinge.

»Ich darf Sie darauf hinweisen, dass Sie es mir zu verdanken haben, wenn der Besitzer des Geschäfts keine Strafanzeige stellt«, fuhr Madeline aufgebracht fort.

»Das liegt wohl eher an dem Wahnsinnsscheck, den ich ihm überreicht habe«, widersprach er.

»Was, zum Teufel, ist in Sie gefahren, sich an einer unschuldigen Schaufensterscheibe zu vergreifen?«

Ihr Humor brachte Gaspard nicht zum Lachen.

Das Taxi setzte den Blinker und hielt vor ihnen an. Als der Fahrer sah, dass einer der beiden Passagiere verletzt war, stieg er aus, um die Tür zu öffnen.

Der Wagen fuhr am Quai de Grenelle entlang und dann über die Rue de la Convention durch das 15. Arrondissement. Als sie vor einer roten Ampel anhalten mussten, wurde Gaspard gesprächiger. Die Stirn an die Scheibe gepresst, ließ er sich zu einem seltsamen Geständnis hinreißen.

»Wissen Sie, ich bin drei Straßen von hier entfernt geboren worden. Im Jahr 1974 im Entbindungsheim Sainte-Félicité.«

Madeline versuchte nicht, ihre Verwunderung zu verbergen.

»Ich habe immer geglaubt, Sie seien Amerikaner.«

»Meine Mutter war Amerikanerin«, erklärte er, als der Wagen wieder anfuhr. »Nach ihrem Studienabschluss in Yale fand sie hier in Paris einen Job in der soeben eröffneten Dependance der großen New Yorker Anwaltskanzlei Coleman & Wexler.«

»Und Ihr Vater?«

»Er hieß Jacques Coutances und stammte aus dem Calvados. Er war ausgebildeter Maurer und in die Hauptstadt gekommen, um als Bauleiter im Tiefbau zu arbeiten.«

»Ein seltsames Gespann …«

»Das ist noch untertrieben. Mein Vater und meine Mutter hatten nichts gemein. Ehrlich gesagt, habe ich sogar Mühe, mir vorzustellen, wie ich gezeugt wurde. Für meine Mutter hatte es sicher einen gewissen Reiz, sich mit einem Mann aus dem Volk einzulassen. Kurz, ihre Beziehung war nicht von Dauer und währte nur wenige Tage im Sommer 1973.«

»Sind Sie bei Ihrer Mutter aufgewachsen?«

»Von meiner Geburt an war sie bestrebt, meinen Vater von mir fernzuhalten. Sie hat ihm sogar Geld angeboten, damit er mich nicht anerkennt, aber das hat er sich nicht gefallen lassen. Später hat sie dann alle möglichen Strategien und Lügen erfunden, um sein Besuchsrecht auf ein Minimum zu beschränken. Eigentlich durfte ich ihn nur zwei Stunden pro Woche am Samstagnachmittag sehen.«

»Das ist gemein.«

»Ja, ich glaube, das kann man so sagen. Glücklicherweise war ich meistens in der Obhut eines wunderbaren Kindermädchens. Eine Algerierin namens Djamila, die von der Verzweiflung meines Vaters gerührt war.«

Das Taxi wich zwei Touristen auf Mietfahrrädern aus, die offensichtlich die Orientierung verloren hatten und mitten auf der Straße fuhren.

»Da meine Mutter nur selten zu Hause war«, fuhr Gaspard fort, »erlaubte Djamila meinem Vater, mich heimlich am Mittwochnachmittag von der Schule abzuholen. Das war unsere Zeit. Wir spielten im Park Fußball oder gingen ins Kino. Er half mir sogar im Café oder auf einer Parkbank an der Place Furstenberg bei den Hausaufgaben.«

»Wie war das möglich, ohne dass Ihre Mutter es bemerkt hat?«

»Weil mein Vater und Djamila sehr vorsichtig waren. Ich war noch klein, aber ich habe das Geheimnis gewahrt, bis ...«

Coutances Stimme wurde brüchig. Das Taxi bremste, denn vor dem Polizeirevier des 15. Arrondissements hielten in zweiter Reihe mehrere Dienstwagen mit laufendem Motor und Blaulicht, sodass ein Polizist den Verkehr regeln musste.

»Es war an dem Sonntag nach meinem sechsten Geburtstag«, fuhr er fort. »Meine Mutter hatte stets abgelehnt, mit mir im Grand Rex den Film *Das Imperium schlägt zurück* anzuschauen. Das hatte ich mir drei Wochen zuvor zum Geburtstag gewünscht, und nun änderte sie plötzlich ihre Meinung. Und da entfuhr es mir *Den habe ich schon mit Papa gesehen!* Ich habe sofort versucht, mich zu korrigieren, aber es war zu spät. Innerhalb von wenigen Sekunden hatte ich das Todesurteil für meinen Vater unterschrieben.«

»Wie – das Todesurteil?«

»Meine Mutter stellte augenblicklich Nachforschungen an und setzte Djamila unter Druck, bis diese alles gestand. Als sie die Wahrheit erfuhr, bekam meine Mutter einen denkwürdigen Wutanfall, entließ mein Kindermädchen und verklagte meinen Vater wegen Kindesentführung. Die Richterin erteilte meinem Vater ein

Annäherungsverbot und untersagte ihm jeglichen Kontakt zu mir. Da er diese Ungerechtigkeit nicht ertrug, hat er die Initiative ergriffen und sich zu ihr begeben, um ihr seinen Fall persönlich darzulegen.«

»Keine gute Idee«, murmelte Madeline.

»Mein Vater war so naiv, an Gerechtigkeit zu glauben. Die Richterin hatte kein Erbarmen. Statt ihn anzuhören, verständigte sie die Polizei und behauptete, er habe sie bedroht und sie fürchte um ihre Sicherheit. Mein Vater wurde sofort verhaftet und eingesperrt. Noch in derselben Nacht hat er sich in seiner Zelle erhängt.«

Madeline sah ihn betroffen an. Doch da Gaspard nicht bemitleidet werden wollte, fuhr er sogleich fort: »Das hat man natürlich vor mir geheim gehalten. Ich habe es erst Jahre später erfahren. Damals war ich dreizehn und in Boston im Internat. Von diesem Tag an habe ich kein Wort mehr mit meiner Mutter gesprochen.«

Er fühlte sich jetzt erstaunlich ruhig, fast erleichtert. Es tat ihm gut, Teile seiner Vergangenheit offenbart zu haben. Es hatte Vorteile, sich einer Unbekannten anzuvertrauen, man konnte freier sprechen.

»Sie wollten also vorhin nicht auf das Schaufenster einschlagen?«

Ein trauriges Lächeln glitt über sein Gesicht.

»Nein, natürlich nicht, sondern auf mich selbst.«

An der Ecke Boulevard Montparnasse und Rue du Cherche-Midi sah er in der Nacht ein grünes Kreuz blinken. Er bat den Fahrer, ihn hier abzusetzen, um die

Schmerzmittel kaufen zu können, die man ihm im Krankenhaus verschrieben hatte. Madeline stieg mit ihm aus. Während sie warteten, bis sie an der Reihe waren, suchte sie nach einem Weg, die Stimmung ein wenig zu entspannen, und scherzte schließlich: »Diese Verletzung ist wirklich zu dumm, nun können Sie nicht mehr kochen.«

Er wusste nicht recht, was er davon halten sollte, und sah sie unschlüssig an.

Sie fuhr fort: »Wirklich schade, denn ich habe einen Bärenhunger. Ich würde jetzt gern Ihr Risotto essen.«

»Wenn Sie wollen, lade ich Sie ins Restaurant ein. Ich muss zugeben, dass ich Ihnen das schuldig bin.«

»Gut.«

»Wohin wollen wir gehen?«

»Noch einmal ins *Grand Café*?«

2.

Und erneut verlief das Abendessen unerwartet angenehm. Der Wirt, der erfreut war, sie wiederzusehen, bot ihnen einen Tisch im hinteren Teil des Restaurants mit Blick auf das Mosaik von Sean Lorenz an.

Gaspard hatte wieder Farbe bekommen. Er berichtete von seinem traumatischen Besuch bei Pénélope Lorenz und ihrem Wutanfall bei seinem Abschied. Madeline erzählte ihm ausführlich von ihrem interessanten Gespräch mit Jean-Michel Fayol und seiner Beschreibung von Lorenz' besessener Suche nach den richtigen Farben, die den Anforderungen seiner Vision entsprachen. *Sean wollte etwas malen, das in der Realität ganz einfach nicht existierte.* Dieser Satz des Farbenhändlers hatte sie beeindruckt und neugierig gemacht. Was hatte der Maler auf seinen letzten Bildern darstellen wollen? Etwas, das er gesehen hatte? Einen Traum? Eine Vision?

Louis de Funès kam an ihren Tisch.

»Blätterteigpastetchen mit Taubenfüllung«, erklärte er und stellte zwei heiße Teller vor sie hin.

Da Gaspards Hände verbunden waren, setzte sich Madeline neben ihn und schnitt das Fleisch für ihn. Der Theaterautor ließ es gern zu, und Madeline musste sich innerlich eingestehen, dass er zumindest den Vorzug hatte, nicht immer den Macho spielen zu wollen. Wie zu erwarten, drehte sich ihr Gespräch während des Essens um Lorenz' Mosaik. Madeline hatte die Werbestreichholzschachtel des Restaurants mit Seans letztem Vermächtnis an Bernard Benedick – dem Apollinaire-Zitat »Es ist höchste Zeit, die Sterne wieder zu entzünden« – neben ihr Wasserglas gelegt. Welche Nachricht hatte der Maler damit seinem Freund hinterlassen wollen? Befand sich die Botschaft in dem Mosaik? Das wollten sie gern glauben, doch je eingehender sie die Sache betrachteten, desto weniger enthüllte sie sich ihnen. Madeline war der Meinung, das Mosaik ähnele den Dschungellandschaften von Henri Rousseau. Gaspard erinnerte sich sehr gut an das Buch von Roald Dahl mit den Illustrationen von Quentin Blake, das Djamila ihm damals vorgelesen hatte. Auch Madeline war *Das riesengroße Krokodil* noch bestens in Erinnerung. Von Nostalgie erfasst, machten sie sich daran, die Namen der verschiedenen Figuren wiederzufinden. Springinsfeld, der Affe, der Flatterschnattervogel und Dickwanst, das Nilpferd, fielen ihnen sofort ein.

»Und der Elefant?«

»Das ist doch kinderleicht: Rüssel«, behauptete Gaspard. »Und das Zebra?«

»Das weiß ich nicht mehr.«

»Zebra?«

»Nein, das sagt mir nichts, ich weiß nicht einmal mehr, welche Rolle es gespielt hat.«

Nach einer kurzen Diskussion griff Madeline zu ihrem Handy und suchte im Internet nach dem Zebra, an das sie sich nicht erinnern konnten. Während sie noch navigierte, erhob sich Gaspard plötzlich und rief: »Vergessen Sie es, in *Das riesengroße Krokodil* kommt gar kein Zebra vor.«

Madeline sprang wie elektrisiert auf. Warum hatte dann Lorenz, der die Geschichte ja auswendig kannte, da er sie jeden Abend seinem Sohn vorlas, ein Zebra in das Mosaik gemogelt? Das war zwar noch nicht die Lösung, aber endlich hatten sie eine vielversprechende Spur. Sie schoben einen Tisch und zwei Stühle zur Seite, um das Zebra genauer in Augenschein nehmen zu können.

Es war übrigens das am wenigsten gelungene Tier von allen. Die Dreiviertel-Ansicht wirkte wie erstarrt, ohne jegliche Anmut. Eine etwa zwei Zentimeter große

Ansammlung schwarzer und weißer Rechtecke. Gaspard zählte sie und suchte nach verschiedenen Lösungen, um die Zahl zu entschlüsseln: Morsezeichen, Musiknoten, Geheimtextzeichen …

»Vergessen Sie's«, rief Madeline, »wir sind hier schließlich nicht im *Da Vinci Code*.«

Verdrossen ging sie nach draußen, um eine Zigarette zu rauchen. Er trat zu ihr unter das Vordach über dem Restauranteingang. Es hatte erneut zu regnen begonnen, stark und unerbittlich. Und außerdem wehte jetzt auch noch ein heftiger Wind. Gaspard stellte sich schützend vor Madeline, damit sie ihre Zigarette anzünden konnte.

»War das Treffen mit Ihrer Freundin angenehm? Ich hoffe, Sie haben es nicht meinetwegen abkürzen müssen.«

»Kurz nachdem ich angekommen war, habe ich gesehen, wie Sie auf diese arme Schaufensterscheibe eingeprügelt haben.«

Beschämt senkte Gaspard den Kopf.

»Sie wollten sicher eigentlich den Abend mit ihr verbringen.«

»Jul hat nur kurz in Paris Station gemacht. Sie wollte weiter nach Marrakesch fliegen, um dort mit ihrem Liebsten Weihnachten zu verbringen. Manche haben doch Glück, was?«

»Es tut mir wirklich leid.«

Sie versuchte nicht, ihm ein schlechtes Gewissen zu machen.

»Ist nicht weiter schlimm, das ist nur aufgeschoben. Jul ist meine älteste und einzige Freundin. Sie hat mir schon zwei Mal das Leben gerettet.«

Madeline wandte den Blick ab und nahm einen Zug aus ihrer Zigarette.

»Zum letzten Mal vor acht Monaten. In gewisser Weise ist mir damals dasselbe passiert wie Ihnen heute.«

Gaspard starrte sie verständnislos an.

»Es war an einem Samstagvormittag«, fuhr Madeline fort. »Als ich durch ein Einkaufszentrum in London bummelte, sah ich plötzlich einen lachenden kleinen Jungen. Ein kleiner Engel, blond mit runden Brillengläsern, einfach zum Anbeißen. Die Art, wie er mich anlächelte, war mir irgendwie vertraut. Ich hatte den seltsamen Eindruck, ihn zu kennen, verstehen Sie?«

»Hmm.«

»Als er sich in die Arme seines Vaters warf, begriff ich, warum. Es war der Sohn jenes Mannes, den ich ein paar Jahre vorher geliebt hatte. Ein Mann, der mich verlassen hatte, um zu seiner Frau zurückzukehren und mit ihr ein weiteres Kind zu bekommen.«

»Ein Verrückter?«

»Eben nicht, er war ein guter Typ, das ist ja das Schlimme. Eine ernsthafte Beziehung, an die ich wirklich geglaubt habe. Er hieß Jonathan Lempereur. Vielleicht haben Sie seinen Namen schon gehört. Er ist einer der weltweit bekannten französischen Starköche.«

Gaspard gab ein Brummen von sich, das schwer zu deuten war.

»Ich weiß nicht, warum er mich verlassen hat. Ich weiß nicht, was mit mir nicht stimmt. Ich weiß nicht, was ich falsch mache. Kurz, an diesem Morgen war ich hilflos und bin vollständig zusammengebrochen. Als ich zu Hause ankam, war ich im tiefsten Abgrund versunken, doch statt auf eine Scheibe einzuschlagen, habe ich mir in der Badewanne die Pulsadern aufgeschnitten. Sehen Sie, verglichen mit mir, sind Sie ein Unschuldsknabe.«

»Und dann hat Ihre Freundin Sie gefunden?«

Madeline nickte und nahm einen letzten Zug von ihrer Zigarette.

»Wir waren an diesem Tag verabredet. Als ich nicht auftauchte und sie mich auch nicht erreichen konnte, hatte sie eine böse Vorahnung und kam zu meiner Wohnung. Ich glaube, hätte die Hausmeisterin nicht den Schlüssel gehabt, wäre es zu spät gewesen. Es hat nicht viel gefehlt. Ich war eine Woche im Krankenhaus und dann zwei Monate in einer jener netten Einrichtungen, die man Psychiatrie nennt. Um meinen Kopf in Ordnung zu bringen, mein Leben wieder in die Hand zu nehmen und Prioritäten zu erkennen. Was dann kam, wissen Sie ja ...«

Gaspard wollte eine Frage stellen, doch Madeline ließ ihm nicht die Zeit dazu.

»So, und jetzt laden Sie mich zu einem Dessert ein. Ich habe da eine Tarte aux pommes gesehen, die scheint ›tödlich‹ zu sein, wie man hier sagt.«

3.

Gaspard kehrte zurück in die laute, aber gemütliche Gaststube des *Grand Café*. Ehe Madeline ihm folgte, warf sie ihre Kippe weg und trat sie mit der Stiefelspitze aus. Das Handy vibrierte in der Tasche ihrer Jacke. Da sie in den letzten zwei Stunden schon mehrere Anrufe ignoriert hatte, warf sie nun einen Blick auf das Display. Sie hatte eine SMS ihrer spanischen Klinik bekommen:

Guten Abend, Madeline,
die Follikelwerte sind perfekt! Sie müssen jetzt in die Klinik kommen. Wir erwarten Sie morgen in Madrid.
Schönen Abend
Sofia

Die Krankenschwester hatte ein gescanntes Rezept für Antibiotika und ein Hormon zur Beschleunigung des Eisprungs angehängt.

Madeline brauchte eine Weile, um zu begreifen, was das bedeutete.

Sie ging zu Gaspard und teilte ihm nach kurzem Zögern die Neuigkeit mit.

»Das freut mich für Sie.«

»Entschuldigen Sie, aber ich muss mein Flugticket reservieren«, erklärte sie und zog ihre Kreditkarte aus der Tasche, um sich dann auf ihrem Smartphone auf die Homepage von Air France einzuloggen.

»Natürlich.«

Er verzog das Gesicht und schüttelte seine rechte Hand. Der Schmerz der Schnittwunden war wieder erwacht und allmählich nicht mehr auszuhalten. Er griff nach den Schmerztabletten und schluckte drei auf einmal. Vorsichtshalber warf er dann einen Blick auf die Dosierungsanleitung auf der Schachtel.

»Was ist das denn?«, rief er plötzlich aufgeregt.

Madeline hob den Blick von ihrem Display, um zu sehen, was Gaspard in solche Aufregung versetzte: der Strichcode auf der Medikamentenschachtel.

Sie begriff sofort.

»Das Zebra ist ein QR-Code!«

Sie loggte sich umgehend in den App Store ihres Providers ein, um eine kostenlose Anwendung zur Entschlüsselung von Flashcodes herunterzuladen.

»Was genau ist ein QR?«, fragte Gaspard, dem die neuen Technologien nicht vertraut waren.

»Wie Sie sicher vermuten, ein aus schwarzen und weißen Rechtecken zusammengesetztes Bild, das, sobald man es scannt, auf eine Nachricht, eine Internetseite oder GPS-Koordinaten verweist.«

Gaspard nickte. Lorenz war also auf die Idee gekommen, einen QR-Code in der Zebra-Darstellung des Mosaiks zu verstecken. Wirklich nicht dumm!

»Ich weiß, dass Sie auf dem Mond leben«, neckte Madeline ihn, »aber das ist heute ganz üblich. Man findet sie überall – auf Verpackungen, in Museen, auf Fahrkarten ...«

Sobald sie die Anwendung heruntergeladen hatte, öffnete sie sie und ging zu dem Mosaik. Mit dem Fotoapparat ihres Handys scannte sie das Zebra ein. Und sofort zeigte ihr Display eine Nachricht an.

We are all in the gutter but some of us are looking in the stars.

»Wir liegen alle in derselben Gosse, aber einige von uns schauen zu den Sternen hinauf.« Der berühmte Satz von Oscar Wilde enttäuschte sie ein wenig. Sie hatten beide etwas Klareres erwartet – eine GPS-Angabe, ein Video ...

»Das bringt uns auch nicht wirklich weiter«, brummte Gaspard.

Madeline schwieg. Man musste diese Botschaft im Kontext sehen. Sie war, ebenso wie das Apollinaire-Zitat *Es ist höchste Zeit, die Sterne wieder zu entzünden*, offensichtlich an Bernard Benedick gerichtet. Der Zusammenhang zwischen beiden waren eindeutig die Sterne.

»Ein Stern ist als Symbol nun wirklich sehr vage«, warf Gaspard ein. »Er kommt in den meisten Religionen und esoterischen Glaubensrichtungen vor. Er kann für die verschiedensten Dinge stehen – die kosmische Ordnung, das himmlische Licht, einen Leitpunkt, um sich nicht zu verirren ...«

Madeline nickte. Um weitere Informationen zu bekommen, rief sie Benedick an. Obwohl es schon spät war, hob der Galerist nach dem zweiten Klingelton ab. Ohne weiter auf ihre Entdeckung einzugehen, fragte sie ihn, ob die Sterne eine spezielle Bedeutung für Sean gehabt hätten.

»Nicht, dass ich wüsste, Warum? Haben Sie etwas herausgefunden?«

»Hat Lorenz Sterne gemalt?«

»Ich glaube nicht, zumindest nicht in den letzten zehn Jahren. Der ›Stern‹ wäre für ihn ein zu signifikantes Symbol gewesen.«

»Danke.«

Um weiteren Fragen zuvorzukommen, legte sie eilig auf. Die Euphorie war verflogen. Für eine Weile schwiegen Gaspard und sie, in ihre Gedanken vertieft. Bis plötzlich Madelines Handy auf dem Tisch vibrierte. Es war erneut Benedick. Nach kurzem Zögern hob sie ab und schaltete den Lautsprecher ein.

»Mir ist da noch etwas eingefallen«, sagte der Galerist. »Vielleicht hat es nichts damit zu tun, aber die Schule, die Seans Sohn Julian in Montparnasse besuchte, hieß École des Étoiles.«

Gaspard reagierte sofort. Er schob seinen Stuhl zurück und gestikulierte mit seinen verbundenen Händen, um Madeline zu bedeuten, sie solle das Gespräch beenden. Dann erzählte er ihr von den beiden Fotos im Haus, die Lorenz zeigten, während er mit Kindern malte. Und auch Pauline hatte bestätigt, dass Lorenz sogar nach Julians Tod weiterhin Malkurse in der Schule seines Sohnes gegeben hatte.

Madeline, ihr Smartphone noch in der Hand, rief Google-Map auf. Die École des Étoiles war eine Privatschule mit fortschrittlichen Unterrichtsmethoden, die Kinder bereits im Alter von zweieinhalb Jahren aufnahm. Eine alternative Einrichtung im Stil von Montessori und Freinet, wie man sie jetzt immer häufiger in Frankreich fand.

Madeline betrachtete den Stadtplan, das Gebäude war nicht weit entfernt. Es war ja logisch, dass die Lorenz' ihren Sprössling in einer nahe gelegenen Vorschule angemeldet hatten.

»Wir gehen hin«, rief sie, griff nach ihrer Lederjacke und legte einige Geldscheine auf den Tisch.

Als Gaspard das Restaurant im Schlepptau der jungen Frau verließ, wäre er beinahe mit Louis de Funes zusammengestoßen, der ihnen gerade die Tarte aux pommes bringen wollte.

9. Ein Mittel, den Tod zu besiegen

Kunst dient mir lediglich als Mittel,
den Tod zu besiegen.

Hans Hartung

1.

Es regnete.

Der Schauer war anhaltend und kräftig. Gefolgt von Gaspard, lief Madeline durch die Nacht. Sie war enthusiastisch und hatte den Eindruck, endlich einer vielversprechenden Spur zu folgen. Die École des Étoiles war wirklich nur wenige Schritte entfernt. Sie erreichten den Boulevard am Rand des Friedhofs Montparnasse. Einige Obdachlose unter ihren improvisierten Zelten ausgenommen, war der Ort wie ausgestorben. Vor dem Schuleingang waren Barrieren aufgebaut, damit dort keine Autos parken konnten, doch ansonsten gab es keine speziellen Vorkehrungen gegen terroristische Anschläge. Man betrat den Komplex durch ein Tor in der drei Meter hohen Betonmauer.

»Halten Sie mir die Räuberleiter, Coutances.«

»Und womit? Ich habe keine Hände mehr«, klagte er und zeigte seine Verbände.

»Dann bücken Sie sich.«

Folgsam hockte er sich auf den Bürgersteig.

Einen Fuß auf Gaspards Oberschenkel, den anderen auf seiner Schulter, zog sich Madeline geschmeidig in die Höhe, fand Halt an der Mauer und schwang sich auf die andere Seite.

»Alles in Ordnung? Haben Sie sich verletzt?«

Madeline antwortete nicht. Beunruhigt wartete Gaspard gut fünf Minuten, bis sich das Tor endlich quietschend öffnete.

»Kommen Sie schnell«, flüsterte Madeline.

»Wo, zum Teufel, haben Sie gesteckt?«

»Hören Sie auf zu meckern. Selbst von innen kann man das Tor nicht ohne Schlüssel öffnen. Aber keine Sorge, ich habe ihn rasch gefunden.«

»Wo war er versteckt?«

»Auf dem Elektroschaltbrett im Mülltonnenhäuschen.«

Er versuchte, das Tor so leise wie möglich hinter sich zu schließen, doch das metallische Geräusch der einschnappenden Klinke hallte durch die Nacht. Der Schulkomplex lag im Dunkeln. Dennoch konnte man einen gepflasterten Hof erkennen, um den mehrere Gebäude gruppiert waren. Madeline schaltete die Taschenlampe ihres Handys ein und nahm, gefolgt von Gaspard, jedes der kleinen Häuser in Augenschein. Zu dem ursprünglichen Haus – der heute, den Schildern zufolge, die Verwaltungs- und Informatikräume beherbergte – waren Klassenzimmer hinzugekommen, untergebracht in modernen Fertigbauten mit farbigen Metallstrukturen.

Sie liefen über den überdachten Pausenhof, an der Kantine vorbei und gelangten über eine kleine Außentreppe zu den Schulräumen im ersten Stock.

2.

Madeline fühlte sich wohl in solchen Situationen, reagierte scharfsinnig, schnell und traf instinktiv die richtigen Entscheidungen. Die zehn Jahre, die sie im Polizeidienst gearbeitet hatte, hatten Reflexe erzeugt, die schnell wieder erwachten.

Am Ende eines Außengangs standen sie vor einer Tür, hinter der die Klassenzimmer lagen. Ohne zu zögern, umwickelte sie ihren Ellenbogen mit dem Ärmel ihres Blousons und schlug die erstbeste Scheibe ein. Vermutlich gab es eine billige Alarmanlage, die jedoch sicher nur das Erdgeschoss schützte, in dem sich die Computer und andere, für eventuelle Einbrecher interessanten Dinge befanden.

Überrascht und erschrocken wich Gaspard einen Schritt zurück.

»Glauben Sie wirklich, dass . . .«

»Halten Sie den Mund, Coutances«, befahl Madeline und streckte den Arm durch die zersplitterte Scheibe, um die Tür von innen zu öffnen. Sie leuchtete den Raum mit dem Strahl ihrer Lampe aus und trat ein. Trotz des fortschrittlichen Rufs der Schule war das Klassenzimmer klassisch mit Holzbänken eingerichtet, an den Wänden eine Karte von Frankreich und ein historischer Abriss zum Thema »Unsere Vorfahren, die Gallier«.

Am Ende des Raums führte eine Tür auf einen Flur, von dem die anderen Klassenräume abgingen. Im letzten, etwas größeren Zimmer waren die Vorschulkinder untergebracht, wahrscheinlich früher auch der kleine Julian.

Der Schein der Taschenlampe bahnte sich einen Weg durch die Dunkelheit und fiel schließlich auf den Lichtschalter. Entgegen allen Vorsichtsmaßregeln schaltete Madeline das Licht ein.

»Wie leichtsinnig!«, rief Gaspard, der ihr gefolgt war.

Doch Madeline deutete auf drei Bilder, die an der Wand hingen. Auf den ersten Blick handelte es sich um banale Kinderwerke – Strichmännchen, Burgen ohne jede Perspektive und mitten in dem von kräftigen Farben strotzenden Dekor unproportionierte Prinzen und Prinzessinnen. Madeline erkannte die Schattenfugenrahmen aus hellem Holz, von denen Fayol gesprochen hatte. Sie tauschte einen Blick mit Gaspard, beide hatten begriffen, dass sie hier finden würden, was sie suchten. Madeline dachte sofort an die Pentimenti, also die möglichen Bildkorrekturen durch einen Lehrer, die nur mit UV-Licht nachzuweisen waren. Sie erinnerte sich, gelesen zu haben, dass sich auf den Gemälden von Vincent van Gogh unter der Pigmentschicht andere Werke verbargen, die der niederländische Meister zu einem früheren Zeitpunkt gemalt hatte. Gaspar dachte an Courbets berühmtes Bild *Der Ursprung der Welt*, das, um die braven Bürger nicht zu schockieren, jahrzehntelang hinter einer Holzabdeckung mit einer Schneelandschaft verborgen gewesen war.

In dem Metallschreibtisch der Lehrerin fand er einen Cutter, mit dem er am Rande eines Bildes einen langen Schnitt machte. Er entdeckte eine Plastikfolie, die so dick war wie ein Wachstuch, unter der sich ein anderes Gemälde verbarg. Das *Richtige*.

Madeline folgte seinem Beispiel mit der Spitze einer Schere. Sie brauchten gut zehn Minuten, um die versteckten Werke zu enthüllen. Als sie fertig waren, traten sie zurück, hockten sich nebeneinander auf eine Schulbank und betrachteten den Gegenstand ihrer Suche.

3.

Die letzten drei Gemälde von Lorenz waren noch überwältigender, faszinierender und verwirrender und übertrafen Madelines und Gaspards kühnste Erwartungen.

Obwohl der Raum nur von einer gelblichen Glühbirne erhellt wurde, schien von ihnen ein eigenes Licht auszugehen.

Das erste Bild zeigte ein schwarzes Labyrinth auf anthrazitfarbenem Grund und erinnerte an bestimmte Werke von Soulages. Dem tiefen Schwarz zum Trotz, schien das Gemälde sozusagen zurückzutreten, um dem Licht Platz zu machen. Durch eine mysteriöse Alchemie spiegelte die dunkle Oberfläche das fahle Licht im Raum und verwandelte es in silberne Reflexe, in einen magischen, faszinierenden Schimmer.

Auf dem zweiten Bild wich das Schwarz beruhigenden Tönen – Bleiweiß mit rosa-grauen Reflexen, die zur Bildmitte hin immer intensiver und leuchtender wurden. Das Spiel des Lichtes schien einen Durchgang, eine Art Tunnel, einen glänzenden Strom zu schaffen, der sich durch einen Wald von weißen Schatten zog.

Das dritte Werk war das schönste und außergewöhnlichste – wirklich überraschend. Ein fast nacktes Gemälde, das sozusagen flüssig zu sein schien, als wäre es von Quecksilber überzogen. Eine verwirrende Komposition, quasi vollständig weiß, die alle Interpretationen zuließ. Gaspard sah darin die Strahlen einer großen Wintersonne, reflektiert von einer endlosen Schneelandschaft. Eine gereinigte, ewige Natur, befreit von der Geschwulst der Menschheit, in der Himmel und Erde grenzenlos waren.

Madeline hingegen dachte an eine große weiße Spirale, ein lichterfülltes Feld, das Schwindel erregte, den Betrachter verschlang, förmlich aufsog und in sein geheimstes Inneres vorzudringen schien.

Reglos hockten sie einige Minuten da wie zwei vom Scheinwerferlicht geblendete Kaninchen. Vor ihnen ein Lichtermeer von hypnotischer Faszination, das den Eindruck erweckte, alles zu verschlingen.

Das Heulen einer Polizeisirene auf der Straße riss sie aus ihrer Versunkenheit.

Gaspard sprang beunruhigt auf und schaltete das Licht aus. Dann trat er ans Fenster, um einen vorsichtigen Blick hinauszuwagen. Unten raste ein Polizeiwagen vorbei und verschwand auf dem Boulevard Raspail.

»Fehlalarm«, sagte er, als er sich zu Madeline umwandte.

Die junge Frau hatte sich nicht vom Fleck gerührt. Sie saß noch immer vor dem dritten Bild, das in der Dunkelheit leuchtete. Jetzt wussten sie, wozu Lorenz die phosphoreszierenden Pigmente gebraucht hatte, von denen Fayol gesprochen hatte. In der Dunkelheit bekam das Bild eine andere Dimension. Die monochrome weiße Fläche war im Grunde eine zarte Kalligrafiearbeit. Hunderte von leuchtenden Buchstaben zeichneten sich in der Finsternis ab. Madeline trat näher an das Bild heran. Als Gaspard zu ihr kam, begriff er, dass es sich um eine Nachricht handelte, die endlos wiederholt wurde.

JULIAN LEBT JULIAN LEBT JULIAN LEBT JULIAN
LEBT JULIAN LEBT JULIAN LEBT JULIAN LEBT
JULIAN LEBT JULIAN LEBT JULIAN LEBT JULIAN
LEBT JULIAN LEBT JULIAN LEBT JULIAN LEBT
JULIAN LEBT JULIAN LEBT JULIAN LEBT …

Der Ruf des Lichts

Donnerstag, 22. Dezember

10. Hinter dem Licht

Schwarz ist keine Farbe.

Georges Clemenceau

1.

Bin unterwegs und in 10 Minuten bei Ihnen.
Diane Raphaël

Vor der Basilika Sainte-Clotilde angekommen, las Madeline die SMS der Psychiaterin. Es war acht Uhr dreißig morgens. Die Luft war frischer und trockener als am Vortag. Da sie ihren in der Rue de Seine abgestellten Motorroller noch immer nicht abgeholt hatte, war sie hergelaufen. Der kleine Joggingausflug hatte ihr gutgetan und sie wach gemacht.

Sie war erst um drei Uhr eingeschlafen und gegen sechs wieder aufgestanden. Die letzten Stunden waren anstrengend gewesen. Zum einen körperlich, da sie die Bilder unauffällig von der Schule in ihr Haus schaffen mussten. Aber auch in emotionaler und intellektueller Hinsicht. Denn es gab eine Frage, auf die sie im Moment nicht die geringste Antwort hatten: Was hatte Sean Lorenz kurz vor seinem Tod zu der Annahme gebracht, sein Sohn würde noch leben?

Die Hände auf die Knie gestützt, rang Madeline nach Luft und musste an Gaspard denken. Seit sie die fluoreszierende Nachricht des Malers entdeckt hatten, war er völlig aus dem Häuschen. Obwohl er sich mit dem Internet nicht auskannte, hatte er einen Teil der Nacht damit zugebracht, die Websites großer amerikanischer Zeitungen und Zeitschriften zu durchforsten. Was er dort entdeckt hatte, hatte ihn aus der Fassung gebracht. In mehreren Artikeln, die in den Tagen nach dem Drama erschienen waren, hieß es tatsächlich, in der Lagerhalle, in der Pénélope gefangen gewesen war, sei Julians Leiche nicht gefunden worden.

Bei dem Versuch, Beatriz Muñoz' mörderische Wahnsinnstat zu rekonstruieren, waren die Ermittler zu dem Schluss gelangt, sie müsse die Leiche im Süden von Queens in die Mündung des Newton Creek River geworfen haben. Denn die Polizei hatte am Ufer das blutbefleckte Kuscheltier des Jungen gefunden. Man hatte zwar einige Taucher hingeschickt, aber diese Stelle war nur schwer zugänglich und die Strömung viel zu stark, als dass es Hoffnung gegeben hätte, einen so kleinen Körper zu finden.

Dennoch war die Version von Pénélope Lorenz, die stets behauptet hatte, ihr Sohn sei vor ihren Augen erstochen worden, nie infrage gestellt worden. Und objektiv gesehen, hatte auch Madeline keinen Grund, dies zu tun. Den Artikeln zufolge deutete alles darauf hin, dass Muñoz keine Komplizen gehabt hatte. Der Tod des Jungen stand fest. Man hatte sein Blut überall gefunden – in dem Lieferwagen, der zur Entführung gedient hatte, in der Lagerhalle in Queens und am Ufer des Newtown Creek River.

Madeline beschloss, die Psychiaterin auf der geheizten Terrasse eines Cafés zu erwarten, die auf die Gärten der Basilika hinausging. Sie hatte vor einer Stunde Diane Raphaël per SMS Fotos von Seans letzten drei Bildern geschickt und sie um dieses Treffen gebeten. Sie nahm unter einem Heizstrahler Platz und bestellte einen doppelten Espresso. Auf dem Display ihres Handys erinnerte eine Nachricht sie von Air France daran, für ihren Flug nach Madrid einzuchecken. Abflug Charles-de-Gaulle 11:30 Uhr, Ankunft in der spanischen Hauptstadt zwei Stunden später. Sie erledigte die Formalitäten online, trank ihren Kaffee und bestellte sofort einen zweiten, den sie schluckweise genoss und dabei an die Exkursion der vergangenen Nacht dachte.

Im Gegensatz zu Gaspard hatte sie nicht so sehr die Botschaft des Malers verwirrt – die sie irgendwie verrückt fand –, sondern der ganze Rest. Vor allem die quasi spirituelle Reise, die Sean Lorenz mit diesem Triptychon unternahm. Eine Reise, die sie sehr gut kannte, da sie sie selbst vor einigen Monaten gemacht hatte.

Als Madeline sich in der Badewanne die Pulsadern aufgeschnitten hatte, war sie in eine Art Trance versunken, ehe sie wirklich bewusstlos geworden war. Von den heißen Dampfschwaden eingehüllt, hatte sie viel Blut verloren und war in einen Sekundärzustand verfallen, in dem sie sich blind durch eine Nebellandschaft bewegte. Jetzt war sie sicher, dass Sean Lorenz genau diesen Zustand auf seinen letzten Bildern hatte darstellen wollen.

Zunächst das Schwarz. Der Schalter, der umgelegt wird, um die Verbindung zur Welt zu unterbrechen, und einen kurzfristig mit der eigenen Qual konfrontiert. Das Labyrinth der persönlichen Verzweiflung. Der Kerker, zu dem die eigene Existenz geworden ist.

Dann der lange, dunkle Tunnel, der in ein warmes, sanftes und diffuses Licht mündet. Die wunderbare Empfindung, in einer weichen, perlmuttfarbenen Masse, einem flaumigen *no-mans's-land* zu schweben. Sich von dem Zephir einer Sommernacht tragen zu lassen, geführt von Tausenden funkelnder Perlen.

Madeline hatte damals das verwirrende Gefühl empfunden, sich von ihrem Körper zu lösen und die Sanitäter zu sehen, die sich über sie beugten, um sie wiederzubeleben, ehe sie sie in den Ambulanzwagen trugen. Auf dem Weg zum Krankenhaus war sie eine Weile bei ihnen und bei Jul geblieben.

Dann hatte sie das Licht wiederentdeckt. Eine lodernde Spirale, die sie verschlang und in einen ungestümen opalartigen Strom warf, in dem sie ihr Leben in einem schwindelerregenden Panoramafilm vorüberziehen sah. Sie sah Gestalt und Gesicht ihres Vaters und ihrer Schwester Sarah vor sich und auch von Onkel

Andrew. Sie hätte gern angehalten, um ein paar Worte mit ihnen zu wechseln, doch das war nicht möglich. Ein warmer Strom trug sie davon, umhüllte sie zärtlich und war unglaublich stark. Um sie herum ein sanftes Murmeln, das an himmlische Gesänge erinnerte und einem jegliches Verlangen nach Umkehr nahm.

Dennoch hatte Madeline nicht das Ende des Tunnels erreicht, dabei war sie schon fast an dieser Grenze angelangt, die man nur in eine Richtung überschreiten kann. Doch irgendetwas hatte sie zurückgerufen. Die Intuition, dass die Geschichte ihres Lebens vielleicht doch noch einen Epilog verdiente.

Als sie damals die Augen öffnete, lag sie mit dicken Verbänden und umgeben von einem Gewirr von Schläuchen in einem Krankenzimmer.

Madeline wusste sehr wohl, dass ihre Erfahrung an sich nichts Besonderes war. Es gab unzählige Berichte, die dem ihren ähnelten. »Nahtoderfahrungen« wurden in zahlreichen Romanen und Filmen beschrieben. Doch sie selbst war verändert von dieser Reise zurückgekehrt. Sie glaubte zwar immer noch nicht an ein Leben nach dem Tod, doch sie hatte den Wunsch, die Zeit, die ihr blieb, zu genießen. Sich von allem Unwichtigen zu befreien. Ihrem Leben einen Sinn zu geben. Ein Kind zu bekommen.

Die Nahtoderfahrung war noch fest in ihrer Erinnerung verhaftet. So als hätte sie sie gerade erst durchlebt. Nichts davon war verblasst. Ganz im Gegenteil, die Empfindungen waren noch intensiver, die Bilder präziser.

Die Abgeklärtheit der Reise, der Sog des Lichts. Und Lorenz war es gelungen, dieses Licht mit all seinen Nuancen und all seiner Intensität zu malen. Dieses verdammte Licht, das unerklärlicherweise strahlte wie die täuschende Sonne einer wunderbaren Liebe.

»Sind Sie Madeline Greene?«

Die Frage riss sie aus ihren Gedanken. Eine Frau stand vor ihr und lächelte sie an. Sie trug eine beigefarbene Perfecto-Lederjacke und eine honigfarbene Sonnenbrille.

»Ich bin Diane Raphaël«, erklärte sie und reichte Madeline die Hand.

2.

Diesmal musste Coutances nicht lange insistieren, damit Pénélope ihn empfing, als er mit einem schweren Bild unter dem Arm bereits am frühen Morgen vorstellig wurde. Sobald er sich über die Sprechanlage gemeldet hatte, öffnete Lorenz' Ex-Frau ihm, ohne auch nur zu fragen, was er wollte.

Keuchend verließ Gaspard den Aufzug. Diesmal gehörte Philippe Careya nicht zum Empfangskomitee, wahrscheinlich schlief er noch. Die Tür war nicht verschlossen. Gaspard betrat die Eingangshalle und schob dabei den in eine Decke verpackten Nussbaumrahmen vor sich her.

Pénélope erwartete ihn auf einer Couch im Salon.

Das bläuliche, gedämpfte Licht schmeichelte ihr und hatte den Vorteil, dass das allzu üppige Dekor im Halbdunkel verborgen blieb.

»Versprochen ist versprochen«, erklärte Gaspard und stellte das Bild auf die Wolldecke, die auf dem Ledersofa lag.

»Möchten Sie einen Kaffee?«, fragte Pénélope mit einer einladenden Geste auf die Ottomane.

Mit ihrer ausgewaschenen grauen Jeans und dem hellgrauen T-Shirt war Pénélope im perfekten 1990er-Jahre-Stil gekleidet. Jetzt, da er sie zum zweiten Mal sah, kam sie ihm weniger verunstaltet vor. Ihr von den schönheitschirurgischen Eingriffen entstelltes Gesicht schien nicht mehr so starr wie bei seinem letzten Besuch. Ihre aufgespritzten Lippen erweckten nicht mehr den Eindruck, jeden Moment zu platzen.

Der Mensch gewöhnt sich an alles, dachte er und griff nach der Espressokanne, die auf dem Tisch stand.

»Sie haben also gefunden, was Sie suchten«, stellte sie fest und deutete auf das Bild.

Ihre Stimme hingegen hatte sich nicht verändert, sie klang noch immer ebenso dumpf, belegt und heiser.

»Wir haben die Bilder ausfindig gemacht, und eines sollten Sie unbedingt sehen.«

Sie seufzte.

»Ich hoffe, kein Porträt von Julian?«

»Nicht wirklich.«

»Das würde ich nicht ertragen.«

Gaspard erhob sich und nahm ohne übertriebene

Gesten einfach nur die Decke von dem Bild ab, um Pénélope das letzte Werk ihres Ex-Mannes zu zeigen.

In der Nähe der beiden Fenster sah man es in seiner ganzen Pracht. Gaspard hatte sogar den Eindruck, es neu zu entdecken. Das betörende, faszinierende Licht schien aus dem Gemälde zu treten und davor zu tanzen.

»Es ist das Privileg der Künstler, durch ihr Werk weiterzuleben«, stellte Pénélope fest.

Langsam zog Gaspard die Vorhänge zu, um den Raum in Dämmerlicht zu tauchen.

»Aber was tun Sie denn da?«, fragte Pénélope beunruhigt.

Dann entdeckte sie die fluoreszierenden Buchstaben und die geheimnisvolle Botschaft: JULIAN LEBT.

»Das reicht! Machen Sie die Vorhänge auf«, befahl sie.

Ihr Gesicht war rot angelaufen, wodurch die zu hohen Augenbrauen, die zu schmale Nase und die Hamsterbacken betont wurden.

»Warum war Sean davon überzeugt, dass Ihr Sohn lebt?«, fragte Gaspard unerbittlich.

»Ich habe keine Ahnung«, rief Pénélope, die aufgesprungen war und dem Bild den Rücken zuwandte.

Es dauerte eine Minute, bis sie sich gefasst hatte und sich wieder umdrehte.

»Als Sie mich gestern gefragt haben, habe ich behauptet, mich nicht zu erinnern, was Sean gesagt hat, als er mich kurz vor seinem Tod aus New York anrief.«

»Warum?«

»Weil ich diese Worte nicht aussprechen wollte, aber ...«

»Ja?«

»Genau das hat er gesagt; ›Unser Sohn lebt, Pénélope.‹«

»Und wie haben Sie reagiert?«

»Ich habe ihn beschimpft und aufgelegt. Man spielt nicht mit dem Tod von Kindern!«

»Haben Sie nicht versucht herauszufinden, was ...«

»Was herausfinden? Ich habe gesehen, wie das Messer zugestochen hat. Ich habe gesehen, wie er von diesem Teufel in Menschengestalt massakriert wurde, verstehen Sie? Ich habe es GESEHEN. ICH HABE ES GESEHEN!«

Gaspard las in ihren Augen, dass sie die Wahrheit sagte.

Pénélope schluchzte auf, wollte aber keine Schwäche zeigen. Schnell schluckte sie ihre Tränen hinunter und fügte hinzu:

»Für Sean und mich gab es keinen Ausweg. Er warf mir ständig vor, schuld an Julians Tod zu sein.«

»Weil Sie am Tag der Entführung die Unwahrheit über Ihr Ziel gesagt hatten?«

Sie nickte.

»Vielleicht wäre die Polizei rechtzeitig vor Ort gewesen, wenn sie die Suche in diesem Viertel begonnen hätte. Das zumindest glaubte Sean, und ich habe lange unter dieser Schuld gelitten. Aber wenn ich in dieser

Logik weiterdenke, dann ist es eigentlich auch Seans Schuld.«

Gaspard begriff, dass Pénélope ein Szenario darstellte, das sie in den letzten zwei Jahren sicher schon hundertmal durchgespielt hatte.

»Hätte er Muñoz nicht dazu angestiftet, ihn bei seinen Einbrüchen zu begleiten, hätte sie nicht ihre kriminelle Neigung kultiviert.«

»Und das hat er nicht zugegeben?«

»Nein, weil er behauptete, es *für mich* getan zu haben. Damit er das Geld zusammenbekam, um mir nach Paris zu folgen. Ich sage Ihnen ja, es gab keinen Ausweg. Alles war meine Schuld.«

Plötzlich überkam auch Gaspard eine seltsame Traurigkeit.

Er erhob sich und verabschiedete sich von Pénélope.

»Ich habe sofort gespürt, dass Sie ehrlich sind, Monsieur Coutances.«

»Warum sagen Sie das?«

»Weil Sie sich nicht hinter einer Maske verstecken.« Dann fügte sie unvermittelt hinzu: »Im Leben gibt es die guten Menschen und die anderen. Und die Grenze zwischen beiden ist nicht immer eindeutig zu erkennen. Und Sie gehören zu den Guten. Wie Sean.«

Gaspard, der die Hand schon auf der Türklinke hatte, drehte sich um und nutzte die Gelegenheit.

»Ich weiß, wie furchtbar es für sie ist, darüber zu sprechen, aber ich möchte gern wissen, was sich *wirklich* an dem Tag zugetragen hat, als Julian entführt wurde.«

Sie seufzte genervt.

»Das ist doch in Dutzenden von Zeitungsartikeln berichtet worden.«

»Ich weiß, aber ich möchte es von Ihnen hören.«

3.

Diane Raphaëls Büro war ein großer, länglicher Raum, der auf beiden Seiten des Hauses einen außergewöhnlichen Blick über Paris bot. Auf der einen Seite sah man die Basilika Sainte-Clotilde, auf der anderen auf die Kirche Saint-Sulpice, die Kuppel des Panthéons und Montmartre.

»Ich fühle mich hier wie im Mastkorb eines Piratenschiffs – man kann so weit blicken, dass man die Gewitter, Stürme und Tiefdruckgebiete kommen sieht. Das ist praktisch für einen Psychiater.«

Sie lächelte über ihre Metapher, so als hätte sie sie gerade erfunden. Wie bei ihrem Besuch bei Fayol sagte sich Madeline, dass sie ihr Gegenüber völlig falsch eingeschätzt hatte. Sie hatte sich Diane Raphaël wie eine alte Lehrerin vorgestellt mit grauem Haarknoten und Brille. In Wirklichkeit hatte sie eine relativ kleine Frau mit schelmischem Blick und kurzem, rebellischem Haar vor sich. In ihrer rotbraunen Lederjacke, den engen Jeans und ihren Adidas-Turnschuhen vermittelte sie eher den Eindruck, als hielte sie sich noch für eine Studentin.

An der Tür stand ein metallicfarbener Rollkoffer.

»Fahren Sie in den Urlaub?«, fragte Madeline.

»Ja, nach New York«, antwortete die Psychiaterin. »Ich verbringe dort die Hälfte meiner Zeit.«

Sie deutete auf verschiedene Plakate und Fotos an den Wänden, die ein luftiges, zwischen Wald und Ozean gelegenes Gebäude zeigten.

»Das ist das *Lorenz Children Center*, eine medizinische Einrichtung für Kinder, die ich dank Seans Hilfe gründen konnte. Sie befindet sich in Larchmont, Westchester County, im Norden New Yorks.«

»Hat Lorenz das Krankenhaus direkt finanziert?«

»Direkt und indirekt!«, erklärte Diane. »Die Mittel stammen zum Teil aus der Versteigerung zweier großer Gemälde, die ich ihm 1993 für einen Apfel und ein Ei abgekauft und weiterverkauft habe, als die Preise für seine Kunst in die Höhe schnellten. Als Sean von meinem Projekt erfuhr, gab er mir drei weitere Bilder, die ich versteigern sollte. Er war sehr stolz darauf, dass seine Malerei einen konkreten Nutzen hatte, nämlich den, bedürftige Kinder zu betreuen.«

Während die Psychiaterin an ihrem Schreibtisch Platz nahm, speicherte Madeline die Information in einem Winkel ihres Gehirns ab.

Diane wechselte das Thema. »Sie haben also die drei letzten Bilder von Sean gefunden. Herzlichen Glückwunsch. Und danke für die Fotos. Diese Gemälde sind absolut fantastisch. Die Quintessenz von Lorenz«, versicherte sie und forderte Madeline mit einer Handbewegung auf, auf dem Wassily-Stuhl Platz zu nehmen.

Der ganze Raum war im Bauhausstil eingerichtet – Stühle aus gebogenem Stahlrohr, Würfel- und Barcelona-Sessel, Couchtisch aus Stahlrohr und Resopal.

»Wissen Sie, was die Bilder repräsentieren«, fragte Madeline.

»Seans Malerei repräsentiert nicht, sie ...«

»... sie präsentiert, ich weiß, das hat man mir schon erklärt. Aber außerdem?«

Zunächst leicht verärgert, dann belustigt, kapitulierte die Psychiaterin: »Mit diesen Bildern wollte Sean seine beiden Nahtoderfahrungen umsetzen.«

»Sie wussten also Bescheid?«

»Nicht, was die Bilder angeht, aber es wundert mich nicht. Sean war über zwanzig Jahre mein Patient! Wie ich bereits Monsieur Coutances erklärt habe, erlitt Sean im Jahr 2015 im Abstand von einem Monat zwei schwere Herzattacken. Zwei Infarkte, nach denen er eine Weile im Koma lag, bis man ihn reanimieren konnte. Zu dem zweiten Herzinfarkt kam noch ein septischer Schock ...«

»Eine Blutvergiftung?«

»Ja, eine schlimme bakterielle Infektion, an der er beinah gestorben wäre. Er war sogar schon klinisch tot, hat dann aber wundersamerweise doch überlebt.«

»Und nach diesen beiden Zwischenfällen begann er, das zu malen, was er erlebt hat?«

»Ich denke schon. Diese beiden Erfahrungen haben ihn sehr fasziniert. Der Übergang vom Dunkel zum Licht hat ihn stark beeindruckt. Für ihn war es eine Art

Wiedergeburt. Darum hatte er den Wunsch, diesem Gefühl durch seine Malerei Ausdruck zu verleihen.«

»Hat Sie das überrascht?«

Sie zuckte mit den Schultern.

»Ich habe fünfzehn Jahre Krankenhauserfahrung hinter mir. Wiederbelebte Patienten, die nach einem Koma von einem Tunnel und Licht berichten, sind keine Seltenheit, wissen Sie. Nahtoderfahrungen sind ein Phänomen, das bereits seit der Antike bekannt ist.«

»Hat Sean körperliche Schäden von seinen Operationen zurückbehalten?«

»Zwangsläufig. Sein Gedächtnis war beeinträchtigt, er wurde sehr schnell müde und hatte manchmal Probleme, seine Bewegungen zu koordinieren …«

Diane unterbrach sich mitten im Satz, und ihr intelligenter Blick wanderte zu Madeline.

»Sie haben mir nicht alles erzählt, stimmt's?«

Madeline wartete, dass die Psychiaterin fortfuhr.

»Wenn Ihnen so viel an diesem Treffen mit mir lag, dann sicher, weil Sie noch etwas anderes gefunden haben … vielleicht ein weiteres Bild?«

Madeline zog ihr Handy aus der Tasche und zeigte Diane ein Foto von dem letzten Gemälde, auf dem in der Dunkelheit die Leuchtbuchstaben zu sehen waren, die behaupteten: JULIAN LEBT.

»Das ist es also …«

»Es scheint Sie nicht weiter zu verwundern.«

Diane stützte die Ellenbogen auf ihre Schreibtischplatte und faltete die Hände, als wolle sie beten.

»Wissen Sie, warum diese Reisen an die Grenze des Todes Sean so sehr erschüttert haben? Zunächst, weil er in besagtem Lichttunnel alle Verstorbenen gesehen hat, die in seinem Leben eine wichtige Rolle gespielt haben: seine Mutter, die Freunde aus Harlem, die in den 1990er-Jahren an einer Überdosis oder bei gewaltsamen Gang-Auseinandersetzungen gestorben sind. Er hat sogar Beatriz Muñoz wahrgenommen.«

»Das ist charakteristisch für Nahtoderfahrungen«, bemerkte Madeline. »Man sieht sein ganzes Leben an sich vorbeiziehen und all jene, die einem etwas bedeutet haben.«

»Man könnte meinen, Sie hätten einschlägige Erfahrungen.«

»Lassen Sie uns bei Lorenz bleiben. Ich bin nicht Ihre Patientin.«

Die Psychiaterin insistierte nicht weiter.

»Aber eine Person hat Sean in dem Tunnel nicht gesehen …«, erklärte sie.

Madeline begriff und hatte den Eindruck, das Blut würde ihr in den Adern gefrieren.

»Seinen Sohn.«

Diane nickte.

»Das war tatsächlich der Auslöser für alles. Sean begann eine verrückte Theorie aufzustellen. Er glaubte, wenn er Julian dort nicht gesehen habe, müsste sein Sohn noch am Leben sein.«

»Aber Sie sind nicht dieser Ansicht?«

»Ich glaube an rationale Erklärungen für dieses

Phänomen. Die verringerte Sauerstoffversorgung des Gehirns trübt den visuellen Cortex, und die Medikamente wirken bewusstseinsverändernd. Bei Sean war das ganz eindeutig: Um seine Sepsis zu behandeln, hatte man ihm hohe Dosen Dopamin gespritzt, das Halluzinationen auslösen kann.«

»Haben Sie versucht, ihn zur Vernunft zu bringen?« Sie machte eine Geste der Hilflosigkeit.

»Es gibt keinen schlimmeren Tauben als den, der nicht hören will. Sean *wollte* glauben, dass sein Sohn noch immer am Leben war. Wenn einem jemand nicht zuhören will, ist man machtlos.«

»Und welchen Schluss hat er daraus gezogen?«

»Ich glaube, er wollte die Ermittlungen über Julians Entführung wieder aufrollen, doch sein Tod hat ihn daran gehindert.«

»Aber nach Ihrer Auffassung gibt es keine Chance, dass das Kind noch am Leben ist?«

»Nein, Julian ist tot, leider. Ich trage Pénélope zwar nicht gerade in meinem Herzen, aber es gibt keinen Grund, an ihrer Aussage zu zweifeln. Der Rest ist das Delirium eines Mannes, der mein Freund war, der aber vom Schmerz gebeutelt und von Medikamenten benommen war.«

4.

»Der Flug AF118 nach Madrid ist an Gate 14 zum Einstei-
gen bereit. Zuerst bitten wir die Passagiere mit Kleinkindern
und der Sitzreihen 20 bis 34, zum Boarding zu kommen.«

Madeline überprüfte auf der Bordkarte, die sie an
einem Air-France-Automaten ausgedruckt hatte, ihre
Sitznummer. Es waren nur noch zwei Tage bis Weih-
nachten, zahlreiche Flüge hatten Verspätung, und am
Terminal E des Flughafens Charles-de-Gaulle herrschte
Chaos.

»Danke, dass Sie mich begleitet haben, Gaspard. Ich
weiß, dass Sie Flughäfen nicht mögen ...«

Er ignorierte den kleinen Seitenhieb.

»Sie fahren also einfach so weg?«

Sie sah ihn an, ohne zu begreifen, worauf er hinauswollte.

»Was sollte ich sonst tun?«

»Sie halten unsere Aufgabe für beendet, weil wir die
Bilder gefunden haben?«

»Ja.«

»Und die weiteren Ermittlungen?«

»Welche Ermittlungen?«

»Die über Julians Tod.«

Sie schüttelte den Kopf.

»Wir sind keine Polizisten, Coutances, weder Sie
noch ich. Und die Ermittlungen sind seit Langem abgeschlossen.«

Sie wollte Richtung Sicherheitskontrolle gehen, doch er verstellte ihr den Weg.

»Reden Sie nicht mit mir, als wäre ich blöd!«

»Was soll das?«

»Es sind noch längst nicht alle Unklarheiten beseitigt.«

»Woran denken Sie?«

»Nur an eine unbedeutende Kleinigkeit«, erwiderte er mit ironischem Unterton. »Man hat die Leiche des Kindes nie gefunden.«

»Das ist normal. Sie wurde im East River weggespült. Jetzt mal ehrlich, haben Sie den geringsten Zweifel an seinem Tod?«

Da er nicht antwortete, beharrte sie: »Glauben Sie, Pénélope Lorenz hat Sie belogen?«

»Nein«, gab er zu.

»Dann hören Sie auf, sich den Kopf zu zerbrechen. Der Junge ist vor zwei Jahren gestorben. Das ist ein Drama, aber es betrifft uns nicht. Widmen Sie sich wieder Ihren Theaterstücken, das ist das Beste, was Sie tun können.«

Ohne ihr zu antworten, begleitete er sie zur Sicherheitskontrolle. Madeline nahm ihren Gürtel ab und legte ihn in einen der Kästen, dann folgten das Handy und die Lederjacke.

»Auf Wiedersehen, Gaspard. Sie haben das Haus jetzt für sich allein. Ich störe Sie nicht mehr, und Sie können in Ruhe schreiben.«

Er dachte an das griechische Konzept des *Kairos*: Der

entscheidende, günstige Zeitpunkt für eine Entscheidung, und die Kunst, ihn zu nutzen. Die Fähigkeit, eine Chance beim Schopf zu packen und so das Leben in die eine oder andere Richtung zu lenken. Eine Übung, die er niemals richtig beherrscht hatte. Und auch jetzt suchte Gaspard nach einem Argument, um Madeline umzustimmen, doch dann gab er auf. Mit welchem Recht und warum? Sie hatte ihr eigenes Leben, ein Projekt, das ihr am Herzen lag und für das sie gekämpft hatte. Er warf sich sogar vor, so eine Vorstellung überhaupt in Betracht gezogen zu haben, und wünschte ihr viel Glück.

»Alles Gute, Madeline. Halten Sie mich auf dem Laufenden?«

»Wie sollte ich, Gaspard? Sie haben ja kein Telefon.«

Er dachte, dass die Menschen jahrhundertelang ohne Telefon kommuniziert hatten, verkniff sich jedoch diese Bemerkung.

»Dann geben Sie mir Ihre Nummer, ich rufe Sie an.«

Er sah ihr an, dass ihr daran nicht wirklich gelegen war, doch schließlich gab sie nach, und er streckte ihr die verbundene Hand entgegen, damit sie die Nummer draufschreiben konnte.

Dann passierte sie die Sicherheitsschleuse, winkte ihm ein letztes Mal zu und verschwand, ohne sich noch einmal umzudrehen. Er folgte ihr mit dem Blick. Es war merkwürdig, sich so von ihr zu trennen. Merkwürdig, sich zu sagen, dass nun alles vorbei war und er sie nie wiedersehen würde. Sie hatten zwar nur zwei Tage miteinander verbracht, doch er hatte das Gefühl, sie schon viel länger zu kennen.

Als sie außer Sichtweite war, blieb er eine Weile reglos und wie benommen stehen. Was sollte er jetzt tun? Die Versuchung, die Gelegenheit zu nutzen, um am Air-France-Schalter ein Ticket nach Athen zu kaufen, war groß. Kurz spielte er mit dem Gedanken, der Pariser Hölle, dieser Zivilisation, die er verabscheute und die ihn nicht wollte, zu entfliehen. Wenn er jetzt in ein Flugzeug steigen würde, wäre er am Abend auf seiner griechischen Insel. Und er könnte ein Leben weitab von allem führen, was ihn störte – Frauen, Männer, Technologie, Umweltverschmutzung, Gefühle, Hoffnungen. Er zögerte lange, entschied sich dann aber anders. Er wusste nicht genau, was es war, doch irgendetwas hielt ihn in Paris zurück.

Er verließ den Terminal und reihte sich in die Schlange vor dem Taxistand ein. Die Wartezeit war kürzer, als er befürchtet hatte. Er bat den Fahrer, ihn ins 6. Arrondissement zu bringen. Dann hörte er sich etwas sagen, was er niemals für möglich gehalten hätte: »Können Sie mich bitte vor einem Telefongeschäft absetzen? Ich muss ein Handy kaufen.«

Den Rest der Fahrt hing er seinen Gedanken nach und ließ schweren Herzens noch einmal die Geschichte Revue passieren, die Pénélope Lorenz ihm erzählt hatte.

Eine Geschichte voller Leichen, Tränen und Blut.

Pénélope

1.

»Julian! Julian, beeil dich bitte!«

Manhattan, Upper West Side, 12. Dezember 2014, zehn Uhr morgens.

Ich heiße Pénélope Lorenz, geborene Kurkowski. Wenn Sie eine Frau sind, haben Sie mich sicher vor einigen Jahren schon mal auf der Titelseite der *Vogue*, der *Elle* oder von *Harper's Bazaar* gesehen. Und Sie haben mich sicher verabscheut, weil ich größer, schlanker und jünger war als Sie. Weil ich mehr Klasse, mehr Geld und mehr Stil hatte. Wenn Sie ein Mann sind, haben Sie sich vielleicht auf der Straße nach mir umgedreht. Und welche Erziehung Sie auch genossen haben mögen oder welche Hochachtung Sie theoretisch Frauen entgegenbringen – insgeheim haben Sie sich mit Ihrer Dreckskerl-Mentalität etwas in der Art gedacht wie *Wow, ist die hübsch* oder *Verdammt, die würde ich gern mal flachlegen.*

»Julian, los!«

Das Taxi setzt uns an der Ecke Central Park West und 71st Street ab. Es sind nicht einmal zweihundert Meter bis zu dem Hotel, in dem mich Philippe erwartet, aber mein trotziger Sohn trödelt herum.

Ich drehe mich um. In seinem kurzen Mäntelchen sitzt Julian auf der Steintreppe eines der schönen Brownstone-Häuser, die die Straße säumen. Verträumt sieht er den weißen Atemwölkchen nach, die sich in der kalten Luft bilden, sobald er den Mund öffnet. Er presst seinen alten stinkenden Plüschhund an sich, der fast auseinanderfällt, und sein glückseliges Lächeln enthüllt seine Milchzähne.

»Es reicht jetzt!«

Ich kehre um und fasse ihn bei der Hand, um ihn hochzuziehen. Sobald ich ihn berühre, bricht er in Tränen aus. Immer das gleiche Theater, das gleiche Gejammer.

»Nun hör schon auf!«

Dieser Junge macht mich verrückt! Alle finden ihn bezaubernd und scheinen nicht zu bemerken, wie anstrengend er ist. Einerseits verträumt und langsam, dann wieder aggressiv und weinerlich. Und über alle Maßen egoistisch. Nie zeigt er Dankbarkeit für das, was man für ihn tut.

Als ich ihm gerade drohen will, dass ich gleich seinen Hund bestrafe, fährt ein weißer Lieferwagen auf den Bürgersteig und hält direkt hinter uns an. Der Fahrer springt heraus, und dann geht alles so schnell, dass ich weder die Zeit noch die Geistesgegenwart habe, mich zu widersetzen. Ein Schatten stürzt sich auf mich und versetzt mir einen Faustschlag ins Gesicht, einen anderen in den Magen, einen dritten in die Rippen und zerrt mich dann in den Laderaum des Wagens. Es verschlägt mir den Atem. Ich liege zusammengekrümmt da und habe solche Schmerzen, dass ich nicht einmal schreien kann. Als ich den Kopf hebe, fällt der Körper meines Sohnes, den man ebenfalls in den Laderaum wirft, mit seinem ganzen Gewicht auf mein Gesicht. Unter dem Aufprall seines Hinterkopfes bricht mir die Nase. Blut spritzt über mein Gesicht. Meine Augen brennen, und meine Lider schließen sich.

2.

Als ich wieder zu mir komme, befinde ich mich im Halbdunkel in einem Gefängnis aus rostigem Stacheldraht. Ein stinkender, schmutziger, winziger Tierkäfig. Julian liegt halb auf mir ausgestreckt. Er blutet und weint. Ich schließe ihn in die Arme und begreife, dass das Blut auf seinem Gesicht meines ist. Ich wärme ihn und versichere ihm, dass alles gut wird, dass Papa uns befreien wird. Ich küsse ihn wieder und wieder. In diesem Moment bereue ich alles Böse, was ich je über ihn gesagt habe. Ich ahne, dass das, was uns zugestoßen ist, vielleicht die Folge meiner Verirrungen ist.

Ich kneife die Augen zusammen und versuche, im Halbdunkel etwas zu erkennen. In dem schwachen Lichtschein der beiden Baustellenlampen, die an Metallbalken befestigt sind, erkenne ich, dass wir uns in einer

Art Schuppen oder einer Lagerhalle befinden, in der Material von einem Zoo, einem Zirkus oder einem Karussell untergestellt ist. Ich sehe Rollen von Gitterdraht, aufgestapelte Eisenstühle, falsche Felsen, vermoderte Holzpaletten und Plastikbüsche.

»Ich habe Pipi gemacht, Maman«, sagt Julian schluchzend.

»Das ist nicht schlimm, mein Herzblatt.«

Ich knie mich neben ihn auf den eiskalten, harten Betonboden. Die Luft ist erfüllt vom Modergeruch und dem säuerlichen, ranzigen Gestank der Angst. Ich hebe den Plüschhund auf und benutze ihn als Marionette.

»Schau, der Doudou will ein Küsschen.«

Für eine Weile zwinge ich mich, mit ihm zu spielen, um eine Hülle von Zärtlichkeit zu schaffen, die ihn vor diesem Wahnsinn schützt. Ein Blick auf meine Uhr zeigt, dass es noch nicht einmal elf Uhr dreißig ist. Wir sind also nicht lange gefahren und können nicht weit von Manhattan entfernt sein. Vielleicht in New Jersey, in der Bronx oder in Queens. Ich glaube, wir sind nicht zufällig Opfer unseres Entführers geworden. Er ist das enorme Risiko eingegangen, uns mitten in der Stadt anzugreifen. Also hat er nach *uns* gesucht. Er wollte uns – die Familie Lorenz – treffen. Aber warum? Eine Lösegeldforderung?

Ich klammere mich an diese Idee, denn sie beruhigt mich. Sean würde alles geben, um uns hier herauszuholen. Das heißt, vielleicht nicht mich, aber seinen Sohn, das ist sicher. Er würde jede Summe auftreiben,

so hoch sie auch sein mag. Sean hat seine eigene Geld-
maschine: Drei Pinselstriche, und er würde eine Herde
von Schafen finden, die bereitwillig Millionen locker-
macht. Spekulanten, Trader, Multimillionäre, Hedge-
fonds-Investoren, russische Oligarchen, neureiche Chinesen – alle wollen sie einen Lorenz in ihrer Sammlung.
Einen Lorenz! Einen Lorenz! Ein Lorenz ist besser als
Gold. Besser als Koks. Besser als ein Privatjet oder eine
Villa auf den Bahamas.

»Kleine Hure.«

Überrascht stoße ich einen Schrei aus, der Julian
zum Weinen bringt.

Ohne dass ich es bemerkt hatte, ist eine Frau an den
Käfig herangetreten.

Sie ist dick, bucklig und hinkt. Ihr langes glattes Haar
ist grau, die Nase stark gekrümmt, die Augen wutent-
brannt. Ihr furchterregendes faltiges Gesicht ist von
Tätowierungen überzogen: Zackenornamente, Kreuze,
Dreiecke, Kreise, Blitze – all das erinnert an die Gesichts-
bemalung der Indianer.

»Wer … sind Sie?«

»Schnauze, kleine Hure! Du hast hier kein Rede-
recht!«

»Warum tun Sie das?«

»Schnauze!«, brüllt sie und packt mich bei der Kehle.

Mit überraschender Kraft reißt sie mich nach vorn
und schlägt meinen Kopf mehrmals gegen die eisernen
Gitterstäbe. Mein Sohn schreit. Meine Nase blutet wieder. Ich stecke die Schläge ein, ohne aufzumucken,

denn mir wird klar, dass sie sich ihrer Kraft nicht bewusst ist.

Schließlich lässt sie mich los. Mit blutendem Gesicht sacke ich auf den Boden. Während Julian sich an mich klammert, sehe ich, dass sie in einem alten, verrosteten Werkzeugkasten herumkramt.

»Komm her!«, brüllt sie.

Ich wische das Blut ab, das mir in die Augen läuft, und bedeute Julian, sich in den hintersten Winkel des Käfigs zurückzuziehen.

Ihr bloß nicht widersprechen.

Sie begutachtet immer noch den Inhalt der Kiste, nimmt einen Bolzenschneider heraus, dann einen Hobel, eine Schraubzwinge und eine Kneifzange.

»Hier nimm das!«, herrscht sie mich an und reicht mir eine Monierzange.

Da ich mich nicht rühre, reißt sie verärgert aus dem Etui, das sie am Gürtel trägt, ein Jagdmesser mit dreißig Zentimeter langer Sägeklinge.

Sie packt meinen Arm und durchtrennt das Armband meiner Uhr. Dann schwenkt sie sie vor meiner Nase und deutet auf den Sekundenzeiger.

»Hör gut zu, du kleine Hure. Du hast genau eine Minute Zeit, um mir einen Finger deines Sohnes zu bringen. Wenn du dich weigerst, komme ich zu euch hinein und steche zuerst ihn und dann dich ab.«

Ich bin entsetzt. Mein Gehirn verweigert die Vorstellung dessen, was sie da von mir verlangt.

»Aber Sie …«

»Tu es!«, plärrt sie und wirft mir die Zange ins Gesicht.

Ich verliere das Bewusstsein.

»ES BLEIBEN DIR VIERZIG SEKUNDEN! GLAUBST DU MIR NICHT? DANN SIEH GUT ZU!«

Sie kommt in den Käfig und packt Julian, der vor Angst schluchzt. Die Messerklinge an seiner Kehle, schleppt sie ihn zu mir.

»ZWANZIG SEKUNDEN.«

Mein Magen krampft sich zusammen, und ich wimmere: »Das kann ich nicht.«

»SIEH ZU, WIE DU KLARKOMMST!«

Ich begreife, dass sie ihre Drohung wahr machen wird und ich keine Wahl habe.

Ich hebe die Zange auf und gehe zu ihr und zu Julian, der zu schreien beginnt.

»Nein, Maman! Nein, Maman! Bitte nicht! BITTE NICHT!«

Während ich mit der Waffe in der Hand auf meinen Sohn zugehe, begreife ich zwei Dinge.

Hier ist die Hölle.

Und die Hölle dauert lange an.

3.

Die Hölle ist schlimmer als der schlimmste Albtraum.

Nachdem sie mich gezwungen hat, das Unaussprechliche zu tun, hat das Monster meinen Sohn mitgenommen. Um meine rasende Wut zu ersticken, hat die Indianerin so lange auf mich eingeprügelt, bis ich zusammengebrochen bin. Auf Bauch, Hals und Brust. Als ich wieder zu mir komme, sitze ich auf einem Metallstuhl, und sie ist dabei, meinen Oberkörper mit Stacheldraht eng an die Lehne zu fesseln.

Ich weiß nicht, wie viele Stunden vergangen sind. So angespannt ich auch lausche, von Julian höre ich nichts mehr. Jeder Atemzug bereitet mir Schmerzen.

Die metallenen Stacheln bohren sich in meine Haut.

Ich werde ohnmächtig, komme wieder zu mir, habe jedes Zeitgefühl verloren. Ich bin blutüberströmt. Ich sitze in meinen Exkrementen, meinem Urin, meinen Tränen und meiner Angst.

»Sieh mich an, du kleine Hure!«

Ich schrecke aus meiner Lethargie auf.

Die Indianerin erscheint im Lichtkreis. Sie hält Julian in einem Arm, in der anderen Hand das Jagdmesser. Ich habe nicht einmal Zeit zu schreien. Die Klinge hebt sich, glänzt in der Luft und saust dann auf meinen Sohn nieder. Ein Mal, zwei Mal, zehn Mal. Blut spritzt. Ich schluchze. Ich schreie. Die metallenen Zähne fressen sich am ganzen Körper in mein Fleisch. Ich ringe nach Luft. Ich ersticke. Ich will sterben.

»DU KLEINE HURE!«

11. Cursum Perficio

Das Ich ist nicht Herr
im eigenen Haus.

Sigmund Freud,
Vorlesungen zur Einführung in die Psychoanalyse

1.

Zurück in der Rue du Cherche-Midi, stand Gaspard urplötzlich Sean Lorenz gegenüber.

Das gewaltige Porträt – die Schwarz-Weiß-Aufnahme
der englischen Fotografin Jane Brown – machte den
Maler, der den Betrachter in der Stille des Salons nicht
aus den Augen zu lassen schien, geradezu allgegen-
wärtig.

Gaspard entschied zunächst, es einfach zu ignorieren, und schloss in der Küche die Kaffeemaschine an,
die er nach seinem Besuch im Telefonladen gekauft
hatte. Er bereitete sich einen *ristretto* zu, den er in einem
Zug leerte, und dann einen *lungo*, der die belebende
Wirkung auf angenehme Weise verlängern würde.

Seine Tasse in der Hand, kehrte er in den Salon zurück und wurde erneut mit dem Blick des Malers konfrontiert. Als er dieses Foto zum ersten Mal gesehen hatte, war es ihm vorgekommen, als wollte Sean sagen: *Mach, dass du wegkommst.* Jetzt hatte er eher das Gefühl, dass seine leuchtenden und durchdringenden Augen etwas anderes von ihm erbaten: *Hilf mir.*

Einen Moment lang verharrte er ratlos, bevor er schwach wurde.

»Wie soll ich dir denn helfen? Dein Sohn ist tot, das weißt du doch.«

Ihm war bewusst, dass es unsinnig war, mit einer Fotografie zu sprechen, doch das Bedürfnis, sich zu rechtfertigen, quälte ihn. Und auch das Bedürfnis, seine Ideen zu ordnen und Bilanz zu ziehen.

»Okay, seine Leiche wurde nicht gefunden, doch das heißt nicht, dass er noch lebt. Deine Nahtoderfahrung ist nicht verlässlich, das musst du zugeben.«

Das strenge Gesicht fixierte ihn weiter schweigend. Und wieder fiel Gaspard eine mögliche Erwiderung von Seans Seite ein: *Und wenn es dein Sohn wäre, der tot ist, glaubst du etwa …*

»Ich habe aber keinen Sohn«, entgegnete er.

Hilf mir.

»Du gehst mir auf den Geist.«

Als Echo fiel ihm ein Satz ein, den Sean während des Interviews mit Jacques Chancel geäußert hatte. Gegen Ende des Gesprächs fragte der Journalist den Maler nach dem ultimativen Ziel eines jeden Künstlers. *Unsterblich werden*, antwortete Sean, ohne zu zögern. Was für den Geistesblitz eines Größenwahnsinnigen hätte gelten können, hatte einen ganz anderen Sinn bekommen, als Lorenz weiter erläuterte: »Unsterblich zu sein, das gibt einem die Möglichkeit, länger über die Menschen zu wachen, die einem lieb und teuer sind.«

Während Gaspard versuchte, sich der Magie des Porträts zu entziehen, wurde er von einer Art Schwindel ergriffen und hatte eine Halluzination: Über das Gesicht des Malers legten sich kurz die Züge seines eigenen Vaters, und er wiederholte sein Flehen: *Hilf mir.* Der Theaterautor blinzelte, um das Unwohlsein zu vertreiben. Dann ließ seine Sehstörung nach und verschwand schließlich ganz.

Befreit vom Einfluss der beiden Männer, kehrte er ins Erdgeschoss zurück, zog sich aus, entfernte seine Verbände und trat unter die Dusche. Es kam nur selten vor, dass er mitten am Tag duschte. Doch die aufregenden Ereignisse der vergangenen Nacht hatten ihm schlaflose Stunden bereitet. Jetzt vertrieb der kalte Wasserstrahl die Müdigkeit, die ihn nach seiner Rückkehr plötzlich überfallen hatte. Während er seine Schiene sorgfältig trocknete, traf sein Blick auf den fleckigen Spiegel, der ihn mit der Realität konfrontierte: zu viel Bart, zu viel Haarwuchs, zu viel Fett.

In den Schubladen des Badezimmers fand Gaspard Rasierpinsel und -schaum. Trotz seiner verletzten Hände begann er, einen Großteil des dichten Barts zunächst mit der Schere zu entfernen, rasierte sich dann und schnitt seine Haare. Jetzt hatte er den Eindruck, besser atmen zu können. Und nicht mehr die geringste Lust, erneut sein Holzfällerhemd und seine Waldhüter-Cordhose anzuziehen.

Nur in Slip und Unterhemd betrat er den begehbaren Kleiderschrank neben dem größten Schlafzimmer des Hauses. Wie Steve Jobs oder Mark Zuckerberg war Sean Lorenz ein Anhänger der *Capsule Wardrobe*, der minimalistischen Garderobe. Ein Dutzend Sakkos des Designers Francesco Smalto von Schwarz bis Hellgrau, weiße Baumwollhemden mit englischem Kragen und Perlmuttknöpfen. Obwohl er etwas beleibter als der Maler gewesen war, wagte Gaspard einen Versuch. Er schlüpfte in ein Hemd und einen Anzug und fühlte sich augenblicklich wohl darin, so als hätte er gerade mehrere Kilo abgenommen.

In einer der Schubladen neben den eingerollten Ledergürteln entdeckte er einige Flakons mit Eau de Toilette. Fünf Schachteln, schon leicht vergilbt, *Pour un Homme* von Caron, von denen fast alle noch in Zellophan verpackt waren. Er erinnerte sich an eine Anekdote, die ihm Pauline erzählt hatte, um den zwanghaften Charakter von Lorenz zu erläutern. Dieses Parfum war das erste Geschenk, das Pénélope ihrem Zukünftigen am Anfang ihrer Beziehung gemacht hatte. Sean hatte es stets benutzt, doch da er felsenfest davon überzeugt war, dass inzwischen die Zusammensetzung verändert worden war, kaufte er über eBay systematisch den Jahrgang 1992.

Gaspard öffnete einen der Flakons und trug ein paar

Tropfen des Parfums auf. Der Duft nach Lavendel und Vanille hatte eine natürliche und zeitlose Note, die ihm durchaus behagte. Als er den Ankleideraum gerade verlassen wollte, fiel sein Blick auf den großen Spiegel, und er hatte den Eindruck, einen anderen Mann zu betrachten. Eine weniger fiebrige Version von Lorenz. Um diese Wirkung zu vervollkommnen, legte er seine Brille in die Parfumschublade. Er musste an einen seiner Lieblingsfilme denken – *Vertigo* – und an den besessenen Versuch der Hauptperson Scottie, dargestellt von James Stewart, seine neue Verlobte so zu verändern, dass sie seiner verlorenen großen Liebe immer ähnlicher wurde. Der Versuch, den Platz der Toten einzunehmen, kann sich als sehr gefährlich erweisen, das lehrt uns der Ausgang von Hitchcocks Story. Doch das interessierte Gaspard in diesem Augenblick nicht. Er strich das Sakko glatt und verließ schulterzuckend das Zimmer.

2.

Schon am ersten Tag hatte Gaspard sich über eine Sache gewundert: Warum hatte Bernard Benedick, Seans Erbe und Testamentsvollstrecker, nicht die persönliche Habe des Malers entfernt, nachdem er beschlossen hatte, das Haus zu vermieten? Die Frage tauchte erneut auf, als Gaspard das ehemalige Schlafzimmer von Lorenz und Pénélope betrat und eher gemischte Gefühle empfand:

235

einerseits der wohltuende Eindruck, sich an einem heimeligen Ort zu befinden; andererseits der weniger angenehme, ungewollt in die Haut eines Voyeurs zu schlüpfen. Gaspard beschloss, sich nicht mit Skrupeln herumzuschlagen, sondern wurde zum Grabschänder der Intimsphäre. Er nahm eine sorgfältige Durchsuchung des Raumes vor, öffnete die Schränke, die Schubladen, inspizierte die Wände, sogar die Parkettdielen, was mit seinen verletzten Händen nicht ganz einfach war. Seine Ausbeute war mager. Unter dem Schreibtisch aus Palisanderholz stand ein Rollwagen, vollgepackt mit Papieren und Umschlägen.

Aufmerksam schaute er den Inhalt durch und entdeckte Artikel von den Websites der gängigen Tageszeitungen, in denen es um den Tod von Julian ging. Dieselben Beiträge aus der *New York Times*, der *Daily News*, der *Post* oder *Village Voice*, die Gaspard schon am Vortag auf Madelines Computer gelesen hatte. Nichts Neues außer der Bestätigung, dass sich Lorenz, bevor er starb, sehr intensiv mit den Ermittlungen über den Tod seines Sohns beschäftigt hatte. Das Erstaunliche war, dass die Kiste auch Post enthielt, die der Maler nach seinem Tod erhalten hatte. Die üblichen Strom- und Telefonrechnungen, Berge von Werbung, aber auch Schreiben vom Finanzamt, das jeden unbarmherzig und bis in alle Ewigkeit verfolgt ...

Von der Elternsuite führte eine Tür zu Julians Zimmer. Auf der Schwelle zögerte Gaspard einen Moment, bevor er sich dieser Prüfung unterzog.

Hilf mir.

Er versuchte, seine Emotionen in den Griff zu bekommen, und betrat den Raum. Es war ein hübsches helles Zimmer, das zum Garten führte, mit Parkett und Möbeln in Pastellfarben. In pastoraler Stille fielen die Sonnenstrahlen durch die Fenster auf ein Kinderbett mit einer beigefarbenen Tagesdecke und auf ein Regal mit Bilderbüchern und kleinen Sammlerautos. Wie ein Bild von Norman Rockwell.

Ohne wirklich zu hoffen, hier etwas zu finden, verharrte Gaspard für einen langen Augenblick reglos wie an einem geheimen Wallfahrtsort. Der Raum hatte nichts Morbides. Ganz im Gegenteil, er schien auf die Rückkehr des Jungen zu warten. Bald würde der Kleine von der Schule heimkommen, seine Schränke öffnen, um seine Legosteine, seine magische Tafel, seine Dinosaurier-Figuren hervorzuholen ... Dieser Eindruck dauerte eine Weile an, bis Gaspard auf dem Kopfkissen einen blutbefleckten Plüschhund entdeckte.

Er erstarrte. War das etwa das Spielzeug, das Julian bei seiner Entführung mit sich herumgetragen hatte? Sollte das der Fall sein, wie war das Plüschtier – ein Beweisstück – hierhergekommen?

Er nahm das Tier in seine schmerzenden Hände. Der Hund hatte einen zugleich drolligen wie gutmütigen Ausdruck, der nicht zu der getrockneten Blutspur an seiner Schnauze passte. Gaspard betrachtete das Stofftier genauer und kam zu dem Schluss, dass es sich nicht um Blut, sondern wohl um Schokolade handelte. Er begriff seinen Irrtum: der klassische Kunstgriff der Eltern, die ein zweites Kuscheltier als Ersatz haben. Auf der Schnauze des Hundes befand sich keine Spur vom herben Geruch der Angst. Er nahm nur den sanften und warmen Hauch der Kindheit wahr, und das war zweifellos der Grund, warum Lorenz ihn als Relikt aufbewahrt hatte: Der Duft nach Plätzchen, die gerade aus dem Backofen geholt werden und ruhige Bilder von Büchern hervorrufen, von einer Ähre reifen Getreides, einer braunen stacheligen Kastanienschale, von Platanenblättern, die der warme Wind vor sich her treibt. Momentaufnahmen, die für Gaspard eine absolute Gewissheit signalisierten: Ein Weg öffnete sich vor ihm, und er würde ihn bis ans Ende gehen, egal, mit welchen Folgen.

3.

»*Nueve meses de invierno, tres meses de infierno*«[*]. Das alte spanische Sprichwort dürfte zumeist nicht zutreffen: *In Wirklichkeit* regnete es in Madrid nur zehn Tage im Jahr. Dummerweise war der 22. Dezember 2016 einer davon, und so erwartete Madeline bei ihrer Ankunft in der spanischen Hauptstadt noch schlechteres Wetter als in Paris.

Nach einem beschwerlichen Abflug – in Charles-de-

---

[*] »Neun Monate Winter, drei Monate Hölle.«

Gaulle konnte die Maschine nicht starten, weil ein kranker Passagier von Bord geholt werden musste – war Madeline mit zwei Stunden Verspätung in Madrid-Barajas gelandet. Dann hatte sie all die Unannehmlichkeiten über sich ergehen lassen müssen, die Gaspard zur Raserei gebracht hatten: ein überfüllter Flughafen, genervte Reisende, unendliche Warterei, der Eindruck, wie Vieh behandelt zu werden. Nachdem sie den Weg von der Maschine zum Flughafengebäude, in einen winzigen Bus gepfercht, zurückgelegt hatte, stieg sie in ein klapperiges Taxi, in dem es nach Zigarettenqualm und Schweiß roch. Eine alte Kiste mit angelaufenen Scheiben, in der sie knapp eine Stunde die Staus, bedingt durch die Shopping-Woche vor Weihnachten, ertrug, ebenso wie die endlose Litanei an spanischen Hits, die der Sender auf Chérie FM Local herausplärrte. Der Top-50-Mix der Songs der *Movida madrileña* mit Popgruppen wie *Mecano, Los Elegantes, Alaska* und *Dinarama* ...

Ich hab mich bei Coutances angesteckt!, sagte sie sich bedauernd, als sie in der Calle Fuencarral, im Zentrum von Chueca, der Bastion der Madrider Gay-Szene, eintraf. Sie nahm die Gefahr deutlich wahr. Vor allem durfte sie nicht dieser Vision der pessimistischen Welt nachgeben. Wenn sie anfinge, das Leben durch die dunkle Brille von Gaspard Coutances zu betrachten, könnte sie sich gleich die Kugel geben.

Sie zwang sich also, eine positive Haltung einzunehmen. Der Taxifahrer war eine Nervensäge, trotzdem gab sie ihm Trinkgeld. Im Hotel half ihr niemand, ihr Gepäck zu tragen, doch sie redete sich ein, das sei auch nicht nötig. Ihr Zimmer, in letzter Minute reserviert, war äußerst trist mit Blick auf eine Baustelle mit Kran, der vor Ort verrostete, doch sie konnte ihm trotzdem einen gewissen Charme abgewinnen. Außerdem musste sie sich nach dem Eingriff ausruhen und hatte alle Zeit der Welt, eine pittoreskere Bleibe zu suchen.

Den Dingen trotzen, standhalten. Nicht schwach werden. Das Chaos vergessen, das ihr Leben bis heute gewesen war, den Wahnsinn von Sean Lorenz, das Drama seines Sohns, die Flucht nach vorn von Coutances. Sich auf den Aufbau einer Zukunft konzentrieren, die sie für sich gewählt hatte.

4.

Um sechzehn Uhr nahm Gaspard am Küchentresen im Stehen sein Mittagessen ein: Dosensardinen und Toastbrot. Ein schneller Imbiss, begleitet von einer Flasche Perrier.

Später legte er, wie schon so oft, eine der alten Jazzplatten aus Lorenz' Sammlung auf. Dann rollte er die Kiste mit der Post des Malers in den Salon und begann, den Inhalt in Augenschein zu nehmen.

Im Schneidersitz auf dem Parkett hockend, war er bereits seit einer guten Stunde damit beschäftigt, als er auf eine Nummer des Magazins *Art in America* stieß, die noch eingeschweißt war. Gaspard riss die Plastik-hülle auf. Die Ausgabe stammte aus dem Januar 2015. Wie die an den Umschlag geheftete Visitenkarte besagte, war es der Redaktionsleiter höchstpersönlich, der sie an Sean, zusammen mit einem kurzen Wort des Dankes und der Beileidsbekundung, geschickt hatte.

Im Innern ein Dutzend Seiten über die feierliche Eröffnung der Ausstellung *Sean Lorenz. A life in painting* im MoMA, dem New Yorker Museum of Modern Art, am 3. Dezember 2014. Wenige Tage vor Julians Entfüh-rung. Beim Durchblättern des Magazins wurde Gas-pard klar, dass diese Soirée mehr ein mondänes Ereig-nis als eine Feier im Namen der Kunst gewesen war. Gesponsert von einer Luxusmarke, hatte die kleine Fest-lichkeit eine Menge Gäste von Rang und Namen ange-lockt. Auf den Fotos erkannte Gaspard Michael Bloom-berg, den ehemaligen Bürgermeister der Stadt, so wie Andrew Cuomo, den Gouverneur von New York. Auf anderen Aufnahmen sah man die Kunsthändler Charles Saatchi und Larry Gagosian. Tief dekolletiert und noch auf der Höhe ihrer Schönheit, diskutierte Pénélope Lorenz mit Sarah Jessica Parker und Julian Schnabel. Die Bildunterschriften erwähnten auch eine Reihe von Mannequins und jungen *Socialites,* Angehörige der Schickeria, von denen Gaspard noch nie etwas gehört hatte.

Auf den Fotos wirkte Sean Lorenz irgendwie abwe-send und als sei ihm unbehaglich zumute. Wahrschein-lich waren ihm dieser Aufwand und die Selbstgefälligkeit peinlich, dachte Gaspard. Die Askese und Reinheit seiner letzten Bilder standen im krassen Gegensatz zu dieser Art von Empfang, den man nur besuchte, um gesehen zu werden. Seine Gesichtszüge waren erstarrt zu einer Maske der Angst, als wäre ihm bewusst, dass der Höhepunkt seiner Karriere zwangsläufig auch der Vorbote seines Sturzes war. Als ahnte er hinter dem Kapitol bereits den Tarpejischen Fels. Als wäre Julians Tod schon in die sanfte Dekadenz dieses Abends gemeißelt.

Um ehrlich zu sein – auf einem Foto lächelte Sean. Eine Aufnahme von einem Polizisten in der vorschriftsmäßigen Kleidung des NYPD, der New Yorker Polizei: dunkelblaue Uniform, die Mütze mit dem achteckigen Stern. In der Bildunterschrift hieß es, der Officer, ein gewisser Adriano Sotomayor, sei ein Jugendfreund von Sean Lorenz gewesen und die beiden Männer hätten sich seit zweiundzwanzig Jahren nicht mehr gesehen. Bei genauerer Betrachtung der Aufnahme erkannte Gaspard in diesem Officer den etwas kindisch-stolzen Latino, der auf den Jugendfotos der Monografie die Muskeln hatte spielen lassen. Er stand auf, um sich zu vergewissern, und suchte in dem Buch, das im Bücherregal stand. Es war kein Zweifel möglich: Sotomayor war tatsächlich das dritte Mitglied der *Artificers*. Derjenige, der seine Graffiti mit dem Pseudonym *NightShift* signierte. Mit den Jahren war sein Gesicht ein wenig voller geworden, doch es hatte die kantigen Züge bewahrt, durch die er dem Schauspieler Benicio del Toro ähnelte.

Gaspard speicherte diese Information im Hinterkopf und schlug das Magazin zu. Als er sich erhob, um sich einen weiteren Kaffee zu kochen, überkam ihn plötzlich mit voller Macht das Bedürfnis nach Alkohol, das ihn über vierundzwanzig Stunden verschont hatte. Aus Erfahrung wusste er, dass er äußerst schnell handeln musste, um die Dämonen in Grenzen zu halten. Und diese Kontrolle nahm er in Angriff, indem er die drei Flaschen edelsten Weins und die Flasche mit dem Whisky im Spülbecken ausleerte. Einen Augenblick lang wurde er von Krämpfen geschüttelt. Schweiß trat ihm auf die Stirn, dann spürte er, wie die Woge der Angst zurückwich, er das Feuer hatte löschen können, ehe es sich ausbreitete. Als Belohnung stibitzte er sich eine gedrehte Zigarette, die Madeline auf der Küchentheke vergessen hatte. Ein Gift gegen ein anderes, der berühmte »Widrigkeitskoeffizient der Dinge« von Sartre, so prägnant, »dass es Jahre der Geduld bedarf, den geringsten Erfolg zu erreichen«.

Die Zigarette im Mundwinkel, legte Gaspard die B-Seite der LP auf – eine alte Aufnahme von Joe Mooney – und vertiefte sich dann wieder in die Arbeit, las einige Artikel auf seinem neuen Smartphone, bevor er sich an den Rest der ungeöffneten Post machte.

Bei den Rechnungen interessierten ihn vor allem der detaillierte Einzelverbindungsnachweis. Lorenz telefonierte wenig, und so ließ sich der Zeitplan des Künstlers während der Tage vor seinem Tod genau nachvollziehen. Einige Gespräche nach Frankreich, andere in die USA. Gaspard ging systematisch vor und rief alle der Reihe nach an. Er geriet an das Kardiologie-Sekretariat des Hôpital Bichat, an die Praxis von Doktor Fitoussi, einem Kardiologen aus dem 7. Arrondissement, dann an eine Apotheke am Boulevard Raspail. Unter den Nummern aus den USA weckte eine seine besondere Aufmerksamkeit, da Lorenz zweimal erfolglos versucht hatte, sie zu kontaktieren. Gaspard probierte es noch einmal, und diesmal kam eine Verbindung zustande. Es meldete sich der Anrufbeantworter eines gewissen Cliff Eastman, dessen unpersönliche Ansage von einer rauen Stimme stammte, die auf einen starken Raucher oder Whisky-Trinker oder beides schließen ließ.

Er beschloss, eine Nachricht mit der Bitte um Rückruf zu hinterlassen. Dann durchforstete er weiter Seans Archive, vor allem seine Bibliothek, in der er sämtliche Werke aufschlug, gewisse Artikel oder Fotos aus der Monografie ausschnitt, um sie in ein dickes Spiralheft zu kleben, in das er sein Theaterstück hatte schreiben wollen. Zwischen einem Bildband des brasilianischen Fotografen Salgado und *Maus* von Art Spiegelman entdeckte er einen alten New Yorker Stadtplan. Mit Kreuzen markierte er strategische Punkte, um besser die Orte und Entfernungen nachvollziehen zu können, die bei den Ermittlungen eine Rolle gespielt hatten. Die Stelle, an der Julian und seine Mutter entführt worden waren, die Lage ihres Gefängnisses, die Brücke, von der Beatriz Muñoz angeblich die Leiche des Kindes in den

Fluss geworfen hatte, die Subway-Station, an der sie sich das Leben genommen hatte ...

In seinem Elan bemerkte Gaspard nicht, wie die Zeit verstrich. Als er den Kopf hob, war die Dunkelheit bereits hereingebrochen. Joe Mooney hatte schon lange aufgehört zu singen. Er schaute auf seine Uhr und erinnerte sich, dass er eine Verabredung hatte.

12. Schwarzes Loch

Nur wenn man allein ist,
ist man frei.

Arthur Schopenhauer, *Aphorismen zur Lebensweisheit*

1.

Die Büros der Agentur von Karen Lieberman befanden sich in der Rue de la Coutellerie, nicht weit vom Pariser Rathaus und vom Centre Pompidou im 1. Arrondissement entfernt.

Gaspard war nur ein einziges Mal hierhergekommen, das heißt, vor zwölf Jahren, am Anfang seiner Zusammenarbeit mit Karen. Danach war seine Agentin immer zu ihm gekommen. Und Gaspard bereute schon, es diesmal nicht genauso gemacht zu haben: Der Weg von der Rue du Cherche-Midi zur Agentur hatte ihn erneut in die aggressive und triste Stimmung der grauen Stadt getaucht. Seine Nerven lagen blank, denn er hatte das Gefühl, sich auf feindlichem Terrain zu befinden. Und dabei waren die Entzugserscheinungen natürlich nicht hilfreich.

Das Gebäude war noch genau so, wie er es in Erinnerung hatte: Ein alter Torbogen, an dem verschiedene Firmenschilder angebracht waren, und der auf einen kleinen Innenhof führte. Das Rückgebäude erwies sich als weniger stattlich als das Vorderhaus. Der Aufzug von der Größe eines Sarges war von unglaublicher Langsamkeit und vermittelte den Eindruck, jeden Moment ganz den Geist aufzugeben. Nach kurzem Zögern beschloss Gaspard, die sechs Etagen zu Fuß zu bewältigen.

Außer Atem kam er oben an. Er klingelte und wartete, dass die Tür aufsprang und er den Eingangsbereich betreten konnte, der zugleich als Warteraum diente und zu seiner Erleichterung menschenleer war. Da Karen etwa zwanzig Schriftsteller, Bühnen- und Drehbuchautoren unter Vertrag hatte, hatte Gaspard befürchtet, einem seiner Pseudokollegen zu begegnen und fünf Minuten lang Geschwätz und Höflichkeiten austauschen zu müssen. »Einsamkeit gewährt dem intellektuellen Menschen einen zweifachen Vorteil: erstens den, mit sich selber zu sein, und zweitens den, nicht mit andern zu sein.« Schopenhauer hatte bestimmt mal so etwas Ähnliches gesagt, dachte er und steuerte auf das Büro von Karens Assistenten zu.

Ein junger Typ, der glaubte, einen Stil kreiert zu haben – Hipster-Bart, rebellische Tätowierungen, *undercut* Haarschnitt, Chukka-Stiefel und ein tailliertes Denim-Hemd –, und doch nur der Klon all seiner Kumpel war, die versucht hatten, am Canal Saint-Martin ein kleines Williamsburg oder Kreuzberg zu erschaffen.

Erschwerender Umstand: Der Typ musterte Gaspard eingehend, bevor er ihn mit misstrauischer Miene nach seinem Namen fragte. Der Gipfel der Unverschämtheit, wo er doch allein drei Viertel des Agenturumsatzes sicherte!

»Ich bin es, der für dein Gehalt sorgt, du Flasche!«, rief er genervt und steuerte auf die Tür von Karens Büro zu.

»Gaspard?«, rief seine Agentin.

Durch die lauten Stimmen alarmiert, hatte sie ihren Schreibtisch verlassen, um ihm entgegenzugehen. Karen Lieberman, Mitte vierzig, gertenschlank und mit kurzem blondem Haar, kleidete sich seit ihrer Schulzeit auf die gleiche Weise: Jeans 501, weiße Hemdbluse, Pullover mit V-Ausschnitt, dunkelrote Mokassins. Sie war Gaspards Agentin, aber auch seine Anwältin, Buchhalterin, Assistentin, Presseattaché, Steuerberaterin und Immobilienmaklerin. Als Gegenleistung für den zwanzigprozentigen Anteil an seinen Einnahmen war sie die Schnittstelle zur Außenwelt. Der Schutzwall, der es ihm ermöglichte, nach seiner Vorstellung zu leben und jeden zum Teufel zu schicken – was er sich auch nicht nehmen ließ.

»Wie geht es dem wildesten meiner Autoren?«

Er fiel ihr abrupt ins Wort: »Ich bin nicht *dein* Autor. Vielmehr bist du meine Angestellte, das ist nicht unbedingt dasselbe.«

»Gaspard Coutances, wie er leibt und lebt. Rüpelhaft, übellaunig, finster ...«

Sie bat ihn, Platz zu nehmen.

»Waren wir nicht im Restaurant verabredet?«

»Ich möchte, dass du mir vorher wichtige Dokumente ausdruckst«, sagte er und zog sein neues Smartphone aus seiner Tasche. »Artikel, die ich im Internet gefunden habe.«

»Gib sie an Florent weiter, er …«

»Das ist wichtig, hab ich gesagt! Ich will, dass du es tust und nicht dein Gigolo.«

»Wie du willst. Ah, ich hatte eben Bernard Benedick am Telefon. Er hat mir gesagt, alles sei geregelt mit deinem Haus. Die junge Frau scheint abgereist zu sein. Du wirst es dir gemütlich machen können. Allein.«

Er schüttelte den Kopf.

»Als wäre ich nicht auf dem Laufenden! Ich bleibe auf keinen Fall dort.«

»Natürlich, das wäre auch zu einfach gewesen«, erwiderte Karen mit einem Seufzer. »Darf ich dir einen Whisky anbieten?«

»Nein, danke. Ich habe beschlossen, meinen Alkoholkonsum zu reduzieren.«

Sie sah ihn mit großen Augen an.

»Alles in Ordnung, Gaspard?«

Er kündigte geradeheraus an: »Ich werde dieses Jahr kein Stück schreiben.«

Er konnte förmlich sehen, wie seine Entscheidung eine Lawine an Konsequenzen in Gang setzte: Aufhebung von Verträgen, Kündigung von gemieteten Sälen, Annullierung von Reisen … Und doch brauchte sie nur zwei Sekunden, um mit neutraler Stimme zu antworten: »Wirklich? Warum?«

Er zuckte mit den Schultern und schüttelte den Kopf.

»Ein Stück von Coutances mehr oder weniger, ich glaube nicht, dass das viel an der Geschichte des Theaters ändert ...«

Da Karen schwieg, schlug er noch tiefer in die gleiche Kerbe: »Seien wir doch ehrlich, ich habe mir meine Gedanken gemacht. In den letzten Jahren habe ich mich ein wenig wiederholt, nicht wahr?«

Dieses Mal reagierte sie: »Zum Thema ›die Welt ist hässlich, die Leute sind blöd‹, vielleicht. Aber du kannst versuchen, über etwas anderes zu schreiben.«

Gaspard schnitt eine Grimasse.

»Ich wüsste nicht, worüber.«

Er erhob sich, zog eine Zigarette aus dem Päckchen auf dem Schreibtisch und trat auf den Balkon, um sie dort zu rauchen.

»Du bist verliebt, ist es das?«, rief Karen, die ihm gefolgt war.

»Nein. Wie kommst du darauf?«

»Ich ahnte schon, dass das eines Tages passieren würde«, lamentierte sie.

»Weil ich nicht mehr schreiben will, schließt du messerscharf, dass ich verliebt bin? Eine völlig absurde Schlussfolgerung.«

»Du hast dir ein Handy zugelegt. *Du!* Du trinkst nicht mehr, du bist rasiert, du trägst deine Brille nicht, dafür aber einen Anzug, und du riechst nach Lavendel. Also, ja, ich glaube wirklich, du bist verliebt.«

Den Blick ins Leere gerichtet, zog Gaspard an seiner Zigarette. Die Geräusche der Stadt hallten durch die milde Nacht. Auf das Geländer gestützt, starrte er auf den Turm Saint-Jaques, der ganz in der Nähe der Seine einsam in den Himmel ragte.

»Warum hast du mich in diesem Loch gelassen?«, fragte er plötzlich.

»Welches Loch?«

»Das, in dem ich seit so vielen Jahren dahinvegetiere.«

Sie zündete sich ebenfalls eine Zigarette an.

»Mir scheint eher, dass du dich ganz allein darin eingeschlossen hast, Gaspard. Du hast dein ganzes Leben selbst sorgfältig so organisiert, um sicher zu sein, dich daraus nicht befreien zu können.«

»Ich weiß schon, aber trotzdem sind wir Freunde, du ...«

»Du bist Theaterautor, Gaspard, und deine einzigen Freunde sind die Figuren in deinen Stücken.«

Er fuhr unbeirrt fort: »Du hättest es versuchen, mir einen Anstoß geben können ...«

Sie dachte kurz nach: »Willst du die Wahrheit wissen? Ich habe dich in diesem Loch gelassen, weil es genau der Ort ist, wo du deine besten Stücke schreibst. In der Einsamkeit, der Unzufriedenheit, der Tristesse.«

»Ich sehe da keinen Zusammenhang.«

»Doch, du siehst ihn sehr genau. Und glaub mir und

meiner Erfahrung: Das Glück ist etwas Angenehmes, doch es ist nur selten der Kreativität förderlich. Kennst du glückliche, ausgeglichene Künstler?«

An den Türrahmen gelehnt, kam Karen jetzt richtig in Fahrt.

»Sobald mir ein Autor sagt, er sei glücklich, schrillen bei mir die Alarmglocken. Erinnere dich daran, was Truffaut – sinngemäß – gesagt hat: ›Die Kunst ist wichtiger als das Leben.‹ Und das trifft zu, weil du bislang nicht viel am Leben geliebt hast, Gaspard. Du liebst weder Menschen noch Kinder, du liebst …«

Während er die Hand hob, um sie zu unterbrechen, klingelte sein Handy. Er schaute auf das Display: ein Anruf aus den USA.

»Du entschuldigst mich?«

2.

Madrid. Siebzehn Uhr, und es war schon fast dunkel.

Bevor Madeline das Hotel verließ, bat sie an der Rezeption um einen Regenschirm, den man ihr höflich, aber entschieden verweigerte. Egal. Sie trat in den Regen hinaus und beschloss, das schlechte Wetter ebenso wie alle sonstigen Unannehmlichkeiten zu ignorieren. Ganz in der Nähe entdeckte sie eine *farmacia* und legte ihr Rezept vor: Antibiotika zum Schutz gegen Infektionen während des Eingriffs und eine geänderte Dosierung von Hormonen, um den Follikelsprung zu beschleunigen. Eine neuere Behandlungsmethode, um die übliche Frist zwischen Hormongabe und Oozyten-Entnahme um vierundzwanzig Stunden zu verkürzen. Doch sie hatte kein Glück und musste drei weitere Apotheken aufsuchen, um zu bekommen, was sie brauchte.

Gegen achtzehn Uhr versuchte sie, sich als Touristin zu fühlen und einen Bummel durch Chueca und Malasaña zu machen. Eigentlich war es ein äußerst kreatives und lebendiges Viertel. Am Ende des Sommers hatte Madeline es genossen, durch die farbenfrohen Straßen mit den alternativen Modegeschäften, den Bars und Cafés zu bummeln. Heute war das eine andere Geschichte. Halb versunken im sintflutartigen Regen, schien Madrid seine letzten Stunden vor der Apokalypse zu durchleben. Seit dem frühen Nachmittag fegten obendrein heftige Böen durch die Stadt, die Chaos verursachten und für Verkehrsstaus sorgten.

Da sie Hunger hatte, wollte sie in das kleine Restaurant zurückkehren, in dem sie bei ihrem letzten Aufenthalt zu Mittag gegessen hatte, doch sie fand den Weg nicht mehr. Der Himmel hing so tief, dass er an den berühmten Kuppeln und Türmen, die die königliche Stadt beherrschten, aufzureißen drohte. Bei der hereinbrechenden Dunkelheit und dem Regen glichen sich alle Avenuen und Straßen, und der Stadtplan, den sie an der Hotelrezeption bekommen hatte, war schon halb aufgeweicht. Calle de Hortaleza, Calle de Mejía Lequerica, Calle Argensola: Die Namen verwischten sich, ihr Blick trübte sich. Hilflos landete sie schließlich in einem nichtssagenden Lokal. Das Doraden-Tartar schwamm in einer Mayonnaise, und der Apfelkuchen war erst halb aufgetaut.

Ein gewaltiger Blitz durchzuckte den Himmel und spiegelte sich für einen kurzen Augenblick in der vom Regen gepeitschten Fensterscheibe. Als sie ihr Gesicht darin erblickte, erfasste eine unverhoffte Schwermut sie. Ihre Einsamkeit und Verwirrung traten Madeline in ihrer ganzen Grausamkeit vor Augen. Sie musste an Coutances denken. An seine Energie und seinen Humor, an seine intellektuelle Lebhaftigkeit. Der Misanthrop hatte wirklich zwei Gesichter. Eine schwer einzuordnende Persönlichkeit, fesselnd, widersprüchlich. Er strahlte jedoch trotz seines Pessimismus eine ruhige, wohltuende Kraft aus. In diesem Moment hätte sie seine Anwesenheit, seine Wärme, ja selbst seine Häme gebraucht. Zu zweit hätten sie gemeinsam auf ihre missliche Lage schimpfen können.

Madeline spülte ihre Antibiotika mit einem schlechten koffeinfreien Kaffee hinunter und kehrte ins Hotel zurück. Hormonspritze, heißes Bad, eine halbe Flasche Rioja aus der Minibar, wovon sie fast augenblicklich Migräne bekam.

Es war noch nicht einmal zweiundzwanzig Uhr, als sie sich im Bett unter ihren Decken zusammenrollte.

Morgen würde der wichtigste Tag in ihrem Leben sein. Vielleicht der Beginn einer neuen Existenz. Um mit einem positiven Gedanken einzuschlafen, versuchte sie, sich vorzustellen, wie das Kind sein könnte, das sie sich wünschte. Doch es wollte sich kein Bild vor ihrem geistigen Auge formen, so als wäre dieses Vorhaben keine greifbare Realität und sei dazu verdammt, eine Schimäre zu bleiben. Während sie sich bemühte, gegen die Entmutigung anzukämpfen und einzuschlafen, tauchte plötzlich ein deutliches Bild vor ihr auf. Das hübsche Gesicht von Julian Lorenz: lachende Augen, Stupsnase, blonde Locken, sein unwiderstehliches Kleinjungen-Lächeln.

Draußen regnete es weiter in Strömen.

3.

Gaspard erkannte die raue Stimme am anderen Ende der Leitung sofort: Cliff Eastman, der Mann, den Sean kurz vor seinem Tod drei Mal angerufen hatte.

»Guten Tag, Mister Eastman, tausend Dank, dass Sie mich zurückrufen.«

Gaspard erfuhr, dass sein Gesprächspartner ein ehemaliger Bibliothekar war, der unter normalen Umständen ein friedliches Rentnerleben in Miami führte. Doch drei Tage vor Weihnachten war er jetzt bei seiner Schwiegertochter im Staat Washington hängengeblieben.

»Achtzig Zentimeter Schnee!«, rief er. »Verkehr zusammengebrochen, Straßen blockiert, selbst das WiFi funktioniert nicht mehr. Ergebnis: Ich langweile mich zu Tode.«

»Greifen Sie zu einem guten Buch«, meinte Gaspard, um das Gespräch in Gang zu halten.

»Hier gibt es keine guten Bücher, meine Schwiegertochter liest nichts als albernes Zeug: Sexgeschichten, nur Sexgeschichten! Aber ich habe nicht genau verstanden, wer Sie sind. Ein Typ von der Rentenkasse, ja?«

»Nicht wirklich«, antwortete der Theaterautor. »Kennen Sie einen gewissen Sean Lorenz?«

»Nie gehört, wer ist das?«

Der Alte unterstrich jeden seiner Sätze mit einem sonoren Zungenschnalzen.

»Ein berühmter Maler. Er hat vor etwa einem Jahr versucht, Sie zu erreichen.«

»Ähm … mag sein, aber in meinem Alter lässt das Gedächtnis nach. Was wollte Ihr Picasso von mir?«

»Genau das würde ich gern von Ihnen wissen.«

Erneutes Schnalzen.

»Ähm … vielleicht wollte er gar nicht mich erreichen.«

»Ich verstehe nicht.«

»Als mir diese Telefonnummer zugeteilt wurde, bekam ich über mehrere Monate Anrufe von Leuten, die mit dem vorherigen Inhaber der Nummer sprechen wollten.«

Ein Schauer durchfuhr Gaspard. War das möglicherweise eine Spur?

»Wirklich? Und wie hieß der?«

Er glaubte, regelrecht zu hören, wie sich Eastman am anderen Ende der Leitung am Kopf kratzte.

»Ich weiß nicht mehr genau, ist alles schon so lange her. Der Typ hatte denselben Namen wie ein Sportler, glaube ich.«

»Ein Sportler, das ist ein bisschen vage.«

Der Gedächtnisfaden des Alten war dünn. Man durfte ihn weder zerreißen noch überdehnen.

»Strengen Sie sich an, bitte.«

»Es liegt mir auf der Zunge. Ein Athlet, glaube ich. Ja, ein Springer, der an den Olympischen Spielen teilgenommen hat.«

Gaspard kramte angestrengt in seinen eigenen Erinnerungen. Die letzte Olympiade, die er im Fernsehen verfolgt hatte, musste zu der Zeit stattgefunden haben, als Mitterrand und Reagan noch am Ruder waren, Platini die Torjägerkanone bei Juventus Turin war und *Frankie Goes to Hollywood* an der Spitze der Top 50 stand ... Der Form halber zählte er ein paar Namen auf.

»Sergej Bubka, Thierry Vigneron ...«

»Kein Stabhochspringer. Nein, ein Meister des reinen *Hochsprungs*.«

»Dick Fosbury?«

»Nein, ein Latino, ein Kubaner.«

Ein Flash.

»Javier Sotomayor!«

»Ganz genau: Sotomayor.«

Adriano Sotomayor. Wenige Tage vor seinem Tod, als er fest davon überzeugt war, dass sein Sohn noch am Leben war, wollte Sean seinen alten Kumpel der *Artificers*, der Polizist geworden war, um Unterstützung bitten.

Es gab also jemanden in New York, der in der Lage war, ihm zu helfen. Jemanden, der vielleicht die Ermittlung zum Mord an Julian wiederaufgenommen hatte. Jemanden, der vielleicht über neue Informationen verfügte.

Während Gaspard noch telefonierte, beobachtete Karen Liebermann ihn durch ihr Bürofenster. Und als sie den drolligen Plüschhund bemerkte, der aus seiner Jackentasche ragte, wurde ihr schlagartig klar, dass der Gaspard Coutances, den sie gekannt hatte, nicht mehr existierte.

Freitag, 23. Dezember

13. Madrid

Der Teufel folgt mir Tag und Nacht,
weil er Angst hat, allein zu sein.

Francis Picabia

1.

Madrid, acht Uhr morgens.

Madeline wurde vom Wecker ihres Handys aus dem Schlaf gerissen. Sie musste sich zwingen, aufzustehen. *Scheißnacht!* Wieder einmal. Bis fünf Uhr früh hatte sie kein Auge zugetan und war dann in einen schweren, bleiernen Schlaf gesunken, aus dem sie nur mit größter Mühe wieder auftauchte.

Sie zog die Vorhänge zur Seite und stellte erleichtert fest, dass es aufgehört hatte zu regnen. Auf dem Balkon atmete sie tief die frische Luft ein. Der Himmel war grau, doch im Tageslicht wirkte das Chueca-Viertel wieder freundlich. Sie rieb sich die Augen und unterdrückte ein Gähnen. Jetzt hätte sie viel für einen doppelten Espresso gegeben, doch für die Follikelpunktion musste sie nüchtern sein. Unter der Dusche wusch sie sich lange mit antiseptischer Seife und versuchte, nicht an die Narkose zu denken. Sie kleidete sich an – blickdichte Strumpfhose, ein Jeanshemd, ein Pulloverkleid und Lackstiefel. Die Anweisungen waren eindeutig: kein Parfum, kein Make-up und absolute Pünktlichkeit.

Während sie die Treppe zur Hotelhalle hinunterging, setzte sie ihre Kopfhörer auf und richtete eine den Umständen entsprechende Playlist ein. Die *Ungarische Melodie* von Schubert, *Konzert für Flöte, Harfe und Orchester* von Mozart, *Klaviersonate Nr. 28* von Beethoven. Eine Hintergrundmusik, die sie beruhigte und ihr den Eindruck vermittelte, leichtfüßig dahinzuschweben. Die Klinik war nicht weit vom Hotel entfernt und der Weg ausgeschildert. Zunächst musste sie sich zur Plaza Alonso-Martinez begeben, dann etwa einen Kilometer der Calle Fernando el Santo folgen und anschließend den kleinen Park »Castellana« durchqueren. Die Fruchtbarkeitsklinik, ein modernes Gebäude hinter sandgestrahltem Schutzglas, lag in einer schmalen Querstraße.

Auf dem Weg schickte Madeline eine SMS an Louisa, um ihr mitzuteilen, sie sei gleich da. Die junge Krankenschwester holte sie in der Halle ab. Umarmungen, Austausch von Neuigkeiten, beruhigende Worte. Louisa stellte Madeline der Anästhesistin vor und dann dem Arzt, der sich Zeit nahm, ihr noch einmal genau den Vorgang der Follikelentnahme zu erklären: Eine sehr langen Kanüle wurde bis zum Eierstock eingeführt, um dann im Ovum die Oozyten entnehmen zu können.

»Aber es ist völlig schmerzlos«, versicherte er. »Sie schlafen die ganze Zeit über.«

Dennoch hatte Madeline ein mulmiges Gefühl, als man sie in einen Raum mit einem Krankenbett führte, in dem die Patienten auf die Operation vorbereitet wurden. Nachdem die Krankenschwester sie allein gelassen hatte, räumte Madeline ihre Tasche und ihr Handy in das dafür vorgesehene Schließfach. Dann zog sie sich aus und legte die vorschriftsmäßige OP-Kleidung an: Kittel, Haube und Überschuhe. Nun, da sie unter dem Papierhemd nackt war, fühlte sie sich plötzlich verletzlich, und ihre Unruhe stieg.

Jetzt muss aber auch bald mal Schluss sein …

Endlich öffnete sich die Tür, doch nicht Louisa und auch nicht der Arzt tauchten auf, sondern dieser verflixte Gaspard Coutances!

»Was haben Sie denn hier zu suchen? Wie sind Sie überhaupt reingekommen?«

Er antwortete auf Spanisch: »Porque tengo buena cara. Y he dicho que yo era su marido.«[*]

»Ich dachte, Sie könnten nicht lügen …«

»Im Umgang mit Ihnen habe ich viel gelernt.«

»Verschwinden Sie auf der Stelle!«, sagte sie und setzte sich auf. »Oder ich schmeiße Sie eigenhändig raus!«

»Beruhigen Sie sich. Ich habe Neuigkeiten, und um

---

[*] »Weil ich vertrauenerweckend aussehe und weil ich behauptet habe, Ihr Mann zu sein.«

Ihnen diese mitzuteilen, bin ich in den nächstbesten Flieger gesprungen.«

»Neuigkeiten worüber?«

»Das wissen Sie genau.«

»Verschwinden Sie!«

Ganz so, als hätte er nichts gehört, zog er einen Stuhl heran, räumte die Wasserflaschen von dem Rollwagen neben ihr weg, um ihn als Schreibtisch benutzen und seine Sachen ablegen zu können.

»Erinnern Sie sich an Stockhausen?«, fragte er.

»Nein, hauen Sie endlich ab! Ich will nicht mit Ihnen reden. Außerdem stinken Sie nach Lavendel. Und was haben Sie mit Ihrer Brille gemacht?«

»Das ist egal. Stockhausen ist der Name von Seans angeblichem Kardiologen in New York. Derjenige, der in dem Taschenkalender erwähnt wird, den Benedick Ihnen überlassen hat.«

Madeline brauchte einen Moment, um sich wieder zu erinnern.

»Der, mit dem Sean am Tage seines Todes einen Termin hatte?«

»Genau«, bestätigte Gaspard. »Aber den gibt es gar nicht. Oder besser gesagt, in ganz New York gibt es keinen Kardiologen dieses Namens.«

Um das Gesagte zu bestätigen, zog er einen Stapel Blätter aus seinem Rucksack, auf denen er das Ergebnis seiner Internetrecherchen im amerikanischen Branchenbuch ausgedruckt hatte.

»Ich habe meine Suche auf den gesamten Staat ausgeweitet, ohne einen Treffer zu erzielen. Außerdem kann das auch nicht stimmen, denn Lorenz wurde im Hôpital Bichat von einem der besten Kardiologen-Teams ganz Europas behandelt. Warum hätte er dann noch einen Arzt in New York aufsuchen sollen?«

»Und Sie, warum verfolgen Sie mich bis hierher?«

Er hob beruhigend die Hand.

»Bitte, hör mir zu, Madeline.«

»Ach, duzen wir uns auf einmal?«

»Ich habe das ganze Haus durchsucht. In Seans Schreibtisch habe ich Dutzende ausgedruckter Artikel gefunden. Zumeist ging es dabei um die Ermittlungen zum Tod seines Sohnes, aber unter anderem habe ich auch diesen Text gefunden.«

Er reichte Madeline mehrere zusammengeheftete Blätter. Es war eine ausführliche Reportage im *New York Times Magazine* über bekannte Cold-Case-Ermittlungen: Der Tod von Natalie Wood, den »Central Park jogger case«, den Fall Chandra Levy, die Entführungen von Cleveland und so weiter. Madeline schlug die Seite auf, die mit einem Post-it markiert war und entdeckte … ein Foto von sich selbst. Sie rieb sich die Augen. Diesen Artikel über den Fall Alice Dixon hatte sie fast vergessen. Das Mädchen, das sie unter unglaublichen Umständen drei Jahre nach seinem Verschwinden wiedergefunden hatte. Ihr schwierigster und schmerzlichster Fall, der sie fast an ihre Grenzen geführt hatte. Aber auch ein Fall, der im Nachhinein einen äußerst befriedigenden Ausgang genommen hatte. Ein glücklicher

Moment in ihrem Leben. Der heute so weit entfernt schien.

»Haben Sie den Artikel auch bei Lorenz gefunden?«

»Wie du siehst. Er hat sogar einige Passagen unterstrichen.«

Sie las schweigend die markierten Sätze.

[…] doch die Rechnung war ohne Madeline Greene gemacht worden, eine hartnäckige Ermittlerin der Kripo von Manchester […], die nie aufgibt […] und deren Anstrengungen schließlich Erfolg hatten […] Die junge Engländerin arbeitet heute zwischen Upper East Side und Harlem im Büro der NYPD Cold-Case-Ermittlungen, ganz in der Nähe des Mount Sinai Hospitals.

Es wunderte Madeline, dass Lorenz diesen Artikel aufgehoben hatte, doch sie ließ sich nichts anmerken und gab ihn schweigend Gaspard zurück.

»Mehr beeindruckt dich das nicht?«

»Was haben Sie denn erwartet?«

»Aber das ist doch klar: Lorenz war nicht in New York, um einen Arzt aufzusuchen. Er war in Manhattan, um dich zu sehen, DICH!«

Sie wurde ärgerlich.

»Nur, weil er einen alten Artikel über mich archiviert hat? Da sind Sie etwas voreilig, Coutances. Hören Sie, das reicht, ich möchte mich jetzt auf mein Privatleben konzentrieren.«

Doch Gaspard ließ nicht locker. Er breitete auf dem Rollwagen einen Stadtplan von Manhattan aus, den er am Vorabend bearbeitet hatte, und deutete mit seinem Stift auf ein Kreuz.

»Hier ist Sean Lorenz gestorben, mitten auf der Straße an der Kreuzung 103rd Street und Madison Avenue.«

»Und weiter?«

»Wo lag das Büro, in dem du damals gearbeitet hast?«

Sie sah auf den Plan, ohne zu antworten.

»Hier«, rief er. »Nur einen Häuserblock entfernt! Das kann doch kein Zufall sein.«

Madeline betrachtete die Karte, die Stirn gerunzelt, und schwieg. Als Coutances gerade seinen letzten Trumpf ausspielen wollte, betrat die Krankenschwester den Raum.

»Señorita Greene?«

»Hier ist Seans letzte Telefonrechnung«, rief Gaspard, ohne sie zu beachten, und wedelte mit zwei Blättern. »Sie enthält auch den Einzelverbindungsnachweis von Lorenz' Gesprächen. Willst du wissen, welche Nummer er als Letzte von Frankreich aus angerufen hat?«

»Señorita Greene, es ist so weit«, beharrte die Krankenschwester und klappte die Seitenteile des Krankenbetts hoch.

»Es war die Nummer 212-452-0660. Sagt dir das nichts, Madeline?«, rief er, während das Bett aus dem Zimmer geschoben wurde. »Es war deine Nummer im Büro der NYPD Cold-Case-Ermittlungen, wo du damals gearbeitet hast.«

Madeline war schon verschwunden, doch Gaspard
fuhr fort:

»Ob du es wahrhaben willst oder nicht, eine Stunde
vor seinem Tod war Sean in New York, um dir etwas zu
enthüllen. Dir!«

2.

Die Kanüle drang in Madelines Arm, und das Anästhe-
tikum wurde injiziert. Als sie auf dem Operationstisch
lag, hatte sie kurz das Gefühl, von einer eisigen Welle
überspült zu werden. Dann verschwand die unangenehme Empfindung. Ihre Lider wurden schwer, die
Stimme des Arztes undeutlich. Sie atmete tief durch
und entspannte sich. Ehe sie das Bewusstsein verlor,
hatte sie den Eindruck, das Gesicht eines Mannes vor
sich zu sehen. Ein ernstes Gesicht mit angespannten
Zügen und müden Augen. Das von Sean Lorenz. Sein
fiebriger Blick schien sie anzuflehen. »Hilf mir!«

3.

Elf Uhr. Die Tapas-Bar hatte eben erst geöffnet. Gaspard
setzte sich an den Tresen, legte seinen Rucksack auf den
Hocker neben sich und bestellte einen Cappuccino.
Erste Notwendigkeit: Zwei Ibuprofen schlucken, um
den stechenden Schmerz in der Hand und den Fingern

zu beruhigen. Zweite Initiative: Madeline eine SMS schicken, um ihr zu sagen, sie solle zu ihm kommen, sobald sie fertig wäre.

»Ihr Kaffee, Señor.«

»Danke.«

Der Wirt glich eher einem Bären mit rasiertem Schädel und dichtem Bart. Unter dem engen bunten T-Shirt mit dem Plakatmotiv von Almodóvars Film »Fessle mich!« zeichnete sich sein Bierbauch ab. Das ließ jede Menge Raum für Spekulationen!

»Können Sie mir bitte helfen?«

»Was kann ich für Sie tun?«, fragte der Bär.

Leicht verlegen zog Gaspard sein Handy aus der Tasche und erklärte ihm, er sei mit der neuen Technologie nicht wirklich vertraut.

»Seit ich in Spanien bin, kann ich mich nicht mehr ins Internet einloggen.«

Der Bär kratzte sich die behaarte Brust unter dem T-Shirt und antwortete etwas, das die Worte »Pauschale, Anbieter, Abonnement, Zugangsdaten im Ausland« enthielt.

Gaspard nickte, ohne etwas zu verstehen, aber der Bär war hilfsbereit und bot ihm an, das Handy in das WiFi der Bar einzuloggen. Erleichtert reichte Gaspard ihm den Apparat, den er gleich darauf zurückbekam.

Dann breitete er sein Heft und seine Dokumente auf der Theke aus und las noch einmal alle Notizen, die er sich am Morgen im Flugzeug gemacht hatte. Dem Infokästchen in dem Artikel in *Art in America* zufolge, war

Adriano Sotomayor der zuständige Ermittler im 25. Revier, dem Kommissariat von Nord-Harlem. Ein Blick auf seine Uhr sagte ihm, dass es in New York jetzt fünf Uhr morgens war. Etwas früh, um anzurufen. Andererseits musste ein Kommissariat Tag und Nacht besetzt sein. Also versuchte er sein Glück. Nach der unendlich langen typischen Ansage der Warteschleife, geriet er an eine Telefonistin, die ihn mit dem Hinweis, er möge während der Bürozeiten anrufen, abzuwimmeln versuchte. Doch Gaspard insistierte derart, dass sie ihn zu einem anderen Büro durchstellte.

»Ich möchte wissen, ob Officer Sotomayor noch bei Ihnen arbeitet?«, fragte er.

Erneut eine Abfuhr in schulmeisterlichem Ton.

»Solche Auskünfte geben wir nicht am Telefon.«

Gaspard erfand spontan eine Geschichte, der zufolge er in Europa lebte, nur für wenige Tage auf der Durchreise in New York war und die Gelegenheit nutzen wollte, um Officer Sotomayor zu besuchen, mit dem er zur Schule gegangen war und …

»Dies ist ein Kommissariat und nicht die Ehemaligen-Organisation der Bradley School.«

»Ich weiß, aber …«

Gaspard fluchte, als sein Gesprächspartner auflegte, rief jedoch sogleich zurück. Dieselbe Telefonistin, dasselbe Palaver, um schließlich mit ihrem Vorgesetzten verbunden zu werden. Diesmal hätte der Mann Gaspard beinahe beschimpft, doch der ließ sich nicht auf das Spielchen ein. Da er seinen Namen und seine

Adresse hinterlassen hatte, drohte der Beamte ihm mit Strafverfolgung, wenn er weiterhin die Leitung blockierte. Doch schließlich war der Diensthabende der Sache überdrüssig und erklärte, Officer Sotomayor arbeite in der Tat noch im 25. Revier und hätte diese Woche Dienst.

Mit einem Lächeln auf den Lippen legte Gaspard auf. Um diesen Sieg zu feiern, bestellte er einen weiteren Cappuccino.

4.

Als Madeline die Augen aufschlug, war kaum eine halbe Stunde vergangen, doch sie hatte den Eindruck, ein ganzes Jahrhundert geschlafen zu haben.

»Sie haben es gut überstanden«, verkündete eine Stimme.

Langsam kam Madeline zu sich. Um sie herum nahm alles Farbe an, die Formen wurden präziser und die Gesichter klarer.

»Alles in Ordnung«, versicherte Louisa.

Der Arzt war schon gegangen, doch die Krankenschwester lächelte ihr zu.

»Wir haben achtzehn Oozyten entnommen«, erklärte sie und wischte Madeline die Stirn ab.

»Und wie geht es nun weiter?«, fragte Madeline und versuchte, sich aufzurichten.

»Bleiben Sie liegen«, forderte Louisa sie auf.

Mit einem Kollegen schob sie das Bett aus dem OP in einen Ruheraum.

»Wie es weitergeht, wissen Sie ja: Wir werden die reifsten Eizellen aussondern und befruchten und Ihnen dann in drei Tagen zwei Präembryonen einpflanzen. Aber jetzt bleiben Sie erst einmal bis mittags brav bei uns.«

»Und dann?«

»Bis zur Transplantation verhalten Sie sich ruhig und bleiben in Ihrem Hotel mit einem guten Buch oder der letzten Folge von *Game of Thrones*. Aber Chips aus der Minibar sind verboten, verstanden?«

»Warum?«

»Sie müssen beim Essen aufpassen, kein Salz, nicht zu viel Fett. Kurz, vergessen Sie alles, was gut schmeckt. Vor allem aber: Ruhen Sie sich aus!«

Madeline seufzte wie ein gescholtenes Kind. Louisa brachte sie in das Zimmer zurück, in dem sie ihre Sachen abgelegt hatte.

»Ich habe starke Schmerzen«, klagte Madeline und deutete auf ihren Bauch.

Louisa verzog mitfühlend das Gesicht.

»Ich weiß, meine Hübsche, das ist normal. Aber die Schmerzmittel werden gleich wirken.«

»Kann ich mich anziehen?«

»Natürlich. Erinnern Sie sich an die Zahlenkombination des Schließfachs?«

Die Krankenschwester brachte ihre Kleidung, die Tasche und das Handy und legte alles auf einen Stuhl neben dem Bett. Während Madeline den OP-Kittel und die Haube abstreifte, riet ihr Louisa noch einmal, sich auszuruhen.

»Ich bringe Ihnen gleich ein leichtes Essen, und in der Zwischenzeit schlafen Sie.«

Als die junge Spanierin eine halbe Stunde später mit einem Tablett zurückkam, war ihre Patientin verschwunden.

5.

»Sie sind wie eins dieser Duracell-Häschen: Sie schlagen unermüdlich Ihre Trommel, ohne zu bemerken, dass Sie damit anderen das Leben versauen.«

Madeline war bleich in der Tapas-Bar in der Calle de Ayala aufgetaucht.

»Ist der Eingriff bei Ihnen gut verlaufen?«, fragte Gaspard und kehrte vorsichtshalber zum »Sie« zurück.

»Wie soll es schon gelaufen sein? Sie haben mich bis Madrid in meine privatesten Momente verfolgt, um mich zu bedrängen, um …«

Sie war erst am Anfang der Strafpredigt, die sie ihm zugedacht hatte, doch plötzlich spürte sie, dass ihr der Schweiß auf die Stirn trat und ihre Knie weich wurden. Sie musste etwas essen, sonst würde sie ohnmächtig werden.

Sie hatte nicht einmal mehr die Kraft, auf den Barhocker zu klettern. Sie bestellte einen Tee und flüchtete sich im hinteren Teil der Bar in einen der Sessel bei den Fenstern.

Gaspard folgte ihr mit einem Kästchen aus lackiertem Holz. Ein Potpourri iberischer Köstlichkeiten: *tortilla española, pulpo a la gallega, pata negra, croquetas, calamares, anchoa en vinagre* ...

»Wenn ich mir die Bemerkung erlauben darf – Sie scheinen nicht gerade in Form zu sein. Vielleicht sollten Sie etwas essen«

»Ich will diesen Fraß nicht!«

Er ignorierte die Abfuhr und nahm ihr gegenüber Platz.

»Auf jeden Fall freut es mich, dass Sie Ihre Meinung in Sachen Lorenz geändert haben.«

»Ich habe gar nichts geändert«, antwortete sie kurz angebunden. »Alles, was Sie mir erzählt haben, bringt nichts wirklich Neues.«

»Machen Sie Witze?«

Sie ging seine Ausführungen Punkt für Punkt durch.

»Lorenz hat Nachforschungen über mich angestellt, na und? Wahrscheinlich wollte er, dass ich ihm helfe, seinen Sohn zu finden, na und? Vielleicht ist er nach New York gekommen, um mich zu treffen, na und?«

»Na und?«, wiederholte Gaspard verblüfft.

»Ich meine, was ändert das? Lorenz war krank, von Kummer zerfressen und von Dopamin abhängig. Er hätte sich an sonst was geklammert und hat sich auf diese haltlose Nahtoderfahrung versteift. Ich bitte Sie, Coutances, das wissen Sie doch genau!«

»Ach, hören Sie auf! Mir reicht es, dass Lorenz als jemand dargestellt wird, der er gar nicht war. Er war kein drogenabhängiger Fantast, sondern ein intelligenter Mann, der seinen Sohn liebte und …«

Sie sah ihn herausfordernd an.

»Sagen Sie mal, mein Ärmster, merken Sie eigentlich gar nicht, dass Sie – was auch immer – auf Lorenz übertragen? Sie ziehen sich an wie er, parfümieren sich wie er, sprechen wie er.«

»Noch nie hat mich jemand *mein Ärmster* genannt.«

»Einmal ist immer das erste Mal. Aber Sie müssen doch zugeben, dass Sie sich von seinen Wahnvorstellungen haben anstecken lassen.«

Coutances protestierte: »Ich will lediglich seine Suche fortsetzen und seinen Sohn finden.«

Madeline wäre ihm fast an die Gurgel gegangen.

»Aber sein Sohn ist *tot*, verdammt! Vor den Augen seiner Mutter ermordet worden. Pénélope hat es geschworen.«

»Ja«, gab er zu, »sie hat mir *ihre* Wahrheit erzählt.«

»*Ihre* Wahrheit, *die* Wahrheit, wo liegt da der Unterschied?«

Gaspard öffnete wieder seinen Rucksack, zog sein Heft, seine Aufzeichnungen und sein »Archiv« heraus.

»Im April 2015 hat *Vanity Fair* einen detaillierten Artikel über die Ermittlungen nach Julians Tod veröffentlicht.«

Er reichte Madeline eine Fotokopie. In dem Bericht ging es vor allem um die Parallelen zwischen der Ent-

führung von Seans Sohn mit der von Charles Lind-
berghs Sohn im Jahr 1934.

»Ich habe die Nase voll von Ihrer Pressesammlung,
Coutances.«

»Aber wenn Sie sich die Mühe machen würden, das
zu lesen, würden Sie sehen, dass die Verfasserin die
Gegenstände aufzählt, die man in dem Unterschlupf
von Beatriz Muñoz gefunden hat.«

Widerwillig warf Madeline einen Blick auf die unter-
strichenen Zeilen:

einen Werkzeugkasten, zwei Jagdmesser, eine Rolle
Klebeband, Stacheldraht und den Kopf einer Puppe
der Marke Harzell [...]

»Und was stört Sie daran? Das Kinderspielzeug?«

»Es handelt sich dabei eben nicht um das von Julian.
Pénélope hat nur von seinem Stoffhund gesprochen,
von einem wie diesem hier.«

Als Überraschung zog er das Plüschtier mit der
schokoladenverschmierten Schnauze aus seinem Rucksack.

Madeline lehnte sich in ihrem Sessel zurück.

»Der Junge hatte vielleicht zwei Spielzeuge bei sich.«

»Im Allgemeinen erlauben Eltern ihren Kindern nicht,
bei einem Spaziergang ihr gesamtes Spielzeug mitzu-
schleppen.«

»Vielleicht, aber was ändert das?«

»Ich habe Nachforschungen angestellt«, sagte Gas-

pard und schlug einen farbig ausgedruckten Spielzeug-
katalog auf.

»Für jemanden, der bisher nicht einmal wusste, dass
es Internet gibt, haben Sie beachtliche Fortschritte gemacht ...«

»Die Babypuppen der Firma Harzell haben eine Besonderheit: Einige sind sehr groß und ähneln wirklich
Kindern.«

Madeline betrachtete die Fotos und fand sie absto-
ßend. Die Gummipuppen beeindruckten tatsächlich
durch ihre Größe und ihre Gesichtszüge. Sie hatten
nichts mehr mit den Zelluloidpuppen ihrer Kindheit
gemein.

»Und warum zeigen Sie mir das? Was ist das jetzt
wieder für eine verrückte Theorie?«

»Beatriz Muñoz hat nicht Julian erstochen, sondern
nur eine Puppe, die die Kleider des kleinen Jungen
trug.«

6.

Madeline sah ihn fassungslos an.

»Sie sind ja verrückt, Coutances!«

Ruhig und selbstsicher argumentierte Gaspard:
»Muñoz wollte Julian nie töten. Sie wollte das Paar
Lorenz treffen. Der Hass der verlassenen Geliebten war
gegen Sean und Pénélope gerichtet, nicht aber gegen
ein unschuldiges Kind. Sie hat Pénélope entstellt, um

sie für ihre unglaubliche Schönheit bezahlen zu lassen. Und sie hat Julian entführt, um Sean in Angst und Schrecken zu versetzen. Sie hat ihn verstümmelt, um Pénélope zu quälen, aber ich bin mir ziemlich sicher, dass sie ihn nicht getötet hat.«

»Ihrer Meinung nach hat sie sich also mit dieser grausamen Inszenierung zufriedengegeben, eine Puppe vor den Augen der Mutter zu erstechen?«

»Ja, ihre Waffe war die mentale Grausamkeit.«

»Das ist doch absurd! Pénélope hätte durchaus den Unterschied zwischen ihrem Sohn und einer Puppe gesehen!«

»Nicht unbedingt. Denken Sie nur an die Qualen, die sie durchlitten hatte. Mehrmals wurde mit extremer Brutalität auf sie eingeprügelt. Ihr Gesicht war entstellt, Rippen und Nase gebrochen, die Brust durchstoßen … Wie klar sieht man mit von Tränen und Blut verschleierten Augen? Wie rational verhält man sich, wenn man seit Stunden mit Stacheldraht, der sich in die Haut bohrt, an einen Stuhl gefesselt ist? Wie groß ist die Urteilsfähigkeit, wenn man in seinem Urin und Kot sitzt und Blut verliert? Und noch dazu, wenn man gezwungen worden ist, dem eigenen Kind einen Finger abzuscheiden?«

Der Form halber ließ Madeline den Einspruch gelten.

»Selbst wenn wir davon ausgehen, dass Pénélope nicht bei klarem Verstand war und ihre übergroße Angst sie dazu getrieben hat, diese makabre Inszenierung für wahr zu halten: Warum hat die Polizei bei der

Stürmung des Verstecks der Chilenin das Kind nicht gefunden? Und vor allem, warum hat man das Plüschtier mit dem Blut des Kindes am Ufer des Newton Creek River entdeckt?«

»Was das Blut angeht, so ist das offensichtlich. Vergessen Sie nicht, dass man dem Jungen den Finger abgeschnitten hat. Ansonsten ...«

Gaspard wandte sich wieder dem Artikel über die Polizeiberichte zu.

»Wenn es stimmt, was hier steht, hat eine Überwachungskamera um 15:26 Uhr Muñoz am Bahnhof an der Harlem/125th Street aufgenommen, unmittelbar bevor sie sich auf die Gleise stürzte. Zwischen 12:30 Uhr, dem Zeitpunkt, zu dem Pénélope ihren Sohn zum letzten Mal gesehen hat, und 15:26 Uhr konnte Muñoz sonst was mit dem Kind anstellen – es woanders einsperren, es jemandem anvertrauen. Und genau das müssen wir herausfinden.«

Madeline sah Coutances schweigend an. Der Schriftsteller ermüdete sie mit seinen exotischen Theorien. Sie rieb sich die Augen und stach ihre Gabel in ein Stück Gemüse, das vor ihr auf dem Teller lag.

Doch Gaspard fuhr unbeirrt fort: »Sie waren nicht die einzige Ermittlerin, die Lorenz treffen wollte. Vor Kurzem hat Lorenz einen alten Freund wiedergefunden: Adriano Sotomayor.«

Gaspard blätterte in seinem Heft, bis er das Foto des Latino in der Uniform des NYPD fand, das er aus dem *American Art* Magazin ausgeschnitten und gegenüber der Jugendaufnahme des dritten Mitglieds der *Artefiçer* eingeklebt hatte.

Verärgert machte sich Madeline über ihn lustig.

»Was glauben Sie eigentlich? Dass man auf diese Art polizeiliche Ermittlungen führt? Indem man die Zeitung liest und dann Bilder ausschneidet und woanders einklebt? Das sieht aus wie das Aufgabenheft eines Pennälers!«

Ungerührt erwiderte Gaspard schlagfertig: »Stimmt, ich bin kein Polizist und weiß nicht, wie man Ermittlungen führt. Darum will ich ja auch, dass Sie mir helfen.«

»Aber alles, was Sie hier darlegen, ist doch aus der Luft gegriffen!«

»Nein, Madeline, das ist nicht richtig, und das wissen Sie ganz genau. Lorenz war vielleicht vom Schmerz überwältigt, aber er war nicht verrückt. Wenn er beschlossen hatte, Sie in New York aufzusuchen, dann deshalb, weil er eine neue Spur hatte, auf alle Fälle irgendetwas Konkretes.«

Schweigen, dann ein tiefer Seufzer.

»Warum bin ich Ihnen bloß begegnet, Coutances? Warum haben Sie mich bis hierher verfolgt? Das ist wirklich nicht der geeignete Moment, verdammt noch mal ...«

»Kommen Sie mit mir nach New York. Nur dort können wir eine Antwort finden! Wir sollten Sotomayor um Hilfe bitten und die Ermittlungen an Ort und Stelle erneut aufnehmen. Ich will wissen, was Scan Lorenz herausgefunden hat. Ich will wissen, warum er mit Ihnen sprechen wollte.«

Sie antwortete ausweichend: »Fahren Sie allein, Sie brauchen mich nicht.«

»Vor zwei Minuten haben Sie noch das Gegenteil behauptet! Sie sind eine erfahrene Ermittlerin, Sie kennen die Stadt, und Sie haben zwangsläufig noch Kontakte zum NYPD oder zum FBI.«

Als sie einen Schluck Tee trank, bemerkte Madeline, dass sie noch immer das Plastikarmband des Krankenhauses am Handgelenk trug. Sie nahm es ab und wedelte damit vor Coutances hin und her, um ihn zur Vernunft zu bringen.

»Gaspard, Sie sehen doch, dass mein Leben eine andere Wendung genommen hat. Ich habe gerade einen medizinischen Eingriff hinter mir und muss mich bald dem nächsten unterziehen, ich will eine Familie gründen ...«

Coutances legte sein Handy auf den Tisch. Auf dem Display bestätigte eine Mail von Karen Liebermann die Reservierung eines Iberia-Flugs für zwei Passagiere für denselben Tag. Abflug von Madrid 12:45 Uhr, Ankunft am Flughafen JFK um 15:15 Uhr.

»Wenn wir sofort zum Flughafen fahren, können wir ihn noch erwischen. Dann sind Sie am sechsundzwanzigsten Dezember zurück, rechtzeitig zu ihrem zweiten Eingriff.«

Madeline schüttelte den Kopf, doch Gaspard beharrte.

»Nichts hindert Sie daran, mich zu begleiten. Sie

müssen sich zwei Tage lang beschäftigen. Selbst in Madrid wird an Weihnachten nicht operiert.«

»Ich muss mich ausruhen.«

»Verdammt noch mal, Sie denken auch nur an sich selbst!«

Das war der Tropfen, der das Fass zum Überlaufen brachte. Madeline warf ihm den Teller ins Gesicht. Gaspard hatte gerade noch Zeit, dem Geschoss auszuweichen, das an der gefliesten Wand hinter ihm zerschellte.

»Für Sie ist das alles ein Spiel!«, schrie sie. »Sie finden solche Ermittlungen aufregend. Das belebt Ihr Dasein, und Sie fühlen sich wie ein Filmheld. Ich hatte zehn Jahre meines Lebens mit solchen Fällen zu tun. Sie waren mein Leben. Und ich sage Ihnen eines – das ist das Tor zum Abgrund. Bei jeder Ermittlung verliert man ein bisschen von seiner Haut, Gesundheit, Lebensfreude und Sorglosigkeit. Bis zu dem Augenblick, wo nichts mehr bleibt. Verstehen Sie das? Nichts! Eines Morgens wacht man auf und ist zerstört. Das ist mir widerfahren, und ich will es nicht ein zweites Mal erleben.«

Als sie verstummte, packte Gaspard seine Sachen zusammen.

»Okay, ich habe Ihre Position verstanden. Ich werde Sie nicht mehr belästigen.«

Der Bär kam brummend aus seiner Höhle. Gaspard reichte ihm zwei Geldscheine, um zu verhindern, dass er seine Krallen ausfuhr. Dann ging er zur Tür. Madeline sah ihm nach. Sie wusste, dass diese Sache für sie nun bald ein Ende haben würde. Dennoch konnte sie nicht umhin, ihm nachzurufen: »Warum, zum Teufel, tun Sie das? Sie, dem doch alles egal ist, der weder die Menschen noch das Leben liebt, was geht sie diese Geschichte an?«

Coutances kehrte zurück und legte ein Foto auf den Tisch. Es zeigte Julian an einem Wintermorgen auf einer Rutsche im Jardin des Missions Étrangères. Ein lächelndes Kind mit leuchtendem, verträumtem Blick, einen dicken Schal um den Hals gewickelt. Schön wie die Sonne, frei wie der Wind.

Madeline wandte den Blick schnell von der Aufnahme ab.

»Wenn Sie glauben, mich so plump hereinlegen zu können.«

Dennoch rann ihr eine Träne über die Wange. Das war sicher der Schlafmangel, die Erschöpfung und das Gefühl, mit den Nerven am Ende zu sein.

Sanft legte Gaspard ihr die Hand auf den Arm.

Seine Worte waren Mahnung und eine eindringliche Bitte zugleich.

»Ich weiß, was Sie denken. Ich weiß, dass Sie von Julians Tod überzeugt sind, aber ich bitte Sie lediglich, mir dabei zu helfen, davon ebenfalls überzeugt sein zu können. Ich bitte Sie, den Nachforschungen zwei Tage zu widmen. Nicht eine Stunde mehr. Und ich schwöre Ihnen, dass Sie rechtzeitig zu Ihrem zweiten Eingriff in Madrid zurück sein werden.«

Madeline rieb sich das Gesicht und sah aus dem Fenster. Es hatte erneut zu regnen begonnen, der Himmel war wieder bedeckt und hatte alles mit seiner Tristesse überzogen. Im Grunde hatte sie nicht die geringste Lust, Heiligabend und dieses ganze *verdammte Weihnachten*, das man verliebt, fröhlich und mit der Familie begehen soll, allein zu verbringen. Coutances hatte immerhin den Vorteil, das Übel und dessen Gegenmittel zugleich zu verkörpern.

»Ich komme mit nach New York, Coutances.« Schließlich kapitulierte sie. »Aber wie auch immer die Sache ausgehen mag – danach will ich Sie in meinem ganzen Leben niemals wiedersehen.«

»Versprochen«, sagte er lächelnd.

14. New York

Ich steige aus dem Taxi aus, und dies
ist wahrscheinlich die einzige Stadt, die in
der Realität besser ist als auf Postkarten.

Milos Forman

1.

Gaspard bekam endlich wieder Luft.

In eisiger Kälte erstarrt, funkelte New York unter einem strahlenden Himmel. Das traurige Paris und das graue Madrid schienen weit entfernt. Sobald das Taxi über die Triborough Bridge gefahren war – eine gigantische Stahlkonstruktion, die Queens, die Bronx und Manhattan miteinander verband –, fühlte sich Gaspard auf bekanntem Terrain. Er, der Wald und Berge liebte und der schärfste Kritiker der Großstadt war, hatte sich hier eigentlich immer verhältnismäßig wohlgefühlt. Der Stadtdschungel, der Wald von Wolkenkratzern – all diese albernen Metaphern hatten schließlich auch etwas Wahres. New York war ein Ökosystem. Hier gab es Hügel, Seen, Wiesen und Hunderttausende von Bäumen.

Hier gab es für diejenigen, die sie sehen wollten, Weiß-kopfadler, Wanderfalken, Schneehühner und große Hirsche. Hier froren im Winter die Flüsse zu, und im Herbst entflammte das gleißende Licht die Baumkro-nen. Hier spürte man, dass unter der Zivilisation die unberührte Natur nie weit entfernt war. New York …

Gaspards Zufriedenheit stand in krassem Gegensatz zu Madelines schlechter Laune. Während des Fluges hatte sie unruhig geschlafen, und seit der Landung ant-wortete sie Gaspard nur einsilbig. Mit verschlossener Miene, zusammengebissenen Zähnen und ausweichen-dem Blick brütete sie vor sich hin und fragte sich immer wieder, warum sie sich auf diese Reise eingelassen hatte.

Dank der Zeitverschiebung war es erst kurz vor halb vier Uhr nachmittags. Das Taxi kämpfte sich durch den dichten Verkehr am Autobahnkreuz Triboro Plaza, um schließlich in die Lexington Avenue einzubiegen. Nach einer Weile erreichten sie das Kommissariat in East Harlem, das an der 119th Street neben der oberirdischen Subway-Linie und einem Hochparkplatz in einem alt-modischen eckigen Gebäude aus schmutzigem ocker-farbenem Ziegelstein untergebracht war. Da Gaspard und Madeline direkt vom Flughafen kamen, stiegen beide mit ihrem Gepäck aus dem Yellow Cab.

Das Innere des 25. Reviers unterschied sich nur wenig vom äußeren Eindruck: seelenlos, düster, depri-mierend, was durch die fensterlosen Wände noch ver-stärkt wurde. Nach seinem Anruf am Vortag war Gaspard auf das Schlimmste gefasst – endlose Wartezeit und mehrere Zwischenetappen, um zu Adriano Sotomayor vorgelassen zu werden. Aber zwei Tage vor Weihnachten war die Dienststelle quasi wie ausgestorben, ganz so, als hätte der plötzliche Kälteeinbruch die Kriminellen daran gehindert, das Haus zu verlassen. An einem schwarzen Metalltresen war ein Uniformierter für die Abfertigung der Besucher zuständig. Dieser Fettkloß hatte einen Körper, der an eine Schnecke mit winzigen Armen erinnerte, und den Kopf einer Kröte – massiges, dreieckiges Gesicht mit übergroßem Mund und grober, vernarbter Haut. Vielleicht hatte man ihn auf diesen Posten befohlen, um die Jugendlichen zu erschrecken und daran zu hindern, den falschen Weg einzuschlagen.

Gaspard ergriff als Erster das Wort.

»Guten Tag, wir möchte Officer Sotomayor sprechen.«

Betont langsam reichte die Amphibie ihnen ein Formular und erklärte mit quäkender Stimme, er brauche persönliche Angaben von ihnen beiden.

Madeline, die sich in Polizeirevieren auskannte, wollte keine Zeit verlieren und schob Gaspard zur Seite, um die Dinge in die Hand zu nehmen.

»Ich bin Captain Greene«, erklärte sie und reichte ihm ihren Ausweis. »Ich arbeite im NYPD Cold-Case-Dezernat an der 103rd Street. Ich will nur einen Kollegen besuchen. Da brauchen wir diesen ganzen Papierkram doch nicht.«

286

Der Beamte musterte sie eine Weile, ohne zu reagieren.

»Einen Augenblick«, zischte er schließlich und griff zum Telefon.

Dann machte er eine Kopfbewegung in Richtung der Holzbänke neben der Tür. Madeline und Gaspard setzten sich, doch der zugewiesene Platz stank nach Desinfektionsmitteln und lag im Durchzug. Verärgert suchte Madeline Schutz neben dem Getränkeautomaten. Sie wollte sich einen Kaffee holen, stellte dann aber fest, dass sie sich nicht die Zeit genommen hatte, am Flughafen ihre Euro in Dollar zu wechseln.

»Verdammter Mist!«

Enttäuscht und gereizt hob sie den Arm, um auf den Automaten einzuschlagen. Gaspard konnte sie im letzten Moment zurückhalten.

»Sie rasten ja völlig aus! Reißen Sie sich zusammen oder ...«

»Guten Tag, was kann ich für Sie tun?«

2.

Sie drehten sich in die Richtung um, aus der die Stimme kam. Im trüben Licht des Kommissariats stand eine junge uniformierte Latina mit einem schwarzen Haarknoten. Ihre Jugend, das dezent geschminkte Gesicht und ihr freundliches Lächeln verliehen ihr eine Anmut, die im krassen Gegensatz zu dem wachhabenden Beamten stand. So als unterläge alles einer ungerechten Ordnung, schien die perfekte Schönheit der einen durch die Hässlichkeit des anderen ausgeglichen werden zu müssen.

Madeline stellte sich vor und zählte ihre früheren Dienstpositionen auf.

»Wir würden gern mit Officer Sotomayor sprechen«, erklärte sie dann.

Die Beamtin nickte.

»Das bin ich, Lucia Sotomayor.«

Gaspard musterte sie, die Stirn gerunzelt. Angesichts seiner Verwunderung begriff die junge Frau das Missverständnis.

»Ach, Sie meinen sicher Adriano?«

»In der Tat.«

»Wir haben denselben Nachnamen, und es ist nicht das erste Mal, dass eine solche Verwechslung vorkommt. Selbst als er noch hier gearbeitet hat, dachten die Leute oft, er wäre mein großer Bruder oder mein Cousin.«

Madeline sah Coutances an und bedachte ihn mit einem zornigen Blick, der zu sagen schien: *Sie waren nicht einmal in der Lage, das zu überprüfen!* Er hob hilflos die Hände. Am Telefon hatte er natürlich englisch gesprochen und die neutrale Anrede *Officer Sotomayor* verwendet.

»Wo arbeitet Adriano jetzt?«, fragte er eilig, um seinen Schnitzer auszubügeln.

Die Beamtin bekreuzigte sich schnell.

»Leider nirgendwo. Er ist tot.«

Ein erneuter Blickwechsel. Seufzen. Ungläubigkeit, Enttäuschung.

»Wann ist er gestorben?«

»Vor ungefähr zwei Jahren, ich erinnere mich, weil es am Valentinstag war.«

Lucia sah auf ihre Uhr und schob zwei Münzen in den Getränkeautomaten, um sich einen Tee zu holen.

»Darf ich Ihnen etwas anbieten?«

Das Wesen der jungen Polizistin entsprach ihrem Äußeren – freundlich und zuvorkommend, und Madeline ließ sich gern zu einem Kaffee einladen.

»Adrianos Tod war ein echter Schock«, fuhr sie fort und reichte ihrer Ex-Kollegin den Becher. »Er war hier sehr beliebt. Er hatte jene vorbildliche Karriere durchlaufen, die das *Department* gern als beispielhaft anführt.«

»Und was bedeutet das?«, fragte Gaspard.

Lucia blies auf ihren Tee.

»Sagen wir, einen kometengleichen Aufstieg. In seiner Jugend war Adriano in verschiedenen Pflegefamilien untergebracht. Er bewegte sich sogar eine Zeit lang am Rande der Kleinkriminalität, ehe er sich in den Griff bekam und zur Polizei ging.«

»Ist er im Dienst ums Leben gekommen?«, wollte Madeline wissen.

»Nicht wirklich. Er hat einen Messerstich abbekommen, als er in der Nähe seiner Wohnung zwei Jugendliche trennen wollte, die sich vor einem Spirituosengeschäft prügelten.«

»Und wo wohnte er?«

»Nicht weit von hier, in der Bilberry Street.«

»Wurde sein Mörder gefasst?«

»Nein, und das hat uns allen hier auf dem Revier schwer zu schaffen gemacht. Es macht uns krank, zu wissen, dass ein Typ, der einem Polizisten die Kehle durchgeschnitten hat, noch auf freiem Fuß ist.«

»Ist er wenigstens identifiziert worden?«

»Soweit ich weiß, nicht! Das ist wirklich dramatisch und ein Beispiel, das Schule macht. Vor allem in unserem Viertel! Selbst Bratton* war außer sich. Solche Gewalt passt überhaupt nicht hierher, denn heute ist Harlem eine absolut sichere Gegend.«

Lucia kippte den Rest ihres Tees hinunter, als wäre es Wodka.

»So, ich muss wieder an die Arbeit. Tut mir leid, dass ich der Überbringer dieser traurigen Nachricht war.«

Sie warf ihren Becher in den Abfalleimer und sagte dann: »Ich habe Sie gar nicht gefragt, warum Sie Adriano eigentlich sprechen wollten?«

»Wegen einer alten Ermittlung«, erwiderte Madeline. »Es geht um die Entführung des Sohnes von Sean Lorenz. Sie wissen schon, der Maler. Sagt Ihnen das etwas?«

»Nur vage, denn ich war damals, glaube ich, noch nicht hier.«

---

* Bill Bratton: berühmter Leiter des NYPD von 1994 bis 1996 und von 2014 bis 2016.

Gaspard fuhr fort: »Adriano Sotomayor war ein Freund von Lorenz. Hat er nie von dem Fall gesprochen?«

»Nein, aber da wir nicht derselben Gruppe angehörten, ist das nicht weiter verwunderlich.«

Dann meinte sie, an Madeline gewandt: »Und Sie wissen ja, dass sich bei Kindesentführung oft das FBI einschaltet.«

3.

Beißende Kälte lähmte die Muskeln und legte sich eisig auf das Gesicht. Auf dem Bürgersteig gegenüber dem Kommissariat zog Madeline den Reißverschluss des Parkas zu, den sie in letzter Minute in einer Boutique am Madrider Flughafen gekauft hatte. Die Hände waren mit Creme, die Lippen mit Balsam geschützt, und der Hals mit einem dicken Schal umwickelt. Übellaunig griff sie Gaspard ohne jegliche Vorwarnung an.

»Sie sind wirklich eine Null, Coutances!«

Die Hände in den Taschen vergraben, seufzte Gaspard.

»Und Sie sind immer noch so liebenswürdig.«

Sie zog die pelzbesetzte Kapuze über den Kopf. »Wir haben sechstausend Kilometer für nichts und wieder nichts zurückgelegt!«

Er versuchte, das Offensichtliche zu leugnen.

»Nein, ganz und gar nicht!«

»Dann haben wir wohl gerade nicht denselben Film gesehen ...«

Er stellte eine andere Hypothese auf: »Und wenn nun Sotomayor ermordet wurde, weil er sich zu sehr für Julians Entführung interessiert hatte?«

Sie sah ihn genervt an.

»Das ist doch absurd! Ich gehe ins Hotel zurück.«

»Jetzt schon?«

»Sie machen mich wirklich fertig«, sagte sie seufzend. »Ich habe die Nase endgültig voll von ihren haltlosen Theorien! Ich gehe schlafen, geben Sie mir dreißig Dollar!«

Sie trat einen Schritt vor, um ein Taxi anzuhalten. Gaspard zückte seine Brieftasche und zog zwei Geldscheine heraus. Dann beharrte er: »Können Sie nicht in diese Richtung recherchieren?«

»Ich wüsste nicht, wie.«

»Ach, kommen Sie, Sie haben bestimmt noch Kontakte.«

Sie sah ihn mit einer Mischung aus Zorn und Überdruss an und erwiderte: »Ich habe es Ihnen bereits erklärt, Coutances: Ich habe in *England* Ermittlungen geleitet. In New York war ich nie in einer Einsatztruppe, sondern habe Büroarbeit erledigt.«

Sie trat, am ganzen Körper zitternd, von einem Fuß auf den anderen, um sich aufzuwärmen. Die Kälte, die Gaspard belebte, schien sie zu quälen.

Ein Ford Espace hielt vor ihnen an. Ohne ihren Begleiter auch nur noch eines Blickes zu würdigen, flüchtete sich Madeline in das Taxi und nannte dem Fahrer die Adresse des Hotels. Mit verschränkten Armen kauerte sie sich auf den Rücksitz, schrie dann aber den Chauffeur, einen Inder, an, weil er mit offenem Fenster fuhr. Doch der nahm das nicht einfach so hin, sondern bedachte sie mit einem Wortschwall, ehe er sich endlich bequemte, die Scheibe hochzulassen. Madeline schloss die Augen. Sie war am Ende, völlig erschöpft und kraftlos. Und vor allem hatte sie wieder starke Bauchschmerzen. Sie fühlte sich aufgebläht und litt unter Magenkrämpfen, Übelkeit und – trotz der Kälte – unter unangenehmen Schweißausbrüchen.

Als sie die Augen wieder öffnete, fuhr der Wagen über den West Side Highway, die große Avenue, die bis zum Süden von Manhattan am Hudson River entlangführt. Sie zog ihr Handy aus der Tasche des Parkas und suchte in den Kontakten eine Nummer, die sie schon lange nicht mehr gewählt hatte.

Zu der Zeit, als sie noch in New York gearbeitet hatte, war Dominic Wu einer ihrer Kontaktmänner beim FBI gewesen. Er war zuständig für die Verbindung zwischen FBI und NYPD, wo Madeline arbeitete. Konkret war er eher der »Mister No« gewesen, denn er hatte all ihre Anfragen abgelehnt. Zumeist aus Budgetgründen, aber auch, um zu verhindern, dass die städtische Polizei die Arbeit des FBI infrage stellte.

Im Grunde war Dominic Wu nicht unsympathisch, eher ein unersättlicher Karrierist, der jedoch manchmal auch unerwartete Entscheidungen traf. Sein Privatleben konnte man als atypisch bezeichnen – nachdem er mit einer Anwältin der City Hall zwei Kinder bekommen hatte, bekannte er sich zu seiner Homosexualität. Als Madeline ihn zum letzten Mal getroffen hatte, war er mit einem Feuilleton-Journalisten der *Village Voice* zusammen.

»Hello, Dominic, hier ist Madeline Greene.«

»Hi, Madeline! Was für eine Überraschung! Bist du ins Nest zurückgekehrt?«

»Nur eine Stippvisite. Und du?«

»Ich habe Urlaub, aber ich verbringe die Feiertage mit meinen Töchtern in New York.«

Sie massierte sich die Schläfen. Jedes Wort war eine Anstrengung.

»Du kennst mich ja, Dominic, ich tue mich schwer mit Small Talk und ...«

Sie hörte ihn lachen.

»Vergiss es. Was kann ich für dich tun?«

»Ich möchte dich um einen Gefallen bitten.«

Es folgte ein vorsichtiges Schweigen und dann: »Ich habe dir doch gesagt, dass ich nicht im Büro bin.«

Trotzdem fuhr Madeline fort: »Könntest du mir ein paar Informationen über den Tod eines Polizisten des fünfundzwanzigsten Reviers geben ... Adriano Sotomayor. Er wurde vor knapp zwei Jahren vor seiner Tür in Harlem umgebracht.«

»Was genau suchst du?«

»Alles, was du finden kannst.«

Wu reagierte reserviert.

»Du arbeitest nicht mehr bei uns, Madeline.«

»Ich bitte dich nicht um vertrauliche Informationen.«

»Wenn ich Erkundigungen einhole, hinterlässt das Spuren und ...«

Wu ging ihr langsam auf die Nerven.

»Ach, und das macht dir ernsthaft solche Angst?«

»Heutzutage kann man ...«

»Okay, vergiss es, zu Weihnachten solltest du dir etwas Mumm wünschen. Gibt es im Moment sicher im Sonderangebot bei Bloomingdale's.«

Sie beendete das Gespräch abrupt. Zehn Minuten später erreichten sie das Hotel, eines jener für TriBeCa typischen Gebäude aus ockerfarbenem Ziegelstein. Gaspard war so weit gegangen, Zimmer im Bridge Club zu reservieren, dem Etablissement, in dem Lorenz seine letzten Tage verbracht hatte. Am Empfang teilte man ihr mit, das Haus sei ausgebucht, aber es seien zwei Zimmer auf den Namen Coutances reserviert – eine Eck-Suite und ein kleines Zimmer im obersten Stock. Ohne zu zögern, wählte sie die Suite, legte ihren Pass vor und füllte eilig das Anmeldeformular aus.

In ihrem Zimmer angelangt, zog sie, ohne auch nur eine Sekunde den Ausblick zu bewundern, die Vorhänge zu, hängte das Schild *Bitte nicht stören* an die Tür und nahm einen Cocktail aus Beruhigungs- und Schmerzmitteln sowie Antibiotika zu sich.

Vor Schmerzen gekrümmt, legte sie sich ins Bett und schaltete das Licht aus. Das Schlafdefizit der letzten

Nächte war katastrophal. Ihr Körper war über alle Maßen geschunden. So konnte sie weder denken noch den geringsten Plan entwickeln.

Ihr Körper hatte das letzte Wort.

15. Rückkehr in die Bilberry Street

Andere werden meine Fehler haben,
aber niemand wird meine Qualitäten besitzen.

Pablo Picasso

1.

Gaspard lebte auf.

Wie eine Pflanze, die man tagelang nicht gegossen hatte und die plötzlich Wasser bekam.

Der Puls von Manhattan, das Tempo hier, die beißende, trockene Kälte, das metallische Blau des Himmels, die Wintersonne, die ihre letzten Strahlen herabschickte. All das tat ihm gut. Es war nicht das erste Mal, dass er bemerkte, wie sehr sein Gemütszustand von seiner Umgebung abhängig war. Vor allem das Klima beeinflusste ihn und seine Stimmung. Regen, Feuchtigkeit und Nässe konnten ihn regelrecht depressiv machen. Und eine Hitzewelle setzte ihn schachmatt. Diese Schwankungen verkomplizierten sein Leben, aber mit der Zeit hatte er sich dazu entschlossen, mit diesen Höhen und Tiefen zu leben. Heute war ein perfekter

Tag. Einer jener Tage, die doppelt, ja, dreifach zählten. Er musste ihn nutzen, um mit seinen Nachforschungen voranzukommen.

Dank des alten Stadtplans, den er in Lorenz' Bibliothek gefunden hatte, konnte er sich orientieren. Über die Madison Avenue und vorbei am großen Marcus Garvey Park erreichte er die Lenox Avenue, die in diesem Teil Harlems Malcom X Avenue hieß. An der Ecke genehmigte er sich bei einem der Straßenverkäufer einen Hotdog und einen Kaffee, ehe er seinen Weg in nördlicher Richtung fortsetzte.

Die Bilberry Street, in der Adriano Sotomayor ermordet worden war, war eine kleine, von roten Backsteinhäusern und Kastanienbäumen gesäumte Straße zwischen der 131st und 132nd Street. Die Häuser mit den hohen Außentreppen und den unzähligen Holzgeländern und -veranden in kräftigen Farben versprühten einen Hauch von Südstaatenflair.

Gaspard spazierte gut zehn Minuten durch die verlassene Straße und fragte sich, wie er das ehemalige Haus von Officer Sotomayor finden sollte. Er las die Namen auf den Briefkästen: Faraday, Tompkins, Langlois, Fabianski, Moore ..., aber keiner sagte ihm etwas.

»Gib acht, Theo!«

»Ja, Papa.«

Gaspard wandte sich zu der kleinen Gruppe um, die auf der gegenüberliegenden Straßenseite entlangging. Wie in einem alten Schwarz-Weiß-Film von Frank Capra zogen ein Vater und sein kleiner Sohn einen riesigen

Tannenbaum hinter sich her. Ihnen folgten eine schöne, etwas hochnäsig wirkende Halbindianerin und eine schwarze, ältere Frau in einem hellen Trenchcoat und hohen hellbraunen Lederstiefeln, auf dem Kopf eine Leopardenmütze.

Er überquerte die Straße, grüßte und fragte: »Entschuldigen Sie, ich suche das Haus, in dem Mister Sotomayor gewohnt hat. Sagt Ihnen der Name etwas?«

Der Familienvater war freundlich und sehr zuvorkommend, aber er wohnte erst seit Kurzem hier in der Gegend. Er wandte sich an die Frau, die offensichtlich mit ihm verheiratet war.

»Sotomayor, sagt dir der Name etwas, Liebling?«

Die Frau kniff leicht die Augen zusammen, so als dächte sie angestrengt nach.

»Ich glaube, es ist das da hinten«, sagte sie und deutete auf ein Häuschen mit spitzem Dach.

»Tante Angela?«, wandte sie sich fragend an die Frau neben ihr.

Argwöhnisch beäugte die Afroamerikanerin Gaspard.

»Und warum sollte ich diesem Weißschnabel antworten?«

Voller Zuneigung legte die junge Frau ihren Arm um die Schultern der älteren.

»Also wirklich, Tante Angela, wann wirst du endlich aufhören, dich garstiger zu gebärden, als du bist.«

»Okay, okay«, kapitulierte diese und rückte ihre übergroße Sonnenbrille zurecht. »Das ist bei den Langlois, in der Nummer zwölf.«

»Langlois? Der Name klingt französisch«, bemerkte Gaspard.

Einmal in Fahrt, war Tante Angela nun nicht mehr zu bremsen: »Nach dem Tod dieses Cops – ein Typ, der wirklich etwas Besonderes war, einer von der Sorte, von der es nicht mehr viele gibt, das können Sie mir glauben – hat seine Cousine Isabelle das Haus geerbt. Sie ist mit André Langlois verheiratet, einem Ingenieur aus Paris, der in Chelsea im Google-Gebäude arbeitet. Er ist eher gut erzogen für einen Franzosen. Schon mehrfach hat er mir beim Schneiden der Hecke geholfen, und wenn er sich an den Herd stellt und kocht, bringt er mir manchmal sogar ein Stück von seinem Kaninchen in Senfsauce vorbei.«

Gaspard dankte der Familie und ging die Straße fünfzig Meter weiter, um an dem angegebenen Haus zu klingeln. Es handelte sich um ein kleines *brownstone*-Gebäude, dessen Haustür mit einem üppigen Kranz aus Buchsbaum- und Tannenzweigen geschmückt war.

Die Frau, die ihm aufmachte – eine Latina mit dichtem Haar und feurigem Blick –, trug eine karierte Küchenschürze und hielt ein Kleinkind im Arm. Eva Mendes als *Desperate Housewife*.

»Guten Tag, Madam, entschuldigen Sie die Störung. Ich suche das Haus, das früher Adriano Sotomayor gehört hat. Mir wurde gesagt, er habe hier gelebt.«

»Vielleicht«, erwiderte sie misstrauisch. »Was wollen Sie?«

Jetzt kam die Coutances-Methode zum Einsatz: Es

mit der Wahrheit nicht so ganz genau nehmen, sie ein bisschen frisieren, ohne sich dabei jedoch wirklich in einer Lüge zu verstricken.

»Ich heiße Gaspard Coutances und schreibe eine Biografie über den Maler Sean Lorenz. Sie kennen ihn wahrscheinlich nicht, aber ...«

»Ich soll Sean Lorenz nicht kennen?«, unterbrach ihn die junge Frau. »Wenn Sie wüssten, wie oft der Typ versucht hat, mir den Po zu tätscheln!«

2.

Eva Mendes hieß in Wahrheit Isabella Rodrigues.

Gastfreundlich, wie sie war, dauerte es nicht lange, bis sie Gaspard hereinbat und einlud, sich in ihrer Küche aufzuwärmen. Ja, sie bestand sogar darauf, ihm ein Glas alkoholfreien *eggnog* zu servieren. Die gleiche Eiermilch, die sich auch ihre drei Kinder anstelle eines späten Nachmittagssnacks schmecken ließen.

»Adriano war mein Cousin«, erklärte sie, und holte aus dem Wohnzimmer ein altes Fotoalbum mit einem Stoffeinband.

Während sie die Seiten durchblätterte, erzählte sie ihm mehr über ihre Familie: »Meine Mutter Maricella und Ernesto Sotomayor, Adrianos Vater, waren Geschwister. Wir haben unsere ganze Kindheit gemeinsam in Tibberton verbracht, einem Dorf in Massachusetts in der Nähe von Gloucester.«

Die Landschaften, die Gaspard auf den Fotos sah, erinnerten ihn an die Bretagne: eine Küste am Meer, ein kleiner Hafen, einfache Boote, dazu Fischkutter und Jachten, Fischerhütten und Fachwerkhäuser.

»Adriano war ein guter Junge«, erklärte seine Cousine. »Ein wahrer Schatz. Obwohl man wirklich nicht behaupten kann, dass das Leben es gut mit ihm gemeint hat.«

Sie zeigte Gaspard noch mehr alte Aufnahmen. Schnappschüsse aus ihrer gemeinsamen Kindheit, die die beiden zeigten, wie sie Grimassen schnitten, um ein Planschbecken herumliefen und sich mit Wasser bespritzten, nebeneinander unter einem Klettergerüst auf der Wippe saßen oder einen Kürbis für Halloween aushöhlten. Aber sogleich zerstörte Isabella diese idyllische Szenerie.

»Obwohl er auf diesen Fotos so unbeschwert wirkt, hatte Adriano wirklich keine schöne Kindheit. Sein Vater, mein Onkel Ernesto, war ein gewalttätiger und aufbrausender Mann, der die Angewohnheit hatte, sich an seiner Frau und seinem Sohn abzureagieren. Anders gesagt, Ernesto schlug hart und oft zu.«

Isabellas Stimme versagte. Um die schlechten Erinnerungen zu vertreiben, sah sie voller Zuneigung zu ihren Kindern hinüber. Die beiden Älteren saßen mit Kopfhörern am Küchentisch und kicherten, den Blick auf ein Tablet gerichtet. Das Jüngste widmete sich hingebungsvoll der Fertigstellung eines Puzzles: *Las Meninas*, dem wohl berühmtesten Gemälde von Velázquez.

Insgeheim musste Gaspard an seinen eigenen Vater denken, der so freundlich, so aufmerksam, so liebevoll gewesen war. Warum zerstörten manche Männer jene, die sie in die Welt gesetzt hatten, während andere ihre Kinder so sehr liebten, dass sie daran zugrunde gingen?

Er ließ die Frage so stehen und erinnerte sich an das, was die Polizistin aus dem 25. Revier ihm eine halbe Stunde zuvor erzählt hatte.

»Ich habe gehört, Adriano soll in eine Pflegefamilie gekommen sein ...«

»Ja, dank unserer Lehrerin, Miss Boninsegna. Sie hat dem zuständigen Sozialdienst die Übergriffe Ernestos gemeldet.«

»Das hat Adrianos Mutter zugelassen?«

»Tante Bianca? Sie war bereits ein paar Jahre zuvor aus der gemeinsamen Wohnung ausgezogen.«

»Wie alt war Ihr Cousin, als er nach New York kam?«

»Ich würde sagen, ungefähr acht. Zunächst war er in zwei oder drei anderen Familien untergekommen, bis er schließlich in Harlem bei Mr und Mrs Wallis landete, einer wirklich tollen Pflegefamilie, die ihn wie ihren eigenen Sohn behandelt hat.«

Sie klappte das Fotoalbum zu und fügte nachdenklich hinzu: »Dennoch haben sich Adriano und sein Vater später wiedergefunden ...«

»Wirklich?«

»Am Ende seines Lebens bekam Onkel Ernesto Kehlkopfkrebs. Sein Sohn hat ihn bei sich aufgenommen und so lange wie möglich gepflegt. Diese Großzügigkeit war typisch für meinen Cousin.«

Gaspard kam zum Wesentlichen zurück: »Und was hat das mit Sean Lorenz zu tun?«

3.

Isabellas Augen leuchteten auf.

»Ich lernte Sean mit achtzehn Jahren kennen! Seit jener Zeit verbrachte ich alle meine Sommer in New York. Gelegentlich übernachtete ich zwar bei einer Freundin, aber meistens kam ich bei den Wallis' unter.«

Sie schwelgte in den Erinnerungen an die gute alte Zeit.

»Sean wohnte weiter oben bei den Polo Grounds Towers, aber er und Adriano steckten immer zusammen trotz der vier Jahre Altersunterschied. Und so heftete auch ich mich an ihre Fersen und versuchte, ihnen bei ihren Abenteuern nicht von der Seite zu weichen. Sean war ein bisschen in mich verliebt, und ich hatte nichts dagegen. Man könnte sogar sagen, dass wir so etwas wie eine ›Beziehung‹ hatten.«

Während sie einen Schluck von der Eiermilch trank, sortierte sie ihre Erinnerungen.

»Es war eine andere Zeit. Ein anderes New York. Zugleich freier und gefährlicher. Damals musste man in Harlem wirklich auf der Hut sein. Gewalt war an der Tagesordnung, und das Crack vergiftete alles.«

Mit einem Mal wurde ihr bewusst, dass ihre Kinder in der Nähe waren. Mit leiser Stimme fuhr sie fort: »Natürlich machten wir damals Dummheiten. Wir rauchten viel zu oft einen Joint, klauten Autos und sprühten Graffiti auf die Wände. Aber wir gingen auch ins Museum! Ich weiß noch, dass Sean uns zu jeder neuen Ausstellung ins MoMA schleifte. Durch ihn habe ich Matisse, Pollock, Cézanne, Toulouse-Lautrec, Anselm Kiefer kennengelernt … Er war schon damals in gewisser Weise besessen, wo er ging und stand, zeichnete und malte er.«

Isabella schwieg eine Weile, konnte dann aber der Versuchung nicht länger widerstehen: »Ich will Ihnen etwas zeigen«, erklärte sie geheimnisvoll.

Sie verschwand und kehrte kurz darauf mit einem großen Umschlag zurück, den sie auf den Wohnzimmertisch legte. Vorsichtig öffnete sie ihn und zog eine Zeichnung daraus hervor, die auf einer Corn-Flakes-Schachtel prangte. Ein Porträt von ihr, signiert mit *Sean, 1988*. Das stilisierte Gesicht einer jungen Frau – schelmischer Blick, wilde Haarpracht, nackte Schultern. Gaspard musste unwillkürlich an bestimmte Zeichnungen von Picasso denken, die dieser von Françoise Gilot gemacht hatte. Das gleiche Talent, das gleiche Genie. Mit wenigen Strichen hatte Sean alles eingefangen: das Ungestüm der Jugend, Isabellas Anmut, aber auch eine gewisse Ernsthaftigkeit, die bereits die Frau ankündigte, die sie später werden würde.

»Ich hüte diese Skizze wie meinen Augapfel«,

gestand sie, während sie sie in den Umschlag zurücksteckte.

»Vor zwei Jahren, als es diese Retrospektive über Seans Arbeit im MoMA gab, fand ich das irgendwie verrückt, und natürlich hat es viele Erinnerungen in mir wachgerufen …«

Genau darauf wollte Gaspard hinaus.

»Haben Sie auch Beatriz Muñoz kennengelernt?«

Ein Schatten der Angst legte sich über Isabellas strahlendes Gesicht. Sie suchte nach Worten und antwortete schließlich: »Ja, ich habe sie kennengelernt. Trotz allem, was sie getan hat, war Beatriz … kein schlechter Mensch. Zumindest nicht damals, als ich sie traf. Wie Adriano und viele andere Kids aus dem Viertel war Beatriz ein Opfer. Ein Mädchen, dem das Leben böse mitgespielt hatte. Jemand, der in seinem Innersten tieftraurig war, eine gepeinigte Seele, die sich selbst nicht sonderlich leiden konnte.«

Isabella griff zu einer Metapher aus der Kunst.

»Man sagt doch, dass manchmal ein Gemälde nur im Auge des Betrachters zum Leben erwacht. So ähnlich war es auch bei Beatriz. Sie konnte sich selbst erst leiden, als Seans Blicke auf sie fielen. In der Rückschau ist das leicht zu erkennen, und heute bedaure ich, dass ich ihr nicht geholfen habe, als sie aus dem Gefängnis kam. Vielleicht wäre dann das Verbrechen nicht passiert, dessen sie sich schuldig gemacht hat. Das habe ich natürlich Sean gegenüber nicht so unverblümt gesagt, aber …«

Gaspard glaubte, seinen Ohren nicht zu trauen.

»Sie haben Sean nach dem Tod seines Sohns noch einmal getroffen?«

Isabella ließ die Bombe platzen.

»Letzten Dezember kam er einfach vorbei und klingelte an der Tür. Das ist jetzt genau ein Jahr her. Ich erinnere mich an das Datum, weil ich später erfahren habe, dass es der Tag vor seinem Tod war.«

»Und in welchem Zustand war er?«, wollte Coutances wissen.

Isabella seufzte.

»Diesmal sah er nicht so aus, als wolle er mir den Po tätscheln, das kann ich Ihnen versichern.«

4.

»Sean wirkte müde, das Haar war ungewaschen, das Gesicht nicht rasiert. Man hätte ihn ohne Weiteres für zehn Jahre älter halten können. Ich hatte ihn fast zwanzig Jahre nicht mehr gesehen, kannte aber Fotos von ihm aus dem Internet. Er war nicht mehr derselbe Mann. Vor allem sein Blick machte mir Angst. Als hätte er seit zehn Tagen kein Auge mehr zugetan oder sich gerade einen Schuss Heroin gesetzt.«

Gaspard und Isabella waren inzwischen auf die Veranda umgezogen, die von drei Messinglaternen erhellt wurde. Zuvor hatte Isabella eine alte, hinter kupfernen Kochtöpfen versteckte Zigarettenschachtel hervorgeholt. Sie war hinausgegangen, um sich in der Eiseskälte einen der Glimmstängel anzuzünden. Ganz so, als könnte der Rauch ihre Erinnerungen wie Balsam umhüllen und den Schmerz lindern.

»Es waren natürlich keine Drogen, die Sean in diesen Zustand versetzt hatten, sondern sein Schmerz. Jener Kummer, der am schwersten wiegt, der dich auffrisst, ja, umbringt, weil dir dein eigen Fleisch und Blut entrissen wurde.«

Sie nahm einen tiefen Zug aus ihrer Zigarette.

»Als ich Sean wiedersah, hatten die Umbauarbeiten am Haus noch nicht begonnen. Mein Mann André und ich hatten es gerade erst bekommen und beschlossen, die letzten Wochen bis zum Jahresende darauf zu verwenden, es auszuräumen.«

»Waren Sie Adrianos einzige Erbin?«

Isabella nickte.

»Beide Elternteile meines Cousins waren bereits verstorben, und er hatte keine Geschwister. Aber es hat einige Zeit gedauert, bis wir das Erbe antreten konnten, und als es so weit war, befanden sich noch all seine Sachen im Haus. Und genau das interessierte Sean.«

Gaspard spürte, wie ihn die Aufregung packte. Er war sich sicher, etwas Wichtigem auf der Spur zu sein.

»Sean hielt sich nicht mit langen Vorreden auf«, gestand Isabella. »Er zeigte mir Fotos vom kleinen Julian und erklärte mir, er glaube nicht an die offizielle Version seines Todes.«

»Hat er Ihnen gesagt, warum?«

»Er hat behauptet, Adriano habe inoffiziell die Ermittlungen zu dem Fall wiederaufgenommen.«

Es war plötzlich dunkel geworden. In einigen Gärten schmückten Lichterketten die Tannenbäume, Büsche und Zäune.

»Wonach suchte Sean genau, als er zu Ihnen kam?«

»Er wollte einen Blick auf Adrianos Sachen werfen. Herausfinden, ob dieser vor seinem Tod noch einen Hinweis über seine Nachforschungen hinterlassen hatte.«

»Haben Sie ihm das geglaubt?«

Traurig antwortete sie: »Nicht wirklich. Wie gesagt, er war wie von Sinnen, ja, derart wahnsinnig, dass man den Eindruck hatte, er führe Selbstgespräche. Und ehrlich gesagt, machte er mir sogar ein bisschen Angst.«

»Und trotzdem haben Sie ihn hereingelassen«, meinte Gaspard.

»Ja, aber als er begann, das Haus zu durchsuchen, bin ich mit den Kindern in das große Einkaufszentrum, dem East River Plaza, hier in Harlem, gegangen.«

»Wissen Sie, ob Sean etwas gefunden hat?«

Sie lächelte ernüchtert.

»Auf jeden Fall hat er einen Riesensaustall hinterlassen! Hat alle Schubladen und Schränke durchwühlt. André zufolge, behauptete er, als er wieder ging, er habe gefunden, wonach er suchte.«

Gaspard spürte, wie seine Anspannung stieg.

»Und, was war es?«

»Dokumente, soweit ich weiß.«

»Welcher Art?«

»Darüber kann ich nichts sagen. André hat mir was von einem Schnellhefter erzählt, den Sean in seine lederne Umhängetasche gepackt hat.«

»Sie wissen nicht, was sich darin befand?«

»Nein, und es ist mir egal. Was man auch anstellt, es bringt die Toten nicht zurück, oder?«

Gaspard ging nicht weiter darauf ein, sondern fragte stattdessen: »Haben Sie die Sachen Ihres Cousins behalten?«

Isabella schüttelte den Kopf.

»Wir haben längst alles weggeworfen. Ehrlich, außer seinem Auto und einem guten amerikanischen Kühlschrank besaß Adriano nicht viel.«

Enttäuscht begriff Gaspard, dass er sich zu früh gefreut hatte. Mehr würde er von Sotomayors Cousine nicht erfahren.

»Könnten Sie vielleicht Ihren Ehemann fragen, ob er sich an etwas erinnert?«

Während sie den Parka enger um sich zog, nickte Isabella. Gaspard schrieb ihr seine Handynummer auf die Zigarettenschachtel.

»Es ist wirklich sehr wichtig«, betonte er noch einmal.

»Wozu soll das gut sein, alles noch einmal aufzuwühlen? Der Kleine ist doch schon lange tot, nicht wahr?«

»*Sans doute*«, erwiderte er auf Französisch, ehe er sich bei ihr für ihre Hilfe bedankte.

Isabella sah dem merkwürdigen Besucher nach, als sie ihre Kippe in einem der Blumentöpfe ausdrückte. Er hatte *sans doute* gesagt. Isabella sprach gut Französisch, schließlich war sie ja mit einem Franzosen verheiratet, aber sie hatte nie wirklich die Logik verstanden, die sich hinter dieser Formulierung verbarg. Jedes Mal, wenn sie sie hörte, fragte sie sich, warum *sans doute vermutlich* bedeutete und nicht *ohne jeden Zweifel*.

Sie durfte nicht vergessen, ihren Mann danach zu fragen.

Pénélope

»Nach Picasso kommt nur noch Gott.«

Wie oft habe ich mich über diesen Satz von Dora Maar, der ehemaligen Muse des katalanischen Genies, amüsiert, und erst jetzt begreife ich seine ganze Tragweite. Denn im Grunde ist es das, was ich selbst im tiefsten Inneren empfinde. Nach Sean Lorenz kommt nur noch Gott. Und da ich nicht an Gott glaube, heißt der Satz nun: *Nach Sean Lorenz kommt nichts mehr.*

Um deinem Geist zu entfliehen, Sean, hatte ich fast schon vergessen, wie empfänglich ich für deine Malerei war. Aber seit dieser Gaspard Coutances mir dein letztes Bild gezeigt hat, lässt es mich nicht mehr los. Ist der Tod wirklich so? Weiß, sanft, beruhigend, leuchtend? Bist du dort, Sean, an jenem Ort, wo die Angst nicht länger zu existieren scheint? Und ist unser Sohn bei dir?

Seit gestern klammere ich mich an diesen Gedanken.

Letzte Nacht habe ich sehr gut geschlafen, weil ich erleichtert war, mich entschieden zu haben. Am Morgen habe ich lächelnd das Kleid mit den Blumen aus dem Schrank genommen, jenes, das ich trug, als wir uns am 3. Juni 1992 das erste Mal in New York begegnet sind.

Und weißt du, was? Es tut noch immer seine Wirkung! Ich habe auch meine alte Perfecto-Lederjacke wiedergefunden, aber nicht die Doc Martens von damals. Stattdessen habe ich ein Paar Lederstiefeletten gewählt, die du auch sehr mochtest, und so bin ich raus auf die Straße. Ich bin mit der Metro zur Porte de Montreuil gefahren und anschließend, trotz der Dezemberkälte, lange herumgelaufen.

Hinter der Rue Adolphe-Sax finde ich die stillgelegte Haltestelle des früheren sogenannten Kleinen Eisenbahngürtels. Alles ist noch so wie an jenem Tag, als du mich zu einem mitternächtlichen Picknick dorthin entführt hast.

Von Gestrüpp überwuchert, verrottet das Gebäude. Die Türen und Fenster sind zugemauert, aber ich erinnere mich, dass man vom Technikraum aus über eine Treppe zum Bahnsteig kommt. Mit der eingeschalteten Taschenlampe meines Handys gehe ich über die Gleise, zunächst in die falsche Richtung, kehre dann aber um und erreiche durch den Tunnel das ehemalige Depot.

Du wirst es nicht glauben: Der alte Waggon ist noch immer da. Die Pariser Verkehrsbetriebe haben einen Schatz im Wert von mehreren Millionen Euro in einem verfallenen Bahnhof stehen, und niemand weiß es!

Weder der Rost noch der Staub konnten deinen Farben etwas anhaben. Und mein Porträt strahlt noch immer auf der rauen und schmutzigen Außenwand des Zugwagens. Meine Jugend triumphiert über Zeit und Dunkclhcit. Mcinc vcrrückten I Iaare, die meinen

zwanzigjährigen Prinzessinnenkörper von damals um-
schmeicheln, meine Beine und Brüste, meinen Unterleib umgarnen. Dieses Bild will ich mitnehmen.

Ich klettere ins Innere des Wagens. Alles ist verdreckt
und mit einer dicken Staubschicht überzogen, aber ich
habe keine Angst. Ich setze mich auf einen der Notsitze
und öffne meine Tasche. Die wunderbare, aus weiß-
blauem Leder geflochtene Bulgari, die du mir im Frühling vor Julians Geburt geschenkt hast. Ich ziehe eine
geladene Manurhin MR 73 heraus. Es ist die alte Dienst-
waffe meines Vaters, die er mir überlassen hat. Damit
ich mich verteidigen kann. Aber heute bedeutet, mich
zu verteidigen, mich zu töten.

Ich schiebe den Lauf in meinen Mund.

Du fehlst mir, Sean.

Wenn du wüsstest, wie froh ich bin, dich endlich wiederzusehen. Dich und unseren Sohn.

In diesem Augenblick, eine Sekunde, bevor ich abdrü-
cke, frage ich mich, warum ich dieses Wiedersehen so
lange aufgeschoben habe.

Erlkönig

Samstag, 24. Dezember

16. Die amerikanische Nacht

Aber irgendetwas ist in der Luft von New York,
das den Schlaf überflüssig macht.

Simone de Beauvoir, *Amerika Tag und Nacht, Reisetagebuch 1947*

1.

Es war vier Uhr am Morgen, und Madeline war in Hochform.

Sie hatte zehn Stunden erholsamen Schlafs hinter sich: tief und fest und frei von irgendwelchen Albträumen und Gespenstern. Die Unterleibsschmerzen waren nicht verschwunden, aber erträglich. Madeline erhob sich, zog die Vorhänge auf und blickte auf die bereits belebte Greenwich Street und etwas weiter hinten, zwischen zwei Gebäuden, auf den finsteren und eisigen Hudson River.

Sie warf einen Blick auf ihr Smartphone: drei verpasste Anrufe von Bernard Benedick. Was wollte der Galerist von ihr? Auf jeden Fall würde er warten müssen, denn erst einmal hatte sie Hunger.

Sie schlüpfte in Jeans und T-Shirt, zog sich einen

Hoodie und ihre Lederjacke über. Beim Verlassen ihres Zimmers entdeckte sie vor der Tür einen Brief. Sie öffnete ihn im Fahrstuhl: Auf drei Seiten hatte Coutances für sie seinen Besuch bei Isabella, der Cousine von Adriano Sotomayor, zusammengefasst. Und er bat sie darin, ihn so bald als möglich anzurufen, um einen Treffpunkt mit ihm auszumachen. Fest entschlossen, überhaupt nichts zu tun, bevor sie nicht gefrühstückt hatte, faltete sie die Blätter zusammen und schob sie in eine ihrer Taschen.

Im Hotel herrschte reges Treiben. An diesem Morgen des 24. Dezember waren die Gäste, die sich auf der Durchreise befanden, bereits im Aufbruch. An der Rezeption machten sich zwei junge Hotelpagen daran, das Gepäck in verschiedene Autos zu laden, die entweder Richtung Airport oder zu einem Skiort in den Appalachen fuhren.

Madeline verließ die Lobby und trat in den Salon des Bridge Club Hotels, in dem ein Kaminfeuer knisterte und der dem eines alten englischen Clubs ähnelte: Chesterfield-Kanapees, Polstersessel, Mahagoni-Bücherregal, afrikanische Masken, präparierte Köpfe von wilden Tieren. Sie ließ sich in einem *globe chair* nieder, der mit seinem Sechzigerjahre-Stil hier völlig aus dem Rahmen fiel. Ein Page in weißer Livree tauchte hinter dem monumentalen Weihnachtsbaum auf, der in der Mitte des Raums thronte. Madeline warf einen Blick auf die Menükarte und bestellte einen schwarzen Tee, Ricotta aus Ziegenmilch und Crostini. Schließlich war es nach zehn Uhr morgens in Paris und Madrid. Obwohl sie nur einen Meter von den lodernden Flammen entfernt saß, war ihr kalt. Sie griff nach einem naturfarbenen Wollplaid und legte es sich um die Schultern wie einen Schal.

Eine Oma am Kamin, das ist aus mir geworden, dachte sie, innerlich seufzend. Sie hatte keine *grinta* mehr, keinen Kampfgeist. Sie musste an den Artikel im *New York Times Magazine* denken, den Coutances ihr in Madrid gezeigt hatte. Wo war diese energische junge Frau geblieben, angriffslustig und mutig, die sich nicht schonte oder jemals klein beigab. Sie sah das Foto, das den Artikel begleitete, im Geiste vor sich: scharfe, entschlossene Gesichtszüge, stets bereit für potenzielle Gefahren. Diese Madeline gab es nicht mehr.

Sie dachte an ihre wichtigsten Ermittlungen zurück, an dieses wahnsinnige, berauschende Gefühl, das einen ergreift, wenn man das Leben eines Menschen gerettet hat. Dieses kurze Empfinden von Euphorie, das für einen Moment den Eindruck vermittelt, man könne allein alle Fehler der Menschheit wiedergutmachen. Sie hatte nie etwas Intensiveres in ihrem Leben gespürt. Sie dachte an die kleine Alice Dixon, die sie nach Jahren der Ermittlungen lebend gefunden, aber seither aus den Augen verloren hatte. Vor der Kleinen gab es ein anderes Kind, Matthew Pears, das sie den Fängen eines Monsters entrissen hatte. Auch von ihm hatte sie nichts mehr gehört. Selbst wenn die Ermittlungen ein gutes Ende nahmen, wich die Euphorie sehr rasch einer Art Ernüchterung und der Erkenntnis, dass diese Kinder, auch wenn sie ihr das Leben verdankten, nicht ihre Kinder waren. Eine Talfahrt, die schnell nach einer weiteren Ermittlung verlangte. Eine neue Injektion Adrenalin als Antidepressivum. Die Schlange, die sich ewig in den Schwanz biss.

2.

Der Page erschien mit dem Frühstückstablett, das er auf dem niedrigen Tisch vor Madeline abstellte. Sie trank den Tee und verspeiste die Crostini unter dem leeren Blick einer präkolumbischen Statue, die in einem Regal ihr gegenüber thronte.

Madeline konnte noch immer nicht glauben, was Coutances ihr erzählt hatte. Oder, besser gesagt, sie wollte die Folgen nicht akzeptieren. Aber an den Tatsachen gab es nichts zu rütteln: Überzeugt davon, dass sein Sohn noch lebte, war Sean Lorenz auf einen Artikel gestoßen, der auf ihre früheren Ermittlungen Bezug nahm. Er war also fest davon überzeugt gewesen, dass Madeline ihm helfen könnte. Er hatte erfolglos im Cold Case Squad des NYPD angerufen und schließlich seine letzte New-York-Reise genutzt, um sie persönlich zu treffen. Dann erlitt er einen Herzinfarkt und brach mitten auf der 103rd Street, nur wenige Meter von ihrem Büro entfernt, zusammen.

Nur dass Madeline von alledem überhaupt nichts gewusst hatte. Vor einem Jahr, etwa um dieselbe Zeit, arbeitete sie bereits nicht mehr im NYPD. Sie lebte sogar schon nicht mehr in New York. Die Symptome ihrer Depression waren im Herbst aufgetreten. Ende November hatte sie gekündigt und war nach England zurückgekehrt. Wozu das Ganze noch einmal durchleben? Selbst wenn sie Lorenz begegnet wäre, hätte das nichts geändert. Sie hätte seinen Hypothesen damals nicht mehr Glauben geschenkt als heute und ihm auch nicht helfen können. Sie war nicht mit diesem Fall betraut und verfügte über keinerlei Möglichkeit, um zu ermitteln.

Während sie ihren Ricotta zu Ende aß, legte sie ihre Hand auf den Unterleib. *Verdammt.* Der Schmerz war wieder da. Ihr Bauch war aufgebläht, als hätte sie in zwei Minuten fünf Kilo zugenommen. Unbemerkt lockerte sie ihren Gürtel und zog aus ihrer Jackentasche eine Tablette Paracetamol.

Ihre Gedanken kehrten zu Gaspard zurück. Auch wenn sie es vor ihm nicht zugeben wollte, hatte er sie doch mächtig beeindruckt. Sie konnte seinen Schlussfolgerungen zwar keinesfalls folgen, musste ihm aber eine gewisse Hartnäckigkeit und echte Intelligenz zugestehen. Mit wenigen Mitteln hatte er wesentliche Fragen zur Sprache gebracht und erste Hinweise gefunden, die den erfahrenen Ermittlern ganz offensichtlich entgangen waren.

Sie zog den detaillierten Bericht aus der Tasche, den er für sie verfasst hatte. Drei Blätter beidseitig beschrieben mit der Sorgfalt eines Vorzeigeschülers – schöne, fast feminine Schrift, rundlich mit großen Schleifen –, was so gar nicht zur Persönlichkeit des Theaterautors passte. Bei der ersten Lektüre fragte sich Madeline, welche Bedeutung man der Behauptung beimessen sollte, Sean habe aus Isabellas Wohnung Dokumente mitgenommen, die Sotomayor gehört hatten. Wäre das der Fall gewesen, hätte man sie dann nicht finden müssen? In der Nähe von Lorenz' Leichnam oder in seinem Hotelzimmer? Nach kurzer Überlegung wählte sie Bernard Benedicks Nummer.

Der Galerist hob augenblicklich ab. Er platzte geradezu vor Wut.

»Mademoiselle Greene? Sie haben nicht Wort gehalten!«

»Wovon reden Sie?«

»Das wissen Sie sehr wohl: Vom dritten Bild! Demjenigen, das Sie für sich behalten haben! Sie haben mich übers Ohr gehauen mit ...«

»Ich verstehe nichts von dem, was Sie sagen«, unterbrach sie ihn. »Ich hatte Mister Coutances beauftragt, Ihnen die drei Bilder zu übergeben.«

»Er hat mir aber nur zwei geliefert!«

Sie seufzte. Coutances hatte ihr davon wohlweislich nichts erzählt.

»Ich werde ihn fragen, was es mit dem dritten Bild auf sich hat«, versprach sie. »Aber klären Sie mich einstweilen über etwas anderes auf. Sie haben mir gesagt, Sie hätten bei Lorenz' Tod seine Sachen aus dem Hotelzimmer geholt?«

»Genau, seine Kleidung und seinen Terminkalender.«

»Im Bridge Club Hotel, in TriBeCa?«

»Ja, ich habe sogar darauf bestanden, selbst sein Zimmer zu durchsuchen.«

»Erinnern Sie sich noch an die Zimmernummer?«

»Sie machen wohl Scherze. Das liegt ein Jahr zurück!«

Jetzt kam ihr eine andere Idee.

»Als die Ambulanz versucht hat, Lorenz auf der 103rd Street zu reanimieren, wurden da persönliche Gegenstände bei ihm gefunden?«

»Er hatte nichts bei sich außer seiner Brieftasche.«

»Haben Sie nie von einer Mappe oder einer Ledertasche gehört?«

Langes Schweigen.

»Sean besaß eine Umhängetasche, die er stets bei sich trug, das ist wahr. Ein altes Berluti-Modell, ein Geschenk seiner Frau. Ich habe keine Ahnung, was aus der geworden ist. Warum diese Frage? Wollen Sie weiter ermitteln? Wegen dieses Artikels im *Parisien*?«

»Welcher Artikel?«

»Sehen Sie selbst. Unterdessen verlange ich von Ihnen die Übergabe des dritten Teils des Triptychons!«

»Ich glaube, es steht Ihnen nicht zu, irgendetwas zu verlangen«, knurrte Madeline und legte einfach auf.

Sie massierte sich die Schläfen und versuchte, den Faden ihrer Überlegungen wiederaufzunehmen. Wenn die Geschichte, die Isabelle Coutances erzählt hatte, der

Wahrheit entsprach, waren weniger als vierundzwanzig Stunden verstrichen zwischen dem Moment, als Sean die Dokumente bei Sotomayor mitgenommen hatte, und seinem Tod. Der Maler hätte also genügend Zeit gehabt, sie jemandem zu übergeben, oder aber, um seine Tasche zu verstecken. Dieses Verhalten entsprach recht genau dem Bild, das sie sich von Lorenz' letzten Lebenstagen machte: ein verstörter, paranoider Mensch. *Aber wo hätte er sie verstecken können?* Sean hatte damals keine Wohnung in New York; keine Familie; keine Freunde. Blieb nur eine Lösung: Sean hatte die Dokumente in seinem Hotelzimmer versteckt.

Am besten dieser Eingebung sofort folgen. Jetzt gleich.

Madeline erhob sich und steuerte auf die Lobby zu. Hinter der imposanten Theke aus edlem Holz thronte Lauren Ashford – wie auf ihrem Namensschildchen zu lesen war –, eine auffallend große junge Frau von besonderer Schönheit, die die Erlesenheit des Bridge Club Hotels zu verkörpern schien.

»Guten Morgen, Madam.«

»Guten Morgen, Miss Greene, Zimmer einunddreißig«, sagte Lauren Ashford. »Was kann ich für Sie tun?«

Ihr Tonfall war höflich, aber äußerst kühl. Sie trug ein dunkelblaues umwerfendes Kleid, das besser auf den Laufsteg der Fashion Week als in die Lobby eines Hotels gepasst hätte. Es erinnerte Madeline an das Kostüm der Königin der Nacht in einer Vorstellung der *Zauberflöte*, die sie in Covent Garden gesehen hatte.

»Vor einem Jahr, in der Woche vom neunzehnten

Dezember, ist der Maler Sean Lorenz bei Ihnen abgestiegen ...«

»Das ist wohl möglich«, antwortete sie, ohne den Blick von ihrem Bildschirm abzuwenden.

»Ich wüsste gern, welches Zimmer er damals bewohnt hat.«

»Madame, ich bin nicht in der Lage, Ihnen diese Art von Information zu geben.«

Lauren betonte jede einzelne Silbe. Aus der Nähe betrachtet, wirkte ihre Frisur ausgesprochen gekünstelt mit einem geflochtenen Haarkranz, von Spangen gehalten, die mit Glitzersteinen besetzt waren.

»Ich verstehe«, erwiderte Madeline.

In Wirklichkeit verstand sie gar nichts. Sie wünschte sich, die Königin der Nacht bei den Haaren zu packen und ihren Kopf auf den Bildschirm ihres Computers zu schmettern.

Madeline trat den Rückzug an, um auf dem Bürgersteig eine Zigarette zu rauchen. Als ihr ein Page die große Schwingtür öffnete, schlug ihr ein Schwall eisiger Luft entgegen. Sie spürte ihr Handy vibrieren: Zwei SMS im Sekundenabstand.

Die Erste war eine lange Mitteilung von Louisa: Die spanische Krankenschwester der Fruchtbarkeitsklinik ließ sie wissen, dass sechzehn der Oozyten, die man ihr entnommen hatte, brauchbar waren. Laut Louisa schlug der Reproduktionsmediziner der Klinik vor, die Hälfte davon mit dem Sperma des anonymen Spenders zu befruchten und den anderen Teil einzufrieren.

Madeline erklärte sich einverstanden und nutzte das Gespräch, um zu erwähnen, dass sie immer wieder starke Schmerzattacken hatte. Die Krankenschwester antwortete umgehend.

Das ist vielleicht eine Infektion oder eine ovarielle Hyperstimulation. Kommen Sie rasch zu uns in die Klinik.
Geht nicht, schrieb Madeline, ich bin nicht in Madrid.
Wo sind Sie denn?, fragte Louisa.

Madeline zog es vor, nicht zu antworten. Die zweite SMS verhieß eine gute Neuigkeit. Sie kam von Dominic Wu.

Hi, Madeline. Wenn du in der Gegend bist, dann komm doch so gegen 8 Uhr im Hoboken Park vorbei.

Sie ergriff die Gelegenheit beim Schopf:

Hi, Dominic. Schon auf den Beinen?
Bin schon auf dem Weg zum Fitnesscenter,

kam die Antwort des FBI-Agenten.

Madeline verdrehte die Augen. Sie hatte irgendwo gelesen, dass New York um fünf Uhr morgens einen starken Anstieg des Stromverbrauchs zu verzeichnen hatte, der zum Teil darauf zurückzuführen war, dass immer mehr junge Leute immer früher die Fitnesscenter frequentierten.

Hast du Informationen für mich?
Nicht am Telefon, Madeline.

Als ihr klar wurde, dass sie nichts mehr in Erfahrung bringen würde, beendete sie den Austausch:

Okay, dann bis später.

Ihre Zigarette im Mundwinkel, musste sie feststellen, dass sie ihr Feuerzeug verloren hatte. Sie wollte schon umkehren, als plötzlich eine lange Flamme vor ihren Augen aufblitzte.

»Ich habe es im Salon gefunden. Es ist Ihnen im Sessel wohl aus der Tasche geglitten«, verkündete der junge Page.

Madeline zündete ihre Zigarette an und bedankte sich mit einem Kopfnicken.

Der Knabe war kaum zwanzig Jahre alt. Er war ihr schon vorher aufgefallen: direkter Blick, rebellisches Haar, ein verführerisches, schelmisches Lächeln, das die jungen Mädchen verrückt machen musste.

»Sean Lorenz hat im Zimmer einundvierzig gewohnt«, verkündete er und gab ihr das Feuerzeug zurück.

3.

Madeline glaubte zunächst, falsch verstanden zu haben,
und bat ihn, das Gesagte zu wiederholen.

»Der Maler bewohnte die Suite einundvierzig«, erklärte der Hotelboy. »Ein Eckzimmer, ganz ähnlich wie
Ihres, nur ein Stockwerk höher.«

»Woher weißt du das?«

»Ich habe nur zugehört. Gestern Abend hat Mister
Coutances an der Rezeption dieselbe Frage gestellt wie
Sie, und da hat Lauren geantwortet.«

Madeline traute ihren Ohren nicht: Coutances war es
gelungen, die eingebildete Zicke am Empfang zum
Sprechen zu bringen! Verdammt! Sie konnte sich die
Szene genau vorstellen: mit seinem Smalto-Sakko, seinem Cocker-Spaniel-Blick und seinem Lavendelduft
hatte er vor dem jungen Ding eine gekonnte Charme-
nummer hingelegt. Zwischen attraktivem wohlwollen-
dem Alten und Gaukler. Und es hatte funktioniert.

»Hat er sie noch um etwas anderes gebeten?«

»Ja, er wollte das Zimmer sehen, doch das hat Lauren
ihm nicht gestattet.«

Madeline konnte nicht umhin, eine gewisse Genug-
tuung zu empfinden: Die Anziehungskraft von Coutances hatte ihre Grenzen.

»Wie heißt du?«

»Kyle«, antwortete der Hotelboy.

»Arbeitest du schon lange hier?«

»Seit anderthalb Jahren, aber nur an den Wochenenden und während der Ferien.«

»Die restliche Zeit bist du an der Uni?«

»Ja, in der NYU.«

Der Junge hatte einen Blick, der einen gleichsam durchbohrte, und ein Lächeln, das eher teuflisch als wohlwollend zu nennen war.

»Letzten Sommer stand ein Teil des vierten Stocks unter Wasser«, erzählte er, als hätte Madeline danach gefragt. »Wirklich heftig.«

Trotz seiner jugendlichen Ausstrahlung bereitete er ihr ein gewisses Unbehagen. Seine grünen Augen blitzten, hatten aber auch etwas Bedrohliches.

»Schließlich stellte sich heraus, dass die Klimaanlage im Eimer war«, fuhr er fort. »Ein Abflussrohr war verstopft. Man musste die Decke von mehreren Zimmern erneuern, darunter die von Zimmer einundvierzig.«

»Warum erzählst du mir das?«

»Die Arbeiten haben drei Wochen gedauert. Und, Glück gehabt: Ich war da, als die Maurer in einer der Blinddecken etwas gefunden haben. Eine lederne Umhängetasche. Da habe ich mich angeboten, sie an der Rezeption abzugeben.«

»Und du hast sie für dich behalten?«

»Ja.«

Nicht den Faden verlieren. Eine neue Partie hatte begonnen. Hinter der arglosen Art des jungen Mannes erahnte sie etwas ganz anderes: reines Kalkül, Verderbtheit, etwas Abstoßendes.

»Es war wirklich eine sehr schöne Tasche, auch wenn sie völlig abgenutzt war und Farbflecken hatte. Aber genau das suchen die Leute ja heutzutage. Niemand will mehr etwas Neues, ist Ihnen das auch schon aufgefallen? Als wäre die Zukunft die Vergangenheit.«

Er ließ den Gedanken wirken.

»Ich habe neunhundert Dollar auf eBay rausgeholt. Das ging blitzschnell. Ich wusste, wem sie gehörte, weil der Name innen eingestickt war, so als wäre sie ein Geschenk gewesen.«

»Hast du die Tasche geöffnet?«

»Ich hatte schon von Sean Lorenz gehört, aber, um ehrlich zu sein, kannte ich seine Werke vorher nicht. Deshalb habe ich einige davon im Whitney Museum angeschaut, und ich war sehr überrascht. Sie destabilisieren einen, weil sie ...«

»Fühl dich nicht verpflichtet, mir zu erzählen, was du auf Wikipedia gelesen hast«, unterbrach sie ihn. »Begnüg dich lieber damit, mir zu sagen, was du in der Tasche gefunden hast.«

Sollte Kyle sich angegriffen fühlen, so ließ er es sich jedenfalls nicht anmerken.

»Komische Sachen. So verrückt, dass ich wusste, eines schönen Tages würde sich jemand dafür interessieren. Als ich gestern Mister Coutances sprechen hörte, hat es klick in meinem Kopf gemacht, und ich bin schnell nach Hause gelaufen, um das hier zu holen.«

Wie ein Schwarzhändler öffnete er seine wattierte Barbour-Jacke und zog einen Umschlag hervor.

»Gib mir dieses Ding, Kyle. Ich ermittle zusammen mit Coutances. Ich oder er, das ist egal.«

»Ja, das ist egal. Also tausend Dollar. Das ist genau die Summe, die ich ihm abknöpfen wollte.«

»Ich bin Bulle«, sagte sie.

Doch es bedurfte mehr, um Kyle zu beeindrucken.

»Mein Vater ist auch Bulle.«

Sie zögerte eine Sekunde. Eine Möglichkeit war, ihn an der Kehle zu packen und ihm das Dossier zu entreißen. Kräftemäßig fühlte sie sich dazu in der Lage, aber irgendetwas an Kyle machte ihr Angst. *Gewissen Menschen wohnt der Teufel inne*, pflegte ihre Großmutter zu sagen. Wenn das stimmte, dann gehörte Kyle bestimmt zu dieser Sorte, und alles, was sie gegen ihn unternähme, würde sich gegen sie wenden.

»Ich habe keine tausend Dollar dabei.«

»Keine dreißig Meter entfernt befindet sich ein Geldautomat«, erwiderte er mit einem breiten Lächeln und deutete auf die Lichter des Duane Reade[*] auf der anderen Straßenseite.

Mit ihrer Kippe zündete sich Madeline die nächste Zigarette an und kapitulierte. Dieser Junge war kein gewöhnlicher Junge. Er war ein Werkzeug des Bösen.

»Okay, warte hier.«

Sie überquerte die Greenwich Street und ging zum Drugstore. Vor dem Automaten fragte sie sich, ob sie mit ihrer Karte so viel Geld ziehen könnte. Zum Glück

---

[*] Drogeriekette, die rund um die Uhr geöffnet hat.

rückte er nach Eingabe der Geheimzahl problemlos die Scheine heraus. Sie kehrte zum Eingang des Hotels zurück und sagte sich dabei, dass all das letztendlich zu einfach war. Sie glaubte nicht an Geschenke, die vom Himmel fielen. Als sie über die Straße lief, vibrierte ihr Handy. Benedick. Eine SMS, die nichts weiter enthielt als einen Hypertext-Link zu einem Artikel im *Parisien*. Auf ihrem iPhone erschien, ohne dass sie den Link öffnen musste, die Überschrift des Artikels:

Tragischer Tod von Pénélope Kurkowski, Top-Mannequin der 1990er-Jahre und Muse des Malers Sean Lorenz.

Verdammt …

Während sich in ihrem Kopf die Informationen überschlugen, drängte Kyle sie.

»Haben Sie das Geld?«

Der Junge hatte seinen Dienst beendet und sich auf sein Fahrrad geschwungen. Er nahm die Scheine entgegen und stopfte sie in seine Hosentasche, bevor er ihr den kartonierten Umschlag überreichte. Und gleich darauf war er in der Nacht verschwunden.

Einen Augenblick lang dachte Madeline, dass er sie womöglich wie eine Anfängerin hereingelegt hatte.

Doch das war nicht der Fall. Sie öffnete den kartonierten Umschlag und begann im Lichtkegel der Laternen den Inhalt zu lesen.

Und so begegnete sie dem Erlkönig.

17. Der Erlkönig

Mein Vater, mein Vater, jetzt faßt er mich an!
Erlkönig hat mir ein Leids getan!

Johann Wolfgang von Goethe, Der Erlkönig

1.

Im Salon des Bridge Club Hotels saß Madeline in einem
der Sessel und spürte, wie ihr Puls in der Halsvene häm-
merte.

Verstreut auf dem niedrigen Tisch vor ihr lagen die
Seiten des schaurigen Dossiers, mit dem sie sich seit
einer Stunde beschäftigte. Eine vermutlich von Adriano
Sotomayor zusammengetragene, grauenhafte Samm-
lung von Dutzenden von Artikeln – teils direkt aus der
Zeitung ausgeschnitten, teils aus dem Internet herun-
tergeladen –, aber auch von Vernehmungsprotokollen,
Autopsieberichten und Fotokopien aus Büchern über
Serienkiller.

Sämtliche Dokumente standen im Zusammenhang
mit einer Reihe von Entführungen und Morden an Kindern in den Bundesstaaten New York, Connecticut und

Massachusetts, die alle zwischen Frühjahr 2012 und Sommer 2014 begangen worden waren. Vier gleichermaßen entsetzliche wie seltsame Morde, miteinander verbunden durch ein beunruhigendes Tatmuster.

Die Serie beginnt im Februar 2012 mit der Entführung des zweijährigen Mason Mevil aus einem Park der Stadt Shelton im Fairfield County. Seine Leiche wird zwölf Wochen später in der Nähe eines Teichs von Waterbury, einer anderen Stadt in Connecticut, gefunden.

Im November 2012 verschwindet der vier Jahre alte Caleb Coffin, als er im Gartenhäuschen seiner Eltern in Waltham, Massachusetts, spielt. Sein Leichnam wird drei Monate später in einem Feuchtgebiet der White Mountains von Wanderern entdeckt.

Im Juli 2013 dann die Entführung, die das Fass zum Überlaufen bringt: Thomas Sturm wird mitten in der Nacht aus dem Haus seines Vaters Matthias Sturm in Long Island gekidnappt. Der deutsche Architekt ist mit einer bekannten Moderatorin des ZDF verheiratet. Der Fall schlägt in den deutschen Medien hohe Wellen. Eine Zeit lang wird der Vater verdächtigt, weil das Paar sich vor Kurzem getrennt hat und sich das Scheidungsverfahren hinzieht. Die Boulevardpresse – allen voran die *Bild*-Zeitung – stürzt sich auf die Geschichte und vernichtet Matthias Sturm mit schäbigen Enthüllungen über sein Privatleben. Der Architekt muss kurzzeitig sogar ins Gefängnis, bis man Anfang Herbst Thomas' Leiche in der Nähe des Seneca Lake im Staat New York findet. Bei dieser Gelegenheit wird der geheimnisvolle Mörder vom *Spiegel* – in Anlehnung an Goethes berühmtes Gedicht – erstmals *Erlkönig* genannt.

Dann, im März 2014, wird in einem Park von Chicopee, Massachusetts, der junge Daniel Russell entführt. Ein paar Wochen später findet man seinen Leichnam in den Salzwiesen von Old Saybrook, einem Seebad in Connecticut.

Und dann ... nichts mehr. Seit Sommer 2014 ist der Erlkönig von der Bildfläche verschwunden.

2.

Madeline nahm einen Schluck von dem Pu-Erh. Ohne diesen ziegelroten Tee mit dem Geschmack nach Lotus wäre sie gar nicht wach geworden. Es war sechs Uhr morgens. Langsam füllte sich der Salon des Bridge Club Hotels. Der große Kamin wirkte wie ein Magnet und zog die Frühaufsteher unter den Gästen an, um ihren Kaffee vor dem flackernden Feuer zu trinken.

Madeline massierte sich die Schläfen und versuchte, ihr Gedächtnis aufzufrischen. In den paar Jahren, die sie in New York gelebt hatte, hatte sie zwar durch die Berichterstattung in den Medien vom Erlkönig gehört, konnte sich aber nur noch vage an ein paar Details erinnern: Der Mörder hatte zwei Jahre lang sein Unwesen getrieben; man hatte nicht sofort eine Verbindung zwischen den einzelnen Fällen hergestellt; sie arbeitete damals in einer Abteilung, die mit diesen Fällen nichts zu tun hatte.

Doch schon damals war eine Tatsache besonders herausgestellt worden, weil sie untypisch für diese Art von Verbrechen war: Keines der vier toten Kinder wies Verletzungen auf. Weder waren die Jungen vergewaltigt noch misshandelt oder ihre Leichen besonders zur Schau gestellt worden. Die ihr vorliegenden Obduktionsberichte bestätigten, dass die entführten Kinder während ihrer Gefangenschaft gut versorgt worden waren. Ihre Körper waren sauber und eingecremt, die Haare geschnitten, die Kleidung gewaschen. Ihr Tod war aller Wahrscheinlichkeit nach nicht schmerzhaft gewesen, denn sie waren an einer Medikamentenüberdosis gestorben. Eine Tatsache, die dem Verbrechen nicht das Entsetzliche nahm, aber die Interpretation des Falls erschwerte.

Beim Lesen der Akte ahnte Madeline, dass sämtliche Kriminologen, Psychiater und Profiler des FBI sich die Zähne daran ausgebissen hatten, diesen Psychopathen zu identifizieren und dingfest zu machen. Auch wenn der Erlkönig schon seit zwei Jahren nicht mehr zugeschlagen hatte, war es sicher nicht das Verdienst der Polizei.

Sie trank wieder einen Schluck Tee. Es gab bestimmt nicht viele Gründe dafür, warum ein Serienkiller seine Aktivitäten unterbrach. In den meisten Fällen war er tot oder saß wegen eines anderen Delikts hinter Gittern. Fand sich hier eine der möglichen Lösungen?

Vor allem aber ließ eine andere Frage Madeline nicht los. Welche Verbindung bestand zwischen dem Erlkönig-Fall und der Entführung von Julian Lorenz? Wenn Sean sich speziell diese Akte beschafft hatte, musste er zu dem Eindruck gelangt sein, dass Adriano Sotomayor der Spur nachgegangen war, der Erlkönig könne seinen Sohn entführt haben. Allerdings bestätigte nichts aus den vorliegenden Dokumenten diese These. Kein Artikel erwähnte auch nur in irgendeiner Weise den Namen des kleinen Julian.

Allenfalls der Zeitraum könnte passen, aber aus welchem Grund hatte der Officer daraus den Schluss gezogen, Julian sei das fünfte Opfer dieses Mörders? Und warum hatte man dann seine Leiche nicht gefunden?

Die Unklarheiten häuften sich. In ihrem Kopf bildeten die offenen Fragen allmählich ein dichtes Gewirr, ein Labyrinth, in dem Madeline vergeblich nach dem Ariadnefaden suchte. Aber vielleicht gab es auch gar nichts zu verstehen. Lorenz war nicht mehr ganz bei Sinnen gewesen, und Sotomayor, ein kleiner, unbedeutender Ermittler, hatte es zu nicht mehr als zum Lieutenant gebracht. Vielleicht war ihm diese Geschichte zu Kopf gestiegen, und er hatte sich dem Nervenkitzel dieser Spur hingegeben und in den Akten vergeblich nach der Verbindung zwischen dem Serienkiller und der Entführung von Lorenz junior gesucht.

In Gedanken spielte sie die verrücktesten Hypothesen durch. Und wenn Beatriz Muñoz der Erlkönig war? Das war im Grunde genommen gar nicht mal so abwegig. Die Daten der Morde könnten durchaus passen, aber Madeline hatte keine Möglichkeit, diese These zu überprüfen. Während sie eine Überlegung nach der anderen durchging, fiel ihr eine von Coutances' Hypothesen wieder ein: War vielleicht Sotomayor selbst vom Erlkönig umgebracht worden? Nein, sie fing an zu fantasieren beziehungsweise zu versuchen, eine Gleichung mit zu vielen Unbekannten zu lösen. Da sie aber auch nicht aufgeben wollte, beschloss sie, noch tiefer zu graben.

3.

Madeline nahm ihr Handy und suchte im Internet nach dem Originalartikel aus dem *Spiegel*, in dem der Täter erstmals »*Erlkönig*« genannt worden war. Sie griff auf Google Translate und ihre alten Deutschkenntnisse aus der Gymnasialzeit zurück, um das sehr kurze Interview mit Karl Döpler, einem ehemaligen Beamten der Münchner Bundespolizeidirektion, zu übersetzen. Der Mann – offensichtlich Stammgast in den Medien – war von diversen Presseorganen konsultiert worden.

Beim Sichten anderer Info-Sites fand Madeline noch einen wesentlich komplexeren und interessanteren Artikel in der Tageszeitung *Die Welt*: ein Interview zwischen Döpler und einem Germanistikprofessor. Ein Austausch auf intellektuell hohem Niveau, in dem beide Männer die Parallelen zwischen dem Modus Operandi des Mörders in den USA und der Figur des *Erlkönigs* in der Volksdichtung beleuchteten.

Obwohl Goethe selbst nicht den Begriff »Erlkönig« geprägt hatte, war es jedoch tatsächlich sein langes, gegen Ende des 18. Jahrhunderts entstandenes Gedicht, das diese Figur populär machte. Die Tageszeitung hatte einige eindrückliche und verstörende Verse dieses Werks abgedruckt, die den Ritt eines Vaters und seines noch sehr jungen Kindes durch einen dichten und düsteren Wald schildern. Eine angsteinflößende Gegend, die unter der Kontrolle einer beunruhigenden und gefährlichen Kreatur stand.

Goethes Text verwob mehrere Zwiegespräche miteinander. Zunächst das des von einem Ungeheuer verängstigten Jungen, den der Vater vergeblich zu beruhigen versucht. Darauf folgt das noch mehr verstörende Zwiegespräch, in dem der Erlkönig sich direkt an das Kind wendet, um es zu umgarnen. Die anfänglich lockend-verführerisch klingende Rede des Ungeheuers wird rasch brutal, drohend und gewalttätig:

Ich liebe dich, mich reizt deine schöne Gestalt;
Und bist du nicht willig, so brauch ich Gewalt.

Als der Vater die panische Angst seines Sohnes sieht, versucht er, ihn zu retten, und reitet, so schnell er kann, um aus dem Wald hinauszukommen.

Doch das Ende der Ballade besiegelt das traurige Schicksal des Kindes:

Dem Vater grauset's, er reitet geschwind,
Er hält in den Armen das ächzende Kind,

Erreicht den Hof mit Mühe und Not;
In seinen Armen das Kind war tot.

Dieses Gedicht inspirierte viele andere Künstler, so auch Schubert, der ein berühmtes Lied zu diesem Thema schrieb. Doch vor allem diente es aufgrund der Gewalt- und Entführungsthematik im 20. Jahrhundert als Grundlage für eine ganze Reihe von psychologischen Betrachtungen. Für manche ist das Gedicht ganz klar eine Vergewaltigungsmetapher. Andere sehen darin eine ambivalente Vaterfigur, die sich sowohl schützend präsentiert, als auch als Tyrann gebärdet.

Madeline fuhr mit der Lektüre fort. Im Laufe des Artikels hoben beide Gesprächspartner hervor, dass alle Opfer des Erlkönigs einerseits in Wassernähe und andererseits in der Umgebung von Erlen gefunden wurden. Daraus ergab sich eine Erklärung, die eher botanisch als kriminalistisch überzeugte.

Die Erle, so hieß es in dem Artikel, sei ein Baum, der bevorzugt auf feuchten Böden gedeiht: im Moor, in Sumpfgebieten, an Uferböschungen, im Unterholz, in das nur selten ein Sonnenstrahl fällt. Sie ist sehr widerstandsfähig gegen Feuchtigkeit, weshalb ihr Holz bevorzugt für Pfahlbauten, Schiffsbrücken und beim Bau von bestimmten Musikmöbeln und -instrumenten Verwendung findet. Über die Holzbeschaffenheit hinaus existiert rund um diesen Baum eine ganze Mythologie. In Griechenland ist die Erle das Symbol für das Leben nach dem Tod. In der keltischen Kultur galt sie den Druiden als Symbol der Wiederauferstehung. Bei den Skandinaviern fertigte man aus ihrem Holz Zauberstäbe, und wenn man es verbrannte, begünstigte der aufsteigende Rauch die Wirkung eines Zaubers. In anderen Kulturen repräsentierte die Erle – deren roter Saft an Blut erinnert – einen geheiligten Baum, der nicht beschnitten werden durfte.

Aber was sollte sie mit diesen Informationen konkret anfangen? Wie diese reiche Symbolik mit den Motiven des Mörders verknüpfen? Im Artikel hütete man sich tunlichst vor Schlussfolgerungen. Als sie ihre Onlinerecherche beendete, hatte Madeline das Gefühl, in einen neuen Kreis des feindlichen und undurchsichtigen *no man's land* vorgestoßen zu sein. In das Territorium des Erlkönigs drang man nicht so leicht vor.

18. Stadt aus Eis

Ich weiß, mein Leben wird eine stete Reise
über unsichere Gewässer sein.

Nicolas de Staël

1.

Seit sieben Uhr morgens wartete Madeline nun schon in der Agentur der Autovermietung FastCar an der Kreuzung Gansevoort und Greenwich Street.

Sie hatte gedacht, ein Auto zu mieten, sei in den USA eine reine Formalität, aber da sie nicht online reserviert hatte, musste sie jede Menge Papierkram über sich ergehen lassen und unzählige Formulare ausfüllen, und zwar unter der Aufsicht eines schrecklichen Angestellten – Mike, der lieber mit seinen Kumpels chattete, als eine Lösung für ihr Problem zu finden. Selbst in New York gehörte das Zeitalter, in dem der Kunde König war, offensichtlich der Vergangenheit an.

Sie konnte zwischen einem kleinen umweltfreundlichen Chevrolet Spark, einem Subaru SUV und einem Chevrolet Silverado Pick-up wählen.

»Ich nehme den Spark«, erklärte Madeline.

Bloß keine Riesenkutsche.

»Also, wir haben nur noch den Pick-up«, erklärte Mike nach einem Blick auf den Computer.

»Gerade haben Sie mir noch etwas anderes gesagt!«

»Kann sein«, erwiderte Mike, während er auf seinem Kuli herumkaute. »Ich habe nicht gesehen, dass die anderen Autos schon reserviert sind.«

Resigniert reichte sie ihm ihre Kreditkarte. Zur Not hätte sie wohl auch einen Sattelschlepper genommen.

Nachdem man ihr die Schlüssel des Pick-ups ausgehändigt hatte, musste sie sich ein paar Blocks lang erst daran gewöhnen, mit diesem Monstrum zu fahren, ehe sie sich in den Holland Tunnel einfädelte, der Manhattan mit New Jersey verband.

Für einen vierundzwanzigsten Dezember war der Verkehr erstaunlich flüssig. In weniger als einer Viertelstunde hatte sie das andere Ufer des Hudson River erreicht und einen Parkplatz bei der Anlegebrücke zu den Fähren gefunden.

Madeline war noch nie in Hoboken gewesen. Als sie aus dem Parkhaus kam, war sie von der Schönheit der Landschaft regelrecht ergriffen. Von den abschüssigen Ufern des Flusses aus hatte man einen atemberaubenden Blick auf Manhattan. Der Widerschein der Sonne auf den Wolkenkratzern verlieh der Skyline etwas Irreales, die Gebäude wurden gleichsam koloriert, und selbst kleinste Details kamen zum Vorschein – wie in einem Gemälde von Richard Estes, einem Vertreter des Hyper-

realismus, der die Wirklichkeit in einer Fülle von goldbraunen Lichtreflexen festhielt.

Mehrere Hundert Meter lief sie auf der langen, beid-
seits immer wieder von Grünflächen gesäumten Holz-
promenade entlang, die sich direkt gegenüber des High
Line Park und von Greenwich Village befand. Die Aussicht war atemberaubend. Wenn man nach Süden
schaute, konnte man ein Stück amerikanischer Geschichte erhaschen: einerseits die graugrüne Silhouette
der Freiheitsstatue, andererseits eine winzige Insel,
über die einst Millionen Menschen in dieses Land ein-
gewandert waren. Normalerweise bevölkerten Radfah-
rer und Jogger die Gegend, aber an diesem Morgen
hatte die Eiseskälte die meisten von ihnen vertrieben.

Madeline setzte sich auf eine der Bänke am *board-
walk*, zog sich die Kapuze ihres Parkas über den Kopf
zum Schutz gegen den eisigen Wind, der vom Hudson
herüberblies, und vergrub die Hände in den Taschen.
Die Kälte stach ihr in die Augen, eine Träne rann ihr
über die Wange, doch sie war kein Zeichen von Traurigkeit oder Erschöpfung. Ganz im Gegenteil.

Es war schrecklich, es zu sagen, aber die Aussicht,
Nachforschungen über den Erlkönig anzustellen, hatte
Madeline neuen Auftrieb gegeben. Das war der Funke,
auf den sie gewartet hatte und der den Jagdinstinkt in
ihr wachrief. Auch wenn es sie erschütterte, in diesen
Augenblicken war sie ganz bei sich. Das hatte sie schon
immer gewusst.

Man kann nur schwer seiner wahren Natur entfliehen. Auch wenn es nicht den Anschein hatte, war Gaspard Coutances sehr empathisch. Ein Misanthrop, der vorgab, die Menschen zu hassen, sie aber im Grunde liebte und sich ohne Weiteres auf die Geschichte eines Vaters einließ, der am Tod seines Kindes zerbrochen war. Sie, Madeline, war nicht aus demselben Holz geschnitzt. Sie war kein sentimentaler Mensch, sondern auf Großwildjagd aus. Schwarzes Blut floss in ihren Adern. Ein Strom geschmolzener Lava, der unablässig in ihr brodelte. Magma, das nie erkaltete oder sich lenken ließ.

Was sie Coutances über sich erzählt hatte, war nicht gelogen. Mörder zu jagen, das ruinierte einem das Leben, aber nicht aus den Gründen, die man in der Regel vorschob. Mörder zu jagen richtet einen deshalb zugrunde, weil einem bewusst wird, dass man selbst auch ein Mörder ist. Und dass es einem gefällt. Das war das *wirklich* Verstörende daran. »Wer mit Ungeheuern kämpft, mag zusehn, dass er nicht dabei zum Ungeheuer wird.« Diese Maxime von Friedrich Nietzsche wirkte abgedroschen. Doch im Kern war sie wahr. Solange die Verfolgungsjagd andauerte, war man selbst ja nicht viel anders als derjenige, den man verfolgte. Und diese Schlussfolgerung verpasste jedem Erfolg einen bitteren Beigeschmack. Sogar wenn man dachte, man habe den Sieg davongetragen, blieb der Ursprung des Bösen bestehen. In einem selbst.

Sie sog die eiskalte Luft tief ein, um sich zu beruhigen. Sie musste unbedingt ein paar Gänge runterschalten. *Bleib realistisch, meine Kleine. Du wirst nicht im Alleingang einen Fall lösen, an dem sich alle Profiler des Landes die Zähne ausgebissen haben.*

Trotzdem ... Madeline konnte nicht umhin zu denken, dass man ihr auf dem Silbertablett einen einzigartigen Fall anbot. Einen Fall, wie ihn sich jeder Polizist auf der Welt ein Mal in seinem Leben wünscht. Da wurde alles andere zur Nebensache: die künstliche Befruchtung, aber auch die Perspektive auf ein beschauliches Leben zwischen Fläschchen und Babyausstattung.

Es zählte nur noch der Geruch nach Blut.

Das Jagdfieber.

»Hallo, Madeline.«

Eine Hand legte sich auf ihre Schulter, sie fuhr herum.

Ganz in Gedanken versunken, hatte sie Dominic Wu gar nicht kommen hören.

2.

Gaspard wurde vom Klingeln seines Telefons aus dem Schlaf gerissen. Mitreißende Sambaklänge gaben ihm das Gefühl, mitten im Karneval von Rio aufzuwachen. Bis er die Augen aufgeschlagen und sich das Handy geschnappt hatte, hatte sich schon der Anrufbeantworter eingeschaltet. Er machte die Vorhänge auf und rief sofort zurück, ohne sich die Nachricht anzuhören. Es war Isabella Rodrigues, Adriano Sotomayors sympathische Cousine.

»Ich bin spät dran und muss zur Arbeit«, verkündete sie gleich als Erstes.

Im Hintergrund hörte Gaspard die Geräuschkulisse von New York: das Rauschen des Verkehrs, die Hektik, Polizeisirenen.

»Heute ist doch Weihnachten. Feiern Sie denn nicht mit Ihren Kindern?«

»Die Geschenke gibt es hier erst am nächsten Morgen und nicht an Heiligabend«, erwiderte die schöne Latina.

»Wo arbeiten Sie denn?«

»Ich leite ein Geschäft namens *Adele's Cupcakes* in der Bleeker Street. Und heute ist einer der umsatzstärksten Tage des Jahres.«

Isabella hatte Wort gehalten und ihren Mann gefragt, was ihm zu Sean Lorenz' Besuch bei ihnen noch eingefallen war.

»André möchte Ihnen zwei oder drei Sachen erzählen«, sagte sie. »Kommen Sie doch einfach vorbei, aber bitte vor zehn Uhr, denn er muss die Kinder zu meiner Mutter bringen. Sehen Sie zu, dass er nicht zu spät wegkommt!«

Gaspard wollte gern noch mehr dazu wissen, aber Isabella hatte schon aufgelegt. In dem Moment entdeckte er auf dem Display seines Handys eine SMS von Madeline:

Ich muss ein paar Dinge überprüfen. Treffen mittags im Hotel? M.

Dass sie ihn nicht zum ursprünglich vereinbarten Termin sehen wollte, irritierte ihn, andererseits sagte er sich, dass er insgeheim ja schon lange gehofft hatte, dass sie endlich die Initiative ergriff. Außerdem hatte er keine Zeit, zu lamentieren, wenn er noch zu Isabellas Ehemann wollte. Ein kurzer Blick auf die Uhr, rasch unter die Dusche, mit dem Kamm durchs Haar und ein Spritzer *Pour un homme* Jahrgang 1992 auflegen.

Draußen auf der Straße ging er bis zur Franklin Street, kaufte sich ein Subway-Ticket und nahm die Linie 1 bis Columbus Circle im Südwesten des Central Park. Dort stieg er um und erreichte nach rund einem Dutzend Haltestellen schließlich die größte Subway-Station in Harlem in der 125th Street, wo die *Artificers* in den 1990er-Jahren Dutzende von Waggons besprüht hatten. Und wo sich auch Beatriz Muñoz das Leben genommen hatte.

Von dort aus brauchte Gaspard rund eine Viertelstunde bis zur Bilberry Street. Wirklich, diese Straße hatte es ihm angetan. In der Kälte erstarrt, aber sonnenüberflutet, verströmte sie das zeitlose Parfum eines idealisierten und nostalgischen New York. Vor der Nummer 12 – dem Haus von Isabella – lichtete ein Gärtner eine alte Kastanie.

»Kommen Sie herein und fühlen Sie sich ganz wie zu Hause«, begrüßte ihn André Langlois, als er ihm die Tür aufmachte.

Gaspard erblickte die drei Kinder, die er schon am Vortag an demselben Tisch hatte sitzen sehen. Doch dieses Mal vor einem üppigen Frühstück. Es gab Knuspermüsli, Quark, frische Ananas und gelbe Kiwis. Dazu glucksendes Gelächter. Zur Untermalung spielte ein iPad den »Blumenwalzer« aus dem *Nussknacker*. Die Langlois' ließen wirklich nichts unversucht, um ihren Kinder ein wenig Kultur zu vermitteln.

»Während ich im Büro schufte, serviert Ihnen meine Frau also *eggnog*!«, scherzte André und reichte Gaspard eine Tasse Kaffee.

Den Schädel kahl rasiert, den Körper gestählt wie ein Bodybuilder, die Haut gebräunt, dazu ein breites Lächeln im Gesicht, wirkte André Langlois auf Anhieb sympathisch. Er trug einen Jogginganzug und darunter ein T-Shirt, das an die Präsidentschaftskampagne von Tad Copeland erinnerte.

Sicherheitshalber wiederholte Gaspard, was er am Vortag Isabella erzählt hatte, und stellte sich als Schriftsteller vor, der sich nach der Redaktion einer Biografie über Sean Lorenz für die offenen Fragen im Zusammenhang mit dem Tod seines Sohnes interessierte.

André hörte ihm konzentriert zu und schälte unterdessen eine Orange für das jüngste der Kinder, das in seinem Hochstuhl saß.

»Ich bin Lorenz nur ein einziges Mal begegnet, aber ich glaube, das wissen Sie bereits.«

Gaspard nickte ihm aufmunternd zu, damit er fortfuhr.

»Um ehrlich zu sein, meine Frau hatte mir schon von ihm erzählt. Ich wusste, dass sie lange vor unserer Hochzeit eine Affäre miteinander hatten, also war ich vor unserem ersten Treffen zugegebenermaßen ein wenig misstrauisch.«

»Aber Ihr Argwohn legte sich, als sie ihn sahen ...«
Langlois stimmte ihm zu.

»Er tat mir ehrlich leid, als er anfing, uns von seinem Sohn zu erzählen. Er stand völlig neben sich, war unglaublich verzweifelt, und in seinem Blick flackerte ein Anflug von Wahnsinn. Rein äußerlich wirkte er eher wie ein Penner und hatte so gar nichts von einem unwiderstehlichen Don Juan.«

André gab seinem Sohn einige Orangenschnitze und sagte dann den beiden größeren Jungen, sie sollten jetzt Zähneputzen gehen und die Lunchpakete fertig machen, die sie zu ihrer Großmutter mitnehmen wollten.

»Im ersten Moment habe ich nicht viel von der Geschichte verstanden, die Sean uns über seine Verbindung zu Cousin Adriano erzählt hat, aber Isabella gestattete ihm, das Haus zu durchsuchen.«

André fing an, den Frühstückstisch abzuräumen. Mechanisch ging ihm Gaspard dabei zur Hand und stellte das schmutzige Geschirr in die Spüle.

»Ich hatte nichts dagegen«, versicherte André Langlois. »Es war schließlich das Erbe meiner Frau, und die Überschreibung hatte viel länger gedauert als vorgesehen, aber ich riet Isabella, mit den Kindern wegzugehen, und blieb bei Lorenz, um ein Auge auf das Ganze zu haben.«

»Sie hat mir erzählt, er habe Dokumente mitgenommen.«

Wie bereits am Vortag erhoffte sich Gaspard, mehr darüber zu erfahren, aber Langlois machte diese Hoffnung zunichte.

»So ist es«, bestätigte André, während er aus dem chromblitzenden Mülleimer einen Plastikbeutel voller Abfälle zog. »Aber ich kann Ihnen nicht sagen, was genau es war. Adrianos Zimmer quoll über vor Papieren und Dossiers aller Art.«

Er band den Müllbeutel zu und öffnete die Eingangstür, um ihn zum Container zu bringen.

»Aber Sean Lorenz hat noch mehr mitgenommen«, berichtete André, als er die Verandatreppe hinunterging.

Gaspard folgte ihm in den Garten.

»Sean Lorenz fragte mich, ob er einen Blick in Adrianos Auto werfen dürfe, einem Dodge Charger, der damals bereits seit über einem Jahr draußen parkte.«

Mit dem Kinn deutete er auf eine schmale Einfahrt neben dem Haus.

»Ich habe ihn letzten Sommer verkauft, ein toller Schlitten, um den sich seit dem Tod meines Cousins niemand mehr gekümmert hatte. Als Sean kam, war die Batterie leer. Er hat den Dodge gründlich durchsucht. Ich glaube, er wusste selbst nicht, wonach er suchte. Dann, einer plötzlichen Eingebung folgend, ging er zum Drugstore in der 131st Street. Fünf Minuten später war er mit einer Rolle großer Müllsäcke zurück. Er hat den Kofferraum geöffnet, die Bodenmatte herausgerissen und in einen der Säcke gestopft. Dann ist er ohne jedes weitere Wort auf und davon.«

»Papa! Papa! Sydney hat mich geschlagen!«, rief eines der Kinder und rannte aus dem Haus, direkt in die Arme des Vaters.

»Sie haben Sean einfach machen lassen?«, fragte Gaspard erstaunt.

»Es war schwierig, sich ihm zu widersetzen«, erklärte André, während er seinen Sohn tröstete. »Lorenz war wie besessen. Als würde er auf einem anderen Planeten Lichtjahre von uns entfernt leben. Sein Schmerz war ihm ins Gesicht geschrieben.«

Kaum waren die Tränen des Jungen getrocknet, wollte er sofort zu seinen Geschwistern zurücklaufen.

André strich ihm über den Kopf.

»Niemand sollte je ein Kind verlieren müssen«, murmelte er, mehr zu sich selbst.

3.

Dominic Wu sah aus, als wäre er direkt einem Film von Wong Kar-wai entsprungen.

Gewollt dandyhaft trug der FBI-Agent stets tadellos sitzende Anzüge, gewebte Krawatten und seidene Einstecktücher. Seine Augen hinter einer Sonnenbrille verborgen, setzte er an diesem Morgen seine elegante Silhouette gekonnt vor den Wolkenkratzern in Szene, die passenderweise im gleichen Metallicblau schimmerten wie sein Kaschmir-Trenchcoat.

»Danke, dass du gekommen bist, Dominic.«

»Ich habe nicht viel Zeit, Madeline. Hans wartet mit den Mädchen im Auto auf mich. Heute ist es so kalt, dass sogar der Sand auf dem Kinderspielplatz steinhart gefroren ist.«

Darauf bedacht, etwas Abstand zu halten, setzte er sich neben sie auf die Bank. An den Händen trug er sehr dünne Lederhandschuhe. Aus der Innentasche seines Mantels zog er ein gefaltetes Stück Papier hervor.

»Ich habe die Nachforschungen angestellt, um die du mich gebeten hast. Was die Ermordung Adriano Sotomayors angeht, gibt es keine Ungereimtheiten.«

»Im Klartext?«

»Der Idiot wollte sich als Held aufspielen und hat sich ohne Waffe in den Streit zweier Kleindealer eingemischt. Die Auseinandersetzung wurde aggressiver, und plötzlich hatte er ein Messer in der Kehle. Ende der Geschichte.«

»Wer war der Dealer?«

»Ein gewisser Nestor Mendoza, zweiundzwanzig Jahre. Ein Kleinkrimineller aus El Barrio. Ein jähzorniger und aufbrausender Typ, der kurz zuvor eine dreijährige Haftstrafe auf Rikers Island verbüßt hatte.«

»Warum ist er nicht geschnappt worden?«

Schulterzuckend erwiderte der Asiate: »Weil er sich

aus dem Staub gemacht hat, was glaubst du denn! Er hat zwar Familie in San Antonio, aber man hat nie wieder eine Spur von ihm gefunden.«

»Für gewöhnlich ist man bei Polizistenmördern doch etwas hartnäckiger, oder?«

»Früher oder später wird man ihn zu fassen kriegen, entweder bei einer Verkehrskontrolle, oder man findet seine Leiche nach einer Messerstecherei in Little Havanna. Doch sag du mir lieber, warum du dich für den Tod von Sotomayor interessierst?«

Wu war ein cleverer Agent. Madeline wusste nur zu gut, dass er lediglich bereit war, ihr diese Informationen zuzuspielen, wenn sie im Gegenzug ihm dafür auch etwas verriet. Schließlich war sie eine fähige Polizistin, und er dachte, wenn sie eine vielversprechende Fährte verfolgte, würde er der erste Nutznießer sein.

»Ich glaube, Sotomayors Tod steht im Zusammenhang mit einem anderen Fall«, gestand sie.

»Mit welchem?«

»Das sollst du mir sagen«, erwiderte sie.

Wu hätte sich nie mit ihr getroffen, wenn er nicht noch ein anderes As im Ärmel gehabt hätte.

»Du denkst an seinen Bruder, nicht wahr?«

Seinen Bruder? Welchen Bruder? Madeline fühlte, wie ihr das Adrenalin in die Blutbahnen schoss.

»Sag mir, was du darüber weißt«, bat sie ihn aufgeregt.

Der FBI-Agent rückte seine silberfarbene Brille zurecht. Jede seiner Gesten, jede Bewegung schien einer geheimnisvollen Choreografie zu gehorchen, die ein-studiert wirkte.

»Als ich Erkundigungen über Sotomayor einholte, bin ich auf etwas Merkwürdiges gestoßen. Er hatte einen jüngeren Bruder, Reuben, der Geschichte an der UF, der University of Florida, lehrte.«

»Also sein Halbbruder, willst du sagen?«

»Das entzieht sich meiner Kenntnis. Tatsache ist, dass Reuben Sotomayor im Jahr 2011 ermordet in Gai-nesville aufgefunden wurde, in einem Park, in dem er für gewöhnlich joggen ging.«

»Wie kam er ums Leben?«

»Auf brutale Weise: Man prügelte ihn mit einem Baseballschläger zu Tode.«

Wu faltete das Blatt auseinander.

»Man verhaftete einen Obdachlosen, der manchmal im Park schlief, Yiannis Perahia. Er hat sich nicht son-derlich verteidigt. Der Typ hatte eine Psychose und war seit Jahren in Behandlung. Perahia hat die Tat mehr oder weniger zugegeben und wurde daraufhin zu drei-ßig Jahren Haft verurteilt. Kurz, ein schmutziges Ver-brechen, das rasch aufgeklärt werden konnte. Bis sich letztes Jahr das *Transparency Project* dazu entschied, auf den Putz zu hauen.«

»Die Organisation, die gegen Justizirrtümer kämpft?«

»Ja. Wieder einmal haben sie versucht, uns ein Ver-fahren kaputt zu machen, indem sie einen Richter über-zeugen konnten, den Prozess neu aufzurollen und ge-nauere DNA-Analysen zu verlangen.«

»Aus welchem Grund?«

»Immer die gleiche Leier: von einem sozial schwachen Mitglied der Gesellschaft erpresste Geständnisse und wissenschaftliche Fortschritte, die eine DNA-Bestimmung ermöglichen, die es zuvor noch nicht gab.«

Madeline schüttelte den Kopf.

»Welche wissenschaftlichen Fortschritte sollen das innerhalb von vier Jahren gewesen sein?«

»Ja, totaler Quatsch, da stimme ich mit dir überein. Beziehungsweise nicht ganz. Diese neuen DNA-Vervielfältigungsparameter kann man ...«

»Das weiß ich doch alles«, unterbrach sie ihn.

»Kurz gesagt, die Tests wurden wiederholt, und der Obdachlose konnte durch sie entlastet werden.«

Madeline begriff, dass Wu es spannend machen wollte.

»Inwiefern?«

»Weil man auf dem Jogginganzug von Reuben eine DNA fand, die vorher nicht festgestellt worden war.«

»Und diese DNA war registriert?«

»Ja. Es war die eines Polizisten, eines gewissen Adriano Sotomayor.«

Madeline brauchte ein paar Sekunden, um die Neuigkeit zu verdauen.

»Welche Schlüsse zog man daraus? Dass Sotomayor seinen Bruder umgebracht hatte?«

»Das ließ sich nicht mit Gewissheit sagen. Es waren einfach nur Kontaktspuren, die man zeitlich nicht genau zuordnen konnte.«

»Weißt du, ob die beiden sich häufiger gesehen haben?«

»Keine Ahnung. Da Adriano inzwischen tot war, hat man das Verfahren nicht neu aufgerollt.«

»Also endet die Geschichte hier?«

»Unglücklicherweise, ja. Aber jetzt, Maddie, bist du an der Reihe! Sag mir, an welchem Fall du dran bist.«

Madeline blieb hart und schüttelte den Kopf. Es kam nicht infrage, schon jetzt von Julian Lorenz zu erzählen. Und noch weniger vom Erlkönig.

Der Dandy-Agent versuchte erst gar nicht, seine Enttäuschung zu kaschieren, und erhob sich seufzend.

»Bleib weiter am Fall Sotomayor dran«, bat Madeline ihn.

Wu rückte seinen Trenchcoat und sein Lächeln zurecht. Wie eine Aufnahme in Zeitlupe.

Er machte eine kleine Handbewegung in Richtung Madeline und entfernte sich.

Die Sonne im Gesicht und *Yumeji's Theme* aus dem Film *In the Mood for Love* im Rücken.

19. Am Rand der Hölle

Jeder glaubt sich allein in der Hölle,
und gerade das ist die Hölle.

René Girard, Figuren des Begehrens

1.

Ein köstlicher Duft nach Maisbrot zog durch das Restaurant.

Um sich gegen die Eiseskälte zu schützen, hatte Gaspard Zuflucht im Blue Peacock, einem der Tempel des *soul food* in Harlem, gefunden. Während der Woche öffnete das Lokal erst gegen Mittag, aber an den Wochenenden konnte man sich schon ab zehn Uhr an dem üppigen Brunch mit gegrilltem Hühnerfleisch, pikanten Süßkartoffeln und karamellisierten Armen Rittern bedienen.

Er hatte sich unweit des Eingangs auf einem der Hocker an der Bar in Hufeisenform niedergelassen. Die Atmosphäre war bereits lebhaft und gesellig: Touristen und gut situierte junge Familien aus dem Viertel, hübsche Mädchen, die genussvoll ihre Cocktails mit poetischen Namen schlürften, ältere Farbige, die Ähnlichkeit mit Robert Johnson oder Thelonious Monk hatten.

Gaspard hob die Hand, um den Barmann auf sich aufmerksam zu machen. Er hatte große Lust auf einen Scotch, bestellte aber stattdessen einen Bio-Roibuschtee, der grässlich schmeckte. Er tröstete sich mit einem Beignet, gefüllt mit Erdbeermarmelade. Erst als sich seine Aufregung gelegt hatte, kam das Räderwerk seines Gehirns erneut in Gang. Er dachte zunächst an das zurück, was André Langlois ihm offenbart hatte. Warum hatte Sean Lorenz die Bodenmatte aus dem Kofferraum des alten Wagens von Adriano Sotomayor herausgerissen? Und, vor allem, was hatte er damit vor?

Objektiv gesehen, gab es nicht viele Lösungen. Eine Einzige drängte sich auf: Lorenz hatte die Fasern analysieren lassen wollen. Aber um was zu finden? Vermutlich Blut oder anderes genetisches Material.

Gaspard kniff die Augen zusammen. Nach und nach zeichnete sich eine andere Geschichte ab. Völlig anders als die, die er sich zunächst ausgemalt hatte und an die er hatte glauben wollen. Sean Lorenz hatte vielleicht nie vorgehabt, Sotomayor um Hilfe zu bitten. Vielleicht hatte er seinen früheren Freund sogar verdächtigt, eine Rolle bei der Entführung seines Sohns gespielt zu haben. Eine verrückte Hypothese kam Gaspard in den Sinn: Sotomayor war der Komplize von Beatriz Muñoz. War ein solches Szenario schlüssig?

In seinem Kopf lief eine tonlose Sequenz ab, als würde er unveröffentlichte Filmszenen betrachten. Beatriz am Steuer ihres Lieferwagens, der kleine Julian auf der Rückbank. Die linke Hand des Jungen blutet nach der Amputation seines Fingers. Der Lieferwagen erreicht die Mündung des Newton Creek und parkt neben einem Dodge Charger. Sotomayor steigt aus seinem Auto und hilft Muñoz, das Kind in seinen Kofferraum zu verladen. Das mit Blut besudelte Kuscheltier von Julian bleibt auf dem Straßenpflaster zurück …

Gaspard blinzelte, und seine Vision verschwand. Bevor er sich alles Mögliche ausmalte, brauchte er erst einmal Beweise. Er nahm seine Überlegungen unter einem anderen Blickwinkel wieder auf. Man durfte nicht vergessen, Sean war kein Polizist. Um die Bodenmatte analysieren zu lassen, hatte er folglich ein privates Labor bemühen müssen. Gaspard versuchte, alle Fäden seiner Ermittlungen miteinander zu verknüpfen. Sean war am 22. Dezember bei den Langlois' vorbeigekommen, einen Tag vor seinem Tod. Wenn er tatsächlich ein Labor aufgesucht hatte, dann wahrscheinlich am nächsten Tag. Ein Bild elektrisierte Gaspard: Der Anblick von Seans Terminkalender, in den für den 23. Dezember die Verabredung mit dem mysteriösen Doktor Stockhausen eingetragen war.

Er zog sein Handy heraus, rief Google auf, seinen neuen besten Freund, und gab mehrere Kombinationen von Suchbegriffen ein: »Manhattan«, »Labor«, »DNA«, »Stockhausen« … Innerhalb weniger Sekunden fand er, was er suchte: die Adresse des Rechtsmedizinischen Labors »Pelletier & Stockhausen« an der Upper East Side.

Er ging auf die Website des Unternehmens. Laut der Onlinepräsentation war das Labor spezialisiert auf »genetische Analysen zur Identifizierung von Menschen«. Die Einrichtung, die viele Akkreditierungen aufwies (FBI, Gerichte, amerikanisches Justizministerium), wurde regelmäßig im Rahmen von Straf- und Gerichtsverfahren hinzugezogen, um biologische Spuren eines Tatorts zu identifizieren und zu analysieren. Einzelpersonen wandten sich vor allem zur Klärung von Vaterschaften an das Labor. In einer Rubrik konnte man die Biografien der beiden Gründer lesen: Éliane Pelletier, ehemalige Chefapothekerin des Hôpital Saint-Luc in Montréal, und Dwight Stockhausen, Doktor der Biologie mit einem Diplom der Universität Johns-Hopkins.

Gaspard rief das Labor an und schaffte es, bis ins Sekretariat von Stockhausen durchgestellt zu werden. Dasselbe Lügenmärchen, das nicht wirklich eines war: Er war Schriftsteller und wollte sich im Zusammenhang mit einer Biografie über den Maler Sean Lorenz gern mit Doktor Stockhausen unterhalten. Die Sekretärin riet ihm, eine Mail zu schicken und sein Ansuchen schriftlich darzulegen. Gaspard bestand darauf, dass sie seine Telefonnummer notieren und seine Bitte direkt weitergeben solle. Die Angestellte versicherte ihm, dies zu tun, und legte dann ohne einen weiteren Kommentar einfach auf.

Du mich auch, dachte Gaspard.

In diesem Moment erhielt er eine SMS von Madeline. Sie bat ihn um die Telefonnummer von Isabella, der

Cousine von Sotomayor. Getreu der Strategie, die er sich überlegt hatte, widerstand er dem Bedürfnis, sie anzurufen, um mehr zu erfahren, und begnügte sich damit, ihr die Nummer zu übermitteln.

Da sein Tee inzwischen kalt geworden war, hob er die Hand, um einen neuen zu bestellen, hielt jedoch in der Bewegung inne. Beinahe eine Minute lang blieb sein Blick wie hypnotisiert auf den Hunderten von Flaschen hängen, von denen die Wand hinter dem Barkeeper bedeckt war. Rum, Cognac, Gin, Bénédictine, Chartreuse. Intensive Farben, ebenso schillernd wie Diamanten. Branntweine, aromatisierte Alkohole, die in ihren Glasflaschen funkelten. Armagnac, Calvados, Absinth, Curaçao, Wermut, Cointreau.

Einen Moment lang gestattete Gaspard sich den Gedanken, er würde nach einem Schluck Alkohol besser nachdenken können. Kurzfristig stimmte das vielleicht, aber wenn er jetzt etwas trank, würden seine Ermittlungen vom gründlichen und tugendhaften Weg abkommen, den er einzuschlagen begonnen hatte. Dennoch übten die goldbraunen Reflexe der Whiskys eine beinahe grenzenlose Anziehungskraft aus. Er bemerkte, dass er schwach wurde. Genau das war Entzug: Die Gefahr, dass der Mangel dich in einem Moment packt, in dem du nicht damit rechnest. In seinem Magen öffnete sich ein Abgrund. Seine Brust wurde eng, Schweißperlen bildeten sich auf seiner Stirn, in seinen Schläfen dröhnte es.

Er kannte den Geschmack jeder Flüssigkeit, kannte

jede Marke, jedes Etikett. Diesen milden und cremigen japanischen Blend, die holzigen Noten des schottischen Single Malt, die klaren Aromen eines irischen Whiskeys, den Honiggeschmack eines alten Bourbon, die Aromen von Orange und Pfirsich eines Chivas.

Wie am Vortag schluckte Gaspard, strich sich über Schultern und Nacken, um sein Zittern unter Kontrolle zu bekommen. Aber dieses Mal verschwand das Unwetter nicht so schnell, wie es gekommen war. Er gehörte sich nicht mehr selbst. Gegen seinen Willen war er drauf und dran, schwach zu werden.

In diesem Augenblick läutete sein Telefon. Auf dem Display eine unbekannte Handynummer.

»Ja bitte?« Er nahm das Gespräch an, wobei er den Eindruck hatte, dass seine Stimme verzerrt klang.

»Monsieur Coutances? Hier spricht Dwight Stockhausen. Haben Sie direkt vor dem Mittagessen etwas Zeit?«

2.

Madeline klappte die Sonnenblende herunter.

Überall war Licht, blendete, überflutete ihr Sichtfeld.

Seit zwei Stunden war sie am Steuer des Pick-ups unterwegs Richtung Long Island. Das Panorama war abwechslungsreich, mal uninteressant, mal bezaubernd. Auffällige Landsitze von Millionären wechselten mit Urlaubsorten, die direkt aus den 1950er Jahren zu stammen schienen, und mit Landschaften vom Ende der Welt: weiße Sandstrände, die sich unter einem kalkweißen Himmel ins Unendliche ausdehnten. Nachdem sie an Westhampton vorbeigefahren war, durchquerte sie seit zwanzig Kilometern die großen Ortschaften – Southampton, Bridgehampton –, die sich auf dem langen Küstenstreifen am Atlantik aneinanderreihten.

Auf einer Sandstraße schien das GPS ins Stottern zu kommen. Madeline dachte, sie hätte sich verfahren, und wollte schon wenden. Da bemerkte sie das Altenheim. Fünfzig Meter vom Strand entfernt, umgeben von Kiefern und Birken, stand ein großes altes Gebäude mit hölzerner Fassadenverkleidung.

Sie parkte unter den Bäumen und schlug die Tür des Pick-ups zu. Die urtümliche Atmosphäre des Ortes faszinierte sie sofort. Unter einem milchigen Himmel tobte der Wind, modellierte die Dünen und sättigte die Luft mit einem jodhaltigen und alkalischen Duft. Caspar David Friedrich, neu interpretiert von Edward Hopper.

Sie stieg die Stufen zum Eingang hinauf. Keine Klingel, kein automatischer Türöffner. Nur eine durch ein zerrissenes Fliegengitter geschützte Tür, von der die Farbe abblätterte und die quietschte, als sie sie aufstieß. Madeline betrat eine verlassene Eingangshalle, in der es nach Feuchtigkeit roch.

»Jemand da?«

Zuerst gab die einzige Antwort der Wind, der die Fensterdichtungen zu sprengen drohte.

Dann erschien oben an einer Treppe ein Mann mit

langem rotem Haar. Nachlässig, in einer Krankenpflegerkleidung von zweifelhaftem Weiß, hielt er eine Cola-Dose in der Hand.

»Guten Tag«, sagte Madeline. »Ich habe mich womöglich in der Adresse geirrt ...«

»Nein«, versicherte der Altenpfleger, während er die Treppe herunterkam. »Sie sind im Eilenroc House Senior Citizens.«

»Es sieht nicht so aus, als würden hier viele Leute wohnen.«

Der Mann hatte ein etwas beängstigendes Gesicht – von Schmissen gezeichnet, von Aknenarben überzogen –, aus dem jedoch erstaunlich sanfte blaue Augen blickten.

»Ich heiße Horace«, sagte er, während er seinen Haarschopf mit einem Gummiband bändigte.

»Madeline Greene.«

Er stellte sein Getränk auf das Brett, das als Empfangstresen diente.

»Die meisten Heimbewohner sind ausgezogen«, erklärte er. »Das Altersheim schließt Ende Februar endgültig seine Pforten.«

»Ach wirklich?«

»Das Gebäude wird abgerissen, um einem Luxushotel Platz zu machen.«

»Wie schade.«

Horace zog eine Grimasse.

»Die Mafiosi von der Wall Street plündern die gesamte Region. Sie plündern eigentlich das ganze Land!

Und das wird durch die Wahl von diesem Schlappschwanz Tad Copeland sicher nicht aufhören.«

Madeline wagte sich nicht auf politisches Terrain vor.

»Ich bin gekommen, um eine Ihrer Bewohnerinnen zu besuchen, Antonelle Boninsegna. Ist sie da?«

»Nella? Ja, ich glaube, sie wird als Letzte gehen.«

Er warf einen Blick auf seine Armbanduhr.

»O je, ich habe ihr Mittagessen ganz vergessen! Um diese Zeit finden Sie sie auf der Veranda.«

Horace deutete zum Ende der Eingangshalle.

»Durch den Speisesaal, und schon sind Sie dort. Kann ich Ihnen etwas zu trinken bringen?«

»Ich nehme gern eine Cola.«

»Zero?«

»Eine echte! Etwas Spielraum habe ich noch, oder?«, antwortete sie und deutete auf den Gürtel ihrer Jeans.

»Das wollte ich damit nicht sagen«, erwiderte der Altenpfleger lächelnd und verschwand in der Küche.

Der große Gemeinschaftsraum im Erdgeschoss erinnerte an ein altes Familienhaus. Die Art »Halbpension mit Meerblick«, wie man sie in Bénodet oder Whitstable findet. Sichtbalken, einzelne Tische aus Schwemmholz, darauf eine Wachstuchdecke mit Muschelmotiven. Nicht zu vergessen die unverzichtbare »maritime« Deko, die in den Ausgaben von *Art & Décoration* der 1990er-Jahre für Furore sorgte: Glaskugellampen, Flaschenschiffe, Kompass und Zirkel aus Messing, ausgestopfter Schwertfisch, Radierungen mit abenteuerlichen Fischfangszenen aus der Zeit Moby Dicks ...

Als Madeline auf die verglaste, vom Wind gebeutelte Veranda trat, hatte sie den Eindruck, auf der Kommandobrücke eines Dreimasters zu landen. Mit den rissigen Wänden und dem Dach, das nicht wasserdicht war, schien die Veranda kurz vor dem Untergang zu stehen.

Nella Boninsegna saß an einem kleinen Tisch in der hintersten Ecke der Loggia, eine alte gebrechliche Dame mit einem Mäusegesicht und Augen, die hinter den lupenstarken Brillengläsern übermäßig vergrößert glänzten. Sie trug ein dunkles abgetragenes Kleid mit Bubikragen. Eine Wolldecke mit Schottenmuster über den Knien, war sie in die Lektüre eines dicken Romans vertieft: *Die Stadt, die niemals schläft* von Arthur Costello.

»Guten Tag, Madam.«

»Guten Tag«, antwortete die alte Dame und hob den Blick von ihrem Buch.

»Ist der Roman gut?«

»Es ist eines meiner Lieblingsbücher. Ich lese es zum zweiten Mal. Schade, dass der Autor nicht mehr schreibt.«

»Ist er gestorben?«

»Nein, er ist am Boden zerstört. Seine Kinder sind bei einem Autounfall ums Leben gekommen. Geben Sie mir meine Spritze?«

»Nein, Madam, ich heiße Madeline Greene, ich bin Ermittlerin.«

»Sie sind vor allem Engländerin.«

»Das stimmt, woher wissen Sie das?«

»Ihr Akzent, Darling! Manchester, stimmt's?«

Madeline nickte. Normalerweise schätzte sie es nicht,

so leicht durchschaut zu werden, aber die alte Frau hatte das nicht gesagt, um sie zu ärgern.

»Mein Mann war Engländer«, fügte Nella an. »Er kam aus Prestwich.«

»Dann war er sicher Fußballfan.«

»Er lebte nur für Manchester United in deren Glanzzeit.«

»Der Zeit von Ryan Giggs und Éric Cantona?«

Die alte Dame deutete ein schelmisches Lächeln an.

»Eher von Bobby Charlton und George Best!«

Madeline wurde wieder ernst.

»Ich bin gekommen, weil ich in einem Fall ermittle. Der Entführung und Ermordung des Sohnes von Sean Lorenz, sagt Ihnen das was?«

»Der Maler? Natürlich sagt mir das was. Wissen Sie, dass Jackson Pollock hier ganz in der Nähe gewohnt hat? Er ist in Springs, zehn Kilometer von hier, bei einem Autounfall ums Leben gekommen. Er war mit seiner Geliebten in einem Oldsmobile Cabrio unterwegs. Er saß stockbesoffen am Steuer und ...«

»Ich habe davon gehört«, unterbrach Madeline sie, »aber das war in den 1950er-Jahren. Sean Lorenz ist ein zeitgenössischer Maler.«

»Denken Sie, ich habe meine Sinne nicht mehr beisammen, Darling?«

»Keineswegs. Lorenz war der Freund eines ehemaligen Schülers von Ihnen: Adriano Sotomayor. Erinnern Sie sich an ihn?«

»Ach, der kleine Adriano ...«

Nella Boninsegna ließ den Satz unvollendet, während sich ihr Gesichtsausdruck verwandelte. Als vertreibe die einfache Erinnerung an das Kind jede Spur von Schalkhaftigkeit oder guter Laune.

»Waren Sie es, die dem Sozialamt des Counties die Gewalttätigkeiten seines Vaters, Ernesto Sotomayor, gemeldet hat?«

»Richtig. Das war Mitte der 1970er-Jahre.«

»Hat Ernesto seinen Sohn häufig geschlagen?«

»Das ist noch untertrieben. Dieser Mann war ein Ungeheuer. Ein richtiger Sadist.«

Die alte Dame bekam eine Grabesstimme.

»Da ist alles vorgekommen: Er hat den Kopf seines Sohnes in die Toilette gesteckt, es gab Schläge mit dem Gürtel, Fausthiebe, Verbrennungen mit Zigaretten am ganzen Körper. Einmal hat er den Jungen gezwungen, mehrere Stunden lang mit erhobenen Armen zu stehen. Ein andermal ließ er ihn über Glasscherben laufen … und das war noch längst nicht alles.«

»Warum machte er das?«

»Weil die Menschheit viele Ungeheuer und Sadisten hervorbringt, so war es immer schon.«

»Wie war Adriano?«

»Er war ein trauriger und netter Junge, der Konzentrationsschwierigkeiten hatte. Oft trübte sich sein Blick, er schien mit seinen Gedanken woanders zu sein, weit weg. Dadurch habe ich überhaupt bemerkt, dass mit ihm etwas nicht stimmte. Noch bevor ich die Spuren der Misshandlungen an seinem Körper entdeckte.«

»Hat er sich Ihnen schließlich anvertraut?«

»Er hat mir einige Details darüber erzählt, was sein Vater ihm antat, ja. Ernesto schlug ihn wegen Nichtigkeiten. Die Strafen konnten Stunden dauern und erfolgten meist im Frachtraum seines Fischkutters.«

»Und die Mutter tat so, als bekäme sie nichts mit?«

Die ehemalige Lehrerin kniff die Augen zusammen.

»Die Mutter, wenn man so will ... Wie hieß sie gleich noch? Ach ja, Bianca ...«

»Sie hat die Familie verlassen, stimmt das?«

Nella holte ein Stofftaschentuch aus ihrer Tasche und reinigte damit die Gläser ihrer Browline-Brille. Durch ihre weißen Haare verlieh ihr dieser Brillentyp Ähnlichkeit mit Colonel Sanders.

»Ich kann mir vorstellen, dass sie auch ihre Prügel abbekommen hat«, erwiderte sie.

»Platz machen!«, rief Horace, während er ein Tablett auf den Tisch stellte, auf dem eine Dose Cola, eine Teekanne sowie zwei Bagels mit Lachs, Zwiebeln, Kapern und Frischkäse standen.

Nella bot Madeline an, die Mahlzeit mit ihr zu teilen.

»Es sind keine Bagels von *Russ & Daughters*, aber sie sind dennoch sehr gut«, versicherte sie und begann zu essen.

Madeline tat es ihr gleich und nahm anschließend einen Schluck Cola, bevor sie mit ihrer Befragung fortfuhr.

»Ich habe gehört, dass Adriano einen Bruder hatte.«

Die alte Lehrerin runzelte die Stirn.

»Nein, das glaube ich nicht.«

»Doch, ich bin sicher. Er hieß Reuben und war sieben Jahre jünger.«

Nella ließ sich Zeit, um nachzudenken.

»Damals, als Bianca gegangen ist, gab es Gerüchte, sie sei schwanger, aber nicht von Ernesto. Diese Art Kleinstadt-Tratsch eben.«

»Sie haben das nicht geglaubt?«

»Vielleicht war Bianca schwanger, aber wenn dem so war, dann von ihrem Mann. Bianca war hübsch, aber kein Mann in Tibberton hätte es gewagt, sich einen so tobsüchtigen Kerl wie Ernesto zum Feind zu machen.«

Madeline fragte erneut: »Warum hat Bianca ihren älteren Sohn im Stich gelassen?«

Zum Zeichen ihrer Unwissenheit zuckte Nella mit den Schultern. Sie biss wieder von ihrem Bagel ab und erinnerte sich plötzlich, was sie Madeline zu fragen vergessen hatte: »Wie haben Sie von diesen Geschichten erfahren? Und wie sind Sie auf meine Spur gekommen?«

»Durch Isabella Rodrigues«, antwortete Madeline.

Die Lehrerin brauchte ein paar Sekunden, um die Cousine von Adriano einzuordnen.

»Die kleine Isabella, natürlich. Sie hat mich gelegentlich besucht. Ein gutes Mädchen, so wie Sie.«

»Vielleicht trügt der Schein. Ich bin nicht unbedingt ein gutes Mädchen«, widersprach Madeline amüsiert.

Nella lächelte.

»Aber ja doch.«

»Und haben Sie Adriano auch wiedergesehen?«

»Nein, aber ich habe viel an ihn gedacht. Ich hoffe, es geht ihm gut. Wissen Sie etwas über ihn?«

Madeline zögerte. Was nützte es, diese alte Dame mit schlimmen Neuigkeiten zu belasten?

»Es geht ihm sehr gut, machen Sie sich um ihn keine Sorgen.«

»Sie sind wahrscheinlich ein gutes Mädchen, aber eine schlechte Lügnerin«, erwiderte die Lehrerin.

»Sie haben recht, Nella. Sie verdienen es, die Wahrheit zu hören. Adriano ist vor beinahe zwei Jahren gestorben.«

»Da besteht wohl ein Zusammenhang mit Ihren Ermittlungen über diesen Maler. Sonst wären Sie nicht zu mir gekommen ...«

»Ehrlich gesagt weiß ich das noch nicht.«

Um sich nicht zu lange beim Tod des Polizisten aufzuhalten, wechselte Madeline das Thema.

»Ernesto litt gegen Ende seines Lebens an Kehlkopfkrebs. Anscheinend hat Adriano ihn bei sich aufgenommen. Halten Sie das für möglich?«

Nella riss die Augen weit auf. Hinter ihren dicken Brillengläsern verdoppelte sich ihre Iris.

»Wenn das stimmt, ist es erstaunlich. Es würde mich wundern, dass Adriano sich der christlichen Nächstenliebe zugewandt haben sollte.«

»Was wollen Sie damit sagen?«, fragte Madeline, während sie Antonelle half, Tee einzugießen.

»Jemand, der das nicht selbst erlebt hat, kann sich

meiner Überzeugung nach nicht vorstellen, was ein Mensch erleidet, der gefoltert wird. Die Art der Qualen, die Adriano erlitten hat, die lange Zeit, die er das ertragen musste – das alles hinterlässt zwangsläufig Narben und Traumata. Eine unvorstellbare mentale Desorganisation.«

»Worauf wollen Sie hinaus?«, insistierte Madeline.

»Ich glaube, dass dieser Schmerz und dieser Hass, die sich angesammelt haben, irgendwann nicht mehr steuerbar sind. Irgendwie wird der Betroffene sie zwangsläufig sich oder anderen gegenüber ausleben.«

Die rätselhaften Äußerungen der ehemaligen Lehrerin gaben für Madeline den Anstoß, eine letzte Tür zu öffnen: » *Erlkönig*, sagt Ihnen das was?«

»Nein. Ist das eine Marke für Gartenmöbel?«

Madeline stand auf, um sich zu verabschieden.

»Danke für Ihre Hilfe, Nella.«

Diese Frau gefiel ihr. Sie war die Großmutter, die sie gern gehabt hätte. Bevor sie ging, äußerte sie noch eine Sorge, die ihr seit ihrer Ankunft durch den Kopf ging: »Dieser Krankenpfleger …«

»Horace?«

»Ja. Behandelt er Sie gut? Er sieht so merkwürdig aus.«

»Der Schein trügt, zumindest in seinem Fall. Er ist ein guter Junge, seien Sie unbesorgt. Auch er hat kein einfaches Leben gehabt.«

Plötzlich gab die Veranda unter einem besonders gut platzierten Windstoß ein beunruhigendes Knacken von sich. Unweigerlich hob Madeline den Kopf zur verglasten Decke und erwartete beinahe, diese einstürzen zu sehen.

»Ich habe gehört, dass das Heim schließen wird?«

»Ja, in drei Monaten.«

»Haben Sie einen Plan B?«

»Machen Sie sich keine Gedanken um mich, ich werde zu meinem Mann gehen.«

»Ich dachte, er sei gestorben?«

»1996, ja.«

Madeline gefiel die Wendung nicht, die das Gespräch nahm.

»Meiner Meinung nach sind Sie dem Tod nicht nahe. Sie scheinen gut in Form zu sein.«

Die alte Dame wischte diese Bemerkung mit einer Handbewegung beiseite, und als Madeline sich dem Gemeinschaftsraum zuwandte, rief sie ihr nach: »Ich weiß nicht, wonach Sie suchen, aber Sie werden es nicht finden.«

»Sind Sie medial veranlagt oder was?«

Nella lächelte und strich sich wie in einer letzten Koketterie übers Haar.

»Aber Sie werden etwas anderes finden«, versicherte sie.

Madeline winkte und ging zu ihrem unter den Kiefern geparkten Pick-up.

Bevor sie losfuhr, lief sie an den unberührten, geschützten, zeitlosen Strand. In ein paar Monaten würden Kräne und Betonmischer den Ort zerstören, um hier ein Hotel mit Sauna und Hubschrauberlandeplatz zu errichten. Das alles erschien ihr widersinnig, gewalttätig und unmenschlich.

Verflucht, sie dachte schon wie Coutances …

Sie ging zurück zu ihrem Pick-up. Zur Erinnerung machte sie ein Foto von dem weißen Sandstrand und dem Altenheim. Vielleicht hatte die alte Dame recht. Vielleicht hatte Madeline hier etwas gefunden. Auch wenn sie noch nicht wusste, was.

Sie stieg ins Auto, drehte den Zündschlüssel und gab Gas, um wieder auf die Bundesstraße zu kommen. Dort fuhr sie Kilometer um Kilometer und versuchte, ihre Gedanken zu ordnen. Nach etwa einer Stunde Fahrt klingelte ihr Handy. Auf dem Display stand ein Name.

Dominic Wu.

3.

Hier im Viertel nannte wohl jeder das Gebäude *Zauberwürfel*. Das zumindest stellte sich Coutances vor, als das Taxi ihn im Norden der Upper East Side an der Ecke 102nd und Madison Avenue absetzte.

Das Labor Pelletier & Stockhausen war ein mehrfarbiger Glaswürfel, ein buntes Patchwork, dessen lebhafte Farben mit dem langweiligen Grau und Braun der benachbarten Gebäude kontrastierten.

Wer hat behauptet, die Amerikaner würden nie Urlaub machen? An diesem Spätvormittag jedenfalls war in dem Labor nicht viel los. Gaspard meldete sich bei einer eleganten, jedoch ausgezehrt wirkenden Angestellten mit kantigem Gesicht: dunkle Linien, wie mit dem Winkel gezogen, weiße Haut, dunkle melancholische Augen, die an Figuren von Bernard Buffet erinnerten.

Die Dame führte ihn in ein Büro in der sechsten Etage mit Blick auf den riesigen Komplex des Mount Sinai Hospitals.

»Hereinspaziert, Mister Coutances!«, rief ihm der Inhaber des Labors entgegen.

Dwight Stockhausen schien verreisen zu wollen. Neben einem Florence-Knoll-Sofa standen zwei Alzer-Monogram-Canvas-Koffer, eine passende Reisetasche und ein Paar Pelz-Moon-Boots.

»Wir verbringen den Heiligabend in Aspen. Im Hotel Jerome. Sind Sie dort schon einmal abgestiegen?«

In seiner Stimme schwang unverhohlene Blasiertheit. Er kam auf Gaspard zu und reichte ihm ganz europäisch die Hand.

»In letzter Zeit nicht«, antwortete der Theaterautor.

Mit einer Geste lud der Wissenschaftler ihn ein, auf dem Sofa Platz zu nehmen.

Er selbst blieb noch eine Minute stehen. Die Augen auf das Display gerichtet, tippte er auf seinem Smartphone, das im Vergleich zu seinen dicken Wurstfingern zwergenhaft wirkte.

»Ich bin sofort für Sie da. Ich muss nur noch dieses verfluchte Formular für den Flughafen ausfüllen.«

Gaspard nutzte die Pause, um seinen Gastgeber zu mustern. Als er ein Kind war, hatte seine Mutter sich gelegentlich mit solchen Typen getroffen, die im 16. Arrondissement in Paris im Belgravia oder Beacon Hill wohnten. Sein Doppelkinn und sein Profil à la Ludwig XVI. harmonierten wunderbar mit seiner Glencheckhose, seinem Blazer im Fischgrätmuster und seinen Gammarelli-Socken, die in Mokassins mit Quasten steckten.

Schließlich beschloss seine Hoheit, sein Telefon wegzulegen, und setzte sich Gaspard gegenüber.

»Sie wollten mit mir über Sean Lorenz sprechen, richtig?«

»Soweit ich weiß, ist er vor einem Jahr zu Ihnen gekommen. Am dreiundzwanzigsten Dezember 2015, seinem Todestag.«

»Ich erinnere mich. Ich hatte ihn empfangen. Unter uns gesagt – er war ein berühmter Künstler, nicht wahr?«

Stockhausen deutete auf die Wände seines riesigen Büros.

»Wie Sie sehen, bin ich selbst Sammler«, erklärte er mit dem schulmeisterlichen Ton, der sein Markenzeichen war.

Gaspard erkannte tatsächlich eine Lithografie *Mädchen mit rotem Luftballon* von Banksy – die gleiche, die bereits in vielen tausend Wohnzimmern oder als Hintergrundbild auf Millionen Computern zu sehen war. Er erkannte außerdem einen Siebdruck von Damien Hirst – den immerwährenden Totenschädel mit Diamanten, den er bis ins Unendliche abwandelte – sowie eine große Skulptur von Arman, die eine zertrümmerte Violine darstellte (aber hatte Arman jemals etwas anderes erschaffen, als vor Wut zerstörte Violinen?). Kurz, nur Werke, die er verabscheute.

»Kommen wir bitte auf Lorenz zurück.«

Der Wissenschaftler war aalglatt und nicht gewillt, Gaspard die Führung ihrer Unterhaltung zu überlassen.

»Zuerst einmal, wie haben Sie von dieser Geschichte erfahren?«, fragte er.

Gaspard weigerte sich, das Spielchen mitzumachen. Wenn Stockhausen zugestimmt hatte, ihn so eilig zu empfangen, dann, weil er Angst um seinen und den Ruf seines Labors hatte.

»Wir wollen uns Zeit sparen, Mister Stockhausen: Sagen Sie mir doch *sofort* und *detailliert*, worum Sean Lorenz Sie gebeten hat.«

»Das kann ich nicht. Das Ganze ist vertraulich, wie Sie sich denken können.«

»Ich garantiere Ihnen, dass es nicht mehr lange vertraulich bleiben wird. Jedenfalls nicht, wenn eine Gruppe Polizisten in Aspen aufkreuzen wird, um Ihnen Handschellen anzulegen. Das wird im Hotel Jerome für verdammt viel Aufsehen sorgen, glauben Sie mir.«

Der Wissenschaftler erwiderte empört: »Und aus welchem Grund sollte man mich festnehmen?«

»Mitwisserschaft beim Mord eines Kindes.«

Stockhausen räusperte sich.

»Verschwinden Sie! Ich werde meinen Anwalt anrufen.«

Gaspard drückte sich, ganz im Gegenteil, tiefer in das harte Sofa.

»So weit muss es nicht kommen.«

»Was genau wollen Sie wissen?«

»Das habe ich Ihnen bereits gesagt.«

Ludwig XVI. bekam es mit der Angst zu tun. Er zog das hübsche Einstecktuch aus seinem Blazer, um sich den Schweiß von der Stirn zu wischen. Und beschloss, zu kapitulieren.

»An diesem dreiundzwanzigsten Dezember kam Sean Lorenz sehr aufgeregt in mein Büro. Man hätte meinen können, er sei irre. Ehrlich, wäre er nicht so berühmt gewesen, hätte ich ihn nicht empfangen.«

»Er hatte eine Plastiktüte bei sich, stimmt das?«

Stockhausen verzog angewidert das Gesicht.

»Ja, einen Müllsack, der eine alte Bodenmatte enthielt. Die Art, wie man sie in Autos findet.«

Gaspard nickte.

»Sie stammte tatsächlich aus dem Kofferraum eines Dodge.«

»Kurz und gut«, fuhr der Wissenschaftler fort, »Lorenz wollte wissen, ob es an dieser Matte genetische Spuren von seinem Sohn gab.«

»Ist so eine Untersuchung theoretisch machbar?«

Angesichts der unangemessenen Frage zuckte Stockhausen mit den Schultern.

»Natürlich, wir hatten ja Lorenz vor uns. Wir mussten lediglich mit einem Wattestäbchen eine kleine Speichelprobe nehmen. Der DNA-Abgleich, um den er mich bat, war kaum komplizierter als ein einfacher Vaterschaftstest. Nur dauerte er etwas länger.«

»Und ich gehe davon aus, dass Sean es eilig hatte.«

Der Laborleiter nickte bestätigend.

»Während der Weihnachtszeit ist es wegen des Urlaubs vieler Angestellter immer schwierig. Aber es gibt für alle Probleme eine Lösung, wenn Sie bereit sind, Ihr Scheckbuch zu zücken.«

»In welcher Höhe war in diesem Fall der Scheck ausgestellt?«

»In diesem Fall war es etwas Besseres als ein Scheck.«

Stockhausen erhob sich, um zu dem Bild von Banksy zu gehen, hinter dem ein Bürosafe mit Fingerabdruckerkennung versteckt war. Der Wissenschaftler öffnete den Stahlschrank und holte einen kleinen dunklen Holzrahmen heraus. Hinter dem Glas befand sich eine von Sean Lorenz signierte Zeichnung der Skyline von New York. Gaspard stellte sich die Szene vor, und sie bereitete ihm Übelkeit: Der dicke Stockhausen, der dem vor Kummer mit dem Tod ringenden Lorenz eine letzte Zeichnung abzwingt, um ihn damit für einen einfachen Gentest zahlen zu lassen.

Ludwig XVI. machte nicht den Eindruck, als wäre ihm das Ausmaß seines miesen Verhaltens bewusst.

»Ich glaube, man kann mit Sicherheit sagen, dass dies das letzte Werk des Künstlers ist!«, erklärte er glucksend, begeistert über seine geistreiche Bemerkung.

Gaspard unterdrückte sein Verlangen, den Rahmen zu zerschlagen, die Zeichnung in kleine Fetzen zu reißen, auf die Dachterrasse zu treten und die Papierschnipsel wie Asche in die Luft zu werfen. Das hätte großartig ausgesehen, seine Ermittlungen jedoch nicht weitergebracht. Er bewahrte Ruhe und fuhr mit dem Gespräch fort: »Lorenz hat also diese Zeichnung für Sie angefertigt, damit Sie bereit sind, die Analyse schneller durchzuführen ...«

»So ist es. Ich habe garantiert, dass er die Ergebnisse am sechsundzwanzigsten Dezember vormittags haben würde. Das war schwierig, aber machbar.«

»Er sollte also drei Tage später wiederkommen?«

»Aber er ist nie gekommen, weil er inzwischen gestorben ist«, ergänzte der Laborleiter.

Stockhausen ließ ein paar Sekunden verstreichen.

»Wir haben die Ergebnisse zum vorgesehenen Zeitpunkt erhalten, aber sie sind in den Tiefen unserer Rechner auf Warteposition geblieben. Es gab keine gerichtliche Anordnung, und es hat sich niemand gemeldet. Wir haben eine Management-Software, die drei Erinnerungsschreiben verschickt, dann habe ich nicht mehr an die Angelegenheit gedacht.«

»Der Tod von Lorenz wurde in allen Zeitungen gemeldet. Darauf haben Sie nicht reagiert?«

»Ich sehe da keinen Zusammenhang. Er ist mitten auf der Straße an einem Herzanfall gestorben.«

In diesem Punkt hatte Stockhausen recht.

»Jedes Jahr Anfang Herbst«, fuhr er fort, »werden

von meinem Team die archivierten Dateien bereinigt. Erst da habe ich die Ergebnisse gelesen.«

Gaspard wurde ungeduldig.

»Und was sagten sie?«

»Der Vaterschaftstest war positiv.«

»Konkret?«

»Konkret: Der Teppich war vielleicht oberflächlich gereinigt worden, aber man musste nicht lange suchen, um darauf Blutspuren zu finden, die zum Sohn von Sean Lorenz gehörten.«

»Und Sie haben nicht die Polizei darüber informiert?«

»Wie ich schon sagte, habe ich das letzten September entdeckt! Ich habe im Internet recherchiert: Der Junge war von einer Verrückten umgebracht worden. Was hätte das geändert?«

»Ja, okay«, gab Gaspard zu.

Er erhob sich vom Sofa. Stockhausen bestand darauf, ihn zum Aufzug zu begleiten.

»Wem gehörte die Bodenmatte aus dem Kofferraum?«, wollte der Laborleiter wissen.

»Finden Sie es nicht etwas spät, sich darüber Gedanken zu machen?«

Stockhausen ließ nicht locker: »Stammte er aus dem Auto von Beatriz Muñoz? Sie hat ja mehrere Kinder umgebracht, oder?«

Gaspard wurde klar, dass der Mann ihm noch etwas verheimlichte.

»Zum Teufel! Was haben Sie mir nicht gesagt, Stockhausen?«

382

Der Aufzug kam, und die Türen öffneten sich, aber Gaspard ließ den Wissenschaftler nicht aus den Augen. Der Mann schien außer Atem, als sei er durch Manhattan gerannt.

»Man hat Blutspuren von Lorenz' Sohn auf diesem Teppich gefunden, aber nicht nur ... Es gab weitere Spuren. Blut und Speichel von anderen Personen.«

»Von Kindern?«

»Das lässt sich nicht sagen.«

»Und wie interpretieren Sie das?«

»Ich habe keine Ahnung! Ich bin weder Polizist noch Rechtsmediziner. Das können tausend Sachen sein. Kontaktspuren oder ...«

»Was ist Ihre Überzeugung?«

Stockhausen keuchte.

»Meine Überzeugung ist, dass im Kofferraum dieses Autos noch weitere Leichen transportiert worden sind.«

4.

Madeline nahm beim Fahren das Gespräch an.

»Ich höre dich, Dominic.«

»Ich habe getan, worum du mich gebeten hast, Maddie: Ich habe mich eingehend mit dem Fall Sotomayor beschäftigt und dabei etwas sehr Merkwürdiges entdeckt.«

Sogar wenn er im Urlaub war, hatte Dominic Wu den typischen Tonfall des siegreichen Jägers.

»Etwas über den Bruder?«

»Ja, über Reuben. Einige Wochen vor seinem Tod kam er aufs Polizeirevier von Gainesville, um seine eigene Mutter als vermisst zu melden.«

»Bianca Sotomayor?«

»Genau. Geboren 1946, zu diesem Zeitpunkt fünfundsechzig Jahre alt. Sie war gerade in Rente gegangen. Davor hatte sie in verschiedenen Krankenhäusern gearbeitet, zuerst in Massachusetts, dann in Toronto, Michigan und Orlando.«

»War sie verheiratet? Gab es einen Mann in ihrem Leben?«

»Sie war nur ein Mal verheiratet, mit Ernesto Sotomayor, dem Vater von Adriano und Reuben. Danach lebte sie mit einem kanadischen Arzt zusammen und dann mit einem Autoverkäufer aus Orlando, der 2010 ins Gras gebissen hat. Zum Zeitpunkt ihres Verschwindens war sie mit einem Vierundvierzigjährigen zusammen, der in der Region ein Spa betrieb. Es scheint Mode zu sein, sich ältere Frauen anzulachen.«

»Gab es Ermittlungen zu ihrem Verschwinden?«

»Ja, aber sie haben nichts ergeben. Die Akte ist leer. Keine Anzeichen auf Probleme in der Zeit vor dem Verschwinden, kein Hinweis, keine Spur. Bianca Sotomayor hat sich in Luft aufgelöst.«

»Hat ein Richter sie irgendwann für tot erklärt?«

»Im November 2015.«

Deshalb hat es mit Adrianos Erbe so lange gedauert, dachte Madeline.

»Ich habe meinen Teil des Jobs erledigt, Maddie. Sag du mir jetzt, warum dich dieser Fall interessiert.«

»Ich ruf dich später an«, versprach sie.

Sie legte auf, ohne ihm Zeit zu lassen, weitere Fragen zu stellen.

Direkt danach rief sie Isabella Rodrigues an, erreichte jedoch nur den Anrufbeantworter. Daher beschloss sie, mit Gaspard Kontakt aufzunehmen.

»Wo sind Sie, Coutances, in Manhattan?«

»Wo sollte ich denn sonst sein? Meinen Sie, ich lasse mir in Papeete oder Bora Bora die Sonne auf den Pelz brennen? Ich komme gerade von Stockhausen. Ich habe seine Spur gefunden. Stellen Sie sich bloß vor, dass …«

»Später«, sagte sie. »Ich hole Sie ab. Ich habe ein Auto gemietet und bin auf der Southern State auf der Höhe von Hempstead. Ich komme aus den Hamptons. Eine sehr lange Geschichte. Ich werde sie Ihnen erzählen.«

»Ich habe Ihnen auch viel zu erzählen.«

»Sie erzählen mir das später, ich brauche nur eine knappe Stunde. Bis dahin würde ich Sie gern um einen Gefallen bitten.«

Allein schon an ihrer Stimme – helleres Timbre, entschiedener Tonfall – stellte Gaspard fest, dass Madeline eine andere Energie hatte als am Vortag.

»Sagen Sie schon.«

»Zwei Straßen vom Hotel entfernt, auf der Thomas Street, gibt es ein Werkzeug-Fachgeschäft, Hogarth Hardware. Sie …«

»Was soll ich dort tun?«

»Lassen Sie mich doch ausreden! Haben Sie etwas zum Schreiben? Dann gebe ich Ihnen meine Einkaufsliste durch: zwei Taschenlampen, ein paar LED-Röhren, eine Brechstange, ein Nageleisen …«

»Und wohin gehen wir damit?«

»Das werden Sie mir sagen. Machen Sie genau das, worum ich Sie bitte. Haben Sie mir zugehört, Coutances?«

Offenbar hatte Madeline etwas gefunden, das ihre Zweifel an der Stichhaltigkeit dieser Ermittlungen infrage stellte. Etwas, was er selbst nicht hätte herausfinden können.

Gaspard sagte sich, dass es richtig gewesen war, sie aufzusuchen.

20. Der Lieblingssohn

Schwarz ist eine Farbe an sich,
die alle anderen zusammenfasst und vernichtet.

Henri Matisse

1.

Sie hatten New York am frühen Nachmittag Richtung
Osten verlassen. Die ersten Hundert Kilometer bis nach
New Haven waren der reinste Albtraum. Ein überlas-
teter Autobahnabschnitt mit vielen Baustellen. Eine urbane Hölle, die sich ewig hinzog. Ein dem Untergang
geweihtes Territorium, von Beton-Metastasen vergiftet
und durch Kohlendioxid und Feinstaub erstickt.

Madeline und Gaspard hatten die Zeit genutzt, um
die Einzelteile dieses makabren Puzzles zusammen-
zusetzen. Die Geschichte einer tristen Kindheit. Von
Gewalt, die eine zehnfach schlimmere Gewalt nach sich
zog. Von einer alltäglich gewordenen Grausamkeit und
Unmenschlichkeit, die, viele Jahre später, in einen mörderischen Wahnsinn mündete. Die Geschichte einer
Zeitbombe. Die Geschichte eines kleinen Jungen, den

seine Eltern, jeder auf seine Art, in ein Monster verwandelt hatten.

Madeline stellte die Heizung höher. Die Dunkelheit brach schon herein. Der Tag war im schneller werdenden Rhythmus der Entdeckungen vergangen, ohne dass sie es bemerkt hatte. Zusammenhängende Teile traten aus dem Schatten. Sie hatte das schon bei gewissen anderen Fällen erlebt. Das war der aufregendste Moment in einer Ermittlung. Die Revanche der Wahrheit, wenn nach allzu langem Verdrängen manche Tatsachen mit zerstörerischer Wucht hervorbrachen. In ihrem Kopf löste sich der Nebel auf, und was zum Vorschein kam, machte sie fassungslos.

Es ist immer schwierig, die Wurzeln einer Tragödie zu identifizieren, den genauen Augenblick herauszufinden, an dem ein Leben ins Wanken gerät. Seit einigen Stunden hatte Madeline jedoch eine Gewissheit. Das Drama hatte sich im Sommer 1976 in Tibberton angebahnt, einem kleinen Fischerhafen in Massachusetts.

In jenem Jahr erfährt eine Krankenschwester der lokalen Poliklinik, Bianca Sotomayor, dass sie mit einem zweiten Kind schwanger ist. In dem Moment, als ihr Blick auf die Ergebnisse des Bluttests fällt, trifft sie eine radikale Entscheidung. Da sie es leid ist, täglich die Beleidigungen und Schläge ihres Ehemanns Ernesto über sich ergehen zu lassen, kratzt sie alle Ersparnisse zusammen und verlässt von einem Tag auf den anderen ihr Zuhause, um in Kanada ein neues Leben zu beginnen.

Damals ist ihr älterer Sohn Adriano noch keine sechs Jahre alt. Allein mit seinem Vater, wird der Junge zum Opfer all seiner Gewalttätigkeiten. Er muss Prügel für Prügel, Demütigung für Demütigung, oft unbeschreiblich grausamer Natur, ertragen. Es dauert noch zwei lange Jahre, bis seine Lehrerin, Nella Boninsegna, diese Misshandlungen durch den Vater anzeigt und das Kind von seinem Martyrium befreit.

Daraufhin scheint das Leben des Jungen in normale Bahnen zu kommen. Weit weg von seinem Vater hat er das Glück, von eher freundlichen Pflegeeltern aufgenommen zu werden, die es ihm sogar ermöglichen, in Kontakt mit seiner Cousine Isabella zu bleiben. In Harlem verbringt er eine durchschnittliche Jugend und freundet sich mit dem jungen Sean Lorenz an, einem kleinen Graffiti-Genie, und der schwer traumatisierten Beatriz Muños, Tochter von chilenischen Emigranten, die wegen ihres Äußeren, ähnlich wie er, eine schwierige Kindheit erlebte, gezeichnet von Verachtung und Demütigungen.

Zu dritt bilden sie *The Artificers*, eine Gruppe von Graffiti-Sprayern, die ihre Farben auf die Wände der Manhattaner Subway sprühen. Er ist keine große Leuchte im Unterricht. Er verlässt die Schule schon sehr früh, und nach einer etwas turbulenten Jugend tritt er schließlich der Polizei bei, wo er, ohne Aufsehen zu erregen, sich hocharbeitet. Allem Anschein nach führt er ein geordnetes Leben. Aber wer kann schon sagen, was sich wirklich in seinem Kopf abspielt?

Und hier werden die Teile des Puzzles unscharf. Madeline wusste genau, dass sie fortan nur die Eindrücke und Möglichkeiten kombinierte, die untermauert waren durch ein paar seltene New Yorker Entdeckungen. Doch das Gesamtbild, das sich abzeichnete, war unglaublich kohärent.

Eines stand für Madeline fest: Die finsteren Etappen der Kindheit von Sotomayor hatten sich nicht in Nichts aufgelöst. Sie tauchten zum Beispiel zu Beginn der 2010er-Jahre wieder auf. Zu dieser Zeit hatte Adriano die Spur seines jungen Bruders Reuben, der an der Universität von Gainesville lehrte, neu entdeckt. Wussten die beiden Brüder schon länger voneinander? Hatten sie bereits miteinander gesprochen? Madeline konnte es nicht sagen. Jedenfalls war Adriano zu jener Zeit von Rachegelüsten besessen, die ihn in einen mörderischen Wahnsinn rissen. Er hatte seine Mutter in Florida wiedergefunden. Zunächst einmal hatte er vermutlich daran gedacht, sie umzubringen, es sich dann aber anders überlegt: Der Tod war zu sanft für das, was sie ihm angetan hatte.

Madeline war keine Psychologin, glaubte aber trotzdem, den Schlüssel zu Adrianos Verhalten gefunden zu haben: Nicht seinem Vater machte er die größten Vorwürfe, sondern seiner Mutter. Seiner Mutter, die ihn im Stich gelassen hatte. Seiner früher heißgeliebten Mutter, die das Schlachtfeld einfach verließ, auf dem sie gemeinsam gekämpft hatten. Seiner Mutter, die er verehrte, die es aber vorgezogen hatte, mit dem Embryo, den sie im Bauch trug, die Flucht zu ergreifen.

Um diese Mutter herum hatte sich sein Hass heraus-
gebildet. Madeline stellte sich die Verlorenheit vor, die
der kleine Junge empfunden und die ihn weit schlimmer gezeichnet haben musste als die Brutalität seines
Vaters. So wenigstens wird sein Gehirn die Geschichte
umgearbeitet haben. Männer sind von Natur aus gewalttätig. Aber es ist die Pflicht einer Mutter, ihr Kind zu
schützen. Nur dass seine sich auf und davongemacht
hatte, um ein anderes Kind zu schützen. Ein Fehlverhal-
ten, für das sie büßen würde.

Das Szenario schien verrückt, doch es war das einzige
Motiv, das Madeline gefunden hatte, um den Weg Adrianos mit den typischen Merkmalen der Verbrechen des
Erlkönigs zu verbinden. Adriano hatte also Bianca entführt, sie eingesperrt und ihr im Laufe der Wochen ausführlich erläutert, wie er Reuben umbringen, ihren
Lieblingssohn totprügeln würde. Er hatte sich eine Zeit
lang an dieser mentalen Folter erfreut und war dann zur
Tat geschritten. Reuben musste sterben.

Aber Bianca würde nicht so leicht davonkommen.
Adriano würde das gleiche Verbrechen bis ans Ende
aller Tage verüben. Sich selbst den Mord an seinem Bruder hundertfach auferlegen. Seine Mutter ein Martyrium, eine ausgeklügelte Strafe durchleiden lassen, die
ganz langsam in seiner Fantasie gereift war. Im Februar
2012 hatte er den kleinen Mason Melvil im Kindergar-
ten von Shelton entführt und seiner Mutter anvertraut.
In ihrer Gefangenschaft hatte Bianca keine andere Wahl
gehabt, als sich um den Kleinen zu kümmern. Sie hatte

sich sogar alle Mühe gegeben, um das Trauma zu lindern, das ein Kind von zwei Jahren durchlebt, das brutal von seinen Eltern getrennt worden war, um in einem dunklen Keller an der Seite einer Unbekannten dahinzuvegetieren. Und zwangsläufig hatte Bianca Zuneigung zu dem Jungen gefasst. Aber unvermittelt, mitten im Frühling, hatte der Erlkönig das Kind seiner Mutter entrissen und, wahrscheinlich vor ihren Augen, getötet, bevor er den Leichnam am Ufer eines Teichs ablegte. Ein Vorgang, den Adriano in den folgenden zwei Jahren insgesamt dreimal wiederholte – mit Caleb Coffin, Thomas Sturm und Daniel Russell.

Madeline hatte keinen Zweifel mehr an der Identität des Erlkönigs. Adriano war zwar der Mörder, doch im Gegensatz zu dem, was alle geglaubt hatten, waren die wirklichen Opfer nicht die Kinder. Es war traurig, so etwas sagen zu müssen, aber diese unglückseligen Jungen waren nur Kollateralschäden. Mittel und Wege, um sein einziges Opfer bis ins Mark zu treffen. Seine Mutter.

2.

Auf Höhe von Mystic nahm der Verkehr deutlich ab. Der Pick-up fuhr weiter die Küste entlang Richtung Osten. Im Radio war nicht zu überhören, dass es nur noch wenige Stunden vor Heiligabend war. Von Dean Martin bis Nat King Cole schienen sich alle Sänger abgesprochen zu haben, um den Abend zu beleben. Louis Armstrong hatte kaum *White Christmas* beendet, als schon Frank Sinatra seine *Jingle Bells* zum Besten gab.

Gaspards Gedanken folgten denen von Madeline. Er dachte an die griechische Mythologie, an die Strafe, die Zeus Prometheus auferlegt hatte, nachdem dieser den Göttern das heilige Feuer geraubt hatte: an einen Bergfels geschmiedet zu sein, um sich vom Adler des Kaukasus-Gebirges jeden Tag ein Stück seiner Leber entreißen zu lassen. Da die Leber die Eigenschaft besitzt, sich nachts zu regenerieren, fing die Qual am nächsten Tag von vorn an. Eine lebenslängliche Tortur. Eine Buße, gar nicht so weit entfernt von der, die Adriano seiner Mutter auferlegt hatte. Der Mord an ihrem Lieblingssohn, mehrfach wiederholt.

Gaspard dachte an den Hass, der sich in Sotomayor angestaut haben musste. Sonst hätte er sich nicht in einen solchen Wahn hineinsteigern können.

Im Dezember 2014 sorgen die Zufälle des Lebens dafür, dass sein mörderischer Drang zwei weitere Schicksale kreuzt. Die drei *Artificers* treffen ungewollt aufeinander. Doch die lebhaften Farben der 1990er-Jahre sind denen des Bluts und der Dunkelheit gewichen.

Beatriz Muñoz, mit der Adriano lose in Kontakt geblieben war, hatte sich von ihren eigenen Dämonen hinreißen lassen. Es hatte etwas Paradoxes und Frustrierendes, sich zu sagen, dass Beatriz die kleine Leidensschwester von Adriano darstellte. Leid, das Leid gebiert. Derselbe Hass, der einen dazu verleitet, denjenigen das Schlimmste anzutun, die man am meisten geliebt hat. Doch ein Unterschied trennt diese beiden gemarterten Seelen: Beatriz geht nicht bis ans Ende ihres Wahnsinns. Sie quält Pénélope Lorenz physisch und mental, bringt aber Julian nicht um.

Als sie den Entschluss fasst, das Kind den Eltern zurückzubringen, kontaktiert sie Adriano, den sie für einen integren Polizisten hält. Er soll den Vermittler spielen. Sie verabredet sich mit ihm in Newtown Creek, vertraut ihm den Jungen an, damit er ihn seinem Vater übergibt, bevor sie sich selbst vor einen Zug wirft.

Unter diesen so außergewöhnlichen Umständen findet der Erlkönig den Sohn von Sean im Kofferraum seines Autos vor. Ein Erbe, das ihn davon entbindet, ein weiteres Kind zu entführen. Er bringt Julian in das Versteck, wo er ihn, nach einem mittlerweile festen Ritual, Bianca anvertraut.

Die Wochen verstreichen. Gemäß seines Modus Operandi, an den er sich stets gehalten hat, plant Sotomayor, dem Jungen zwischen Ende Februar und Anfang März das Leben zu nehmen. Nur dass der Erlkönig am 14. Februar 2015 von einem Kleinkriminellen vor seinem Haus abgestochen wird.

Gaspard blinzelte. Rückkehr in die Realität. So hatten Madeline und er die Geschichte zu rekonstruieren versucht. Indem sie die weißen Flecken durch viele Hypothesen schlossen. Vielleicht waren sie auf der falschen

Spur, aber wenn nicht, blieben zwei Fragen offen. Wo versteckte der Erlkönig seine Mutter und seine Opfer? Und, vor allem, gab es die geringste Chance, dass Julian und Bianca knapp zwei Jahre nach dem Tod ihres Kerkermeisters noch am Leben waren?

Die Antwort auf die letzte Frage lautete: wahrscheinlich nicht. Was den Ort des Verstecks anging, glaubten sie, ihn gefunden zu haben. Wenige Stunden zuvor, in New York, war Gaspard Madelines Intuition gefolgt und hatte André, Isabellas Ehemann, angerufen. Der hatte ihm bestätigt, dass es sich schwierig gestaltet hatte, Adrianos Erbe anzutreten, wegen der juristischen Verwicklungen, die mit Biancas Verschwinden zusammenhingen. Vereinfacht ausgedrückt, die Prozedur kam erst in Gang, als der beauftragte Richter die Sterbeurkunde von Bianca unterzeichnet hatte.

»André, gab es eine andere Immobilie im Nachlass? Ein Grundstück? Haus auf dem Land? Eine Hütte?«

»Da war das alte Familienhaus der Sotomayors in Tibberton.«

»Waren Sie unlängst mal dort?«

»Noch nie! Isabella hasst dieses Kaff. Und diese Bruchbude … fürchtet sie! Ich habe Fotos gesehen, wir sind näher bei *Amityville Horror* als bei Martha's Vineyard.«

»Wer wohnt dort zurzeit?«

»Niemand. Seit einem Jahr wird versucht, das Objekt zu veräußern, doch die Käufer stehen nicht eben Schlange, und der Makler scheint keine Leuchte zu sein.«

Gaspard hatte die Adresse notiert. Als er mit Madeline darüber sprach, meinte sie, es sei merkwürdig, dass der alte Ernesto nicht versucht hätte, diese Bruchbude loszuwerden, nachdem man Krebs bei ihm diagnostiziert hatte und er wieder zu seinem Sohn in New York gezogen war. Die Hypothese, dass dieses Haus Adrianos Versteck gewesen sein könnte, schien immer wahrscheinlicher. Das setzte allerdings eine unglaubliche Organisation voraus, was die Versorgung der Gefangenen betraf, während Adriano in New York arbeitete, doch es war möglich.

Gaspard spürte, wie sein Herz schneller schlug und ihm das Blut in den Schläfen zu hämmern begann.

»Freuen Sie sich nicht zu früh, Coutances. Alles, was wir entdecken werden, sind zwei Leichen«, hatte Madeline gesagt, bevor sie sich auf den Weg machten.

3.

Nach mehr als vier Stunden Fahrt kamen sie auf die Umgehungsstraße von Boston. Kurz nach Burlington hielten sie an einer Tankstelle. Gaspard wollte sich ans Werk machen, aber mit seinen verletzten Händen war es ihm nicht möglich.

»Holen Sie mir lieber einen Kaffee!«, forderte Madeline ihn auf und nahm ihm die Zapfpistole ab.

Er kapitulierte, suchte im Innern der Tankstelle Schutz vor der Kälte und warf ein paar Geldstücke in den Automaten. Zwei Lungo ohne Zucker. Es war kurz vor zwanzig Uhr. In vielen Familien fing gerade das Heiligabend-Essen an. Aus den Lautsprechern waren weiter die *World's Greatest Christmas Songs* zu hören. Gaspard erkannte eine Version von *Old Toy Trains*, dem Klassiker von Roger Miller. Sein Vater hatte die französische Version immer auf der Gitarre gespielt. Selbst heute noch wurde ihm warm ums Herz, wenn er an seine ersten Weihnachtsfeste dachte. Die glücklichsten Augenblicke waren die in der Zweizimmerwohnung seines Vaters gewesen. Siebenunddreißig Quadratmeter am Square Paul-Lafargue in Evry. Er sah sich noch am Abend des Vierundzwanzigsten die Kekse und den heißen Tee neben dem geschmückten Tannenbaum abstellen, bevor der Weihnachtsmann erschien. Er erinnerte sich an die Geschenke, mit denen er und sein Vater spielten: Action-Figuren, eine Carrera-Autorennbahn, die Spiele *Der Zauberbaum* und *Hippo Flipp* ...

Für gewöhnlich brachten ihn diese Erinnerungen zum Heulen, sodass er sie lieber verdrängte. Heute Abend aber gab er sich ihnen gern hin wie einem schönen Moment, an den er dankbar zurückdachte. Und das änderte alles.

»Hier erfriert man ja«, schimpfte Madeline und nahm ihm gegenüber auf einem der wackeligen Barhocker Platz.

Sie wollte ihren Kaffee in einem Zug austrinken, spuckte ihn aber, da er viel zu heiß war, wieder aus.

»Verdammt, Coutances, wollen Sie mich umbringen, oder was? Ist sogar ein Kaffee zu kompliziert für Sie?«

Typisch Madeline Greene. Ganz ruhig erhob sich Gaspard, um ihr ein neues Getränk zu holen. Es kam gar nicht infrage, Streit mit ihr anzufangen und die gute Zusammenarbeit bei ihren Ermittlungen zu gefährden.

Unterdessen konsultierte Madeline ihr Smartphone. Eine Mail von Dominic Wu erregte ihre Aufmerksamkeit.

Geschenk. Wenn Du allein bist heute Abend,
dann Frohe Weihnacht.

Diese lakonische Nachricht war begleitet von einem umfangreichen Dokument. Sie klickte darauf, um es zu öffnen. Wu war es durch die Hintertür gelungen, die Bankbewegungen von Adriano aufzudecken. Anders ausgedrückt: Er hatte eine Goldmine aufgespürt.

»Woher kommt plötzlich dieses vergnügte Lächeln?«, fragte Gaspard und reichte ihr den Kaffeebecher.

»Werfen Sie nur einen kurzen Blick hierauf«, erwiderte sie und schob ihm die PDF-Datei ihrer Mail hin. »Die Finanzen von Sotomayor. Wir gehen sie durch und tauschen uns später aus. Suchen Sie nach wiederkehrenden Ausgaben.«

Madeline stellte ihren Becher erneut auf den Tisch neben ihr Smartphone. Eine halbe Stunde lang starrte sie unverwandt auf das Display ihres Telefons. Den Kopf gesenkt, ließ sie vor ihren Augen die zig Seiten der Auflistung Revue passieren und machte sich Notizen auf einem der papierenen Tischsets. Gaspard neben ihr machte sich genauso konzentriert ans Werk. Man hätte meinen können, sie wären zwei Süchtige an einem einarmigen Banditen in Las Vegas.

Die aufgelisteten Ausgaben betrafen die drei letzten Jahre des Lebens von Sotomayor. Diese Art Dokument war wie eine auf seine Existenz gerichtete Kamera. Sie enthüllte seine Gewohnheiten, das Restaurant, in dem er am liebsten sein Sushi zu sich nahm, die Parkplätze, auf denen er bevorzugt sein Auto abstellte, die Mautgebühren der Autobahnen, die er benutzte, die Namen der Ärzte, die er aufsuchte, sogar die kleinen Extravaganzen, die er sich gelegentlich leistete: ein Paar Stiefeletten Marke Edward Green für 1400 Dollar, einen Burberry-Kaschmir-Schal für 600 Dollar …

Schließlich hob Gaspard enttäuscht den Blick.

»Ich sehe nichts, was Adriano direkt mit Tibberton verbindet, weder regelmäßige Fahrten noch Strom- oder Wasserrechnungen noch Abbuchungen von Geschäften der Region.«

»Das will nicht unbedingt etwas heißen. Ein Bulle wie Adriano ist in der Lage, seine Finanzbewegungen zu verschleiern, indem er eine doppelte Buchführung aufbaut oder bar bezahlt. Aber gewisse regelmäßige Ausgaben sind schon auffallend.«

Vier Firmen tauchten tatsächlich regelmäßig auf. Zunächst Home Depot und Lowe's Home Improvement. Die beiden größten Baumärkte für Heimwerker des Landes. Der Betrag der Rechnungen war nicht unerheblich und ließ auf wichtige Arbeiten schließen, von der Art Umbau – Schalldämmung, Luftaustausch –, der notwendig war, wenn man jemanden über längere Zeit gefangen halten wollte.

Die dritte Firma war weniger bekannt. Sie mussten sie im Internet suchen. LyoΦFoods war eine Firma, die spezialisiert war auf den Onlineverkauf von gefriergetrockneten Gerichten. Auf ihrer Website fand man ein großes Angebot an Militär- und Überlebensverpflegung. Pakete mit Sardinenbüchsen, Energieriegeln, getrocknetem Rindfleisch und gefriergetrockneten Zutaten mit langer Haltbarkeit. Die Firma versorgte Wanderer oder Matrosen, aber auch Bürger – immer zahlreicher –, die der festen Überzeugung waren, dass die nächste bevorstehende Apokalypse die Vorratshaltung von genügend Lebensmitteln notwendig machte.

Und schließlich zeigten die Geldbewegungen, dass Sotomayor ein regelmäßiger Kunde der Website walgreens.com, einer der größten amerikanischen Apothekenketten, war. Man fand bei Walgreens so gut wie alles – oder fast –, aber insbesondere sämtliche Toilettenartikel für Babys und Kleinkinder.

Madeline trank ihren kalten Kaffee aus und wandte sich an Gaspard. Sie durchschaute genau, dass er dasselbe dachte wie sie. In ihrem Herzen eine verrückte Hoffnung. Und in ihrem Kopf Bilder, an die sie sich klammerten: die von Bianca Sotomayor, einer alten müden Dame, gefangen seit Jahren in einem schalldichten Keller. Ein Opfer, eingesperrt von ihrem eigenen Sohn, den sie für tot gehalten haben musste. Eine Frau, die seit zwei Jahren über ein Kind wachte, auf alles verzichtete, an Lebensmitteln, Wasser und Strom sparte. Und auf einen Tag hoffte, an dem vielleicht jemand sie befreien würde.

»Los, Coutances, auf geht's!«

4.

Die letzten Kilometer waren die längsten. Die Straße nach Tibberton war kurvenreich. Kurz vor Salem mussten sie ein Stück über den US Highway 1 fahren, bevor sie in eine leicht ansteigende Landstraße einbogen, die durch einen Wald führte – auf dem Navi trug er den sonderbaren Namen Blackseedy Woods –, um dann zur Küste hinabzuführen.

Gaspard sah Madeline heimlich von der Seite an. Ihr Gesichtsausdruck hatte sich total geändert. Ihr Blick funkelte, ihre Wimpern flatterten, ihr Gesichtsausdruck war ähnlich entschlossen wie auf dem Foto, das Gaspard in dem Artikel im *NYT Magazine* gesehen hatte. Aber ihr Körper war nach vorn geneigt, eine Kampfposition.

Nach etwa fünf Stunden Fahrt kamen sie in Tibberton an. Unverkennbar hatte der Landkreis Einsparungen bei öffentlicher Beleuchtung und Weihnachtsdekoration beschlossen: Die Straßen waren in Dunkelheit getaucht, die offiziellen Gebäude nicht angestrahlt, und der Hafen war gleichsam wie erloschen. Der Ort kam ihnen noch karger und nüchterner vor als in den Online-Fremdenführern beschrieben. Tibberton war eine Kleinstadt mit mehreren Tausend Einwohnern, ein ehemaliger Fischerort, der im Laufe der Jahrzehnte langsam eingegangen war, so sehr hatte er unter dem Renommee von Gloucester gelitten, seinem berühmten Nachbarn, der sich zum Mekka des roten Thun entwickelt hatte. Seither hatte das Städtchen größte Schwierigkeiten, seinen Platz zwischen Fischerei und Tourismus zu finden.

Sie folgten den Anweisungen des Navis, verließen die Küstenregion, um auf eine kurvenreiche Asphaltstraße einzubiegen, die sich durch die Landschaft schlängelte. Dann wurde es noch abenteuerlicher auf einem ungeteerten Weg, gesäumt von Büschen. Nach einem Kilometer tauchte im Licht der Scheinwerfer ein ZU-VER-KAUFEN-Schild auf, gefolgt von *Bitte kontaktieren Sie Harbor South Real Estate* und einer Telefonnummer aus der Region.

Madeline und Gaspard sprangen aus dem Wagen, ohne die Scheinwerfer auszuschalten. Sie hatten keine Waffen dabei, versorgten sich aber im Kofferraum mit Taschenlampen und Brecheisen, die Gaspard in Manhattan gekauft hatte.

Es war immer noch genauso kalt. Der Wind vom Atlantik schlug ihnen mit voller Wucht entgegen.

Seite an Seite näherten sie sich dem Gebäude. Der Familienbesitz der Sotomayors war ein kleines rustikales Haus mit nur einem Stockwerk, das von einem zentralen Kamin beherrscht wurde. Auch wenn es vor sehr langer Zeit wohl einmal hübsch zu nennen gewesen war, so war es jetzt einfach nur finster. Ein düsteres Cottage, umgeben von Dornengestrüpp und hohem Gras, mit einer Tür, die von zwei halb eingefallenen Säulen eingerahmt war. Mit Mühe bahnten sie sich einen Weg durch die dornigen Pflanzen. Im Dunkeln erweckte die holzvertäfelte Fassade den Eindruck, mit Teer gestrichen worden zu sein.

Ihre Brecheisen benötigten sie nicht. Die Eingangstür stand halb offen. Sie war vor langer Zeit aufgebrochen worden, davon zeugte das feuchte Holz. Sie richteten den Strahl ihrer Taschenlampen ins Innere des Hauses und traten ein. Das Cottage war halb leer, schmorte schon seit Jahren in seinem eigenen Saft. Und wurde sicherlich immer wieder von Obdachlosen aus der Gegend bewohnt. Die Küche war auseinandergenommen worden, die Holztheke verschwunden, die Schranktüren waren herausgerissen. Im Wohnzimmer standen nur noch ein aufgeschlitztes Sofa und ein zerbrochener Couchtisch. Auf dem Boden lagen Dutzende leerer Bierflaschen, Präservative und Spritzen. Es fanden sich sogar kreisförmig angeordnete Steine und kalte Asche, was darauf hindeutete, dass man hier Feuer gemacht hatte. Hausbesetzer waren hergekommen, um im Schein der Flammen zu vögeln, zu trinken, Drogen zu nehmen. Doch nichts deutete darauf hin, dass hier Gefangene gehalten wurden.

In den anderen Zimmern des Erdgeschosses war nichts übrig geblieben außer Staub und unebene Holzböden, aufgequollen vom vielen Wasser. Im hinteren Teil des Hauses führte eine Veranda auf eine kleine Terrasse mit zwei von Schimmel überzogenen Adirondack-Gartenstühlen. Madeline stieß einen Fluch aus, als sie eine Garage oder ein Bootshaus mit einem Spitzdach entdeckte. Gaspard im Schlepptau, durchquerte sie den Garten und warf einen Blick hinein. Auch hier war alles leer.

Sie kehrten zum Haus zurück. Unter der Treppe gelangte man über eine halb versteckte Tür zu einer weiteren Treppe, die nicht in einen Keller führte, sondern in ein großes Untergeschoss, in dem nur eine Tischtennisplatte stand, die mit Spinnenweben überzogen war. Am Ende des Raums eine weitere Tür, die nach zwei Fußtritten nachgab: der Heizungskeller des Hauses. Fest stand, dass sich seit Jahren niemand mehr hierhergewagt hatte.

Um ihr Gewissen zu beruhigen, stiegen sie anschließend in den ersten Stock, wo sich früher die Schlafzimmer und Bäder befunden hatten. Auch hier war nichts zu finden. Außer dem Zimmer, in dem Adriano vermutlich seine ersten acht Lebensjahre verbracht hatte.

Der Lichtstrahl von Gaspards Taschenlampe huschte durch den Raum, der noch immer von Erinnerungen erfüllt war. Eine Matratze, umgekippte Regale, Poster, die am Boden herumlagen. Die gleichen wie jene, die er einst an die Wände seines Zimmers geheftet und die seine kindliche Fantasie angeregt hatten: *Der weiße Hai, Rocky, Krieg der Sterne …*

Gaspard richtete den Lampenstrahl auf die Innenseite der Tür und entdeckte alte Kreidespuren, welche die für ein Kind so wichtige traditionelle Messlatte erahnen ließen. Ein Schauer lief ihm über den Rücken. Irgendetwas stimmte hier nicht. Warum hatte Ernesto, nachdem man ihm das Sorgerecht für seinen Sohn entzogen hatte, dessen Zimmer im alten Zustand belassen?

Gaspard ging in die Hocke. Die am Boden verstreuten Fotorahmen waren seit einer Ewigkeit mit Staub bedeckt. Er rieb vorsichtig über das Glas, um es vom Schmutz zu befreien. Verblichene Farbabzüge aus den 1980er-Jahren, die die Kids von heute mit Instagram-Filtern bearbeiten würden. Fotos von einer amerikanischen Familie: das stolze Gesicht von Ernesto, die Kurven der attraktiven Bianca, die Monica Bellucci von Tibberton. Das Gesicht von Adriano vor den fünf brennenden Kerzen seiner Geburtstagstorte. Lächeln fürs Foto, doch auch da schon dieser abwesende Blick, von dem die Lehrerin gesprochen hatte. Gaspard wischte das Glas eines weiteren Rahmens ab. Ein vierter Schnappschuss, bei dessen Anblick er den Atem anhielt: Ernesto und sein Sohn im Erwachsenenalter. Sicher ein Foto, das bei Adrianos Aufnahme ins NYPD gemacht worden war. Der Vater, der stolz den Arm um seinen Sohn legt.

Adriano hatte seinen Vater also im Alter von achtzehn oder zwanzig Jahren, lange bevor er krank wurde, wiedergesehen. Das war unverständlich. Oder vielmehr, das gehorchte einer pervertierten Logik, die darin bestand, dass Ernesto, sobald er nicht mehr in der Lage war, ihn zu verprügeln, nicht länger eine Bedrohung für seinen Sohn gewesen war, sodass dieser ihn erneut an seiner Seite duldete. Und wieder wunderten sich Gaspard und Madeline, dass Adriano seinen Hass allein auf seine Mutter gerichtet hatte. Das war ungerecht, schockierend und ohne jeden Sinn. Aber ab einem gewissen Grad von Horror und Grausamkeit waren Vernunft und Rationalität wohl nicht mehr die Mittel, um das menschliche Verhalten zu entschlüsseln.

Bianca

Ich heiße Bianca Sotomayor.

Ich bin siebzig Jahre alt und seit fünf Jahren Bewohnerin der Hölle.

Vertrauen Sie meiner Erfahrung: Das wirkliche Merkmal der Hölle ist nicht das Leid, das einem angetan wird. Das Leid ist banal, jedem Leben innewohnend. Seit seiner Geburt leidet der Mensch überall, die ganze Zeit, für alles und nichts. Das wirklich charakteristische Merkmal der Hölle – neben der *Intensität* der Qualen – ist vor allem die Tatsache, dass man ihr kein Ende setzen kann. Weil man nicht mal die Kraft hat, sich das Leben zu nehmen.

Ich werde Sie nicht lange aufhalten, will auch gar nicht erst versuchen, Sie zu überzeugen. Zunächst einmal, weil Ihre Meinung mich eigentlich nicht interessiert. Und dann, weil Sie weder etwas für mich, noch gegen mich unternehmen können. Sie ziehen es jedenfalls vor, auf die nicht objektiven Erinnerungen derer zu hören, die mit der Hand auf dem Herzen schwören, dass Adriano ein ruhiger und liebenswerter kleiner Junge war und wir, seine Eltern, Bestien waren.

Hier nun die einzige Wahrheit, die zählt: Ich habe

ernsthaft versucht, meinen Sohn zu lieben, doch das war nie genug. Nicht einmal in den ersten Jahren. Die Persönlichkeit eines Kindes zeigt sich schon sehr früh. Mit vier oder fünf Jahren machte Adriano mir bereits irgendwie Angst. Nicht, weil er wild, nicht zu bändigen oder cholerisch gewesen wäre, nein, er war vor allem nicht greifbar und hinterhältig. Niemand hatte Einfluss auf ihn. Weder ich durch meine Liebe noch mein Mann durch Gewalt. Adriano wollte nicht nur die Zuneigung, nein, er wollte die Unterwerfung, ohne etwas zurückzugeben. Er wollte die Versklavung, und nichts konnte ihn davon abhalten, weder meine inständigen Bitten noch die Schläge mit dem Gürtel, mit denen uns sein Vater traktierte: ihn, um ihn zu bändigen, mich, um mich dafür zu bestrafen, die Mutter eines so missratenen Sprösslings zu sein. Selbst im Leid ließ mir sein Blick das Blut in den Adern gefrieren. Ich sah nichts darin als Grausamkeit und den Zorn eines Dämonen. Natürlich werden Sie denken, dass all das nur in meinem Kopf existierte. Vielleicht, aber ich konnte es nicht länger ertragen. Deshalb bin ich fort, sobald es mir möglich war.

Ich habe mit dem Kapitel abgeschlossen. Wirklich. Man hat nur ein Leben, und ich wollte meines nicht mit ständig gebeugtem Rücken verbringen. Was ist der Sinn einer Existenz, die reduziert ist auf Aufgaben, die einen ankotzen? Den ganzen Tag durch einen beschissenen Ort zu laufen, der nach Fisch stinkt, ein Eheleben zu haben, das sich darauf beschränkt, verprügelt zu wer-

den und sich auf einen Blowjob einzulassen, um die
Ruhe des Kriegers zu gewährleisten, und Sklave eines
verrückten Sohns zu sein …

Ich habe mein Leben nicht anderswo weitergeführt,
nein, ich habe ein anderes begonnen: ein anderer Ehemann, ein anderes Kind – dem ich nie etwas von seinem Bruder erzählt habe –, ein anderes Land, andere
Freunde, ein anderes Berufsmilieu. Von meinem früheren Leben habe ich alles ausgelöscht, alles verdrängt,
ohne das geringste Bedauern.

Ich könnte Ihnen einiges darüber erzählen, was man
in den Büchern so liest über mütterlichen Instinkt und
Schuldgefühle, die ich hätte haben sollen. Ich könnte
Ihnen erzählen, dass sich mein Herz bei jedem Geburtstag von Adriano vor Schmerzen zusammenzog, aber
das wäre gelogen.

Ich habe nie versucht herauszufinden, was aus ihm
geworden ist. Ich habe niemals seinen Namen bei
Google eingegeben, sondern systematisch den Kontakt
zu allen Leuten abgebrochen, die mir Neues von ihm
hätten erzählen können. Ich war aus seinem Leben verschwunden und er aus meinem. Bis zu diesem Samstag
im Februar, als jemand an meiner Tür klingelte. Es war
das Ende eines schönen Tages. Im Gegenlicht der unter-
gehenden Sonne, hinter dem Moskitonetz, machte ich
die blaue Uniform eines Polizeibeamten aus.

»Hallo, Mama«, rief er, sobald ich die Tür geöffnet
hatte.

Ich hatte ihn seit dreißig Jahren nicht gesehen, doch

er hatte sich nicht verändert. Derselbe krankhafte Funke loderte noch immer in seinen Augen. Aber nach all den Jahren war er zu einem Flammenmeer geworden.

In diesem Augenblick glaubte ich, er sei gekommen, um mich umzubringen.

Ich konnte nicht ahnen, dass das, was mich erwartete, weitaus schlimmer sein würde.

21. Fundamentalpunkt[*]

Keiner hat je geschrieben oder gemalt,
geformt, modelliert, gebaut oder erfunden,
es sei denn, um der Hölle zu entkommen.

Antonin Artaud,
Van Gogh, der Selbstmörder durch die Gesellschaft

1.

Unablässig kämpfte Madeline dagegen an, nicht aufzugeben.

Gaspard starrte ins Leere wie ein angeschlagener Boxer.

Sie hatten die Bruchbude verlassen, nachdem sie sie erneut von oben bis unten durchsucht hatten. Vergebens. Entmutigt und erschöpft waren sie nach Tibberton zurückgefahren und hatten am Hafen geparkt. Wegen der lähmenden, beißenden Kälte hatten sie rasch ihre Idee aufgegeben, sich auf dem Deichdamm die Beine zu vertreten, und sich ins einzige Restau-

---

[*] der zentrale Vermessungspunkt eines Landes

rant geflüchtet, das am Heiligabend um dreiundzwanzig Uhr noch geöffnet hatte. *The Old Fisherman* war ein uriges Lokal, das rund einem Dutzend Gäste, in der Hauptsache Stammkunden, *fish and chips* und eine Venusmuschelsuppe anbot, wozu es ein kräftiges dunkles Bier gab.

»Was können wir sonst noch tun?«, fragte Gaspard.

Madeline beachtete ihn nicht. Sie saß vor ihrem *clam chowder*, den sie kaum angerührt hatte, und war in Gedanken wieder bei der Analyse der Kontobewegungen von Sotomayor. Über eine Viertelstunde lang hatte sie auf die Zahlenreihen gestarrt, bevor sie sich endlich eingestand, dass sie nichts anderes entdeckte als das, was sie ohnehin schon wusste. Es war nicht so, dass ihr Gehirn sich weigerte zu arbeiten, sondern es gab einfach nichts, worüber es sich gelohnt hätte, nachzudenken. Keine Spur mehr, der sie folgen, keine Fährte mehr, der sie nachgehen könnten.

Ihre Hoffnung hatte keine Stunde lang angehalten, aber immerhin hatte es sie gegeben. Nun, in der Rückschau, warf Madeline sich vor, dass sie nicht ausreichend an diese Geschichte geglaubt hatte.

»Wenn ich da gewesen wäre, als Sean nach New York kam, um mich zu treffen, stünden die Dinge jetzt anders. Wir hätten ein Jahr gewonnen. Ein ganzes Jahr, stellen Sie sich das mal vor!«

Hinter seinem Teller mit Austern fühlte Gaspard sich plötzlich schuldig und versuchte, sie zu trösten.

»Das hätte nichts geändert.«

»Aber natürlich!«

Madeline war wirklich am Boden zerstört. Gaspard schwieg einen Moment, dann kam er zu einem Entschluss und gestand: »Nein, Madeline, das hätte nichts geändert, denn Sean Lorenz ist nicht nach New York gekommen, um Sie zu treffen.«

Die junge Frau sah ihn verständnislos an.

»Lorenz wusste nichts von Ihrer Existenz«, präzisierte er.

Madeline runzelte die Stirn. Nun verstand sie gar nichts mehr.

»Sie haben mir doch diesen Artikel über mich gezeigt, den er in der Schublade hatte.«

Gaspard verschränkte die Arme und bekräftigte mit ruhiger Stimme: »*Ich* habe diesen Artikel vorgestern im Internet runtergeladen. Und ich war es auch, der ihn zu den Unterlagen gelegt hat.«

Pause. Madeline erinnerte sich zurück und geriet ins Stottern.

»Sie … Sie haben mir doch gesagt, dass meine Telefonnummer mehrfach in den Einzelverbindungsnachweisen stand.«

»Auch hier war ich es, der diese Dokumente, zusammen mit Karen, frisiert hat. Im Übrigen habe ich mir die Mühe ganz umsonst gemacht, weil Sie ja nicht einmal versucht haben, sie zu prüfen.«

Sprachlos weigerte sich Madeline, das Gehörte zu akzeptieren, das sie für die x-te Provokation von Coutances hielt.

»Lorenz ist auf der 103rd Street gestorben, nur wenige Schritte von den Gebäuden entfernt, in dem sich mein altes Büro befand. Das steht einwandfrei fest. In allen Medien wurde darüber berichtet. Er war dort, weil er mich treffen wollte.«

»Lorenz war da, das stimmt, aber nur, weil das Labor Pelletier & Stockhausen keine zwei Schritte entfernt ist. Er wollte nicht zu Ihnen, sondern zu Stockhausen.«

Endlich überzeugt, aber wie vor den Kopf geschlagen von einer derartigen Unverschämtheit, erhob sich Madeline von der Sitzbank.

»Das ist nicht Ihr Ernst!«

»Ich habe mir diese Geschichte ausgedacht, um Ihre Aufmerksamkeit zu erregen. Weil ich Sie unbedingt bei diesen Ermittlungen dabeihaben wollte.«

»Aber ... warum?«

Gaspard wurde wütend und sprang nun ebenfalls von seinem Stuhl auf: »Weil ich unbedingt begreifen wollte, zusammen mit Ihnen, was diesem Kind tatsächlich widerfahren ist, aber es scheint Sie ja nicht im Mindesten zu interessieren.«

Um sie herum waren die Gespräche verstummt, und in dem überheizten Saal herrschte peinliches Schweigen.

»Ich habe Ihnen erklärt, warum.«

Drohend fuchtelte er mit dem Zeigefinger vor ihrem Gesicht herum.

»Das reichte mir aber nicht! Und ich hatte recht! Sie sind immer davon ausgegangen, dass Julian tot ist. Nie haben Sie auch nur die Möglichkeit in Betracht gezogen, dass wir ihn retten könnten.«

Plötzlich begriff Madeline das ganze Ausmaß der Manipulation durch Coutances und spürte, wie der Zorn in ihr hochstieg.

»Sie sind echt krank … Ein Irrer! Ein Geistesgestörter, Sie …«

Bebend vor Zorn stürzte sie sich auf ihn. Gaspard stieß sie zurück, doch Madeline ließ nicht locker und versetzte ihm mit dem Ellenbogen einen Stoß in die Seite, gefolgt von zwei Fausthieben. Dann ein direkter Schlag auf die Nase, auf den ein Uppercut in die Leber folgte.

Gaspard steckte die Schläge ein, ohne sich zur Wehr zu setzen. Zusammengekrümmt glaubte er schon, das Gewitter sei vorüber, als ein heftiger Tritt gegen seine Knie ihn zu Boden beförderte.

Wie ein Tornado stürmte Madeline aus dem Pub.

Lautes Stimmengewirr erfüllte nun das Restaurant. Schwer angeschlagen rappelte Gaspard sich mühsam hoch. Seine Lippen waren angeschwollen, sein rechtes Auge brannte heftig. Seine Handschiene war verrutscht, und aus der Nase lief Blut.

Humpelnd verließ er das Restaurant und versuchte, Madeline einzuholen. Doch als er das Ende des Deichdamms erreichte, saß sie längst im Pick-up und fuhr gerade los. Der Wagen steuerte direkt auf ihn zu. Zunächst dachte er, sie wolle ihm nur Angst machen, doch sie wich nicht aus. In Panik warf er sich zur

Seite. Es hätte nicht viel gefehlt, und er wäre überfahren worden.

Mit quietschenden Reifen hielt der Wagen fünfzig Meter entfernt an. Die Tür ging auf, und er sah, wie Madeline seine Habseligkeiten auf den Holzsteg beförderte: seine Tasche, sein Heft, ja sogar Julians Plüschhund.

»In der Hölle sollen Sie schmoren!«, brüllte sie, knallte die Autotür zu und gab Vollgas. Die Reifen schlingerten über das nasse Holz, doch dann fing sich der Wagen und verließ den Hafen.

2.

»Na, die Kleine hat Ihnen aber ordentlich eine verpasst!«

Mit blutender Nase hatte sich Gaspard auf eine Bank zu Füßen des Denkmals für die toten Fischer gesetzt: Ein riesiger bronzener Kutter zum Gedenken an diejenigen unter ihnen, die seit beinahe drei Jahrhunderten im Meer den Tod gefunden hatten.

»Ihre Visage ist von ihr ganz schön zugerichtet worden«, fuhr der vergnügte und fast zahnlose Matrose fort und reichte ihm eine Handvoll Papiertaschentücher.

Gaspard nickte, um sich bei ihm zu bedanken. Der Typ war ein Säufer, der ihm schon vorhin an der Bar des Restaurants aufgefallen war. Ein bärtiger alter Mann mit einer Kapitänsmütze auf dem Kopf, der ständig an einer Lakritzstange nuckelte wie ein Baby an seinem Schnuller.

»Sie hat Ihnen die Fresse poliert«, beharrte der angetrunkene Mann, während er Gaspards Sachen zur Seite schob, die dieser eingesammelt hatte, ehe er sich auf der Bank niederließ.

»Jetzt ist es aber genug!«

»Sie haben uns echt 'ne gute Show geliefert! Es kommt selten vor, dass ein Weib einen Kerl zusammenschlägt. Normalerweise läuft das andersherum.«

»Jetzt hören Sie schon auf mit dem Quatsch!«

»Ich heiße übrigens Big Sam«, stellte sich der Mann vor, Gaspards schlechte Laune ignorierend.

Dieser zückte sein Handy.

»Nun gut, Big Sam oder wie Sie auch heißen mögen, wissen Sie, wo ich hier ein Taxi bekommen könnte?«

Der Mann lachte laut auf.

»Um diese Uhrzeit ist hier kein Taxi mehr zu kriegen, Cowboy. Und bevor du dich vom Acker machst, solltest du lieber daran denken, deine Rechnung zu begleichen!«

Gaspard musste zugeben, dass der Mann recht hatte. In der ganzen Aufregung hatten Madeline und er das Lokal einfach verlassen, ohne ihre Zeche zu bezahlen.

»In Ordnung«, meinte er und klappte den Kragen seiner Jacke hoch.

»Ich komm mit«, erklärte der Säufer. »Und wenn du dem alten Big Sam einen ausgeben willst, wird er es sicher nicht ausschlagen, glaub mir.«

3.

Madeline weinte.

Und der kleine Junge sah ihr dabei zu.

Sie vergoss derart viele Tränen, dass sie durch die Windschutzscheibe nicht mehr viel von der Straße erkennen konnte. Vor rund zehn Minuten hatte sie Gaspard zurückgelassen, als der Pick-up, mitten in einer Kurve, plötzlich ausscherte, und sie sich unvermittelt einem entgegenkommenden Fahrzeug gegenübersah. Die Lichter blendeten auf, als hätte man einen Scheinwerfer direkt auf ihr Gesicht gerichtet. Sie riss das Lenkrad mit aller Kraft herum, vernahm ein wütendes und verzweifeltes Hupen. Die beiden Rückspiegel stießen zusammen, ihr Pick-up schlitterte am Wegrand entlang und kam schließlich – kurz vor dem Straßengraben – zum Stehen.

Grundgütiger.

Der andere Wagen verschwand einfach im Dunkel der Nacht. Mit aller Macht schlug Madeline auf das Lenkrad ein und brach in Tränen aus. Wieder einmal hatte sie starke Unterleibsschmerzen. Den ganzen Tag über hatte sie die Beschwerden ignoriert, nun rächte sich ihr Körper mit Schüttelfrost. Die Hände auf den Bauch gepresst, kauerte sie sich zusammen und blieb mehrere Minuten lang so sitzen, völlig am Ende und von der stockfinsteren Nacht umhüllt.

Der kleine Junge sah sie noch immer an.

Und sie starrte zurück.

Es war das Foto von Adriano Sotomayor, das Gaspard in dem Haus gefunden hatte. An seinem fünften Geburtstag aufgenommen, kurz bevor seine Mutter verschwand. Ein Sommerabend. Hinter den Kerzen sah man einen kleinen Jungen in die Kamera lächeln. Er trug ein gelbes ärmelloses T-Shirt, gestreifte Shorts und Sandalen.

Madeline wischte sich mit dem Ärmel die Tränen ab und schaltete die Deckenleuchte ein.

Dieses Foto beunruhigte sie. Es fiel ihr schwer, es in dem Bewusstsein zu betrachten, dass das Monster zu diesem Zeitpunkt bereits im Kopf und im Körper des kleinen Jungen angelegt war. Sie kannte die Theorie einiger Psychologen, der zufolge alles im Alter von drei Jahren bereits entschieden ist. Eine These, die sie stets empört hatte.

Und wenn es wahr wäre? Vielleicht war wirklich schon alles vorhanden, die Möglichkeiten sowie die Grenzen. Sie prüfte diesen Gedanken. Aber mit fünf Jahren konnte man unmöglich bereits ein Monster sein. Sie hatte einer Bestie nachstellen wollen, aber die Bestie war schon lange tot, und so gab es niemanden, den sie hätte jagen können. Blieb nur der Geist eines Kindes.

Ein Kind. Ein kleiner Junge. Wie Joseph Lempereur, der mit seinem Flugzeug im Einkaufszentrum spielte. Wie das Kind, das sie bald unter ihrem Herzen tragen wollte. Wie Julian Lorenz. Ein Kind.

Sie seufzte. Lange Zeit hatte sie Fortbildungen besucht und Bücher gelesen, um zu lernen, wie man sich in einen Mörder hineinversetzt. Obwohl es zu diesem Thema sehr viel wirres unqualifiziertes Zeug gab, war und blieb es eine der anspruchsvollsten Aufgaben und Herausforderungen für einen Polizisten, in die Psyche des Täters vorzudringen. Aber in den Kopf eines fünfjährigen Kindes ...?

Die Augen starr auf das Bild gerichtet, versuchte sie, geistig Verbindung zu ihm aufzunehmen.

Du heißt Adriano Sotomayor.

Du bist fünf Jahre alt ... und ich weiß nicht, was in deinem Kopf vorgeht. Obwohl es normalerweise meine Arbeit ist, mir das vorzustellen. Ich weiß nicht, was du in dem Moment fühlst, wenn du die Kerzen ausbläst. Ich weiß nicht, was du jeden Tag fühlst. Ich weiß nicht, welche Bedeutung du alldem gibst. Ich weiß nicht, wie du das alles aushältst. Ich weiß nicht, was du dir für dich wünschst. Ich weiß nicht, woran du abends beim Einschlafen denkst. Ich weiß nicht, was du an diesem Nachmittag gemacht hast.

Ich weiß auch nicht, was im Kopf deines Vaters vor sich geht. Ich kenne seine Geschichte nicht. Ich weiß nicht, warum er angefangen hat, dich zu schlagen. Ich weiß nicht, wie es so weit kommen konnte: ein Vater, sein Sohn, die Bestrafungen in einem Kellerloch. Die Schläge mit dem Gürtel, das Ausdrücken von Zigaretten auf dem ganzen Körper und wie er deinen Kopf in die Toilette steckt.

Ich weiß nicht, ob er, wenn er dich schlägt, eigentlich jemand anderen schlägt. Sich selbst vielleicht? Seinen Vater? Den Typen von der Bank, der die monatlichen Raten

nicht kürzen will? Die Gesellschaft? Seine Frau? Ich weiß
nicht, warum der Teufel einen so starken Einfluss auf ihn
ausübte, dass er ihn an dir abarbeitete.

Madeline schaute das Foto noch genauer an.

Und der kleine Junge sah sie an.

Auge in Auge.

Mit fünf oder sechs Jahren ist man kein Dämon, aber
man kann schon alles verloren haben. Sein Vertrauen,
seine Selbstachtung, seine Träume.

»Wohin gehst du, kleiner Adriano?«, flüsterte sie.
»Wohin gehst du, wenn dein Blick wandert.«

Und vor allem, zu wem?

Wieder liefen ihr Tränen über das Gesicht. Sie spürte,
sie war kurz davor, der Wahrheit ganz nahe zu kommen. Doch die Wahrheit entzog sich ihr. Manchmal
geht es bei der Wahrheit um einen Sekundenbruchteil,
vor allem, wenn man so weit zurückgehen muss. Eine
Eingebung. Die Stille vor dem Moment, wenn es klick
macht.

Von Anfang an hatte sie sich geweigert, zu glauben,
dass diese Geschichte hier mit einer Neuinterpretation
der Vergangenheit endete. Zudem erwartete sie nichts
Magisches. Kein Funkeln des Mondlichts würde das
Armaturenbrett erstrahlen lassen. Oder Adriano zum
Leben erwecken, damit er ihr sein Geheimnis ins Ohr
flüstert.

Was blieb, war die Frage, die Gaspard ihr gestellt
hatte. *Was können wir sonst noch tun?* Es war die letzte
Frage dieser ganzen Untersuchung, und sie wollte die

Antwort von Coutances, diesem Idioten, nicht ver-
passen.

Sie ließ den Motor an, betätigte den Blinker und
lenkte das Fahrzeug wieder auf die Straße, ohne in den
Graben zu steuern. Sie machte kehrt, und statt zurück
nach New York fuhr sie nach Tibberton. Sie war noch
nicht fertig mit Gaspard Coutances.

4.

Gemeinsam mit Big Sam, der ihm an den Fersen klebte,
ging Gaspard den Deichdamm entlang zurück zum *Old
Fisherman*.

Dort angekommen, musste er zunächst die Witze-
leien der Gäste des Lokals über sich ergehen lassen,
aber das dauerte nicht lange. Nachdem sie sich ordentlich über ihn lustig gemacht hatten, luden sie ihn sogar
auf ein Gläschen ein. Im ersten Reflex wollte er das
Getränk ablehnen, um nüchtern zu bleiben, doch dann
gab er der Versuchung nach. Wozu sollte er standhaft
sein, wenn der Fall ohnehin gelaufen war?

Beim ersten Glas Whisky ließ er sich Zeit, anschließend bestellte er auf eigene Rechnung. Nach zwei Gläsern, die er auf ex getrunken hatte, legte er zwei Fünf-
zig-Dollar-Scheine auf den Tresen und verlangte nach
der Flasche.

Ich heiße Gaspard Coutances und bin Alkoholiker.

Der Alkohol tat seine Wirkung. Und Gaspard fühlte

sich besser. Das war der schönste Moment: Wenn man nach zwei oder drei Gläsern schon ein wenig angetrunken und die Hässlichkeit der Welt weniger geworden, man aber noch nicht völlig betrunken war. In diesem Zustand hatte er übrigens seine besten Dialoge geschrieben. Die *beinahe* klarsten Gedanken gehabt. Nach einer Weile jedoch war ihm die Gesellschaft der Säufer nicht mehr angenehm. Zu lautes Stimmengewirr, zu viel Machogehabe, zu viel Homophobie, zu viel Unsinn, der pro Minute abgesondert wurde. Und außerdem hatte er es immer vorgezogen, sich allein zu betrinken. Sich volllaufen zu lassen, das war ein intimer und tragischer Akt: Irgendwo zwischen sich einen runterholen und sich den goldenen Schuss setzen. Er schnappte sich die Flasche mit dem Roggen-Whisky und flüchtete in einen Nebenraum. Eine Art Raucherzimmer, das ein wenig düster wirkte und dessen Wände mit rotem Samt bespannt waren. Dekoriert hatte man es mit Harpunen, anzüglichen Radierungen und vielen Schwarz-Weiß-Fotos der hiesigen Fischer, die stolz mit ihrem besten Fang vor ihrem Boot posierten. *Der alte Mann und das Meer*, neu interpretiert von Toulouse-Lautrec.

Er setzte sich an einen Tisch und legte seine Sachen auf den Stuhl neben ihm. Nachdem er sich ein viertes Glas genehmigt hatte, begann er, das große Heft durchzublättern, in dem er die ganze bisherige Untersuchung dokumentiert hatte. Dieser Bericht war die Chronik seines Scheiterns. Vielleicht trug er die Anzüge und den Duft von Sean Lorenz, aber messen konnte er sich nicht mit ihm. Ihm fehlte das Format, sein Erbe anzutreten. Und Madeline hatte recht: Man kann nicht einfach so als Ermittler tätig werden. Aus einer Vielzahl von Gründen war er der festen Überzeugung gewesen, dass es ihm gelingen könnte, Julian wiederzufinden und zu retten. Denn mit der Rettung dieses Kindes würde er auch sich selbst retten. Er hatte sich an diese Suche geklammert, weil er in ihr ein probates Mittel gesehen hatte, auf diese Art und Weise die Verfehlungen seiner Existenz auszubügeln. Doch man kann nicht in wenigen Tagen die Fehler eines ganzen Lebens wiedergutmachen.

Er trank einen Schluck und schloss die Augen. In seiner Vorstellung manifestierte sich das Bild von Julian, wie er in einem Kellerloch vor sich hin vegetierte. Bestand überhaupt auch nur eine winzige Chance, dass der Junge noch am Leben war? Gaspard war sich dessen nicht mehr sicher. Und selbst wenn sie ihn, wie durch ein Wunder, lebend gefunden hätten, in welchem Zustand wäre der Kleine nach zwei Jahren in Gefangenschaft? Und welche Zukunft hätte er überhaupt? Sein Vater war bei dem Versuch, ihn zu retten, gestorben, seine Mutter hatte sich in einem ausrangierten Metro-Wagen eine Kugel in den Kopf gejagt. Es gab mit Sicherheit einen besseren Start ins Leben …

Beim Durchblättern seines Hefts blieb Gaspard an einem Foto der *Artificers* hängen, das er aus der von Benedick geschriebenen Monografie über Sean Lorenz ausgeschnitten hatte. Es war sein Lieblingsbild. Zunächst, weil es die Authentizität einer Epoche darstellte:

der raue *Underground* New York Ende der 1980er-Jahre. Dann, weil es das einzige Foto war, auf dem die drei Sprayer beinahe glücklich wirkten. Sie waren Anfang zwanzig und alberten vor der Kamera herum, ehe das Schicksal sie zerbrach. Da war zunächst Beatriz Muñoz, bekannt unter ihrem Pseudonym *LadyBird*, die »Vogelfrau«, die mit ihren hundertzwanzig Kilo und der Statur eines Ringers mit der Realität, die sie daran hinderte, davonzufliegen, fest verwachsen war. Auf dem Foto verbarg sie ihre Figur unter einem Cape und strahlte den jungen Mann zu ihrer Rechten an: *Lorz74*, der noch nicht der geniale Sean Lorenz war. Der später die Bilder malen sollte, die die Leute verrückt machten. Ahnte er schon, was ihn erwartete? Wahrscheinlich nicht. Auf dem Foto hat er nichts anderes im Sinn, als mit seinem Kumpel herumzualbern, der so tat, als würde er sich mit Farbe bespritzen: *NightShift* alias Adriano Sotomayor.

Gaspard betrachtete Adriano genauer. Im Licht dessen, was er jetzt über ihn wusste, überprüfte er seine erste Einschätzung. Vor drei Tagen, als er das Foto zum ersten Mal gesehen hatte, hatte er gedacht, der Latino wolle mit seinem offenen Hemd und seiner angeberischen Art auf sich aufmerksam machen, doch was er für ein Gefühl der Überlegenheit gehalten hatte, war in Wahrheit nur seine Art, seine Gleichgültigkeit zu zeigen. Dieser abwesende Blick, den er schon in der Kindheit hatte.

Gaspard blieb am späteren Erlkönig hängen. Es war

ihm nicht gelungen, Adrianos *Rosebud* zu finden. Jenen Schlüssel, der alle Türen öffnete. Das kleine biografische Detail, das alle Paradoxe eines Lebens erhellt, das erklärt, wer man wirklich ist, wonach man sucht, wovor man sein Leben lang flieht. Für einen kurzen Moment hatte er das Gefühl, dass es greifbar, direkt vor seinen Augen lag, er aber unfähig war, es zu erkennen. Eine Erinnerung aus seiner Jugend fiel ihm ein, die Lektüre der Erzählung *Der entwendete Brief* von Edgar Allen Poe und die Lektion, die man daraus lernte: Die beste Art, etwas zu verstecken, ist, es offen liegen zu lassen.

Unbewusst hatte er seinen Stift genommen und angefangen, sich Notizen zu machen, wie er es für gewöhnlich tat, wenn er seine Stücke schrieb. Er las, was er notiert hatte: zwei oder drei Daten, die Namen der Artificers, ihre »Logos«. Er korrigierte einen Fehler: Er hatte, vielleicht wegen der maritimen Umgebung, *NightShip – Nachtschiff –* anstelle von *NightShift – Nachtschicht –* geschrieben.

Er schlug das Heft zu, leerte sein Glas in einem Zug und packte seine Sachen zusammen. Mit schwerem Kopf schleppte er sich an die Theke. Es waren nicht mehr so viele Leute da, das Stimmengewirr war ein wenig leiser geworden. Er fragte den Wirt, wo er ein Zimmer für die Nacht bekommen könnte. Dieser bot ihm an, ein wenig herumzutelefonieren. Gaspard dankte ihm mit einem Nicken. Auf seinem Hocker halb in sich zusammengesunken, hängte sich Big Sam an ihn wie ein Blutegel.

426

»Bietest du mir ein Gläschen an, Cowboy?«

Gaspard schenkte ihm aus seiner Whisky-Flasche ein.

Auch wenn er sich selbst nichts mehr nachgoss, tat das Getränk seine Wirkung. Er spürte, dass er ganz dicht an etwas dran gewesen war, aber er konnte sich nicht mehr erinnern.

»Haben Sie die Familie Sotomayor gekannt?«

»Natürlich«, erwiderte Big Sam, »alle hier kannten sie. Du hättest mal die Frau des Captains sehen müssen ... Wie hieß sie doch gleich wieder?«

»Bianca?«

»Ja, genau, eine Schönheit, für die man eigentlich einen Waffenschein braucht. Also, bei der hätte ich gern mal scharf geschossen, bei diesem Lu...«

»Und Ernesto wurde ›Captain‹ genannt, nicht wahr?«, unterbrach Gaspard ihn.

»Ja.«

»Warum?«

»Na, du Schlaukopf, natürlich, weil er Captain war! Er war sogar einer der Wenigen, die eine Erlaubnis zum Fischen in tiefen Gewässern hatten.«

»Und was hatte er für ein Boot? Einen Kutter?«

»Aber sicher, auf keinen Fall ein Segelschiff!«

»Wie hieß sein Boot?«

»Das weiß ich nicht mehr. Der Name hatte irgendwas mit Geld zu tun. Spendierst du mir noch 'ne Runde?«

Statt einer weiteren Runde und trotz seiner schmerzenden Hände, packte Gaspard den Säufer am Kragen und zog ihn zu sich her.

»Sagst du mir jetzt endlich, wie das Boot hieß?«, fragte er wütend.

Big Sam machte sich los.

»Beruhig dich, mein Junge! Wo hast du bloß deine Manieren gelassen?«

Eigenmächtig schnappte sich der Saufkumpan den Whisky, setzte die Flasche an und trank mehrere kräftige Schlucke daraus. Grinsend wischte er sich seinen fast zahnlosen Mund ab und sprang vom Hocker.

»Komm mit.«

Er zog Gaspard hinter sich her ins Raucherzimmer, wo er in kürzester Zeit ein Foto an der Wand ausfindig machte, auf dem Ernesto Sotomayor mit seiner Crew hinter einem, mindestens einen Doppelzentner schweren Roten Thun posierte. Es war eine Schwarz-Weiß-Aufnahme, die vermutlich aus den 1980er-Jahren stammte, doch die Auflösung war gut. Gaspard näherte sich dem Rahmen. Hinter den Fischern konnte man einen großen Kutter erkennen. Er kniff die Augen zusammen, um den Namen des Schiffes lesen zu können. Es hieß *Night Shift*.

Gaspard fing zu zittern an. Er spürte, wie ihm vor Aufregung die Tränen kamen.

»Was ist aus dem Kutter geworden, als Sotomayor in Rente ging? Liegt er noch immer im Hafen?«

»Du machst wohl Scherze, mein Junge! Hast du eine Ahnung, was so ein Liegeplatz kostet?«

»Wo ist er dann?«

»Da, wo die meisten Boote aus Tibberton sind, die

abgewrackt werden sollen: Der alte Kasten liegt vermutlich in Graveyard.«

»Graveyard? Was ist das?«

»Der Schiffsfriedhof auf Staten Island.«

»In New York?«

»Ja, mein Junge.«

Im gleichen Augenblick spurtete Gaspard auch schon los. Er schnappte sich seine Tasche, verließ das Lokal und ging hinaus zum Hafen. Der eisige Wind schlug ihm kraftvoll entgegen, so als wolle er ihn in Rekordzeit ausnüchtern. Als er nach seinem Handy griff, bemerkte er im Dunkel der Nacht, wie zwei große Scheinwerfer direkt auf ihn zusteuerten.

Es war Madeline.

Sonntag 25. Dezember

22. Night Shift

Es wurde Abend und es wurde Morgen:
erster Tag.

GENESIS, 1,5

1.

Silbrige Flocken tanzten am Himmel wie eine Wolke aus metallenen Insekten.

Es war sieben Uhr morgens, als Gaspard und Madeline den Schiffsfriedhof auf Staten Island erreichten. Sie waren die ganze Nacht gefahren und völlig erschöpft. Um durchzuhalten, hatte Madeline eine Zigarette nach der anderen geraucht und Gaspard eine ganze Thermosflasche Kaffee getrunken. Auf den letzten Kilometern hatte es plötzlich zu schneien begonnen, eine mehrere Zentimeter dicke Schneeschicht lag auf der Fahrbahn, was ihr Vorankommen erheblich erschwerte. Nachdem sie das Schneegestöber gut überstanden hatten, waren sie in das Innere von Boat Graveyard vorgedrungen.

Das Terrain war von einem Stacheldrahtzaun umgeben, Schilder deuteten auf die Gefahren hin, die mit unbefugtem Betreten verbunden waren. Doch das Gelände war viel zu groß, um vollständig abgesichert werden zu können.

Je näher sie kamen, desto mehr roch es nach verfaultem Fisch und sich zersetzenden Algen. Ein Gestank, der die Atmosphäre verseuchte, einem den Magen umdrehte und Schwindel verursachte. Erst wenn man seinen Ekel überwunden hatte, konnte man das Panorama und die sonderbare und paradox anmutende Schönheit bewusst wahrnehmen.

Unter dem bleifarbenen Himmel erstreckte sich eine Landschaft, wie man sie sich nach dem Weltuntergang vorstellt. Ein wildes *no man's land*, dem Verfall preisgegeben und von Tausenden Wracks bevölkert. Barkassen, die im Schlick dahinfaulten, auseinandergenommene Fischerboote, Schleppkähne, die seit Jahrzehnten im Schlamm steckten, verrostete Frachter, Segelschiffe, deren Masten noch knarzten, ja sogar das Skelett eines Raddampfers, direkt aus dem Mississippi gezogen.

Der Horizont war leer. Weit und breit keine Menschenseele, kein Geräusch bis auf die Schreie der Möwen, die über den rostigen Wracks kreisten. Kaum vorstellbar, dass man nur einen Katzensprung von Manhattan entfernt war.

Seit knapp einer Stunde suchten Gaspard und Madeline nun schon verzweifelt nach der *Night Shift*, aber die Größe des Friedhofs erschwerte die Aufgabe erheblich. Die Schneeflocken fielen immer dichter, sodass die gespenstischen Konturen der Wracks nur vage zu erahnen waren.

Hinzu kam, dass der gesamte Friedhof nicht für Autos zugänglich war. Es gab keine eindeutig erkennbaren Kaimauern, keine betonierten oder markierten Zugänge. So fuhr der Pick-up auf unebenen Spuren oder in schlammige Sackgassen, die man, um nicht stecken zu bleiben, lieber zu Fuß erkunden sollte.

Nachdem sie ein größeres sandiges Gelände durchquert hatten, in dem ein Schlepper der Armee lag, fiel Madeline plötzlich etwas auf, das sie stutzig machte. Bäume von mittlerer Größe, die buchstäblich aus dem Wasser ragten. Ein Dutzend Büsche, die rechts und links neben einem Pfad aus Sand und Torf standen. Eine Anordnung, die zu ordentlich war, um zufällig zu sein. Wer würde hier etwas anpflanzen und aus welchem Grund? Mit einem Fußtritt brach sie einen kleinen Zweig ab. Gaspard hob ihn auf, um ihn zu inspizieren.

»Holz, das blutet, könnte man meinen«, sagte er und deutete auf den roten Saft des Holzes.

»Verdammt«, stieß Madeline hervor. »Diese Bäume …«

»Was?«

»Das sind Erlen.«

Der Baum, der Blut weint. Der Baum der Auferstehung nach dem Gemetzel des Winters. Der Baum des Lebens nach dem Tod.

2.

Die Erlenhecke diente ihnen als Orientierung, als sie mehrere Hundert Meter über einen Pfad aus Planken liefen, bis sie die hohe und massige Silhouette eines vermoderten Schiffes sahen, das an einem behelfsmäßigen Steg festgemacht war.

Die *Night Shift* war ein Heckfänger von über zwanzig Metern Länge. Ein Haufen brachliegender Schrott, von Rost, Algen und Schlamm zerfressen.

Ohne zu zögern, griff sich Madeline eines der Bretter, um auf die Rampe zu kommen und aufs Deck zu springen. Gegen den Wind ankämpfend, der ihr ins Gesicht blies, schlüpfte sie unter dem Mast hindurch, machte einen großen Schritt über die Seilwinde hinweg und gelangte so auf die Gangway. Gaspard folgte ihr. Der Schnee fing an zu gefrieren, sodass der Untergrund gefährlich glatt wurde. Die Brücke war übersät mit dicken Tauen, Rollen, Kabeln, zerrissenen Netzen und aufgeschlitzten Reifen.

Über eine rutschige Treppe kam man zum Ruderhaus, in das Wasser eingesickert war. Der Boden war eingedrückt, und die Wände sonderten eine ungesund riechende Feuchtigkeit ab. Die schmierig-schmutzige Brücke war komplett verwüstet: Bordfunk und andere Navigationsgeräte waren verschwunden. Doch an der Wand, gleich neben einem Feuerlöscher, der schon längst den Geist aufgegeben hatte, erblickte Madeline ein mit Kunststoff beschichtetes, halb vermodertes Dokument: ein Plan des Kutters, auf dem die Sicherheitsmaßnahmen für den Brandfall standen.

Sie verließen das Steuerhaus und überquerten eine Art Brücke, über die man zu den Mannschaftsräumen gelangte. Hier war die Holzverkleidung zum größten Teil herausgerissen worden. Als Erstes sah man einen schmalen, mit einem alten Herd und einer Gefriertruhe zugestellten Gang. Dann zwei baufällige Kabinen, die zu einem Gemeinschaftsraum umfunktioniert worden waren. In einer Ecke unter einer Plastikplane lagen Zementsäcke, eine Hacke, eine Kelle und jede Menge anderes Werkzeug. Auf einer alten Liege, inmitten von Glasscherben und toten Ratten, befanden sich Dutzende leerer Kartons, die in modrigen Wasserpfützen vor sich hin schimmelten. Madeline riss von einer der Verpackungen das Etikett ab und zeigte es Gaspard: LyoΦFoods, das auf Überlebensproviant spezialisierte Unternehmen ...

Noch nie waren sie der Wahrheit so nahe gewesen.

Mithilfe des Plans stiegen sie in den ehemaligen Maschinenraum hinab, heute ein Königreich für Ratten und Rostfraß. Als sie eintraten, machten sich die Tiere aus dem Staub, um hinter den Rohren, die über den Boden liefen, zu verschwinden. Am Ende des Raums eine rostzerfressene Metalltür. Verschlossen. Madeline bat Gaspard, ihr zu leuchten, während sie versuchte, sie aufzubrechen. Egal, was sie probierte, Eisen- oder Brechstange: Nichts half.

435

Sie kehrten zur Brücke zurück und sahen sich, wieder mithilfe ihrer Karte, nach einem anderen Zugang zum Laderaum um. Ohne Erfolg. Sollte es früher mal einen gegeben haben, so musste er zugenagelt worden sein.

Da sie nicht aufgeben wollten, suchten sie jeden Winkel der Brücke ab. Der Wind heulte so stark, dass sie brüllen mussten, um einander zu verstehen. Stürmische Böen brandeten über sie hinweg, ließen sie taumeln. Mehr schlecht als recht schoben sie mit ein paar raschen Bewegungen den Schnee mit den Füßen zur Seite, doch ihre erstarrten Gliedmaßen gehorchten ihnen kaum mehr. Von einem Moment auf den anderen hörten sie auf zu sprechen und zogen es vor, sich durch Gesten zu verständigen.

Auf beiden Seiten der Aufrollvorrichtungen für die Schleppnetze entdeckten sie auf einmal zwei breite Streifen mattes Glas. Zwei kurze Schneisen aus Glasbausteinen, die sich über den Boden zogen. Gaspard musste sofort an das Prinzip der Lichtschächte denken: Auf diese Weise konnte natürliches Licht ein Untergeschoss erhellen. Weiter hinten fand Madeline noch zwei, allerdings vergitterte Streifen, die nach demselben Prinzip befestigt worden waren. *Lüftungsschlitze.*

Sie rannte in den Mannschaftsraum und kam mit einer Spitzhacke zurück. Zunächst glaubte sie noch, es wäre ein Leichtes, den gläsernen Boden zu zerstören, aber der Belag war unglaublich widerstandsfähig. Mit aller Kraft machte sie sich ans Werk und brauchte gut

eine Viertelstunde, ehe sie durch eine der Platten durch-
stieß, anschließend ging es mit der Brechstange weiter,
um alle Glasbausteine herauszulösen.

Sie schaltete einen der LED-Stäbe ein, die sie am Gürtel trug, und leuchtete damit in das Loch hinab, das sie
gerade aufgebrochen hatte. Drei Meter ging es zu ihren
Füßen in die Tiefe.

»Im Gang gibt es eine Strickleiter. Ich gehe sie holen!«, rief Madeline und machte auf dem Absatz kehrt.

Gaspard blieb allein vor dem Abgrund stehen. Hallu-
zinierend, verrückt, verstört. Die Ausdünstungen, die
von unten hochstiegen – Fisch, Kot, Urin –, rissen ihn
aus seiner Schockstarre. Jemand war hier festgehalten
worden, so viel war sicher.

Er glaubte, von unten eine Stimme zu hören, die sich
mit dem Geräusch des Windes vermischte. Eine Stimme, die ihn rief. Er konnte nicht auf Madelines Rückkehr warten.

Er zog seine Jacke aus und sprang hinunter in den
Frachtraum.

3.

Gaspard landete hart und rollte über den verdreckten
Boden. Als er sich aufrichtete, wurde ihm fast schlecht
von dem widerlichen Gestank. Diesen Geruch kannte
er: Es war der des Todes. Er hob den LED-Stab auf und
bewegte sich im Halbdunkel vorwärts.

»Ist da jemand?«

Die einzige Antwort war die des Blizzards, der das Schiff zum Schwanken brachte.

Alle Luken und alle Bullaugen waren vernagelt. Doch auch wenn jeder Atemzug eine Qual bedeutete, war dieser untere Teil des Schiffs weniger feucht als der Rest des Wracks. Die Atmosphäre hier war rauer, und je weiter man sich in den hinteren Teil des Rumpfs bewegte, desto mehr drang man in die Stille vor. Der Schneesturm schien plötzlich ganz weit entfernt, als hätte man ihn in eine Parallelwelt versetzt.

Nachdem Gaspard sich an das Dunkel gewöhnt hatte, fiel ihm auf, dass er sich nicht im Laderaum des Schiffs befand, sondern in einer Art Arbeitskabine, in der die Fischer den Fisch sortierten und ausnahmen.

Er kam an einem Förderband, einem großen Metallbehälter und einer Reihe von Haken und Aluminiumwannen vorbei. Hinter einem Stapel von Gitterrosten fand er, was nach dem Geruch nach Tod unausweichlich war: die Leiche von Bianca Sotomayor. Der Körper der alten Frau lag am Boden, die Beine angezogen.

Gaspard richtete den Strahl seiner Lampe auf den Leichnam. Die Reste von Bianca waren ein trauriger Anblick. Ihre Haut war wie ein Schwamm von glänzenden Blasen übersät und dabei, sich abzuschälen. Ihre Fingernägel lösten sich, und ihr Körper – mal gelblich, mal schwarz – verdeutlichte die letzten Stadien des Horrors. Gaspard bemühte sich, bei diesem unerträglichen Anblick ruhig zu bleiben. Wenn trotz der Kälte der Geruch der Verwesung so stark war, bedeutete das, dass Bianca noch nicht sehr lange tot war. Er war kein Arzt, aber er vermutete, dass der Eintritt des Todes etwa drei Wochen zurücklag. Auf alle Fälle weniger als einen Monat.

Gaspard drang weiter in den dunklen Korridor vor. Im Moment berührten ihn Angst und Kälte nicht. Er war auf der Hut, angespannt, auf alles gefasst. Dies war der Moment, auf den er seit zwanzig Jahren gewartet hatte. Die Lösung von etwas, das begonnen hatte, lange bevor er von Sean Lorenz gehört hatte. Der Ausgang eines Kampfes zwischen dem Schatten- und dem Lichtteil, der schon immer in ihm existierte.

Die letzten Tage waren unerwartet und voller Überraschungen gewesen. Als er fünf Tage zuvor in Paris gelandet war, hatte er nicht einen Augenblick geahnt, dass er, statt ein Theaterstück zu schreiben, sein eigenes Leben umkrempeln würde, um seine Dämonen zu bekämpfen und Charakterzüge in sich wiederzufinden, die er für ewig ausgelöscht geglaubt hatte.

Er hatte alles, was ihm an Kraft, Intelligenz und Überzeugung geblieben war, kanalisiert. Mehrmals war er kurz davor gewesen, hinzuschmeißen, doch er war standhaft geblieben. Vielleicht nicht für sehr lange, aber wenigstens hatte er es bis hierhin geschafft. An den Rand des Abgrunds. In die Höhle des Monsters. Bereit zur letzten Konfrontation, denn die Monster sterben nie wirklich.

»Ist da jemand?«

Er bewegte sich im Halbdunkel voran. Das Licht der

Lampe war fast erloschen. Plötzlich wurde der Durchgang enger, die Decke tiefer, sodass er sich bücken musste. Jetzt sah er so gut wie gar nichts mehr. Er erahnte eher, als dass er sie erkannte, ganze Berge von Konservendosen, zwei Strohsäcke und mehrere Decken. Und Kartons über Kartons und Kisten, bedeckt mit Spinnweben.

Dann kam ein Moment, wo er nicht mehr weitergehen konnte. Er stieß auf eine Mauer von Gittern, die vor einem weiteren Geflecht von gusseisernen Rohren aufgetürmt waren.

In diesem Moment gab der Leuchtstab endgültig seinen Geist auf. Gaspard wich ein paar Schritte zurück und hielt dann inne. Tastend bewegte er sich schließlich auf das leichte Geräusch eines Gebläses zu, das aus einem großen Abzugsrohr kam. Er kauerte sich hin und sagte sich, dass er vielleicht nicht schlank genug für diesen Durchgang sei, passte aber doch hindurch.

Er begann, im Stockfinsteren vorwärtszukriechen. Seit seinem Sprung in den Schiffsraum wusste er, dass er ohne *ihn* nicht zurückkommen würde. Er wusste, dass der weitere Verlauf seines Lebens sich genau hier entschied. Um bis hierher zu gelangen, hatte er sein Leben an das von Julian Lorenz gebunden. Ein stillschweigender Pakt. Die verrückte Wette eines alternden Pokerspielers, der für die letzte Partie beschließt, all seine Chips auf den Tisch zu werfen und sein Leben tausend gegen eins zu spielen. Die Wette, dass ein Licht existiert, das seine Finsternis besiegen wird.

Im Dunkel begann er, auf dem Bauch weiterzurobben. Ein schweres Gewicht auf seiner Brust. Rauschen in seinen Ohren. Irgendwann bekam er den Eindruck, das Schiff zu verlassen. Er nahm nicht mehr das Schlingern wahr, hörte nicht mehr das Knarren und Knacken von allen Seiten. Er roch nicht mehr die Ausdünstungen des Benzins, der Farbe und des feuchten Holzes. Da war nur die Finsternis, die ihn verschlang, schwarz wie Kohle. In der Luft ein Geruch nach verkohlter Erde. Und am Ende des Tunnels Flugasche, die bisweilen zu leuchten beginnt, wenn man im Kamin stochert.

Und da erblickte er ihn.

4.

Coutances rannte durch das Schneegestöber.

Die eisige Luft brannte in seiner Lunge und seinen Augen. Vom Wind gepeitscht, schlugen ihm die Flocken ins Gesicht.

Da er nur noch ein Hemd trug, durchbohrte ihn die Kälte, doch im Augenblick war er immun gegen den Schmerz.

Er hatte Julian in seine Jacke gewickelt und hielt ihn fest an sich gedrückt.

Madeline war vorausgeeilt, um den Motor des Wagens anzulassen.

Riesige Möwen kreisten noch immer über ihnen, stießen verrückte, erschreckende Laute aus.

Coutances rannte.

Den Kopf gesenkt, dicht über dem bleichen Gesicht des Kindes, versuchte er, ihm alles, was er konnte, zu vermitteln. Seine Wärme, seinen Atem, sein Leben.

Er war nicht unsicher. Er wusste genau, was zu tun war. Er wusste, dass er auf dem eisigen Untergrund des Pontons nicht ausrutschen würde. Er wusste, dass der Junge nicht in seinen Armen sterben würde. Er hatte ihn nach Verlassen des Schiffes kurz untersucht. Julian stand unter Schock, war außerstande, die Augen zu öffnen, nachdem er so lange im Halbdunkel gelebt hatte, aber Bianca musste sich bis zu ihrem letzten Atemzug um ihn gekümmert haben, denn er war weit davon entfernt zu sterben.

»Alles wird gut, Julian«, versicherte er ihm.

Die Augen geschlossen, klapperte der Kleine mit den Zähnen.

Mit seiner freien Hand griff Gaspard nach dem Plüschhund, der aus seiner Jackentasche ragte, und legte ihn in die Halsbeuge des Jungen.

»Alles wird gut, mein Großer. Schau, ich hab dir deinen Freund mitgebracht. Er wird dich wärmen.«

Coutances rannte.

Seine verletzten Hände hatten wieder zu bluten begonnen. Der Schmerz war so intensiv, dass er sie nicht mehr bewegen konnte. Doch er bewegte sie trotzdem.

Coutances rannte.

Reifen knirschten im Schnee. Durch das Flockengewirr hindurch erkannte Gaspard den Wagen von Madeline, die sich so weit wie möglich dem Ufer genähert hatte. Er gelangte ans Ende des Pontons, als Julian ihm etwas zuflüsterte. Er glaubte, falsch verstanden zu haben, und ließ ihn den Satz wiederholen.

»Bist du es, Papa?«, fragte das Kind.

Coutances wurde klar, woher dieser Irrtum rührte: die Desorientierung, die Kleidung, die Macht des Parfums von Lorenz, das noch immer in seiner Kleidung steckte, das Kuscheltier ...

Er beugte sich über das Kind und öffnete den Mund, um das Missverständnis auszuräumen, doch stattdessen hörte er sich antworten: »Ja, ich bin es.«

5.

Mit seinem Allradantrieb kam der Pick-up ohne allzu große Schwierigkeiten auf der verschneiten Fahrbahn voran. Der Komfort im Wageninneren ließ die polare Kälte draußen vergessen. Die Heizung lief auf Hochtouren, der Motor brummte, das Radio war ganz leise auf den Lokalsender 10 – 10 Wins gestellt, der jede Viertelstunde genau die Verkehrslage beschrieb.

Gaspard und Madeline hatten seit Verlassen des Schiffsfriedhofs kein Wort gewechselt. Gaspard hielt Julian, der zu schlafen schien, noch immer fest im Arm. Zusammengekrümmt und eingewickelt in die Jacke seines Vaters, sah man von ihm nichts als einen dichten wirren blonden Haarschopf. Die vier Finger seiner linken Hand hielten die von Gaspard umklammert und ließen sie nicht mehr los.

Mit brennenden Augen hatte Madeline die Adresse des Bellevue Hospital von Manhattan in ihr Navi eingegeben. Sie befanden sich jetzt auf der Interstate 95 auf Höhe von Secaucus in New Jersey. An diesem Feiertag waren zwar nicht viele Autos auf den Straßen unterwegs, die Wetterbedingungen behinderten den Verkehr trotzdem enorm.

Etwa hundert Meter vor dem Lincoln-Tunnel geriet der Verkehr ins Stocken und lief nur noch über eine einzige Spur. Zwischen dem Hin und Her der Scheibenwischer erkannte Gaspard mehrere Wagen der Autobahnmeisterei, die ein Streufahrzeug in Aktion begleiteten. Auf der linken Spur fuhren die Wagen im Schritttempo, Stoßstange an Stoßstange. Dann kamen sie komplett zum Stehen.

Und jetzt?

Gaspard musste an einen Satz von Charly Chaplin denken: »An den Scheidewegen des Lebens stehen keine Wegweiser.« An diesem Weihnachtsmorgen hatte er ganz im Gegenteil den Eindruck, dass ein bestens lesbares Leuchtfeuer vor seinen Augen blinkte. Und wieder kam ihm das griechische Konzept des *Kairos* in den Sinn: den entscheidenden Moment für eine Entscheidung nutzen und die Chance beim Schopf packen. Die Art von Moment, die er in seinem Leben nie für sich hatte nutzen können. Es war eigenartig: Er hatte seine letzten zwanzig Lebensjahre damit zugebracht, Dialoge zu schreiben, obwohl er selbst nie gut kommunizieren konnte. In dem Bewusstsein, dass jetzt der Moment für eine Entscheidung gekommen war, wandte er sich an Madeline.

»Die nächsten hundert Meter ist die Zukunft noch offen, danach wird es zu spät sein.«

Madeline schaltete das Radio ab und sah ihn fragend an.

»Wenn du rechts nach Manhattan abbiegst«, fuhr er fort, »schreibst du die Zeilen einer ersten Geschichte. Wenn du weiter nach Norden fährst, erfindest du eine neue.«

Weil sie nicht verstand, worauf er hinauswollte, fragte sie: »Worum geht es in der ersten Geschichte?«

Diesmal fand Gaspard die Worte. Die erste Geschichte erzählte vom Weg dreier Personen mit ramponierten Schicksalen: ein trunksüchtiger Schriftsteller, eine suizidgefährdete Polizistin und ein kleiner Waisenknabe.

In der ersten Geschichte nahmen der Schriftsteller und die Polizistin den Lincoln-Tunnel, um den kleinen Jungen zur Notaufnahme des Bellevue Hospital zu fahren. Ein gefundenes Fressen für die Zeitungsfritzen, für die Voyeure, für die Hunde. Das persönliche Drama einer Familie wird in der Öffentlichkeit breitgetreten, auseinandergenommen und in alle Richtungen analysiert. Man würde aus dieser Geschichte Artikel in den sozialen Netzwerken machen und sie in den Nachrichtensendern ausschlachten.

In der ersten Geschichte würde sich der Theaterautor

am Ende wieder in seine Berge verkriechen, wo er sich noch mehr in sich selbst zurückziehen würde. Er würde weiter trinken, die Menschheit verachten und nichts mehr in dieser Welt ertragen. Jeder Morgen noch schwerer als der vorangegangene. Also trinkt er noch ein bisschen mehr, in der Hoffnung, das Ende des Spiels zu beschleunigen.

Die Polizistin kehrt vielleicht nach Madrid in die Fruchtbarkeitsklinik zurück. Oder vielleicht auch nicht. Es stimmt, sie möchte Mutter werden, verspürt aber gleichzeitig auch das Bedürfnis, in diesem neuen Leben jemanden an ihrer Seite zu haben. Denn sie weiß, dass sie zerbrechlich ist. Weil sie sich immer noch mit demselben Unwohlsein abmüht, das sie seit ihrer Kindheit in sich trägt. Zeitweise gelingt es ihr natürlich, die Darstellung ihres Lebens zu schönen und andere – ja, sogar sich selbst – glauben zu machen, dass sie eine optimistische, spirituelle, ausgeglichene junge Frau ist, während in ihrem Geist nur Chaos, Verwirrung, Fieber und Blutgeruch herrschen.

Was den Jungen betrifft, so ist er die große Unbekannte. Waisenkind eines »besessenen Malers« und einer Königin aller Exzesse, zwei Jahre im dunklen Schiffsraum von der Mutter eines Serienkillers aufgezogen. Wie wird sein weiteres Leben verlaufen? Man kann fast darauf wetten, dass es ein Hin und Her sein wird zwischen Heimen und Pflegeeltern. Besuche bei Psychiatern. Falsches Mitleid, ungesunde Neugier, das Etikett des Opfers, das ihm an der Haut klebt. Ein unsteter Blick mit der Tendenz, auszuweichen, um sich in den finsteren Erinnerungen eines Schiffsraums festzuhaken.

Plötzlich eröffnete sich eine zweite Spur. Ein Mitarbeiter der Automeisterei in gelber Weste machte ihnen ein Zeichen, weiterzufahren, und der Verkehr kam wieder in Gang.

Außerstande, irgendetwas zu sagen, und völlig verloren, starrte Madeline Gaspard an und versuchte zu verstehen, was er eben gesagt hatte. Hinter ihnen begann ein Hupkonzert. Madeline legte den ersten Gang ein, und der Pick-up setzte seinen Weg Richtung Lincoln-Tunnel fort. Coutances sah das Fallbeil niedergehen. Fünfzig Meter. Dreißig Meter. Zehn Meter. Er hatte seine letzte Karte gespielt. Momentan war der Ball nicht mehr in seinem Feld.

Madeline fuhr auf die Rampe, die nach Manhattan führte. Wenn eine andere Geschichte existierte, so war sie auf alle Fälle zu verrückt, zu riskant. So etwas, das man nicht auf die Schnelle organisieren kann.

Die Würfel sind gefallen, dachte er.

»Und die zweite Geschichte?«, fragte sie trotzdem.

»Die zweite Geschichte«, erwiderte Gaspard, »ist die Geschichte einer Familie.«

Dieses Mal verstand sie, was sein Blick sagen wollte. *Ich bin mir sicher, dass niemand anderer als wir dieses Kind beschützen können.*

Da blinzelte Madeline, rieb sich mit dem Ärmel ihrer Bluse über die Augen und holte tief Luft. Dann riss sie brutal das Lenkrad herum, um die Spur zu wechseln. In letzter Sekunde querte der Pick-up zwei durchgehende weiße Streifen, durchbrach eine Plastikbarriere und überfuhr einen Leitkegel.

Als sie Manhattan hinter sich gelassen hatte, verließ Madeline den Highway und setzte ihren Weg gen Norden fort.

6.

Und so hat die zweite Geschichte begonnen,
die mit Julian.
Die Geschichte unserer Familie.

Fünf Jahre später ...

Hier die Wahrheit, Julian.

Hier deine Geschichte. Und unsere.

Habe sie gerade handschriftlich in mein altes Spiralheft geschrieben.

An jenem Morgen haben wir dich nicht in die Notaufnahme des Bellevue Hospitals gebracht. Wir sind weiter nach Norden gefahren, bis zum Children Center in Larchmont, dem von Diane Raphaël gegründeten, medizinischen Zentrum für Kinder, das mit der Versteigerung von Sean-Lorenz-Gemälden finanziert werden konnte.

Einen Monat lang bist du dort geblieben. Nach und nach kamst du wieder zu Kräften, und auch dein Sehvermögen besserte sich. Was du erlebt hattest, hinterließ nur sehr verschwommene Spuren in deinem Geist. Du hattest überhaupt kein Zeitgefühl und auch keine Erinnerungen mehr an dein Leben davor oder an deine Entführung. Und du hast mich weiterhin Papa genannt.

Diesen Zeitabschnitt haben wir dazu genutzt, um uns zu organisieren. Deine Mutter hat das Bürokratische geregelt. Da sie früher mal für das Zeugenschutzprogramm zuständig war, wusste sie, an wen man sich wenden muss, um eine gefälschte Geburtsurkunde zu bekommen, die allen Anforderungen standhielt. So bist

du offiziell zu Julian Coutances geworden. Geboren am
12. Oktober 2011. Eltern: Gaspard Coutances und Madeline Greene.

Ehe wir die USA verließen, sind Madeline und ich noch
einmal auf die *Night Shift* zurückgekehrt – mit zwei
Benzinkanistern – und haben sie in Brand gesteckt.

Danach haben wir uns in Griechenland niedergelassen, und zwar auf der Insel Sifnos, wo bereits mein
Segelschiff vor Anker lag. Die Sonne der Kykladen
beschien deine Kindheit, die silbrig glänzenden Wellen
haben dich geschaukelt, und das Rascheln der Baumheide hat dich besänftigt.

Um dir zu helfen, die Finsternis zu vergessen, kenne
ich nichts Besseres als das tiefe Blau des Himmels, den
Schatten von Olivenbäumen, den leichten, frischen
Geschmack nach Menthol im Zaziki oder den Duft nach
Thymian und Jasmin.

Ich hebe den Kopf von meinem Heft und beobachte
dich, wie du über den Strand unterhalb des Hauses
läufst. Offensichtlich waren unsere Maßnahmen erfolgreich, denn du strotzt nur so vor Gesundheit, auch wenn
du noch immer Angst vor der Dunkelheit hast.

»Maman, schau, ich bin ein Flieger!«

Du breitest die Arme aus und fängst an, um deine
Mutter herumzulaufen, die in Lachen ausbricht.

Fünf Jahre sind seit jenem Dezembermorgen 2016
vergangen. Fünf wundervolle Jahre. Für Madeline, für

mich, für dich ein neues Leben. Eine Wiedergeburt im wahrsten Sinne des Wortes. Du hast viele Dinge in unsere Leben gebracht, die lange Zeit verschüttet waren: die Leichtigkeit, die Hoffnung, das Vertrauen, den Sinn. Wie du feststellen wirst, wenn du eines Tages diese Zeilen liest, sind weder deine Mutter noch ich die ruhigen Eltern gewesen, die du gekannt hast.

Aber unser Familienleben hat mich eines gelehrt. Ein Kind zu haben, das vertreibt alle Dunkelheit, die man vorher durchleiden musste. Die Absurdität der Welt, ihre Hässlichkeit, die Dummheit der Hälfte der Menschheit und die Niedertracht all derer, die mit der Meute jagen. Wenn man ein Kind hat, erstrahlen mit einem Mal alle Sterne am Himmel. All das Versagen, all die Irrwege, all die Fehler sind wie weggeblasen von der schlichten Schönheit deiner funkelnden Augen.

Es vergeht kein Tag, an dem ich nicht an diesen besagten Dezembermorgen denke. Daran, wie ich dich das erste Mal in meinen Armen hielt. An jenem Morgen in New York tobte ein Schneesturm, die Kälte ging mir durch Mark und Bein, verrückt gewordene Vögel schwebten über unseren Köpfen, und ein Baum blutete in den Schnee. An jenem Morgen war ich vielleicht derjenige, der dich befreit hat, aber du warst derjenige, der mich gerettet hat.

Sifnos
Archipel der Kykladen
12. Oktober 2021

Die 22. Pénélope

Einmaliger Verkauf eines monumentalen Werkes von Sean Lorenz in New York

09. Oktober 2019 AFP

Christie's in New York bietet im Rockefeller Plaza ein monumentales Werk des im Jahr 2015 verstorbenen, amerikanischen Malers Sean Lorenz zum Verkauf an. Es heißt *Die 22. Pénélope*. Das Werk befindet sich in einem ehemaligen Pariser Metrowagen, der vollständig mit einem sinnlichen Fresko bemalt ist, das die Ehefrau und Muse des Malers, Pénélope Kurkowski, darstellt. Es entstand 1992, dem Jahr, in dem der New Yorker Maler nach Frankreich zog. Das illegal entstandene Œuvre wurde erst kürzlich nach dem tragischen Tod von Madame Kurkowski entdeckt, die ihrem Leben in ebendiesem Wagen im Dezember 2016 freiwillig ein Ende setzte.

Der Versteigerung war ein langer und erbitterter Rechtsstreit zwischen den Pariser Verkehrsbetrieben und Bernard Benedick, dem Testamentsvollstrecker und einzigen Erben von Sean Lorenz, vorausgegangen. In dem Verfahren sollte festgestellt werden, wem dieses Kunstwerk gehört. Erst vor Kurzem haben sich beide Parteien einigen können, was die heutige Versteigerung möglich macht.

Es würde nicht überraschen, wenn der Verkauf dieses Werkes einen neuen Rekordpreis erzielt, bestätigt ein Vertreter des Auktionshauses. Schon zu Lebzeiten waren die Preise für einen Sean Lorenz sehr hoch gewesen, doch nach seinem Tod stiegen sie astrono-

misch an. Monsieur Benedick hebt den außergewöhnlichen Charakter des noch nie ausgestellten Werkes
hervor: »Die einundzwanzig anderen Gemälde, die
Pénélope darstellten, wurden bei einem Brand im Jahr
2015 zerstört. Dieser Metrowagen ist meines Wissens
nach der einzige noch existierende künstlerische
Beweis, der von der außergewöhnlichen Beziehung
zwischen Lorenz und seiner Ex-Frau zeugt.«
Mit keinem Wort geht der Galerist auf die Stimmen
ein, die den etwas makabren Aspekt dieses besonde-
ren Werkes kritisieren, sondern tut sie als böse Unter-
stellung ab. »Dieses Werk beschwört die Quintessenz
der Liebe und der Schönheit«, urteilt er, bevor er phi-
losophisch hinzufügt: »Um der Brutalität einer von
Technologie, Dummheit und wirtschaftlicher Rationalität bestimmten Epoche zu entgehen, bleiben uns
da nicht nur die Waffen der Kunst, der Schönheit und
der Liebe?«

Quellen

Das Wahre vom Falschen unterscheiden

Suchen Sie in den Museen und Galerien für zeitgenössische Kunst nicht nach einem Sean Lorenz. Er ist die Quintessenz mehrerer Maler, deren Arbeiten ich hoch schätze und die glücklicherweise nicht ein so tragisches Schicksal erleiden mussten.

Sie müssen auch nicht zum Quai Voltaire pilgern, um nach dem Geschäft von Jean-Michel Fayol zu suchen. Sein fiktiver Charakter ist teilweise aus der Lektüre verschiedener Artikel über das von Georg Kremer gegründete Unternehmen Kremer Pigmente entstanden sowie durch Internetpublikationen, in denen von der Pigmentsammlung des in Cambridge ansässigen und weltweit einzigartigen *Straus Center for Conservation and Technical Studies* die Rede war.

Und schließlich wird einigen unter Ihnen aufgefallen sein, dass in diesem Roman hin und wieder Personen und Orte aus meinen früheren Büchern auftauchen. Ich hoffe, dass Sie über diese augenzwinkernden Anspielungen schmunzeln können. In jedem Fall, verehrte Leserin und verehrter Leser, sind sie ein Beleg meiner Anerkennung für Ihre Treue.

Quellenverzeichnis

Seite 6: Albert Camus, *Hochzeit des Lichts, Heimkehr nach Tipasa*, aus dem Französischen von Peter Gan und Monique Lang © 1954 Arche Verlag Zürich, Hamburg

Seite 19: Audrey Hepburn in *Sabrina* von Billy Wilder, Film, USA 1954

Seite 34: Fjdor Michailowitsch Dostojewski, *Aufzeichnungen aus einem toten Hause*, aus dem Russischen von Alexander Eliasberg © 1928 Volksverband der Bücherfreunde, Berlin

Seite 45: Ernest Hemingway, *Wem die Stunde schlägt*, aus dem Amerikanischen von Paul Baudisch © 1941 Bermann Fischer Verlag, Stockholm

Seite 49: Jesse Kellerman, *The Genius*, © 2008 G. P. Putnam's Sons, New York City

Seite 77/183/190: Guillaume Apollinaire, *Die Brüste des Tiresias*, aus dem Französischen von Peter Loeffler © 1989 Verlag Birkhäuser, Basel

Seite 79: Edward Hopper, http://art-quotes.com/auth_search.php?authid=2956#.Wnl603lo29I

Seite 98: Francis Bacon, http://mbartfoundation.com/fr/node/320

Seite 104: William Shakespeare, *Richard III.*, aus dem Englischen von August Wilhelm Schlegel © 1971 Philipp Reclam jun., Stuttgart

Seite 106: George Brassens, *Le Pluriel*, in: Georges Brassens: *Ich bitte nicht um deine Hand – Chansons*, zweisprachig, deutsch von Peter Blaikner © 1989 Suhrkamp Verlag, Frankfurt a. M.

Seite 111: Jacques Brel, *Orly*, aus dem Französischen von D. Kaiser, Sänger im Quartett Stéphane & Didier et Cie, http://deutsche-chanson-texte.de/index.php?title=Orly_-_Jacques_Brel

Seite 113: Ludvig van Beethoven, http://beethoven.de/sixcms/detail.php?id=15105&template=werkseite_digitales_archiv_de&_eid=1502&_ug=Sinfonien&_werkid=67&_mid=Werke&suchparameter=&_seite=1

Seite 113: Leonard Bernstein, aus dem Französischen von Eliane Hagedorn und Bettina Runge

Seite 138: Pablo Picasso, *Interview von 1923*, in: Pablo Picasso, *Wort und Bekenntnis* © 1957 Ullstein Verlag, Berlin

Seite 151, 165: Jean-Luc Godard, *Histoires du cinéma*, © 1990 Gallimard, Paris

Seite 162: Serge Gainsbourg, http://la-philosophie.com/citations-gainsbourg#Gainsbourg_la_laideur_et_la_beaute

Seite 177: Pablo Picasso, *Interview von 1923*, in: Pablo Picasso, *Wort und Bekenntnis* © 1957 Ullstein Verlag, Berlin

Seite 190: Oscar Wilde: *Lady Windermeres Fächer. Die Geschichte einer anständigen Frau; Komödie in 4 Akten*, aus dem Englischen von Norbert Kollakowsky © 2006 Philipp Reclam jun., Stuttgart

Seite 193: Hans Hartung, http://fr.wikipedia.org/wiki/Hans_Hartung

Seite 203: Georges Clemenceau, http://fr.wikipedia.org/wiki/Claude_Monet_-_Georges_Clemenceau_:_une_histoire,_deux_caract%C3%A8res

Seite 231: Sigmund Freud, *Vorlesungen zur Einführung in die Psychoanalyse* © 1969 S. Fischer Verlag, Frankfurt a. M.

Seite 243: Jean-Paul Sartre, *Das Sein und das Nichts*, hrsg. von Traugott König, aus dem Französischen von Hans Schöneberg und Traugott König © 1991 Rowohlt Verlag, Reinbek bei Hamburg

Seite 246: Arthur Schopenhauer, *Sämtliche Werke in zwölf Bänden. Neunter Band: Parerga und Paralipomena, Erster Teil: Aphorismen zur Lebensweisheit* © 1851 J. G. Cotta'sche Buchhandlung, Berlin, Stuttgart

Seite 260: Francis Picabia, aus dem Französischen von Eliane Hagedorn und Bettina Runge

Seite 284: Milos Forman, http://cnewyork.net/guide/citations-sur-new-york/

Seite 297: Pablo Picasso, in: Francoise Gilot, *Leben mit Picasso* © 1987 Diogenes, Zürich

Seite 312: Dora Maar, aus dem Französischen von Eliane Hagedorn und Bettina Runge

Seite 317: Simone de Beauvoir, *Amerika Tag und Nacht. Reisetagebuch 1947*, aus dem Französischen von Heinrich Walfisch © 1988 Rowohlt, Reinbek bei Hamburg

Seite 333, 339/340: Johann Wolfgang von Goethe, *Der Erlkönig*, in: *Bibliothek Deutsche Klassiker Bd. 34* © 1988 Deutscher Klassiker Verlag, Frankfurt a. M.

Seite 342: Nicolas de Staël, in: Marie du Boucher, *Une illumination sans précédent*, © 2003 Gallimard, Paris

Seite 345: Friedrich Nietzsche, *Aphorismus 146*, in: Friedrich Nietzsche, *Jenseits von Gut und Böse – Zur Genealogie der Moral* © 1988 Deutscher Taschenbuch Verlag, München

Seite 358: René Girard, *Figuren des Begehrens. Das Selbst und der Andere in der fiktionalen Realität*. Mit einem Nachwort von Wolfgang Palaver, aus dem Französischen von Elisabeth Mainberger-Ruh © 2012 LIT, Münster

Seite 387: Henri Matisse, http://qqcitations.com/citation/161609

Seite 411: Antonin Artaud, *Van Gogh, der Selbstmörder durch die Gesellschaft*, aus dem Französischen von Bernd Mattheus © 2009 Matthes & Seitz, Berlin

Seite 431: *Die Bibel, Einheitsübersetzung, Altes und Neues Testament*, 1980 © 1980 Katholische Bibelanstalt GmbH, Stuttgart

Seite 444: Charly Chaplin, http://zitate-online.de/sprueche/kino-tv/1127/an-den-scheidewegen-des-lebens-stehen-keine-wegweiser.html

Inhaltsverzeichnis